Melinda Metz

Vier Pfoten für ein Happy End

Ein Katzenroman

Aus dem amerikanischen Englisch
von Sigrun Zühlke

Die amerikanische Originalausgabe erschien 2019 unter dem Titel
»Mac on a Hot Tin Roof« bei Kensington Publishing Corp., New York.

Besuchen Sie uns im Internet:
www.knaur.de

Aus Verantwortung für die Umwelt hat sich die Verlagsgruppe
Droemer Knaur zu einer nachhaltigen Buchproduktion verpflichtet.
Der bewusste Umgang mit unseren Ressourcen, der Schutz unseres
Klimas und der Natur gehören zu unseren obersten Unternehmenszielen.
Gemeinsam mit unseren Partnern und Lieferanten setzen wir uns
für eine klimaneutrale Buchproduktion ein, die den Erwerb von
Klimazertifikaten zur Kompensation des CO_2-Ausstoßes einschließt.
Weitere Informationen finden Sie unter: www.klimaneutralerverlag.de

Deutsche Erstausgabe April 2021
Knaur Taschenbuch
© 2019 Melinda Metz
Published by Arrangement with KENSINGTON PUBLISHING CORP.,
119 West 40th Street, NEW YORK, NY 10018 USA
© 2021 der deutschsprachigen Ausgabe Knaur Verlag
Ein Imprint der Verlagsgruppe
Droemer Knaur GmbH & Co. KG, München
Alle Rechte vorbehalten. Das Werk darf – auch teilweise –
nur mit Genehmigung des Verlags wiedergegeben werden.
Redaktion: Friederike Arnold
Covergestaltung: ZERO Werbeagentur, München
Coverabbildung: Collage unter Verwendung von Motiven
von Shutterstock.com
Abbildungen im Innenteil von Shutterstock: onot
Satz: Sandra Hacke
Druck und Bindung: CPI books GmbH, Leck
ISBN 978-3-426-52620-0

2 4 5 3 1

*Für die fabelhafte Laura J. Burns, meine
mehrfache Co-Autorin und langjährige Freundin,
die zu meiner Rettung eilte, als ein Notfall
in der Familie mich bei meiner Arbeit an »Vier Pfoten
für ein Happy End« ins Stolpern brachte. Sie war
mein Anker, und wir führten lange Gespräche über
Katzen und Katzenbabys, warum Menschen
sich ineinander verlieben und andere wesentliche
Aspekte der Handlung. (Sie hat etwas von
MacGyver an sich!)*

*Jetzt muss ich mich noch bei E. B. White
und bei Wilbur bedanken.
Einfach »Laura« durch »Charlotte« ersetzen.*

*»Es kommt nicht oft vor, dass jemand auftaucht,
der sowohl eine echte Freundin als auch eine gute
Schriftstellerin ist. Charlotte ist beides.«*

Kapitel 1

MacGyver starrte seinem Menschen ins Gesicht. Er konnte immer ausmachen, wenn Jamie nur so tat, als ob sie schlief, aber diesmal schlief sie wirklich. Früher hatte er gedacht, dass sie die Notwendigkeit häufiger Nickerchen schlichtweg nicht begriff, aber inzwischen schlief sie noch häufiger als er. Und dagegen hatte er nichts – sofern sie diese Schläfchen nicht gerade zu seiner Frühstückszeit hielt!

Er beugte sich vor, sodass seine Schnurrhaare über ihre Wangen strichen, dann riss er sein Maul auf, so weit er konnte, und jaulte. Das Jaulen hob er sich für echte Notfälle auf, und das hier *war* einer. Sein Magen war leer!

Jamie gab einen mürrischen Laut von sich, ihre Augenlider zuckten, aber sie wachte nicht auf. Mac tippte ihr mit der Pfote auf die Nase, die Krallen hatte er eingezogen. Sie wischte die Pfote weg, ohne aufzuwachen. Er überlegte. Natürlich wusste er, wie er sie mit Leichtigkeit aufwecken könnte, ein kleiner Kratzer würde genügen. Aber Jamie war sein Mensch, und so etwas würde er ihr niemals antun. Zumindest nicht, solange sie solche Respektlosigkeiten nicht zur Gewohnheit werden ließ.

Er sprang vom Bett. Es gab eine Menge anderer Menschen, die ihm noch eine Mahlzeit schuldeten. Eine für jeden Tag seines Lebens! Ja, immer wenn er sah, wie schwer sich die Menschen um ihn herum mit den einfachsten Dingen des Lebens taten, griff Mac ein. Dazu sah er sich als höher entwickeltes Wesen verpflichtet. Aber jetzt war es Zeit für eine Gegenleistung.

Mac beschloss, Gibb besuchen zu gehen. Als er Gibb kennengelernt hatte, hatte er sofort erkannt, wie einsam der Mann war. Sein Geruch hatte es ihm verraten. Mac hatte nicht lang gebraucht, um herauszufinden, wer als Gefährtin zu ihm gehörte. Jetzt wohnten sie zusammen. Ja, Gibb stand in seiner Schuld. Außerdem hatte Gibb immer Sardinen.

Da kam Diogee ins Zimmer galoppiert und starrte winselnd die immer noch schlafende Jamie an. Mac hätte einen Umweg machen und die Dose mit den Leckerchen umwerfen können, damit Diogee etwas zu fressen bekam. Und vielleicht würde er das auch noch tun, aber später. Erst Katzen, dann Hunde. Erst würde er dafür sorgen, dass sein eigener Magen gefüllt würde, bevor er sich des Schafskopfs erbarmte.

Er trabte ins Bad, sprang auf die Fensterbank und stieß das runde Fenster auf. Von dort aus war es nur ein kleiner Sprung auf den nächsten Ast der Zeder, seiner persönlichen Treppe. Er huschte hinunter und lief zu Gibbs Haus. Die leichte Brise zerzauste sein Fell, und das taunasse Gras kitzelte seine Zehen. Er konnte schon fast spüren, wie die öligen kleinen Fischchen seine Kehle hinunterglitten.

Auf einmal hörte Mac … etwas. Er bremste, ein Ohr nach hinten gedreht. Da war der Laut wieder. Ein Miauen, so schwach, dass es beinahe unhörbar war, aber eindeutig ein Miauen. Ein Katzenbaby in Not. Und niemand außer Mac war in der Lage, es zu retten. Die Sardinchen würden warten müssen.

Er brauchte einen Augenblick, um herauszufinden, aus welcher Richtung das Miauen kam, dann rannte er los. Als er sich dem Geräusch näherte, fiel ihm auf, dass das Miauen nicht von einem Kätzchen kam. Es konnten zwei oder sogar drei sein.

Oh, heilige Bastet! Mac irrte sich fast nie, aber diesmal schon. Er fand die Kätzchen unter einem kümmerlichen Busch, neben dem Haus, an dem er gewöhnlich ein paar Bissen Hühnchen abstaubte. Es waren vier Babys, alle braun getigert wie Mac. Zwei fingen an, lauter zu miauen, als sie ihn sahen. Eines miaute gar nicht, es öffnete nicht einmal die Augen. Das vierte machte einen Schritt auf ihn zu und krümmte seinen kleinen Rücken, sein Schwanz so buschig gesträubt, wie ein so kleiner Schwanz sich nur sträuben konnte. Das Katzenbaby öffnete sein Mäulchen und fauchte ihn an. Fauchte Mac an, der ihm um vier Kilo überlegen war.

Mac übersah die Herausforderung des Kätzchens, atmete ein und sog dabei mit der Zunge Luft in sein Maul, um Informationen zu sammeln. Das Kleinste war noch am Leben, aber sehr schwach. Die anderen waren gesund, hatten jedoch schon länger kein Futter mehr bekommen. Die Mutterkatze war bereits seit mehreren Tagen fort. Wenn sie hätte zurückkommen können, hätte sie das getan.

Allein würden die Kätzchen nicht überleben, auch das freche nicht, das Mac angefaucht hatte. Ihre Mägen mussten noch viel leerer sein als sein eigener. Und es gab auch niemanden mehr, der ihnen das Grundlegende beibringen konnte – Jagen, Lauern oder Große-Augen-Machen, dem Menschen nicht widerstehen konnten. Ihm blieb nichts anderes übrig: Er würde sich um sie kümmern müssen.

Erst musste er die Kleinen an einen sicheren Ort bringen. Er konnte andere Katzen riechen, Katzen, die sich möglicherweise unsicher genug fühlten, um ein Häuflein Katzenbabys für eine Bedrohung ihres Reviers zu halten. Und Hunde gab es auch. Diogee würde die Kleinen wahrscheinlich mit seiner Schlabberzunge ertränken, aber Diogee war kein Maßstab. Mac hatte ihn sogar mal vor einem Chihuahua davonrennen sehen. Einem *Chihuahua*. Der Schwachkopf hätte ihn einfach verschlucken können, aber er war nun mal ein Weichei und kein Maßstab dafür, wozu Hunde fähig waren.

Ein Auto fuhr vorbei und erinnerte Mac an eine weitere Gefahr. Er musste sich beeilen. Er hob Sassy, wie er den kleinen

Frechdachs nannte, am Nackenfell hoch, wobei er ihr klägliches Knurren ignorierte. Wohin mit ihnen? So schnell, wie er sich traute, schlug er den Heimweg ein. Aber dorthin wollte er die Katzenbabys eigentlich nicht so gern bringen. Jamie war derzeit nicht einmal in der Lage, ihn und den Schwachkopf zu füttern. Ganz zu schweigen von seinem Katzenklo, das meistens David sauber machen musste. Und sie roch auch schon seit Monaten komisch. Nicht krank, aber auch nicht wie sie selbst. Doch darum würde er sich später kümmern.

Jetzt brauchte er einen sicheren Ort, ohne Tiere und Menschen. Denn nicht alle Menschen waren wie Jamie und David und Macs Freunde. Bevor man ihnen trauen konnte, musste man sie erst gründlich beobachten und beschnuppern.

Sassy wand und krümmte sich. Mac kümmerte sich nicht darum, sein Hirn arbeitete auf Hochtouren, während er sein Viertel durchquerte. Wohin, wohin, wohin nur? Er fing einen Hauch von verrottendem Stoff auf, von Pappkartons, Holz und Mäusedreck. Die Kätzchen waren nicht viel größer als Mäuse, aber wenn die Piepser Mac in der Gegend rochen, würden sie sich schon davonmachen.

Er lief auf das kleine Gebäude zu, woher die Gerüche kamen. Es war ungefähr so groß wie das Zimmer, in dem Jamie und David schliefen, aber das Dach war viel höher. Mac hatte es auf einem seiner nächtlichen Ausflüge gefunden. Er trug das zappelnde Kätzchen durch den engen Tunnel, den er entdeckt hatte, als er das Haus zum ersten Mal erforscht hatte. Er setzte es auf einem alten Stück Teppich ab und lief zu den anderen zurück. Keines davon zappelte so sehr wie Sassy. Das letzte hatte sich gar nicht bewegt, aber es lebte noch. Sie lebten alle noch. Und Mac würde dafür sorgen, dass es auch dabei blieb.

Das bedeutete Futter, und bei ihm zu Hause konnte er es am einfachsten beschaffen. Er wusste, wo die Tütchen mit dem

Thunfisch standen. Das würde für den Anfang genügen. Er durfte kein Futter aus den Regalen nehmen. Jamie würde ihn einen bösen Kater nennen – falls sie lang genug wach war, um es zu merken –, aber das hatte ihm noch nie etwas ausgemacht.

Meistens machte es sogar Spaß, ein böser Kater zu sein. Doch jetzt war es notwendig, wenn auch nicht für lange Zeit. Er würde den Kleinen alles beibringen, was sie wissen mussten, und dann würde er jedes von ihnen mit einem Menschen verkuppeln. Er kannte viele Menschen, und er war hervorragend im Verkuppeln. Die Katzenbabys hatten Glück gehabt, dass es MacGyver gewesen war, der ihr Hilfe suchendes Miauen gehört hatte.

Serena steckte den Schlüssel ins Schloss, dann hielt sie inne. Sie betrat das Haus, in dem sie das nächste Jahr über wohnen würde. Sie war noch nie hier gewesen. Sie war auch noch nie in Kalifornien gewesen, geschweige denn in Los Angeles. Nicht dass Atlanta eine Kleinstadt wäre. Aber das hier war *Hollywood*. Da drüben stand als Beweis das Schild.

Sie betrachtete es lange. »Atme es ein«, flüsterte sie. Das machte sie schon, seit sie zwölf war, ihre Mutter hatte es ihr beigebracht. Jeden Tag versuchte sie, mindestens eine erstaunliche Sache zu entdecken. Dann sagte sie – oder dachte es manchmal auch nur –: »Atme es ein.« Das verankerte die Erlebnisse fest in ihrem Bewusstsein, und sie konnte sie dadurch noch mehr schätzen. Für sie als Schauspielerin hatte sich das bereits als sehr nützlich erwiesen. Daher hatte sie sich angewöhnt, es jedes Mal zu machen, wenn sie die Gefühle und Empfindungen eines Augenblicks, seien sie gut oder schlecht, besonders intensiv wahrnehmen und abspeichern wollte.

»Atme es ein«, flüsterte sie noch einmal, als sie den Schlüssel im Schloss drehte. Sie lächelte, als sie die Tür aufstieß. Den großen, runden Raum, eine Kombination aus Esszimmer und Küche, beherrschte eine spiralförmige Treppe. Sie schraubte sich hoch und höher. Vier Stockwerke hoch. »Atme es …«, fing sie an, hielt dann inne. Es gab zu viel zu sehen und zu erleben. Sie konnte es nicht in Momente aufteilen. Sie würde einfach zulassen müssen, dass die Erfahrung sie umfasste, und hoffen, dass sie sich wirklich *an alles* erinnern würde.

Anstatt das Erdgeschoss zu erkunden, folgte sie dem Impuls, die Treppe hinaufzusteigen. Der erste Stock war kleiner – genau wie man es sich vorstellte, wenn man in einem Leuchtturm wohnte. Sie würde in einem Leuchtturm wohnen! Nun, nicht direkt in einem funktionierenden Leuchtturm, aber in einem Haus, das aussah wie einer, komplett mit rot-weißen Bonbonstreifen außen und einem Witwensteg um die Kuppel herum. Alle Häuser im Storybook Court waren einzigartig. Sie hatte noch keine Gelegenheit gehabt, sie sich anzusehen, aber das stand ganz oben auf ihrer Liste. Bisher gefiel ihr das am besten, das aussah, als gehörte es ins Auenland, rund, mit runden Fenstern und einer runden Tür und einem strohgedeckten Dach, und dann eines, das aussah wie ein Hexenhaus, mit spitzem Dach und einem Türklopfer in Form einer Spinne aus rubinrotem facettiertem Glas.

Serena bemerkte einen kuriosen bauchigen Ofen und gemütliche dick gepolsterte Sessel und Sofas, bevor sie die Treppe weiter hinaufging. Im zweiten Stock fand sie das Schlafzimmer. Sie probierte das Bett aus – genau richtig gefedert – und strich genussvoll über die darauf liegende Patchworkdecke. Dann stand sie wieder auf, warf einen kurzen Blick ins Badezimmer und auf die Badewanne mit Klauenfüßen. »Atme es ein«, sagte sie sich, weil sie nicht anders konnte.

Als sie zur Treppe zurückkam, hörte sie ein tiefes Ohhhhwaaaah. Ein Nebelhorn. Nein, eine Türklingel. Eine Türklingel, die wie ein Nebelhorn klang, wurde ihr klar, als der Laut noch einmal ertönte. Sie eilte die Treppe hinunter und öffnete die Tür. Eine Frau, ungefähr Mitte fünfzig, stand mit einem freundlichen Lächeln auf ihrem Elfengesicht vor ihr. Sie hatte kurzes schwarzes Haar mit grauen Strähnen, und der Pony berührte fast ihre Augenbrauen.

»Ruby Shaffer?«, fragte Serena.

»Aber natürlich«, antwortete Ruby. »Ich wollte dich begrüßen und wissen, ob du irgendwelche Fragen zu den Bedingungen des Stipendiums hast.«

Serena trat zurück, um sie hereinzulassen. »Bestimmt habe ich Fragen, aber ich muss zugeben, dass mein Gehirn gerade voll und ganz damit ausgelastet ist, all die neuen Eindrücke zu verarbeiten.«

»Verständlich«, antwortete Ruby. »Ich will dein Gehirn auch nicht überstrapazieren. Du weißt das Wesentliche – du darfst hier ein Jahr lang mietfrei wohnen. Du musst nur beweisen, dass du ein kreatives Ziel hast. Schauspielerei, in deinem Fall. Mach einfach eine Liste mit Vorsprechterminen, Kursen, Fortbildungen, was auch immer, und wir sehen uns das einmal im Monat an. Dann schicke ich einen Bericht an die Mulcahys, die die Leuchtturmstiftung gegründet haben. Sonst gibt es nicht viel mehr zu wissen, und wenn du mich brauchst, ich wohne nur ein paar Blocks von hier entfernt. Außerdem habe ich ein Telefon, und du hast die Nummer.«

»Habe ich.« Serena hatte mehrfach mit Ruby gesprochen, seitdem sie erfahren hatte, dass sie die diesjährige Empfängerin des Leuchtturmstipendiums war. »Kann ich dir … ein Glas Leitungswasser anbieten?«, fragte sie. »Warte. Ich bin mir nicht sicher, ob ich ein Glas habe. Aber du kannst gerne deinen Kopf unter den Wasserhahn halten und einen Schluck Wasser trinken.«

Ruby lachte. »Du hast Gläser. Du hast auch Tassen und Untertassen. Teller, Bettzeug, Handtücher und alles, was du sonst brauchst. Die Mulcahys haben sogar dafür gesorgt, dass ich einkaufe, damit du nicht gleich wieder losmusst. Das hätte ich dir sagen sollen. Tut mir leid.«

Serena nickte, dann nickte sie noch einmal. »Nein, das hast du mir gesagt. Jetzt erinnere ich mich. Es fällt mir nur ein bisschen schwer, alles zu begreifen. Habe ich das schon erwähnt? Es ist einfach zu viel des Guten.«

»Hey, das ist Hollywood – ganz, ganz selten und für ganz, ganz wenige Leute«, beruhigte sie Ruby. »Und ich hätte gern etwas von dem Pfefferminztee, der in einem Krug in deinem Kühlschrank steht.«

»Und mein Kühlschrank steht hier drüben.« Serena ging zu dem himmelblauen Retrokühlschrank, der in der Mitte der an der geschwungenen Wand verlaufenden Arbeitsfläche stand und sie in zwei Hälften teilte. Ein großer, zartgrün gestrichener Holztisch und gemütlich aussehende Stühle beherrschten den Raum. »Das Haus ist toll eingerichtet, jedenfalls, was ich bisher gesehen habe. Ich bin gerade erst angekommen.«

»Ich dachte, du würdest gegen Mittag ankommen.«

»Es gab Verspätungen.« Serena inspizierte den gut gefüllten Kühlschrank, dann nahm sie einen Glaskrug heraus, der mit einem spiralförmigen Muster aus rosafarbenen Steinchen verziert war. Er passte perfekt zu dem Tisch und dem Kühlschrank. Ruby griff nach ein paar Gläsern, nahm einen Ziplockbeutel mit frisch gebackenen Plätzchen aus ihrer riesigen Tasche und legte sie auf einen Teller. Als sie am Tisch saßen, stieß Serena einen erleichterten Seufzer aus.

»Das kann ich dir nachfühlen«, sagte Ruby. »Gestern hatte ich ein dreizehnstündiges Meeting mit dem Produktionsteam für einen Film, für den ich das Set gestalte. Dreizehn. Stunden.

Eigentlich noch länger, weil ich nämlich heute Nacht geträumt habe, ich wäre immer noch dabei, und es mir so wirklich vorkam.«

»Ja«, stimmte Serena zu. »Träume können einen manchmal wirklich fertigmachen. Ich habe ein paarmal geträumt, dass ich mich mit jemandem streite, und beim Aufwachen war ich immer noch sauer auf denjenigen. Ich musste mich sozusagen selbst davon überzeugen und daran erinnern, dass diese Person im wirklichen Leben nichts von all den schrecklichen Dingen getan hat.« Sie biss in ein Plätzchen, und eine köstliche Mischung aus Limone, Kokosnuss und Ananas kitzelte ihre Geschmacksknospen. »Also, natürlich interessiere ich mich jetzt brennend für diesen Film, als Schauspielerin. Ich will alles darüber wissen, in allen Details, und besonders natürlich, ob es eine Rolle für mich gibt. Habe ich lang genug gewartet, bevor ich die Frage gestellt habe? Ich habe auf das mit dem Traum geantwortet, was du zuerst erzählt hast.«

»Schon in Ordnung. Der Film ist … nun … ein bisschen schwer zu beschreiben. Versuch dir so etwas wie *Das Haus des Grauens* unter der Regie von Wes Anderson vorzustellen – versteckte Gänge, ein frei herumlaufender Mörder, witziges Geplänkel«, sagte Ruby. »Die Hauptrollen sind alle schon vergeben, aber ich kann mich mal umhören.«

»Das hört sich toll an. Und ich will mich nicht einschmeicheln.« Sie lachte. »Was wohl heißt, dass ich genau das gerade tue. Aber außerdem will ich dich kennenlernen und mehr über das Filmemachen erfahren. In Atlanta habe ich hauptsächlich Theater gespielt, und das ist schon Jahre her. Die letzten vier Jahre habe ich hauptsächlich Schauspielen gelehrt, anstatt es selbst zu tun.« Sie schüttelte den Kopf. »Vier Jahre. Es kommt mir vor wie zwanzig, außer wenn es sich gerade anfühlt wie ein Monat.«

»Die widersprüchliche Natur der Zeit«, fügte Ruby hinzu. Sie zeichnete mit dem Finger das Symbol für die Unendlichkeit auf ihr beschlagenes Glas.

Serena mochte sie. Sie war jemand, mit dem man sich nach nur ein paar Minuten verbunden fühlte. »Warum hast du beschlossen, wieder zu schauspielern?«, fragte Ruby.

»Eigentlich hatte ich nie beschlossen, es aufzugeben«, antwortete Serena. »Ich habe einen Job angenommen, um mir ein paar zusätzliche Kleinigkeiten leisten zu können – wie die Miete.«

Ruby schnaubte. »Das kenne ich.«

»Und dann gefiel es mir, ich habe auch gute Bewertungen bekommen«, fuhr Serena fort, »und man hat mich gefragt, ob ich mehr Stunden geben wolle und – Simsalabim – vier Jahre später.«

»Dann hast du also einfach die Info zum Leuchtturmstipendium irgendwo gesehen und beschlossen, dass du wieder schauspielern möchtest?« Ruby malte an dem Kunstwerk auf ihrem Glas weiter.

»Nein. Ich habe mich über alle Stipendien informiert, für die ich mich bewerben konnte, und mich überall beworben«, gab Serena zurück. »Eines Tages nach dem Unterricht habe ich mitgehört, wie sich zwei Schüler unterhielten. Über mich.« Ruby zog die Augenbrauen hoch. »Obwohl ihnen mein Unterricht gefiel, wollten sie vielleicht doch lieber von einem aktiven Schauspieler unterrichtet werden. Sie sagten, dass ich schon bald dreißig sein müsste und ich es offensichtlich nicht mehr als Schauspielerin schaffen würde, sonst wäre das ja längst passiert. Und dass sie vielleicht keinen Unterricht bei jemandem nehmen sollten, der es offensichtlich nicht geschafft hat.«

»Autsch.« Ruby wischte mit der Handfläche über ihr Glas und säuberte es.

»Ja. Besonders, weil sie recht hatten. Ohne es zu bemerken, hatte ich meinen Traum aufgegeben, als Schauspielerin zu arbeiten. Ich habe mehr und mehr Unterrichtsstunden übernommen, es wurde ein Vollzeitjob, und aufgehört, mich für Rollen zu bewerben und vorzusprechen …«

»Simsalabim. Vier Jahre später«, sagte Ruby.

»Genau. Also tat ich das, wozu ich meinen Schülern immer geraten habe. Geh hin. Gib nicht auf. Jedes Vorsprechen ist wie ein Lotterielos, du kannst nicht gewinnen, ohne eins zu kaufen.«

»Und hier bist du. Es gab jede Menge Bewerber, das ist dir doch sicherlich klar, oder?«

»Ich bin immer noch im Schockzustand. Ein Jahr mietfrei und ein Stipendium für meine Ausgaben? Einfach unbegreiflich! Aber hier bin ich.« Serena nahm sich ein paar Sekunden für ein stilles *Atme es ein.* »Und alles, was ich dafür tun muss, ist, genau das zu tun, was ich tun will – daran zu arbeiten, eine professionelle Schauspielerin zu werden.«

»Nicht daran, ein Star zu werden?« fragte Ruby

»Nun ja, das wäre natürlich fantastisch. Aber wir wissen beide, wie selten das vorkommt und dass man eine Menge Glück braucht. Wenn ich meinen Lebensunterhalt mit etwas verdienen kann, das ich liebe, dann genügt mir das. Ich muss nicht berühmt werden.«

Ruby nickte. »Hört sich gut an. Es hat Jahre gegeben, in denen ich eine Menge Taschentücher an weinende Frauen verteilen musste, die am Boden zerstört waren, weil sie nicht von heute auf morgen zur Sensation geworden sind.«

»Warum ist das Stipendium nur für Frauen? Nicht dass ich mich darüber beklagen wollte.«

»Die Mulcahys hatten eine Tochter, die Filmregisseurin werden wollte. Sie kam bei einem Autounfall ums Leben, kurz nachdem sie hergekommen war, um es zu versuchen«, antwortete Ruby. »Ihre Eltern haben das Stipendium ihr zu Ehren eingerichtet. Vielleicht wollten sie die Waage etwas ausbalancieren. Du kennst die Statistiken zum Verhältnis von männlichen und weiblichen Regisseuren.«

»Und die ungleichen Gehälter in beinahe allen Berufen.« Serena nahm sich ein zweites Plätzchen, eines mit Schokolade. Die Plätzchen schmeckten köstlich. Sie liebte Schokolade. »Hey, wir sind völlig von dir abgekommen. Ich habe gesagt, dass ich dich besser kennenlernen möchte, und dann immer weitergeredet.«

Ruby sah auf die gelbe Küchenuhr, die sowohl ein Thermometer als auch einen Zeitschalter besaß. »In ein paar Minuten findet drüben ein Nachbarschaftstreffen statt. Möchtest du mitkommen? Dann können wir uns weiter unterhalten.«

Serena stand auf. »Unbedingt. Schließlich bin ich jetzt für ein ganzes Jahr hier.« Sie wohnte jetzt tatsächlich in Hollywood! In Storybook Court, was das bezauberndste Viertel der ganzen Stadt sein musste. Und sie wurde dafür bezahlt, ihre Träume zu verwirklichen. Sie konnte nicht verhindern, dass sich ein Grinsen auf ihrem Gesicht ausbreitete, ein so breites Grinsen, dass ihre Wangen schmerzten. Wieso hatte sie nur so verdammtes Glück?

»Wieso habe ich nur so verdammtes Pech?«, murmelte Erik. Er warf seiner Partnerin einen verärgerten Blick zu.

»Warum siehst du mich so an?«, fragte Kait. »Ich habe nur gesagt, dass du Storybook Court wenigstens schon kennst und auch eine Menge Leute, was uns unseren Job erleichtern wird.« Die Stadt hatte wieder Streifenpolizisten eingeführt, zumindest im kleinen Rahmen, nachdem man sie vor acht Jahren abgeschafft hatte. Der Court gehörte zu Eriks und Kaits Revier.

Sie würden eine Gemeindeversammlung abhalten, sich vorstellen und ein paar allgemeine Sicherheitsratschläge geben.

»Das ist mir egal. Wir könnten in jedes Viertel kommen, und es würde funktionieren.«

»Du hast völlig recht«, sagte Kait schnell. »Ich wollte dir nur zeigen, dass es einen Lichtblick gibt.«

»Der Lichtblick ist mir auch egal.«

Kait seufzte. »Stanford hat in einer Studie bewiesen, dass, wenn man die Einstellung von Kindern einer Sache gegenüber verbessert, ihr Hirn tatsächlich …«

»Und diese Studien …«, unterbrach Erik.

»… sind dir auch scheißegal«, beendete Kait den Satz.

»Scheißegal war nicht das Wort, das ich im Sinn hatte.«

Sie ignorierte ihn. »Ich kann mir nicht jeden Tag deine geballte Negativität anhören. Mein Hirn muss für die Detective-Prüfung auf Hochtouren laufen. Und deins übrigens auch.«

Erik grunzte nur zur Antwort, während er den Streifenwagen in eine Parklücke auf der Gower Avenue einparkte. Als er ausstieg, sah er, wie ihn von einer Palme herab die schwarzen, glänzenden Augen einer Ratte anschauten. Beinahe hätte er Kait darauf hingewiesen, die jedes Tier, das keine Haare am Schwanz hatte, ekelerregend fand, aber er hielt sich zurück. Schließlich war es ja nicht ihre Schuld, dass sie hier eingeteilt worden waren. »Bringen wir's hinter uns.«

»Das ist die richtige Einstellung.« Kait klopfte ihm auf die Schulter. Wenigstens hatte sie Tulip nicht erwähnt und nicht wieder darauf hingewiesen, dass es jetzt drei Jahre her war und er irgendeiner Studie zufolge – Kait hatte für jede Situation eine Studie parat – so langsam über Tulip hinweg sein sollte.

Und das war er ja auch. Er wollte nur nicht an sie denken, doch hier fiel es ihm schwer, genau das nicht zu tun.

»Das sind jedenfalls anständige Leute«, bemerkte Kait, als

sie ankamen. Wenn sie weiterhin versuchte, ihm den Lichtblick anzudrehen, würde er seine Meinung ändern und ihr die Ratte doch noch zeigen …

Er blieb stehen und betrachtete die Gruppe, die um den Brunnen herum versammelt war, und bemerkte ein paar bekannte Gesichter. Al und Marie. David und eine sehr schwangere Jamie. Die beiden waren ungefähr zur selben Zeit zusammengekommen wie er und Tulip – Erik erlaubte sich nicht, den Gedanken zu Ende zu denken. Da stand Ruby neben einer Frau, die er nicht kannte. Das Haar der Frau war hellrot, und es war so verwuschelt, als käme sie gerade vom Strand. Sie trug ein hellgrünes, knöchellanges Trägerkleid, das ihre Schultern perfekt zur Geltung brachte. Es umfloss ihren Körper, ohne zu eng zu sitzen. Sie hatte es an einer Seite zusammengeknotet, kurz unter dem Knie, sodass er ein bisschen Bein sehen konnte, ein bisschen, was dafür sorgte, dass er mehr sehen wollte. Wenn der Stoff des Kleides doch nur ein bisschen dünner wäre …

»Lass das«, warnte Kait.

»Lass was?«

»Die Frauen, die hier im Court wohnen, als mögliche Date-Kandidatinnen für dich anzusehen«, sagte Kait. Sie malte bei dem Wort »Date« Anführungszeichen in die Luft. »Bleib bei deinen Dating-Plattformen. Du bist dienstlich hier. Kein Sex am Arbeitsplatz.«

Erik lachte schallend. »Du bist ja vielleicht prüde. Und ich habe doch nur geguckt, wer hier ist, an Sex am Arbeitsplatz habe ich gar nicht gedacht.«

»Ich bin Polizistin. Ich kann Leute durchschauen und dich am allerbesten. Du hast die Rothaarige abgecheckt«, gab Kait zurück. »Also, los geht's.« Sie ging zum Brunnen hinüber und sprang auf den breiten Rand. Erik stellte sich neben sie. Er erlaubte sich nicht, die Rothaarige noch einmal anzusehen.

»Willkommen, Leute!« rief Kait aus. »Ich bin Officer Tyson. Kait. Und das hier ist mein Partner, Officer Ross.«

»Erik. Schön, ein paar bekannte Gesichter zu sehen.« Er winkte der Gruppe zu und nahm wahr, wie Marie ihm anerkennend zunickte. Er nahm sich vor, mal auf einen Eistee und einen kleinen Klatsch bei ihr vorbeizuschauen. Marie wusste über fast alles Bescheid, was im Court geschah, und was sie nicht wusste, das konnte sie ganz leicht herausfinden. Hoffentlich war er auch noch mit achtzig so gut beieinander wie sie.

»Unten auf der Station haben wir ein bisschen umdisponiert und werden mehr Streifenpolizisten in die Gegend schicken. Erik und ich – wir sind für Sie zuständig.«

»Das heißt, dass wir uns häufig sehen werden«, fügte Erik hinzu. »Wir möchten Sie alle kennenlernen und wissen, worüber Sie sich Sorgen machen. Wenn Sie uns hier sehen, kommen Sie doch einfach auf uns zu und sprechen Sie uns an.«

»Und wir geben Ihnen auch unsere Visitenkarten, damit Sie anrufen oder mailen können«, setzte Kait hinzu. »Hat noch jemand Fragen?«

»Warum das Ganze?«, fragte ein Mann. Er kam ihm bekannt vor, aber Erik konnte sich nicht an seinen Namen erinnern. »Es gibt in Storybook Court keine Verbrechen. Es sei denn, Sie rechnen die Unterwäsche-Diebstähle von MacGyver mit ein.«

»Ist dieser MacGyver jemand, den wir im Auge behalten sollten?«, fragte Kait leise.

»MacGyver ist ein Kater. Ich erklär's dir später«, flüsterte Erik, dann hob er die Stimme. »Auch wenn sich Storybook Court anfühlen mag, als wäre es eine eigene kleine Stadt, gehört es doch zu einer Großstadt, und in jeder Großstadt gibt es auch Verbrechen. Wir wollen Sie nicht verängstigen. Wir möchten nur, dass Sie aufeinander achten und uns sagen, wenn es in der Nachbarschaft irgendetwas gibt, was Sie stört.«

»Es stört mich, dass Ed Yoder in seiner Badehose Unkraut jätet!«, rief jemand, und alle lachten.

»Tut mir leid, wir sind nicht von der Modepolizei«, gab Erik zurück, wofür er selbst ein paar Lacher erntete.

Kait kam zurück zum Thema. »Wir möchten Ihnen heute ein paar Ratschläge geben, wie Sie sich schützen können.«

»Sagen wir mal, ich wäre ein Vertreter und würde bei Ihnen an die Tür klopfen.« Erik hob die Faust und tat, als würde er anklopfen.

»Das könnte ganz leicht passieren«, informierte Kait die Gruppe. »Dreißig Prozent der Firmen, die Alarmanlagen verkaufen, berichten, dass sie neunzig Prozent ihrer neuen Kunden aufgrund von ungebetenen Vertreterbesuchen bekommen.«

»Sie öffnen die Tür.« Erik lächelte freundlich. »Hallo, ich bin Erik von der Firma Heil und Gesund. Ich …« Wie immer hielt er mitten in seiner Vorstellung inne. »Also, das würde besser gehen, wenn ich mit einer richtigen Person sprechen könnte. Gibt es vielleicht einen Freiwilligen?« Totenstille. Einen Freiwilligen einzusetzen war gut, um die Gruppe mit einzubeziehen, aber wenn sich niemand meldete, wurde es schnell ein bisschen ungemütlich. Wo war Hud Martin? Der ehemalige Fernsehstar hätte die Gelegenheit beim Schopf ergriffen, bevor Erik auch nur »Freiwilliger« hätte sagen können.

»Niemand?«, fragte Erik.

»Serena macht das!«, rief Ruby und schob die Rothaarige nach vorn.

»Toll! Kommen Sie hier hoch.« Erik winkte sie zu sich.

»Du wirst doch nicht …«, murmelte Kait. Erik tat so, als hätte er sie nicht gehört. Er streckte die Hand aus, um der Frau – Serena – auf den Brunnenrand zu helfen, und war überrascht, als er ein beinahe elektrisches Kribbeln spürte, als ihre Finger sich berührten, so attraktiv fand er sie. Natürlich hatte er dieses

Gefühl schon vorher empfunden, aber normalerweise nicht sofort und nicht bei einem so zufälligen Kontakt.

»Also, ein Verkäufer taucht an Ihrer Tür auf«, sagte Kait, als hätte er vergessen, was er tun sollte. Hatte er nicht. Er hatte sich nur einen Sekundenbruchteil lang ablenken lassen.

»Richtig. Okay. Tun Sie einfach das, was Sie tun würden, wenn ich an Ihrer Tür auftauchen würde«, sagte Erik zu Serena.

Sie nickte. »Verstanden.«

Er klopfte wieder an die imaginäre Tür.

»Ähm, Ihre Hand ist zu weit vorne«, sagte Serena zu ihm. »Da, wo Sie stehen, wäre die Tür hier.« Sie machte eine Armbewegung. »Versuchen Sie, es sich vorzustellen, dann versuchen Sie es noch einmal.«

Machte sie sich über ihn lustig oder wollte sie ihm tatsächlich helfen? Auch egal. Er musste mitspielen. »O…kay.« Er wiederholte das Klopfen.

»Schon besser.«

»Hallo. Ich bin Erik Ross. Ich war gerade drüben in der Magic Beans Street, es gab dort einen Fehlalarm. Meine Firma wird die nächsten paar Wochen hier in der Gegend alte Alarmanlagen auswechseln, die ihren Besitzern Ärger bereiten.«

Serena verschränkte die Arme vor der Brust und warf ihm einen herausfordernden Blick zu. »Warum erzählen Sie mir das?«

Sie brachte wirklich Begeisterung mit. Und sie hatte jedermanns Aufmerksamkeit. »Also, die Sache ist die, ich suche ein paar Hauseigentümer, die für meine Firma Werbung machen möchten. Das Einzige, was Sie tun müssen, ist, dieses Schild mit unserem Logo und unserer Telefonnummer in Ihrem Garten aufzustellen.«

»Tut mir leid, kein Interesse. Wissen Sie eigentlich, wie viel

Zeit ich in meinen Garten investiert habe? Da werde ich doch den Teufel tun und ihn mit einem Schild verschandeln«, sagte sie unfreundlich, aber ihre Augen blitzten.

»Ihre bewundernswerten Rosen sind mir gleich als Erstes aufgefallen«, spielte er mit. »Passen Sie auf: Wenn Sie unser Schild in Ihrem Garten aufstellen, installiert meine Firma Ihnen eine Heil-und-Gesund-Alarmanlage gratis.«

Serena zog die Augenbrauen hoch. »Kostenlos?«

»Ganz und gar kostenlos. Wir stellen nur ein Schild, ein ganz kleines Schild bei Ihnen vor dem Haus auf.«

Sie knabberte an der Unterlippe. Er konnte nicht anders, als zu bemerken, dass sie ein wenig voller war als die Oberlippe, die … wohlgeformt war. Einfach … vollendet geformt. Der Bogen, so würde man es wohl nennen, war ganz deutlich zu erkennen.

Und ja, er starrte sie wohl an. Hatte sie etwas gesagt, als er damit beschäftigt war, die richtige Bezeichnung für ihren Mund zu finden?

»Hm. Ich weiß nicht. Das klingt irgendwie zu gut, um wahr zu sein.«

»Genau«, sagte Marie laut und bekam Applaus von ihren Nachbarn.

Gut. Er hatte es nicht vermasselt. Er war noch im Spiel. »Wir haben beide etwas davon. Heil und Gesund bekommt Werbung, und Sie bekommen die Alarmanlage. Zur Vorbereitung müsste ich nur noch wissen, wie viele Türen Sie haben.«

»Zwei«, sagte Serena.

»Die meisten Einbrüche passieren durch den Hintereingang«, erklärte Erik ihr. »Weil er abgelegener ist, schlechter einsehbar. Könnte ich mich mal umsehen? Ich brauche die Einzelheiten für mein Team.«

»Ich … glaube, ja.«

Sie hatte es ihm nicht leicht gemacht, aber er hatte bekommen, was er brauchte. Erik wandte sich von ihr ab und sah zur Gruppe hinüber. »Und jetzt bin ich drin. Ich kann mich im Haus umsehen. Und dann …« Er drehte sich wieder zu Serena. »Wann sind Sie morgen zu Hause?«

Serena gab ihm die perfekte Antwort. »Ich komme erst spät von der Arbeit.«

»Und jetzt weiß ich, wann die beste Zeit ist, um einzubrechen.«

»Wir sagen nicht, dass alle Vertreter Diebe sind«, sagte Kait. »Nur dass Sie darauf achten sollten, welche Informationen Sie einem Unbekannten geben.«

Serena sprang vom Brunnenrand. »Einen Applaus für unsere Freiwillige!«, rief Erik, und alle klatschten.

»Noch etwas, worauf Sie achten müssen, ist …«

Erik musste sich zwingen, Kait zuzuhören. Er konnte es kaum erwarten, dass sie hier fertig wurden. Als seine Partnerin ihre Ansprache beendet hatte, sagte er: »Ich geh nur mal eben und bedanke mich bei der Frau, die mir bei dem Vertreterding geholfen hat.«

»Tu nicht so, als könntest du dich nicht an ihren Namen erinnern. Schließlich sprichst du mit mir.« Kait stöhnte entnervt.

»Bin gleich zurück.« Erik sprang vom Brunnen und lief hinter Serena her, die bereits mit Ruby die Straße hinunterging. »Hi«, sagte er, als er sie eingeholt hatte. »Ich wollte mich nur bedanken, dass Sie eingesprungen sind.«

»Dafür sollten Sie sich bei Ruby bedanken, dass sie mich vorgeschlagen hat«, gab Serena zur Antwort.

»Danke, Ruby! Schön, dich wiederzusehen.« War es aber nicht. Er mochte Ruby, aber die meisten Erinnerungen, die er mit ihr verband, hatten mit Tulip zu tun.

»Gleichfalls. Schön, dass du hier im Einsatz bist. Ich habe

dich vermisst«, antwortete Ruby und blieb stehen. »Hier in der Straße wohne ich. Wir sollten uns mal treffen, Serena. Wie wär's, wenn ich dich übermorgen zum Frühstück einlade?«

»Das fände ich toll.« Serena winkte Ruby, als sie die Straße überquerte.

»Neu hier im Court?«, fragte Erik, als sie weitergingen.

»Neu hier im Court, neu in der Stadt, neu im Staat«, antwortete Serena.

Frau neu in der Stadt. Sie wollte bestimmt in all die angesagten Lokale gehen. Er war eher ein Typ für ruhige Pubs oder ein Bier auf der Terrasse, aber ... »Waren Sie schon im Frolic Room?«

»Ich glaube nicht, dass Sie mich gut genug kennen, um mich das zu fragen!« Serena tat, als wäre sie empört. Zumindest war er sich fast sicher, dass sie nur so tat.

»Es fing als Flüsterkneipe an, und der Besitzer hieß Freddy Frolic«, erklärte Erik. »Es ist eine echte Spelunke, so eine Kneipe, in der auch Charles Bukowski sitzen könnte. Jeder, der in Hollywood lebt, muss wenigstens einmal dort gewesen sein.«

»Und was passiert, wenn ich nicht hingehe?«, fragte Selena. »Müssen Sie mich dann verhaften?« Sie machte ein ernstes Gesicht, aber er glaubte, ein leises Zucken um ihre Mundwinkel zu bemerken.

»Okay. Nicht der Typ für trendige Spelunken. Okay. Lassen Sie mich überlegen.« Er betrachtete sie einen Moment lang und dachte an all die Lokale, in die er mit den Frauen von dem Datingportal hingegangen war. Nur mit einer war er jemals in einer Bar gewesen, die als cool durchgehen könnte. »Ich denke ans Edison.«

»Das Museum für Stromerzeugung? Ich habe so viel davon gehört. Und ich bin ein Riesenfan von Strom!« Ihre Augen leuchteten vor Aufregung.

»Es fällt mir schwer einzuschätzen, ob Sie mich gerade auf die Schippe nehmen.« Sie hielt ihn auf Trab, so wie sie es schon bei ihrem kleinen Rollenspiel getan hatte.

»Das ist mein Talent. Und ich nehme Sie ganz eindeutig auf die Schippe.« Sie lachte. »Wenn es hier nicht tatsächlich ein Museum für Stromerzeugung gibt. Wie gesagt, ich bin neu hier. Was ist das Edison?«

»Eine Bar. Die Leute sagen, dort wäre die Cocktailkultur entstanden. Die Bartender dort heißen Alkoholchirurgen«, antwortete Erik. »Außerdem steht es auf der Liste der schönsten Bars in L.A.« Er kam sich vor wie ein Vollidiot. Hatte er tatsächlich »Liste der schönsten Bars in L.A.« gesagt? Das hatte er von der Frau gehört, die er dorthin ausgeführt hatte. Sam? Thalia? Er sollte sich an so etwas erinnern, aber die Anlässe und, wenn er ehrlich war, auch die Frauen fingen an, sich zu vermischen.

»Ich bin kein großer Barmensch«, sagte Serena. »Obwohl Atlanta definitiv auch seine Barszene hat. Einmal bin ich in eine Bar eingeladen worden, wo es einen ›Getränkedirektor‹ gab. Steht das über oder unter einem ›Alkoholchirurgen‹?«

»Ich habe keine Ahnung«, gestand Erik. »Eigentlich bin ich auch kein großer Barmensch. Aber bei einem Date ist die Bar ziemlich obligatorisch.«

»Was machen Sie denn, wenn es kein Date ist?«, wollte sie wissen. »Also ohne das Obligatorische.«

Er überlegte, ob er ein bisschen lügen sollte, um wenigstens etwas interessanter zu wirken, entschied sich dann aber für die Wahrheit. »Ich bleibe zu Hause. Lese. Sehe fern, fast nur Sport. Koche. Arbeite im Garten. Ich habe sogar ein paar ›atemberaubende Rosen‹«, sagte er in Erinnerung an ihren Dialog, als sie die argwöhnische Hausbesitzerin gespielt hatte. »Das heißt aber nicht, dass ich gar nicht ausgehe«, fügte er hinzu.

»Ich bin genauso. Meine Freunde haben sich immer darüber beklagt, dass sie mich praktisch aus dem Haus zerren mussten. Es ist nicht so, dass ich nicht manchmal Lust hätte auszugehen. Aber ich brauche meine Zeit zu Hause. Aber kochen? Nein. Oder nur, wenn meine erstaunlichen Mikrowellenfertigkeiten zählen.«

»Tut mir leid, die zählen nicht«, antwortete er. »Nur um sicherzugehen, dass Sie nicht verhungern, darf ich Sie mal zum Essen zu mir einladen?«

»Also … ich weiß nicht.« Sie kaute wieder auf ihrer Unterlippe. »Ich habe gerade einen Vortrag über Sicherheit gehört. Da kommt mir so etwas nicht vernünftig vor.«

Sie bogen um eine Ecke, und der Leuchtturm kam in Sicht. Eriks Magen zog sich zusammen. »Nun, es wird die ganze Zeit ein Polizist zugegen sein«, versicherte er.

»In dem Fall – ja, gerne.«

Ihre Antwort fegte die Spannung hinweg, die er beim Anblick des Leuchtturms gespürt hatte. »Prima. Nächsten Freitag?«

»Nächsten Freitag«, stimmte sie zu. »Hier wohne ich.« Serena blieb an dem Aufgang stehen, der zu dem rot-weiß gestreiften Gebäude führte.

»Hier?« Die Anspannung war wieder zurück. Jetzt fühlte er sogar einen Druck in seiner Brust. »Hier?«, wiederholte er. Unfreiwillig trat er einen Schritt zurück. »Wissen Sie was? Mir ist gerade eingefallen, dass ich am Freitag schon was vorhabe.« Gelogen. »Ein Date.« Noch eine Lüge. »Wir machen es ein andermal.« Ganz große Lüge.

Ihre braunen Augen weiteten sich, aber sie sagte nur: »Okay.« Er ging eilig davon, wobei er winkte, ohne sich umzudrehen.

Kapitel 2

Mac leckte Bittles noch ein letztes Mal und roch an ihm. Gut. Das kleinste Kätzchen roch jetzt nach ihm. Wer auch immer sich ihm näherte, wusste sofort, dass er – und seine Schwestern und Brüder – unter Macs Schutz standen. Also, Menschen nicht. Menschliche Nasen funktionierten fast überhaupt nicht. Manchmal konnten sie nicht einmal riechen, dass ihr Essen schlecht war, bevor sie es in den Mund steckten.

Bittles gähnte und schmiegte sich dichter an seine Schwester Lox. Mac nannte sie so, weil dieses delikate Fischchen eines seiner Lieblingsessen war. David mochte es – und hatte auch Jamie dazu gebracht, es zu essen. Was bedeutete, dass Mac doppelt Leckerbissen bekam. »Bittles« hatte Jamie Mac genannt, als er noch ein kleines Kätzchen, nicht viel größer als dieses hier war, einfach nur eine Handvoll, und daher hatte Bittles diesen Namen bekommen.

Mac begutachtete seine Mündel. Nachdem sie gefressen hatten und gewaschen waren, sahen sie alle aus, als würden sie bald einschlafen, sogar Zoomies, der ständig in Bewegung war, im Zickzack über und unter den Möbeln umhersauste. Mac machte das auch manchmal, besonders abends, und David blah-blahte immer, dass Mac die Zoomies hatte, wenn er das machte. Es schien ihm ein guter Name für das schnellste Kätzchen zu sein.

Endlich konnte Mac eine Pause machen und selbst ans Fressen denken! Er quetschte sich durch den Tunnel in den Sonnenschein hinaus. Der Tau war getrocknet und das Gras unter seinen Pfoten warm.

Aber ein unangenehmer Geruch lag in der Luft, der eines Menschen, dem es nicht gut ging. Er schnupperte noch einmal. Es war kein Geruch nach Krankheit, nur wieder ein Mensch, der nicht wusste, wie er glücklich werden konnte. Mac war drauf und dran, den Menschen selbst aus seinem Elend herausfinden zu lassen. Schließlich hatte er vier Kätzchen, um die er sich kümmern musste. Aber als er noch einmal schnupperte, merkte er, dass er diesen Menschen kannte. Es war der, der Erik hieß. Mac hätte seinen Geruch beinahe nicht wiedererkannt. Der Geruch nach Unglück, Unglück gemischt mit Wut, war zu stark.

Er war schon länger nicht mehr in Macs Gegend gewesen, aber Mac erinnerte sich, dass er ganz genau wusste, wo Mac sich gern kraulen ließ – unter dem Kinn, auf der linken Seite. Außerdem hatte er immer zusammen mit dem Menschen namens Tulip am Brunnen gesessen und gegessen und immer etwas abgegeben. Sie allerdings nicht. Mac konnte beinahe den Thunfisch schmecken, den Schinken, den Truthahn.

Erik war einer von den guten Menschen. Mac musste ihm helfen. Schließlich tat es sonst niemand. Vielleicht brauchte er ein Kätzchen. Vielleicht Sassy. Sie würde mit Menschenproblemen umzugehen wissen, wenn sie erst einmal ein wenig älter wäre.

Aber Mac würde keines seiner Babys jemandem überlassen, der so roch wie Erik im Moment. Keines von ihnen kam schon mit so etwas klar. Doch wenn Mac ihn erst einmal in Ordnung gebracht hatte, käme er vielleicht für eines von MacGyvers Kätzchen infrage.

»Ich kann nicht fassen, dass sie im Leuchtturm wohnt!«

»Das hast du jetzt drei Mal gesagt, seit wir ins Auto gestiegen sind«, antwortete Kait. »Und achte auf die Geschwindigkeit.«

»Ist ja nicht so, als würde ich einen Strafzettel kriegen«, schnauzte Erik zurück.

»Ein Strafzettel wäre mir egal. Ich denke da eher ans Sterben«, antwortete Kait. »Wie ich dir bereits gesagt habe, ist das Übertreten der Geschwindigkeit ein Faktor in einunddreißig Prozent aller …«

Erik stimmte ein: »… tödlichen Unfälle, ja. Aber du hast mir nie erklären können, wie viel Prozent davon auf eine Geschwindigkeitsübertretung von sieben oder weniger Stundenkilometern zurückzuführen ist. Im Moment bin ich nämlich ungefähr fünf drüber.«

Die Vertrautheit, die so typische Kait-lichkeit dieser so oft geführten Unterhaltung, saugte allmählich alles Schlechte aus ihm heraus, die Wut, die alten Verletzungen. Zumindest für den Augenblick. Er fuhr langsamer. »Tut mir leid«, sagte er. »Ich weiß, dass es dich stresst, wenn ich zu schnell fahre.« Er umfasste das Lenkrad fester. »Storybook Court hat mich tiefer in die Vergangenheit zurückkatapultiert, als ich gedacht hätte.«

»Du warst nicht darauf vorbereitet, dass du dich von einer Frau angezogen fühlen würdest, die im selben Haus lebt wie Tulip damals«, antwortete Kait.

»Ja. Nun, zumindest musst du mich nicht ständig daran erinnern, mich nicht mit Serena einzulassen. Auf keinen Fall werde ich mich auch nur in die Nähe einer weiteren Empfängerin des Leuchtturm-Stipendiums wagen.«

»Ich glaube nicht, dass du genug Daten dafür hast, um eine Korrelation herzustellen zwischen einer Stipendiatin … «

»Können wir einfach nicht weiter darüber reden?«, fiel ihr Erik ins Wort, weil das ganze Schlechte schon wieder anfing, in ihm hochzukochen.

Zur Antwort zuckte Kait mit den Schultern und fing an, *I know you know* zu streamen. Ihre Jazzbesessenheit hatte mit *La*

La Land angefangen. In letzter Zeit hatte sie Jazz von Frauen erforscht, sowohl aus den Dreißigern als auch zeitgenössische Interpretinnen wie Esperanza Spalding. Das war ihr MO. Sie fand etwas, das ihr gefiel, und dann vertiefte sie sich darin. In ihrer Shakespeare-Phase hatte sie jedes Theaterstück gelesen, jede Verfilmung gesehen und war zu unzähligen Theateraufführungen gegangen. Schließlich hatte etwas anderes ihre Aufmerksamkeit erregt, und sie war weitergezogen. Ausgenommen davon waren psychologische Studien und Comics. Davon würde sie wohl niemals genug bekommen.

»*Home, sweet home*«, murmelte Kait, als Erik in einen Stellplatz auf dem Polizeiparkplatz einbog. Er antwortete mit einem Grunzen. »Versuch's doch mal mit Worten«, witzelte Kait, und ihr Ton wurde weicher, als sie hinzusetzte: »Storybook ist nur ein Teil unseres Reviers.«

»Ich werde mich schon dran gewöhnen. Kein Problem.« Das stimmte.

Tulip hatte ihn vor über drei Jahren verlassen. Er war darüber hinweg. Wieder in ihrer früheren Gegend zu sein, vor ihrem alten Haus zu stehen, wo er so viel Zeit verbracht hatte, das war ihm an die Nieren gegangen. Aber nur, weil er das erste Mal seit der Trennung von Tulip dort gewesen war. Jetzt, wo er das hinter sich hatte, würde es kein Problem mehr sein.

»Sie hat dir das Herz gebrochen, Erik. Kein Grund, so zu tun, als stimmte das nicht.« Kait wartete, bis er zu ihr hinübersah, dann fügte sie hinzu: »Nicht mir gegenüber.«

Solch ein Gespräch wollte er absolut nicht führen. Er grunzte, dann stieg er aus dem Wagen und ging zur Polizeistation. Er hörte, wie sie seufzte, als sie ihm folgte.

Er war schwer in Tulip verliebt gewesen. Sie war so temperamentvoll, so *lebendig* gewesen. Es schien beinahe, als verwandelte er sich in jemand anderen, wenn er mit ihr zusammen war, als würde er in eine Wunderwelt hineingezogen, die sie zu erschaffen schien.

Aber das bedeutete doch nicht, dass sie ihm das Herz gebrochen hatte. Ja, verletzt hatte sie ihn schon, sie war schließlich die Erste gewesen. Nein, nicht seine erste Freundin, aber seine erste Liebe. Bevor er sie kennengelernt hatte, hatte er schon ein paarmal gedacht, verliebt zu sein – Sex kann so etwas mit einem machen, besonders wenn alles neu ist –, aber als er und Tulip zusammengekommen waren, hatte er gemerkt, dass er sich vorher geirrt hatte. Was er vorher gefühlt hatte, war dem nicht einmal nahegekommen.

Es war normal, dass es ihn eine Weile aus dem Gleichgewicht gebracht hatte, als ihm klar geworden war, dass sie nicht annähernd dasselbe für ihn empfand wie er für sie. Als sie L. A. verließ, wollte sie nicht, dass er mit ihr kam. Seine Liebe musste wohl ziemlich einseitig gewesen sein, sonst hätte sie ihn niemals verlassen.

»Du bist an der Tür vorbeigelaufen!«, rief Kait ihm nach.

Tatsächlich, er war so in Gedanken versunken gewesen. Warum hatte er sich erlaubt, über wahre Liebe und den ganzen Tulip-Mist überhaupt nachzudenken? Das war vorbei. Der Leuchtturm änderte nichts daran, er war nur ein Gebäude.

Er drehte um und folgte Kait in eine bessere Abstellkammer, wo sie beide und die anderen Streifenpolizisten ihr Hauptquartier hatten. Nur ein paar wenige Gegenden bekamen Streifenpolizisten, und sie würden hauptsächlich zu Fuß auf Streife gehen. Ihr Lieutenant wollte mal etwas Neues ausprobieren. Nicht dass es tatsächlich neu gewesen wäre. Aber der Einsatz von Streifenpolizisten war in den letzten Jahren mehr und mehr reduziert worden, und der Lieutenant wollte beweisen, dass es sich lohnte, Streifenpolizisten einzusetzen. Er hatte die Erlaubnis erhalten, es in kleinem Rahmen auszuprobieren.

Weil es sich um einen Versuch handelte, gab es viel mehr Papierkrieg als sonst, mehr Statistiken, die gesammelt werden mussten. Deshalb hatten er, Kait und die anderen ein paar verbeulte Metallschreibtische und Rechner bekommen, statt wie sonst alles im Auto zu dokumentieren. Darüber hinaus war ihnen ein Mr Coffee aus den späten Achtzigern zur Verfügung gestellt worden. Jandro Flores goss sich gerade einen Becher ein, als Erik und Kait eintraten, und Erik blieb stehen, um ihn mit ihrem obligatorischen, komplizierten Handschlag zu begrüßen. Das machten sie so, seit sie sich auf der Polizeischule kennengelernt hatten. Jandro hatte ein paar Jahre bei den Marines verbracht und Erik durch die ersten paar Tage an der Polizeischule geholfen, als Erik noch nicht einmal wusste, was es bedeutete, in Formation anzutreten. Seine Bestnoten auf dem Los Angeles City College hatte er für andere Dinge bekommen.

»Wie war's da draußen?«, fragte Jandro.

Jandro wusste, dass Erik nicht gerade begeistert über Storybook war. Und er wusste auch, warum. Er hatte lange Nächte damit zugebracht, einfach danebenzusitzen, während Erik wegen Tulip in sein Bier weinte. Er war eben ein richtiger Freund, der zuhört, während du tausendmal dasselbe sagst, bis du damit fertig bist. So Sachen wie: »Ich war nicht gut genug für sie«, »Warum durfte ich nicht mitkommen?«, »Warum ist sie so komisch geworden?«, »Wieso bin ich bloß auf einmal so erbärmlich?«.

Sean Hankey kam Erik zuvor. »Es war spitze. Hab dieses Lokal gefunden, das Carrousel heißt. Bestes Lammshawarma überhaupt.«

»Er hat so viel gegessen, dass ich nur noch darauf warte, dass er zu blöken anfängt«, fügte Seans Partner Tom hinzu. »Seine Vorstellung vom Streifendienst besteht darin, sich die Straße rauf und runter zu essen.«

»Hey, ich habe mich nur bei den ansässigen Geschäftsleuten vorgestellt. Man kann nicht in ein Restaurant gehen, ohne wenigstens eine Mezze zu essen. Das ist respektlos«, sagte Sean.

»Mezze?«, fragte Kait.

»Vorspeise«, erklärte ihr Sean.

»Er ist polyglott, solange …«, fing Tom an.

»Oohooh. Er war auf der Highschool«, rief Sean aus.

Tom ignorierte ihn und fuhr fort. »Er ist polyglott, solange er vom Essen spricht.« Sean rülpste zur Antwort laut. Daraufhin zog Tom eine Grimasse. »Ich kann das Lamm noch riechen.«

»Und wenn du furzt, kann ich auch den Kohl und die Rote Bete riechen.« Sean rülpste noch einmal und rieb sich zufrieden seinen flachen Bauch.

»Ein Veganer und Fleischesser gehen in eine Bar«, murmelte Jandros Partner Angie, ohne von ihrem Handy aufzusehen.

»Also, wie war's?«, fragte Jandro Erik noch einmal.

Erik zuckte die Schultern. »So wie es halt war.« Er wollte gleichgültig erscheinen, aber Jandro kannte ihn zu gut, um darauf hereinzufallen.

»Gehst du noch einmal mit … wie hieß sie noch … Brittany aus?«, fragte er. Jandro war der Ansicht, die beste Art und Weise, über Tulip hinwegzukommen, bestünde darin, jemand Neues zu finden. Und obwohl die Trennung schon Jahre her war, bestand Jandro immer noch darauf. Er meinte wohl, wenn Erik nur lang genug suchte, würde er am Ende eine so tolle Frau finde wie Jandro.

»Bettina.« Kait zog eine Flasche Wasser aus ihrer Kuriertasche. »Und das ist schon zwei Frauen her.«

Tatsächlich drei. Er hatte ihr gegenüber nichts von Amy erwähnt, weil er ihr abschätziges Schnauben nicht hatte hören wollen. Kait redete viel, konnte aber mit einem geräuschvollen Ausatmen genauso viel sagen wie mit einem ganzen Satz.

»Also, wer ist jetzt dran?«, fragte Sean. »Ich will Details hören. Ich will Maße. Übertrifft ihre Schuhgröße ihre Kleidergröße? Das ist für mich immer ein Muss.«

Kait schniefte missbilligend. Auch mit einem Einatmen konnte sie eine Menge sagen.

Sean sah sie an. »Was ist dein Problem?«

»Du bist verheiratet«, antwortete Angie für Kait, während sie weiter auf ihrem Handy scrollte.

»Verdammt richtig, ich bin verheiratet«, gab Sean zurück. »Deshalb brauche ich diese Details von Erik ja. Denn *er* wird mir sie sowieso nicht geben.« Er zeigte mit dem Daumen auf seinen Partner.

»Ein geiler Bock und ein Gentleman gehen in eine Bar«, murmelte Angie.

Kait schnippte mit den Fingern vor Eriks Gesicht. »Dokumentation.«

Er schnappte sich einen Becher Kaffee und setzte sich neben sie. Als sie anfing zu tippen, holte er sein Handy hervor und checkte sein Konto auf der Dating-Plattform. Er hatte ein Herz von einer hübschen Frau aus Los Feliz geschickt bekommen, die Amber hieß.

»Ja. Eindeutig ja.« Jandro tauchte hinter Erik auf und blickte auf das Foto auf dem Handy. Erik schickte ein Herz zurück. Nicht weil er noch immer Hilfe brauchte, um über Tulip hinwegzukommen. Das war ihm schon vor langer Zeit gelungen. Der Leuchtturm hatte ihm ein paar schlimme Erinnerungen beschert, das war alles. Ein paar flüchtige, schlimme Erinnerungen. Ganz flüchtig. Fast schon wieder vergessen.

Zumindest, bis er wieder zum Storybook Court zurückmusste.

»Ich glaube, ich nehme den Schwarm winziger Waffeln«, sagte Serena zu Ruby, als sie sich am Dienstag zum Frühstück trafen. »Auch weil es solchen Spaß macht, Schwarm winziger Waffeln auszusprechen.« Sie wiederholte es noch einmal, einfach zum Spaß. »Schwarm winziger Waffeln. Es hört sich an wie ein niedlicher Zeichentrickfilm. Und außerdem ist eine Schnittlauchwaffel mit geräuchertem Lachs und Frischkäse mit Dill belegt, und das hört sich toll an.«

»Ich nehme die glutenfreie vegane Waffel«, sagte Ruby.

»Hört sich auch lecker an«, meinte Serena. Ihre Schauspielerfahrung machte es ihr leicht, glaubhaft zu klingen.

Ruby lachte. »In Wirklichkeit nehme ich die mit den Bratkartoffeln und saurer Sahne obendrauf.«

»Gut. Ich glaube zwar, ich hätte auch mit dir befreundet sein können, wenn du eine wirklich gesundheitsbewusste Esserin wärst, aber es wäre doch eine Herausforderung gewesen.«

»Die doppelten Mimosas hier werden mit einer halben Flasche Sekt zubereitet. Aber Mimosas sind sehr gesund, all der Orangensaft, du willst also wahrscheinlich keine.«

»Ich würde gern, aber ich will noch an ein paar Monologen arbeiten.« Serena nahm einen Schluck Eistee aus dem Einmachglas. »Ich habe am Montag einen Termin mit einem Agenten, und da könnte ich einen gebrauchen.«

»Es ist erst dein dritter Tag, und du hast schon einen Termin. Du bist aber schnell!« Ruby winkte einer hochschwangeren Frau und einem gut aussehenden dunkelhaarigen Mann zu, die durch den Innenhof gingen, wobei sie versuchten, einen sehr großen Hund mit einem Riesenkopf davon abzuhalten, von den Tischen zu fressen. Die Frau winkte zurück. Der Mann lächelte nur und nickte, behielt dabei aber die Leine fest in beiden Händen.

»Das sind Jamie und David. Sie wohnen auch in Storybook. Ich stelle dich vor, wenn wir gehen«, sagte Ruby. »Das Untier ist Diogee. Hier in der Waffle sind sie zwar hundefreundlich, aber ich weiß nicht, ob sie *so* hundefreundlich sind.« Sie stöhnte, als es dem Hund gelang, auf einen Stuhl zu klettern, der sofort zu kippeln anfing und drohte einen der leuchtend gelben Sonnenschirme mitzureißen.

»Sie gehen wegen des zukünftigen Babys mit ihm zur Hundeschule, aber ich schätze, er braucht noch ein paar Übungsstunden mehr.«

»Vielleicht eine oder zwei«, stimmte Serena zu, als ihr Kellner an den Tisch kam. Er gefiel ihr – Hawaiihemd, Rastalocken hoch auf dem Kopf getürmt, einigermaßen kunstvoll gepflegter Bart.

»Also, schon ein Termin«, sagte Ruby, nachdem er ihre Bestellung aufgenommen hatte. »Erzähl schon!«

»Ich habe das Übliche gemacht. Recherche. Mappen verschickt. Aber den Termin habe ich durch meinen Vlog bekommen, in dem ich hauptsächlich Schauspieltipps gebe. Eine der Teilnehmerinnen war ein paar Jahre lang Assistentin bei Epitome, und sie hat bei ihrem Boss ein gutes Wort für mich eingelegt. Ich habe mich gemeldet, und er war einverstanden, mich zu treffen.«

»Epitome. Gut. Nicht zu groß, aber mit den richtigen Verbindungen«, sagte Ruby. »Bist du nervös?«

»Ich habe immerhin überlegt, einen doppelten Mimosa zu trinken«, erwiderte Serena. »Aber ich fühle mich gut, es ist die Art Lampenfieber, wenn man zwar aufgeregt ist, aber nicht die Konzentration verliert.«

»Du hast sicherlich schon vom Verkehr in L.A. gehört. Bring reichlich Zeit mit.«

»Natürlich.«

»Ich habe dich gar nicht gefragt, wie du dich fortbewegen willst. Es gibt zwar öffentliche Verkehrsmittel, aber sie sind nicht gerade bequem.«

»Ein Leihwagen erst mal. Ich will mir einen Wagen kaufen. Gebraucht. Das Auto, das ich in Atlanta hatte, hätte wahrscheinlich noch ein paar Jahre gehalten, aber ich habe ihm nicht getraut.«

»Ich höre mich mal um«, versprach Ruby. »Hat die Ex-Assistentin dieses Agenten dir gesagt …«

Serena hielt die Hand hoch. »Nein. Lass uns über etwas anderes sprechen. Wenn ich noch lange über das Treffen nachdenke, dann werde ich doch noch nervös.«

»Kein Problem.« Ruby lächelte den Kellner an, als er ihnen die Teller hinstellte. »Ich mische mich in alles ein, nicht nur in Arbeitsdinge. Erzähl mir, was du von Erik hältst, Storybooks hauseigenem Polizisten. Ich dachte, ich hätte da ein paar Funken fliegen sehen zwischen euch beiden.«

Was sie von ihm hielt? Sexy, auf eine nette, unaufdringliche Art und Weise. Einfach, mit ihm ins Gespräch zu kommen. Ziemlich attraktiv. Aber auch möglicherweise ziemlich verrückt. Zuerst hatte er sie zu sich zum Abendessen eingeladen, und im nächsten Moment war er praktisch davongerannt. Als sie ihm nachsah, hatte sie sich befohlen einzuatmen. Wenn sie mal eine Szene spielen musste, in der sie zurückgewiesen wurde, würde sie darauf zurückgreifen können und ganz genau wissen, wie sich das anfühlte.

»Das dachte ich am Anfang auch«, gab Serena zu. »Aber nein, da ist nichts.«

Kapitel 3

Was hast du am Wochenende gemacht?«, fragte Kait am Montagmorgen, als sie und Erik über den Parkplatz der Gower-Gulch-Mall gingen, die zu ihrem neuen Revier gehörte. »Oder sollte ich fragen, mit wem du es gemacht hast?«

»Mensch, Kait. Du hörst dich schon an wie Sean.« Erik bemerkte einen platten Reifen an einem alten Toyota. Er beugte sich hinunter und sah, dass ein Nagel darin steckte.

»Du hast recht. Ich fühle mich auch nicht gut dabei. Aber weißt du, was schlimmer ist, als wie Sean zu klingen?« Sie sah zu Erik.

Erik schrieb einen Zettel für den Besitzer des Toyotas, um ihn auf den Reifen hinzuweisen, und klemmte ihn an die Windschutzscheibe. »Was?«

»Sich wie Sean zu benehmen.«

Er wusste, was sie meinte, beschloss aber, sich dumm zu stellen. »Hey, ich habe den Fit Slam bestellt, nicht den Lumberjack«, protestierte er. Das erste Mal hatten sie bei Denny's auf der anderen Seite des Parkplatzes angehalten.

Sie antwortete mit einem ihrer entnervten Schnaufer.

»Kait, warum müssen wir schon wieder darüber sprechen? Ich weiß, dass es dir missfällt, dass ich mit so vielen Frauen ausgehe. Aber ich mache keine falschen Versprechungen. Kein Schaden, kein Betrug.«

»Ich mache mir mehr Sorgen um dich. Das bist nicht du. Wirklich nicht. Und so zu tun, als ob, kann sich nicht gut anfühlen. An der Universität von Tel Aviv haben sie eine Studie gemacht, dass Authentizität …«

Erik versuchte es wieder mit Ablenkung. In letzter Zeit hatte Kait ihn ständig wegen Beziehungskram am Wickel. Er nickte in Richtung von Lucifers Pizza ein paar Schritte weiter. »Meinst du nicht, da sollte ein Apostroph stehen?« Fehlerhafte Rechtschreibung war gewöhnlich mindestens eine viertelstündige Litanei wert. Sie hatte eine wilde sechsmonatige Grammatik-Rechtschreibungs-Phase gehabt, so schlimm, dass er selbst ein bisschen nachgeforscht hatte, um ihr sagen zu können, dass sie unter grammatischer Pedanterie litt, einer Art Zwangsneurose. Es interessierte sie nicht. Sie meinte, jeder solle sich über Grammatik und Rechtschreibung Gedanken machen. Kait interessierte sich nur für psychologische Studien, die ihren Standpunkt rechtfertigten.

»Natürlich sollte da ein Apostroph stehen.« Kate warf einen finsteren Blick erst auf das Schild, dann auf ihn. »Und wir wissen beide, dass du das weißt.« Das stimmte. Als ihr Partner hatte er bereits eine Menge eigentlich unnützer Information angesammelt. Er konnte sogar »wem« richtig verwenden und kannte den Unterschied zwischen »Affekt« und »Effekt«. »Was ich dir sagen wollte, war, dass Menschen, die authentisch leben, glücklicher …«

Er ließ sie nicht ausreden. »Welcher Prozentsatz von Leuten, meinst du, weiß nicht, wie man Apostrophe korrekt setzt?«

»Ich habe eine Studie gelesen, dass mehr als die Hälfte der Briten den besitzanzeigenden Apostroph nicht korrekt benutzen können. Ich weiß nicht, wie es bei den Amerikanern ist«, antwortete Kait. »Und wir haben gerade über dich gesprochen, darüber, dass ich mir Sorgen um dich mache.«

»Ich passe auf, falls es das ist, was du meinst.« Er wusste, dass sie das nicht meinte, aber er versuchte immer noch, dieses Gespräch irgendwie abzubrechen.

Sie ließ noch einen Schnaufer los. »Ich nehme doch an, dass

du weißt, wie man ein Präservativ benutzt. Meine Sorge ist, dass du nicht aufrichtig mit dir selber bist und dich das weiterhin unglücklich macht, und außerdem scheust du dich vor einer richtigen Beziehung. Du kommst nicht einmal in die Nähe einer solchen. Dafür rennst du viel zu schnell von einer Frau zur anderen.«

»Guck, Lucifers hat jetzt auch Blumenkohlpizza auf der Karte.« Erik wartete nicht erst, bis Kait ihm sagte, dass dies nicht ihr Gesprächsthema war. Es war nur ein etwas ungeschickter Versuch, sie abzulenken. »Mir geht's gut. Ich habe es gern unkompliziert.«

»Unkompliziert.« Sie schüttelte den Kopf. »Das ist doch keine Art …«

Diesmal gab Erik auf und drehte den Spieß um. »Du bist doch auch nicht viel anders. Wann bist du denn zuletzt mehr als zwei Mal mit demselben ausgegangen?« Ihre Ohrläppchen wurden rot. Bei ihrer braunen Haut fiel es nicht so sehr auf, aber er merkte es und wusste, dass sie jetzt sauer wurde.

»Das ist ganz was anderes. Ich möchte eine Beziehung. Ich sehe nur nicht ein, weiter mit einem Mann auszugehen, wenn ich schon weiß, dass es nicht funktionieren wird. Du machst genau das Gegenteil. Manchmal denke ich, dass du den Kontakt zu einer Frau immer dann abbrichst, wenn du den Eindruck hast, es könnte etwas Ernstes daraus werden.«

»Ich bin gern Single, okay? Zu oft mit derselben Person auszugehen, bedeutet Erwartungen, und Erwartungen bedeuten verletzte Gefühle. Ich gehe vielleicht ein Mal die Woche aus, und den Rest der Zeit hänge ich zu Hause herum, lese, gucke lausiges Fernsehen, mache, was immer ich will. Für mich funktioniert das.« Kait holte tief Luft. »Stöhn mich nicht an«, warnte er sie.

Sie atmete lautlos aus. »Ich kann mir nur so nicht wirklich

vorstellen, dass es dir dabei wirklich gut geht. Ich kenne dich doch, Erik. Du bist kein leichtfertiger Typ.«

»Okay, jetzt hast du gesagt, was du sagen musstest. Und jetzt vereinbaren wir, dass wir ein halbes Jahr nicht mehr darüber reden. Ich weiß, dass du es länger nicht aushältst.« Mit einer Handbewegung forderte er sie zum Weitergehen auf. »Lass uns bei den Supercuts vorbeischauen.«

»Du bist echt anstrengend.«

»Ich kann dich auch noch mehr nerven«, sagte er. »Und du solltest dich mal ein bisschen lockern. Kannst du nicht einfach mal Spaß haben? Muss ein Typ wirklich jeden Punkt auf der Liste erfüllen, die du irgendwann mal auf der Uni geschrieben hast, bevor du mit ihm schläfst?« Er hatte den Verdacht, dass diese Liste eine Menge mit der brutalen Scheidung ihrer Eltern zu tun hatte. Da gab es ein paar tief reichende Narben.

»Nicht jeden Punkt. Aber einen Großteil. Ich würde mich mit acht von zehn zufriedengeben«, sagte Kait.

»Du magst mich, und ich habe wahrscheinlich höchstens sechs der Qualitäten deines perfekten Mannes.«

»Oder sogar mit sechs.« Kait lächelte ihn an, um ihren Worten die Spitze zu nehmen. »Du weißt, dass ich dich als Freund mag, und es gibt niemanden, mit dem ich lieber zusammenarbeiten möchte. Für eine andere Frau wärst du perfekt. Wenn du irgendwann mal damit aufhörst wegzurennen.«

Erik stöhnte. »Es reicht.«

»Schön. Aber ich trage mir im Kalender das Ende des Sechsmonatsbannes ein.« Dann zog sie ihr Handy heraus. Er sah ihr über die Schulter. Sie tat es tatsächlich. Aber natürlich. Sie war Kait.

»Möchtest du …« Eriks Funkgerät unterbrach ihn.

»6FB83. Code 2. 495 in 15 Charming Street. PR Lynne Quevas.«

Er antwortete, damit die Zentrale wusste, dass sie auf dem Weg waren. »Und alle reden davon, wie sicher Storybook Court doch wäre«, bemerkte er, als er und Kait zu ihrem Streifenwagen zurückgingen.

»Kennst du die Frau, die ausgeraubt worden ist?«, fragte Kait.

»Wahrscheinlich vom Sehen, aber der Name sagt mir nichts.«

Die Fahrt zum Storybook Court dauerte nur ein paar Minuten, und da sie sich um so etwas wie Parkverbote keine Gedanken zu machen brauchten, hielten sie weniger als fünf Minuten später direkt vor dem Haus, das überfallen worden war, einem Baumhaus.

Im Erdgeschoss glich es einem ganz normalen Haus, doch der erste und der zweite Stock schmiegten sich in die Äste einer großen Eiche. Erik griff nach dem Messingklopfer, der passend zum Thema in Form einer Eichel mit Blatt gestaltet war, und bewunderte die Patina. Einen ähnlichen Effekt hatte er schon lange einmal auf einer Messinglampe ausprobieren wollen, die er bei einem Garagenverkauf gefunden hatte. Bevor er den Klopfer betätigen konnte, schwang die Haustür auf.

Erik erkannte die elegante ältere Frau. Sie war am Tag zuvor bei der Veranstaltung gewesen, ihr silbernes glattes Haar hatte sie wieder zu einem Knoten zusammengebunden. Ab und zu hatte er sie auch gesehen, als er mit Tulip zusammen gewesen war. »Mrs. Quevas?«, fragte er.

»Ja. Lynne. Nennen Sie mich Lynne.« Sie nestelte an ihrem Anhänger, einem silbernen Herz mit zwei bunten Kristallen. Erik und seine Geschwister hatten ihrer Mutter mal einen ähnlichen geschenkt, mit einem Kristall in der Farbe ihrer Geburtssteine.

»Und wir sind Erik und Kait. Ich erinnere mich an Sie, Sie waren bei unserem Vortrag«, sagte Kait. »Lynne, als Erstes

44

müssen wir wissen, ob Sie uns den Einbrecher beschreiben können.«

»Nein. Ich weiß nicht einmal, wann der Einbruch geschehen ist.« Eine schmale Falte bildete sich zwischen ihren Augenbrauen. Sehr schmal. Botox vielleicht, überlegte Erik. Wenn sie sonst noch etwas hatte richten lassen, war es nicht zu erkennen. »Ich habe angerufen, als ich bemerkt habe, dass meine Kette weg ist, aber sie könnte natürlich schon seit Tagen verschwunden sein. Ich trage sie nicht oft.«

»Hätten Sie etwas dagegen, wenn wir hereinkommen und Ihnen noch ein paar Fragen stellen?«, fragte Erik.

»Oh! Natürlich nicht. Es tut mir leid, ich habe nicht mitgedacht.« Sie ließ sie ein. »Kann ich Ihnen einen Kaffee anbieten, Wasser oder sonst etwas?«

»Nein danke. Aber wenn Sie etwas trinken wollen, dann tun Sie das bitte«, antwortete Kait, während sie in Richtung Wohnzimmer voranging. Überall waren Fenster. Topfpflanzen und ein Teppich mit einem dezenten Blumenmuster vermittelten einem das Gefühl, sowohl drinnen als auch draußen zu sein.

Ein Mann in Eriks Alter stand neben einem der beiden Stützbalken, die zu anmutigen Ästen geschnitzt waren. Von Kopf bis Fuß in Hipsterklamotten – Beanie, Cardigan über einem T-Shirt mit einem ironischen Spruch, umgeschlagene und leicht ausgefranste Jeans und hohe Militärstiefel im Vintage-Look – wirkte er auf Erik wie ein Volltrottel.

»Das ist mein Sohn Daniel«, sagte Lynne.

Der Hipster nahm seine Beanie ab, sein braunes Haar stand ab. »Ich komme gerade von einem Vorsprechen. Der Regisseur wäre gern Edgar Wright, deshalb …« Er zeigte auf sein Outfit und grinste. »Nur, damit Sie mich nicht für einen Deppen halten. Falls man so mit Polizisten reden darf.«

45

»Kein Problem«, sagte Erik. Er hatte zwar keine Ahnung, wer der Regisseur war, auf den der Typ angespielt hatte, aber wenigstens wusste er, dass er wie ein Trottel angezogen war, was vermutlich bedeutete, dass er keiner war. Erik wollte ihn fragen, ob er schon einmal eine richtige Rolle bekommen hatte, aber das würde *ihn* zum Idioten abstempeln, also ließ er es bleiben.

»Bitte setzen Sie sich doch. Bitte«, drängte sie Lynne, ihre Hand fuhr hektisch wieder zu dem Anhänger, dann strich sie sich über das Haar. Erik war sich nicht sicher, ob sie noch wegen des Diebstahls aufgeregt war oder zu den Menschen gehörte, die in Gegenwart der Polizei grundsätzlich nervös wurden, selbst wenn sie gar nichts verbrochen hatten. »Kann ich Ihnen Tee bringen? Oder Wasser? Mineralwasser? Oder Sa…«

»Mom, hör auf.« Daniel nahm seine Mutter in den Arm und drückte ihre Schultern. »Möchten Sie etwas trinken?«, fragte er.

»Nein danke«, sagte Kait und setzte sich auf das lange graue Sofa. Erik nahm neben ihr Platz. »Gerne ein Wasser, danke.« Vielleicht beruhigte es Lynne, wenn er ihr eine einfache Aufgabe gab. Immerhin sah sie etwas gefasster aus, als sie aus dem Zimmer eilte.

Kait fing an, Informationen für ihren Bericht zu sammeln. »Daniel, können Sie uns sagen, wer alles in diesem Haus lebt?«

Er setzte sich auf einen Sessel, der schräg gegenüber dem Sofa stand. »Mein Vater, meine Mutter und ich. Und ich habe noch einen jüngeren Bruder. Er wohnt ein paar Blocks von hier entfernt, in dem Turm, in dem früher die alte Spaghettifabrik war, drüben am Sunset. Das Gebäude war einzigartig! Sie hätten wenigstens die Fassade erhalten können, aber nein … Wussten Sie, dass Max Reinhardt da seine berühmten Theater- und Filmakademie hatte? Schauspielunterricht gegeben hat und so was? Wieder ein Stück Hollywood zerstört.«

»Ganz zu schweigen davon, dass man da auch Mizithra-Käse und Spaghetti mit brauner Butter bekam.« Erik beobachtete Daniel unauffällig. Er redete viel. Nervös, oder war er einfach so?

»Genau«, rief Daniel aus. »Ich liebe meinen Bruder, aber es sind Leute wie er, die diese Stadt kaputt machen. Reiche Schnösel mit Luxuswohnungen, denen die Geschichte und die Eigenheiten der Stadt schnurzegal sind. Ich …« Er verstummte, als seine Mutter mit Eriks Wasser zurückkam. »Tut mir leid. Ich kann mich nicht bremsen.«

»Alles in Ordnung.« Kait lächelte Lynne an. »Wir haben gerade angefangen, etwas Hintergrundinformation zu sammeln. Können Sie uns sagen, wann Sie die Kette zum letzten Mal gesehen haben?«

Lynne setzte sich neben Daniel auf die Sessellehne und drehte ihren Ehering hin und her. Es sah etwas unbequem aus. »Vor ein paar Wochen waren mein Mann und ich bei Freunden. Ich trug mein schwarz-weißes Jackenkleid, zu dem ich oft die Blütenblätterkette trage, die mir mein Sohn Marcus geschenkt hat. Ich glaube, ich hätte gemerkt, wenn sie da schon nicht mehr in meinem Schmuckkasten gelegen hätte.«

»Sie sollten wohl wissen, dass die Blütenblätterkette von Tiffany's ist. Ein Haufen Diamanten. Mein Bruder hat sie ihr zu demselben Geburtstag geschenkt, zu dem ich ihr die geschenkt habe, die sie jetzt anhat. Fünfunddreißig Dollar. Und er wusste, dass ich ihr eine Kette schenken wollte. Ich habe sie ihm gezeigt.« Aha. Eindeutig Rivalität zwischen den Brüdern.

»Wissen Sie, ich liebe beide Ketten«, sagte Lynne. Sie war ganz klar eine Friedensstifterin.

Kait zog die Augenbrauen hoch. »Der Dieb hat die Kette von Tiffany's liegen gelassen?«

»Nichts sonst ist gestohlen worden. Ich habe den gesamten Schmuckkasten durchgesehen, und Daniel hat mir dabei geholfen, das Haus zu durchsuchen.« Lynne begann wieder, sich das Haar glatt zu streichen, dann schien sie zu bemerken, wie unruhig sie wirkte, und legte die gefalteten Hände in den Schoß.

»Und die fehlende Kette? Was können Sie uns darüber sagen?«, fragte Erik. »Es wäre hilfreich, wenn Sie ein Foto hätten.«

»Sie war ein Hochzeitsgeschenk von Maudie, der Großtante meines Mannes. Sie ist ziemlich … hässlich. Der Anhänger besteht aus zwei Pilzen.«

»Ich würde sagen, unglaublich hässlich«, fügte Daniel hinzu. »Und wertvoll. Der Anhänger war ursprünglich eine Van-Cleef-&-Arpels-Brosche aus den Sechzigern. Eine rot-weiße Koralle mit Diamanten.«

»Ich konnte es nicht fassen, als der Versicherungsvertreter sagte, wir sollten sie versichern lassen. Eigentlich wollte ich nur die Kette von Marcus abdecken lassen«, erklärte Lynne. Sie warf Daniel einen Verzeihung heischenden Blick zu.

»Ist Ihre Versicherung voll bezahlt?«, fragte Kait.

Jemand klopfte an die Tür, bevor Lynne antworten konnte. »Ich bin sofort zurück. Kait, wenn Sie doch etwas zu trinken möchten, sagen Sie es Daniel.«

»Soweit ich weiß, ist die Versicherung bezahlt. Meine Mutter zahlt ihre Rechnungen gewöhnlich, sobald sie eintreffen«, sagte Daniel. »Mein Vater meint immer, wenn er könnte, würde er alle jährlichen Rechnungen im Voraus bezahlen, damit sie sich keine Sorgen zu machen bräuchte.«

»Ist Geld ein Problem?«, fragte Erik, froh darüber, dass Daniel ihm das perfekte Stichwort gegeben hatte.

»Nein. Ganz und gar nicht«, erwiderte Daniel. »Meinen Eltern geht es finanziell gut. Meine Mutter macht sich nur immer unnötig Sorgen.«

»Ich habe Rührkuchen mitgebracht«, hörte Erik eine Frau verkünden. Er grinste, als Marie mit einer Kuchenplatte in der

Hand zur Tür hereinkam. Sie hatte wirklich keine Zeit verstreichen lassen. Kait und er waren vermutlich erst seit zehn Minuten hier.

»Wir nehmen gerade erst den Fall auf«, sagte Kait. »Jetzt ist vielleicht nicht der beste Zeitpunkt für einen Besuch.« Marie ignorierte sie, stellte die Platte auf dem Kaffeetisch ab und legte Kuchenstücke und Plastikgabeln auf die Servietten, die sie ebenfalls mitgebracht hatte. »Jetzt ist die allerbeste Zeit für einen Besuch von Marie«, sagte sie und gab Erik das erste Stück Kuchen, ohne ihn zu fragen, aber er wollte es natürlich. Er schätzte ihre Kuchen.

»Marie weiß alles, was im Court vorgeht«, sagte er zu Kait. »Haben Sie in den letzten Wochen hier fremde Leute gesehen?«

»Es gibt einen neuen Müllmann. Er lässt immer die Mülltonnen offen stehen. Und wenn es dann regnet, laufen sie voll.« Marie reichte Kait ein Stück Kuchen. Kait kannte viele schreckliche Statistiken darüber, was Zucker mit den Hirnfunktionen anstellte, aber sie lehnte nicht ab. Manchmal musste man Opfer bringen, um einen potenziellen Zeugen bei Laune zu halten. »Ich habe mit ihm darüber gesprochen.«

»Abgesehen davon, dass er nicht korrekt mit den Mülleimern umgeht, ist da sonst noch irgendetwas Verdächtiges an seinem Verhalten?«, fragte Erik.

Marie kniff die Augen zu und überlegte, ob er sich über sie lustig machte. Ein bisschen schon. Er hatte Spaß daran. »Nein. Und er ist der einzige Neue im Court«, sagte sie. »Nun, Riley hat eine kleine Schulfreundin eingeladen. Sie ist erst sieben und ihre Freundin auch ungefähr.« Marie verteilte das letzte Stück Kuchen. »Was hat die Person, nach der Sie suchen, denn getan?«

»Sie meinen, das wissen Sie noch nicht?«, neckte sie Erik. Marie sah ihn böse an.

»Meiner Mutter wurde eine Kette gestohlen«, erklärte Daniel.

»Doch nicht die, die Marcus dir bei Tiffany's gekauft hat!«, rief Marie aus.

»Nein, die, die mir Kyles Großtante hinterlassen hat«, gab Lynne zur Antwort.

»Die mit den Pilzen?« Marie wandte sich an Erik. »Dann suchen Sie nach einem Blinden. Niemand sonst würde die wollen. Du weißt, dass das stimmt«, setzte sie hinzu und sah Lynne an.

»Doch, wenn derjenige wüsste, was sie wert ist«, sagte Kait.

»Das Ding?« Marie winkte abschätzig. »Unmöglich.«

»Als ich die Kette vom Hochzeitstag habe versichern lassen, hat der Vertreter sich den Rest meines Schmucks angesehen. Er hat gesagt, sie wäre …« Lynne zögerte und spielte mit ihrer Gabel.

»Spuck's aus!« befahl Marie.

»… beinahe dreißigtausend Dollar wert.«

Einen Augenblick lang war Marie sprachlos. Zum ersten Mal, soweit Erik wusste. Sie nahm Eriks Wasserglas und trank einen großen Schluck, bevor sie fragte: »Haben Sie schon in Erwägung gezogen, dass es die Katze gewesen sein könnte?«

»Katze?«, wiederholte Kait. »Erik, du hast gestern schon irgendetwas über eine Katze gesagt.«

Marie antwortete an seiner statt: »Der Kater heißt Mac-Gyver. Vor ein paar Jahren ist er hier auf Diebeszug gegangen. Er gehört Jamie Snyder. Sie ist jetzt verheiratet, hat aber ihren Namen nicht geändert.« Sie schüttelte den Kopf, die Lippen missbilligend zusammengepresst.

»Diebeszug?«, fragte Kait.

»Nichts Wertvolles, hauptsächlich Socken und Unterwäsche«, sagte Erik. »Ich war damals oft hier. Bei Tulip.«

Marie schnalzte mit der Zunge. »Dieses alberne Mädchen.«

Sie wandte sich an Lynne. »Willst du uns nicht zu dem Kuchen etwas zu trinken anbieten?«

»Ich habe …«, begann Lynne, dann stand sie auf und ging in die Küche. Marie war gut darin, andere dazu zu bringen, das zu tun, was sie wollte. »Und nicht nur Socken und Unterwäsche. Er hat zwei Puppen, ein Plastikpony, einen Schlüsselanhänger, ein Tagebuch, mindestens einen Ohrring, eine Badehose – orange und viel zu klein für denjenigen, dem sie gehörte –, ein T-Shirt und noch vieles andere gestohlen. Sie müssen doch mitbekommen haben, als wir alles auf dem Brunnen ausgelegt haben, um die Besitzer zu ermitteln«, sagte Marie zu Erik.

Kaits Augen wurden größer und größer, als Maries Liste der gestohlenen Sachen immer länger wurde. »Meinen Sie wirklich, dieser Kater, dieser MacGyver, könnte unser Verbrecher sein? Ich bitte um Entschuldigung, aber ich muss schon sagen – das ist doch völlig bekloppt.«

»Möchten Sie das Wasser kalt oder Zimmertemperatur?«, fragte sie Micah Jarvis' Assistent.

»Kalt bitte«, antwortete Serena. In einer Besprechung in Atlanta hätte man sie das niemals gefragt. Wenn auch die letzte Besprechung schon Jahre her war.

»Kommt sofort.« Der Assistent ging lässig davon.

Serena schlug die Beine übereinander und bewunderte das geometrische Muster auf ihren orangen Pumps mit den umgedrehten Absätzen, die sie ausgesucht hatte, um ihrem Outfit einen Schuss Farbe zu verleihen. Sie hatte sich für einen schwarzen ärmellosen Rollkragenpulli und dunkle ausgewaschene Jeans von J Brand entschieden. Gute Jeans, Jeans, die *passten*, waren ein unentbehrlicher Teil der Garderobe von Schauspielern, und sie hatte bei ebay so lange gesucht, bis sie zwei Jeanshosen in ihrer Preislage gefunden hatte. Markennamen interessierten sie eigentlich nicht, aber es war wichtig, so auszusehen, als wollte man zwar einen Job, *brauchte* ihn aber nicht wirklich. Die J Brands, neu fast zweihundert Dollar, vermittelten diesen Eindruck, genau wie die Fendi-Schuhe, von Bethany geliehen, einer ihrer besten Freundinnen in Atlanta.

Eine junge Frau, wahrscheinlich gerade erst dem Teenageralter entwachsen, saß am anderen Ende des weißen halbkreisförmigen Sofas, das das Foyer beherrschte. Kurz darauf kam der Assistent mit Serenas Wasser zurück. »Micah braucht noch ungefähr zehn Minuten«, sagte er. Serena dankte ihm und nahm einen Schluck. Sie sah zu der jungen Frau hinüber. Auch wenn sie ruhig dasaß, konnte Serena beinahe sehen, wie die Nerven unter ihrer Haut vibrierten.

»Bist du eher ein Kalt-Wasser-Mensch oder ein Zimmertemperatur-Wasser-Mensch?«, fragte Serena, weil sie dachte, ein bisschen Small Talk würde das Mädchen vielleicht beruhigen. Sie antwortete nicht. Serena wiederholte ihre Frage etwas lauter.

Das Mädchen zuckte zusammen. »Ah?«

Serena lächelte. »Als ich ankam, haben sie mich gefragt, ob ich kaltes Wasser oder Wasser in Zimmertemperatur wollte. Das hat man mich noch nie gefragt. Ich war nur neugierig, was du bestellt hast.«

»Kalt«, antwortete sie, ohne Serena anzusehen.

»Bist du aus L.A.?«

»Bakersfield.«

Das Gespräch geriet ins Stocken. Vielleicht wollte die junge Frau einfach nur in Ruhe gelassen werden, um sich zu konzentrieren, bevor sie hineingerufen würde. Aber schien nicht der Fall zu sein. Serena spürte, dass das Mädchen zu Tode verängstigt war. »Ich gehe jetzt auf die Toilette und mache auf Wonder Woman. Das ist mein Trick, wenn ich mein Selbstbewusstsein vor einer Besprechung stärken will.«

Sie hatte sich erst ein paar Schritte entfernt, als das Mädchen fragte: »Was ist das?«

»Es ist ein bisschen albern. Man stellt sich einfach in Wonder-Woman-Pose vor den Spiegel.« Serena machte es vor, stellte sich breitbeinig hin, die Hände in den Hüften und die Schultern zurückgenommen. Sie warf einen Blick zu der Rezeptionistin, die keine Reaktion darauf zeigte, dass sie sich hier im Foyer in die Superheldin verwandelte. »Ich habe einen TED Talk darüber gesehen«, fuhr Serena fort. »Wenn dein Körper mehr Raum einnimmt, dann sinken deine Stresshormone, und dein Testosteron steigt.«

»Ich glaube, ich will nicht mehr Testosteron«, sagte sie, hörte sich aber fasziniert an.

»Ich rede nicht von Testosteron, damit dir ein Bart wächst«, gab Serena zur Antwort. »Testosteron ist das Dominanzhormon. Ich gehe in meine Besprechung und habe die Situation im Griff! Womit ich meine, ich repräsentiere mein natürliches Selbst so gut wie möglich, sodass der Agent mich nimmt.«

Die junge Frau lachte. »Weißt du, wie oft ich schon Artikel gelesen habe, die so etwas behaupten? Ich bin mir nicht einmal sicher, dass ich weiß, was mein natürlich Selbst ist.«

»Manchmal kommt es mir vor, als hinge meines davon ab, wie viel Zucker und Koffein ich intus habe«, gab Serena zu. »Also, Wonder Woman? Übrigens, ich bin Serena.«

»Juliet.« Sie verdrehte die Augen. »Ich finde, man sollte ein Mädchen nicht nach einem suizidalen Teenager nennen, aber meine Mutter liebt den Namen. Und er ist nicht gewöhnlich, was gut ist für die Schauspielerei. Und ja. Ich will auf Wonder Woman machen.«

»Die Toilette?«, fragte Serena die Empfangsdame, die zur Antwort nur eine Kopfbewegung nach links machte.

»Ich bin furchtbar aufgeregt«, sagte Juliet, sobald die Tür des leeren Toilettenraums sich hinter ihnen geschlossen hatte. »Es ist erst mein zweiter Termin. Und den ersten habe ich vergeigt.«

Serena nahm wieder ihre Wonder-Woman-Pose ein. »Lass die Pose ihre Magie entfalten. Es ist ein wissenschaftlich erwiesenes Ausbalancieren von Hormonen. Wir müssen sie zwei Minuten lang halten.« Juliet stellte die Stoppuhr auf ihrem Handy ein und nahm die gleiche Pose wie Serena ein.

»Ich fühle mich tatsächlich schon besser«, sagte Juliet, als die Stoppuhr piepte. »Ich weiß nicht, ob ich es mir nur einbilde, aber …«

»Analysiere es nicht. Nimm es einfach an«, riet Serena ihr. »Ich muss gehen.«

»Ich bleibe noch ein bisschen hier. Ich bin eine halbe Stunde zu früh dran!«

»Dann versuch es mal mit ein paar Minuten hiervon.« Serena stellte sich wieder breitbeinig hin und hielt ihre Arme hoch, in Form eines breiten V, und hob den Kopf. »Das ist noch eine Powerpose.«

»Danke«, sagte Juliet. »Ich habe nicht erwartet, dass irgendjemand hier nett zu mir sein würde.«

»Wenn Leute dich in einer Agentur nicht nett behandeln, dann bist du bei der falschen«, gab Serena zurück. »Ich bin mir sicher, das hast du auch schon tausendmal gehört, aber denk dran, dass der Termin so etwas ist wie ein erstes Date. Der Agent ist nicht der Einzige, der dich beurteilt. Du tust es auch. Du solltest entscheiden, ob er oder sie gut genug für dich ist!«

»Dann viel Erfolg bei deinem ersten Date.« Juliet nahm die neue Pose ein. »Dir auch.« Serena verließ die Toilette, wobei sie versuchte, sich daran zu erinnern, wann sie zum letzten Mal ein erstes Date gehabt hatte. Das war … schon eine Weile her. Nach der Trennung von Jonathan hatte es ein paar andere gegeben, und dann hatte sie einfach … eine Pause gemacht, ohne sich bewusst dafür entschieden zu haben. Das Dinner mit Erik hätte die Pause beendet. Aber dann hatte sich herausgestellt, dass er … Sie suchte nach dem richtigen Wort. Unbeständig? Launisch? Er hatte mit ihr geflirtet. Es mochte schon eine Weile her sein, dass sie ein Date gehabt hatte, aber sie konnte sich noch daran erinnern, wie es war, wenn ein Mann flirtete, und das hatte er getan. Und dann *Pffft*.

Nicht der richtige Zeitpunkt, um an Erik zu denken. Wonder Woman, sagte sie sich, als sie zu ihrem Platz auf der Couch zurückkehrte. Eigentlich sollte sie überhaupt nicht an ihn denken. Wegen des *Pffft*.

Ein paar Minuten später kam ein großer Mann, ein paar Jahre jünger als sie, ins Foyer. »Serena?«, fragte er.

»Ja.« Sie stand auf und schüttelte ihm die Hand. »Danke für das Treffen.«

»Ist mir ein Vergnügen. Kommen Sie mit.« Er ging voran eine breite Treppe hinauf.

Wenn das hier wirklich ein Date war, dann war sie reichlich underdressed. Micah hätte direkt vom Laufsteg kommen können. Seine Kleidung musste maßgeschneidert sein. Der dreiteilige Anzug – Serena dachte, dass die Farbe wahrscheinlich einen Namen trug wie »Sangria« – passte tadellos, er konnte nicht von der Stange sein. Sie war sich sicher, dass seine Schuhe aus genarbtem Leder von irgendeinem bekannten Designer stammten.

Ich bin hier das Talent, erinnerte sie sich. *Wenn ich im Kostüm auftauchen würde, dächten sie, ich wäre nicht kreativ.* Sie hatte einmal einen befreundeten Agenten gefragt, wie ein Treffen mit einer ihrer Schauspielschüler verlaufen war. »Er hatte einen Anzug an«, war die Antwort gewesen, und ihr Freund hatte bestürzt geklungen, beinahe entsetzt.

Micah öffnete die Tür und führte sie zu einem Sessel, der aussah wie ein Gartenmöbel. Die schwarzen Streifen, aus denen der Sitz und die Lehne bestanden, waren garantiert nicht aus demselben Plastik wie die Terrassensessel ihrer Mutter, aber sie sahen genauso aus.

»Schöne Schuhe«, bemerkte er, während er sich an seinen Schreibtisch setzte.

Gelobt seist du, Bethany. Sie würde ihrer Freundin eine SMS schicken und ihr erzählen, dass ihre Schuhe sehr gut angekommen waren. Aber was jetzt? Ein Termin mit einem Agenten sollte *die* Gelegenheit sein, ihm die eigene Persönlichkeit zu präsentieren. Wenn es reibungslos lief, dann glich es tatsächlich einem guten Date, bei dem sich eine ungezwungene Unterhaltung entspann. Sie kannte eine Schauspielerin, die eine Agentin deswegen bekommen hatte, weil die beiden sich über Hüftdysplasien bei Golden Retrievern unterhalten hatten. Anfangs hatte die Schauspielerin das Foto des Hundes bewundert, das bei der Agentin auf ihrem Schreibtisch stand. Aber Serena wusste, dass sie in einem Gespräch über Schuhe nicht bestehen konnte. Oder über Mode. Micah war ihr da weit überlegen.

Sie sah sich im Zimmer um in der Hoffnung auf eine Eingebung. Nichts, außer … ja, das Stück eines Big-Hunk-Schokoriegels lugte unter einer Mappe hervor. Das weiße B auf tiefbraunem Hintergrund würde sie überall wiedererkennen. »Das ist meine persönliche Schwäche.« Serena schob die Mappe weg, und der Schokoriegel kam zum Vorschein. »Meine Tante hat mir immer ein paar mitgebracht, wenn sie uns besuchen kam. Sie wohnte in San José. Kann man die hier irgendwo bekommen? Ich muss sie unbedingt bei Amazon bestellen!«

Micah lachte. »Hier bekommen Sie die so ziemlich in jedem Super- oder Drogeriemarkt.«

»Haben Sie schon mal einen in die Mikrowelle gesteckt? Nur für ungefähr zehn Sekunden? Sie werden so schön matschig. Dann schmecken sie gleich noch mal so lecker.« Ja, sie hatte gerade »lecker« gesagt. Das war ein bisschen viel. Schließlich versuchte sie hier nicht, als die nächste Rachael Ray gecastet zu werden. Was gut war, weil sie ja nicht kochen konnte.

»Ein Sakrileg! Sie müssen hart sein. Zu hart, sie dürfen nur auseinanderbrechen, wenn man sie gegen eine Kante schlägt.« Micah zeigte auf sie, sein Gesicht wurde streng. »Sie dürfen niemals auch nur ein Wort dieses Gesprächs verraten. Sonst streite ich alles ab. Ich nenne Sie eine Lügnerin. Jedermann weiß, dass Zucker den ganzen Körper zerstört und dass ich deshalb niemals Zucker zu mir nehme. Oder Big Hunks esse.«

Serena schüttelte den Kopf. »Big Hunks sind völlig in Ordnung. Sie sind mit Honig gesüßt. Honig ist ein Phytonährstoff.« Sie senkte die Stimme zu einem Flüstern. »Allerdings ist die erste Zutat auf dem Etikett Maissirup, der, wie jedermann weiß, noch schlimmer ist als Zucker. Und die zweite Zutat ist Zucker.« Sie hob die Stimme wieder. »Aber Honig, mit den wundervollen, wundervollen Phytonährstoffen, ist die vierte Zutat. Also, essen Sie ihn nur!«

Micah nahm den Schokoriegel, schlug damit gegen die Kante seines sicher sehr teuren Schreibtischs und gab ihr ein Stück. Sie steckte es sofort in den Mund. »›Louis, ich glaube, dies ist der Beginn einer wunderbaren Freundschaft‹«, sagte Micah und steckte sich auch ein Stück in den Mund.

»Unglaublich!«, schaffte Serena zu sagen, obwohl der Big Hunk ihre Backenzähne teilweise zementiert hatte. »Sie haben es richtig zitiert. Nicht ›Ich glaube, dies ist der Anfang‹ oder ›Dies könnte der Beginn …‹«

»Auf Details zu achten«, nuschelte Micah mit der klebrigen

Süßigkeit im Mund, »ist eine meiner besten Eigenschaften als Agent.«

Einatmen, sagte sich Serena. *Du bist gerade dabei, dir einen Agenten zu angeln. Wahrscheinlich. Möglicherweise.*

Besser gesagt, ganz sicher. Eine Stunde später war Micah dabei, seinen Plan für Serena darzulegen. Er würde sie mit einem Kollegen in Kontakt bringen, der Werbespots produzierte. Und er würde Vorsprechen arrangieren, wahrscheinlich nur für kleine Rollen. »Eine Rolle habe ich bereits.« Seine Augen blitzten, als er sie ansah. »Ich sollte wohl noch nichts verraten.«

»Oh, nein, nein, nein.« Serena drohte ihm mit dem Finger. »Du kannst mir nichts verheimlichen. Ich will ja nicht auf Erpressung zurückgreifen, aber ich weiß … vom Zucker!«

»Okay. Ich sag es ja schon. Der Regisseur des Remakes von *Creature from the Black Lagoon*.«

»Norberto Foster! Den finde ich toll! Den Film fand ich unglaublich. Er hat es geschafft, dass das Geschöpf sexy rüberkam, sexy und tragisch zugleich. Keine leichte Sache. Und er hat eine Rolle für mich? Wirklich?« Serena wusste, dass sie wie eine Fünfjährige klang, aber es war ihr egal. »Ich nehme die Rolle. Auch ohne Gage.«

»Sag so etwas nie wieder«, warnte sie Micah. »Er startet gerade ein Projekt über einen Einsteigdieb. Der Witz ist, dass der Dieb in Wirklichkeit zeitweise eine Katze ist, eine Werkatze. Es hört sich wahrscheinlich albern an …«

»Norberto wird nicht zulassen, dass es albern wirkt«, unterbrach ihn Serena. »Bei ihm wird es mysteriös und schön und tiefgründig.«

»Es geht das Gerücht um, dass er eine Unbekannte sucht, die die Werkatze spielen soll.«

Serenas Augen weiteten sich, und ihr Atem ging schneller. »Die Werkatze ist eine Frau?«

Micah nickte.

»Und du meinst, du könntest es vielleicht, möglicherweise, unter Umständen schaffen, dass ich vorsprechen darf?«

Er nickte noch einmal.

Serena griff nach seiner Hand und schüttelte sie. »Louis, dies ist ganz sicher der Beginn einer wunderbaren Freundschaft.«

Mac nahm sich eine Tüte Thunfisch vom Regal. Beim letzten Mal hatte Jamie ihn nicht einmal einen bösen Kater genannt. Als hätte sie gar nicht gemerkt, dass er sie hatte mitgehen lassen. Mit der Tüte zwischen den Zähnen sprang er auf die Anrichte. Seine Ohren zuckten, er lauschte auf das Geräusch von Jamies oder Davids Schritten. Obwohl er sehr gerissen war, schienen sie doch manchmal zu spüren, wenn er etwas tat, was gegen ihre Menschenregeln verstieß.

Aber es kam niemand.

Er ging zu den Dosen mit Leckerchen und öffnete die des Idioten mit ein paar leichten Pfotenschlägen. Er fischte eines von denen heraus, die die Menschen als Knochen bezeichneten – wenn sie auch nicht wie ein Knochen rochen, den Mac jemals zwischen die Zähne bekommen hatte –, und ließ es auf die Anrichte fallen.

Sofort hörte er Diogee in Richtung Küche galoppieren. Der Idiot war zwar ein Idiot, aber das Geräusch eines Leckerchens, das auf der Anrichte aufschlug, das kannte er. Der Schafskopf kläffte einmal, als er um die Ecke gerannt kam. Mac fauchte zurück, eine Pfote erhoben, Krallen ausgefahren. Was das bedeutete, wusste der Idiot. Er klappte das Maul zu, wenn das auch nichts daran änderte, dass er sabberte.

Mac sah auf das Leckerchen hinunter, zielte und – *wusch!* – ließ es auf genau den richtigen Platz fallen, auf den Boden genau unter dem runden Fenster. Unter dem runden Fenster, das für Mac allein zu hoch war. Sobald Diogee sich hinunterbeugte, um sich das Pseudo-Knochen-Leckerchen zu schnappen, sprang Mac auf seinen Kopf.

Diogee grunzte überrascht – es gelang ihm einfach nie, sich von diesem Manöver nicht überraschen zu lassen. Seine Dummheit konnte auch nützlich sein, für Mac zumindest. Der Hund riss den Kopf hoch und verschaffte Mac damit den Schwung, den er brauchte, um die Fensterbank zu erreichen. Er hörte, wie Diogee jaulte, als Mac hinausschlüpfte. Normalerweise würde einer der Menschen nach ihm rufen, wenn er jaulte, um den Grund dafür herauszufinden.

Mac horchte, aber niemand rief.

Irgendetwas stimmte mit Macs Leuten nicht. Er würde sich darum kümmern müssen, aber später. Jetzt warteten hungrige Kätzchen auf ihn. Er lief zu ihrem Versteck und quetschte sich durch den Tunnel, wobei er sich bemühte, die Thunfischtüte nicht zu verlieren.

Bevor er es auch nur halbwegs hineingeschafft hatte, packte ihn etwas am Schwanz! Etwas mit scharfen Zähnen. Mac ließ den Thunfisch los und raste rückwärts. Mit ausgefahrenen Krallen wirbelte zu seinem Angreifer herum, bereit zum Kampf.

Da saß Sassy und starrte ihn aus ihren scharfen blauen Augen an. Alle Kätzchen hatten blaue Augen. Bittles' waren am größten, obwohl er der Kleinste war. Und obwohl sie alle gleich alt waren, wirkten Sassys, als hätten sie schon viel gesehen.

Was machte sie hier draußen? Sie sollte zusammen mit den anderen sicher drinnen sein. Vielleicht sollte er dieses Kätzchen lieber Trouble nennen.

Kapitel 4

Bevor wir uns zu sehr in diesen Fall vertiefen, sollte ich vielleicht nachsehen, wie man einer Katze ihre Rechte vorliest?«,
witzelte Kait. Sie waren gerade zum Storybook Court zurück-
gekehrt und saßen auf dem Brunnenrand. Nachdem sie im
Haus der Quevas gewesen waren, hatten sie noch in The Gardens, der Seniorenresidenz hinter Storybook, einen Vortrag zur
Sicherheit gehalten, und danach waren sie in der Schule beim
Fußballtraining gewesen, um ein paar der Kinder aus der Gegend kennenzulernen.

»Ich glaube, das brauchst du nicht. Wenn Mac Dinge gestohlen hat, hat er sie immer in der Nähe wieder abgelegt. Manchmal in Jamies Haus, manchmal in anderen Häusern am Court«,
gab Erik zur Antwort. »Und auch wenn er ein schlauer Kater
ist, habe ich doch meine Zweifel, dass er sich das teuerste Stück
aus einem Schmuckkasten aussuchen würde.«

»Wer auch immer der Dieb war, die Quevas haben es ihm zu
leicht gemacht. Wie kann man nur Türen und Fenster nicht
abschließen?«

»Besonders, nachdem wir letzte Woche erst hier gestanden
und ihnen Sicherheitsratschläge gegeben haben.« Erik schüttelte den Kopf. »Ich hätte nicht gedacht, etwas so Fundamen-
tales wie das Abschließen von Türen erwähnen zu müssen.«

»Hätte ich ihnen erzählen sollen, dass im letzten Monat
in Hollywood eintausendneunhundertunddreiundsiebzig Mal
eingebrochen wurde?«

Sie waren seit fast vier Jahren Partner, aber Erik bewunderte
immer noch Kaits Fähigkeit, Statistiken exakt bis auf die letzte

Zahl herunterzuleiern, ohne auf– oder abzurunden. »Wie behältst du nur diese ganzen Zahlen im Kopf? Wo speicherst du Sachen wie die Plots von *Eben ein Stevens* und Multiplikationstabellen?«

Kait zuckte mit den Schultern. »Ich habe dir schon gesagt, mein Hirn funktioniert einfach so. Und bis ich auf die Highschool gekommen bin, dachte ich, das sei bei allen Menschen so.«

»Du wirst die Detective-Prüfung rocken. Ich weiß ganz sicher, dass du Richtlinien und Verfahrensweisen und alles andere längst in deiner Datenbank gespeichert hast.« Er tippte ihr an den Kopf.

»Du wirst es auch toll machen. In unserer Gruppe gehen wir die ganzen Fakten durch. Und ein Großteil der Prüfung besteht aus Problemlösung, und darin bist du umwerfend«, erinnerte ihn Kait. Sie wollten beide noch in diesem Monat zur Prüfung antreten und hatten zusammen mit Jandro dafür gelernt. Jandro hatte die Prüfung vor einem Jahr schon einmal abgelegt, war aber durchgefallen und bereitete sich jetzt das zweite Mal darauf vor.

Früher hätte Kait nicht zur Prüfung antreten können. Sie hatte gerade mal vier Jahre als uniformierte Polizistin gearbeitet. Erik hatte schon fast sechs Jahre in Uniform verbracht. Die Prüfung zum Detective war die einzige Möglichkeit, um Karriere zu machen, deshalb versuchte es beinahe jeder. Einen Job als Detective fand Erik interessant, aber er würde seine Uniform vermissen, besonders jetzt, wo er gerade ein eigenes Revier zugeteilt bekommen hatte.

»Du machst dir nicht wirklich Sorgen, ob du durchkommst, oder?«, fragte Kait. »Die psychologische Einschätzung könnte eine gewisse Herausforderung darstellen, aber eigentlich kannst du dir ganz gut den Anschein geben, bei hinreichender geistiger Gesundheit zu sein.«

Erik lachte gekünstelt, konnte dann aber nicht an sich halten, als Kait loslachte. »Konzentrieren wir uns lieber auf den aktuellen Fall«, meinte Erik. »Was denkst du über den Sohn, Daniel?«

»Der scheint eine solide Beziehung zu seiner Mutter zu haben. Und Geschwisterrivalität gibt's da ganz sicher.«

Erik nickte. »Das glaube ich auch.«

»Außerdem hat er nicht viel Geld. Es ist ja nicht so, dass seine Mutter, oder wahrscheinlich auch sein Vater, der noch arbeitet, ihn zu Hause braucht. Er muss dort wohnen, um Miete zu sparen«, setzte Kait hinzu. »Wenn sie ihn etwas bezahlen lassen, dann sicher nur einen symbolischen Betrag.«

»Wenn er so dringend Geld bräuchte, dann wäre es für ihn ein Leichtes gewesen, die Kette zu nehmen. Und er wusste auch genau, was sie wert war. Es ist schwierig, eine Erklärung dafür zu finden, warum ein Dieb nur ein Stück gestohlen haben soll.«

»Es sei denn, er wäre gestört worden und geflohen, weil jemand ins Haus kam.« Kait blieb stehen. »Lass uns herumfragen. Nachsehen, ob jemand etwas mitbekommen hat. Obwohl es bereits zwei Wochen her ist, falls Mrs Quevas richtigliegt.«

Erik gab sich Mühe, einen Grund zu finden, nicht zum Leuchtturm zu gehen. Aber da der sich beinahe direkt gegenüber dem Haus der Quevas befand, gab es keine annehmbare Entschuldigung. Er war einfach, wie Kait sagen würde, ein Schisser. »Lass uns zuerst zum Leuchtturm gehen«, schlug er vor, um Kait zu zeigen, dass er überhaupt kein Problem damit hatte.

»Das Pflaster abreißen. Gute Wahl.«

»Da ist kein Pflaster, weil es nämlich nichts gibt, wofür ich es bräuchte«, protestierte Erik. Kait antwortete mit einem Aber-sicher-Schnaufen, sagte jedoch nichts. Es war ja schließlich nicht so, als würde er die ganze Zeit herumlaufen und Tulip nachweinen. Er dachte kaum noch an sie.

»Ich kann mir schwer vorstellen, hier zu wohnen«, sagte Kait, als sie die kurvige Straße hinuntergingen. Der Court war kein Ort, angelegt im rechten Winkel. »Es ist sehr niedlich, aber ein bisschen zu märchenhaft für das wirkliche Leben. Das Haus hier zum Beispiel.« Sie zeigte auf ein Cottage mit einem strohgedeckten Dach und einem kunstvoll gestalteten schiefen Schornstein. Es sah wie eine vergrößerte Version von einem der Feenhäuser aus, die seine jüngste Nichte so liebte. »Da drin könnte ich niemals eine Akte lesen. Ich käme mir vor, als würde ich das Haus diffamieren.«

»Stimmt.« Erik ging vor, über den mit Muschelkalk gekiesten Aufgang zum Leuchtturm, und mit jedem Schritt baute sich mehr Anspannung in ihm auf. Er war ein Bulle, verdammt noch mal. Ein Gebäude sollte nicht solche Macht über ihn haben.

Er war sich sicher, dass Kait es bemerkte, aber sie äußerte sich nicht dazu. Sie seufzte oder schnaufte nicht einmal. Wahrscheinlich dachte sie an ihren Deal, sechs Monate lang nicht über Beziehungskram zu reden. Kait nahm Versprechen sehr ernst.

Erik klopfte zwei Mal laut an die Tür, wobei er den Klopfer in Form einer Meerjungfrau ignorierte.

»Was machst du denn hier?«, platzte Serena zur Begrüßung heraus, als sie die Tür öffnete. »Entschuldigung«, fügte sie sofort hinzu. »Ich … habe dich einfach nicht erwartet.«

»Wir sind hier, weil wir ein paar Fragen zu einem Diebstahl stellen wollen, der in der Nachbarschaft passiert ist«, erklärte Kait.

»Ein Diebstahl?« Serenas Augenbrauen zogen sich zusammen. »Sicher. Wollen Sie hereinkommen?«

Erik hätte lieber hier draußen mit ihr gesprochen, aber Kait übernahm die Führung. »Das wäre nett.«

Serena schwang die Tür weiter auf und ließ sie herein. Erik musterte sie. Er konnte nicht anders, als zu bemerken, wie gut diese Jeans ihr passten. Und dieses ärmellose Top … Es war nicht ausgeschnitten. Gar nicht. Es hatte einen Rollkragen. Einen Rollkragen! Aber es wirkte höllisch sexy, der weiche Stoff über ihren Brüsten. Sein Blick wanderte nach unten und blieb an ihren Zehen hängen. Niedliche Zehen hatte sie. An einem Zeh war der orange Nagellack ein wenig abgesplittert, und er wollte …

Starrte er sie an? Das könnte sein. Er zwang sich, die Aufmerksamkeit auf das Zimmer zu richten. Er hatte nicht erwartet, dass es noch genauso aussah. Er hatte vergessen, dass der Leuchtturm möbliert vermietet wurde. Alles erinnerte ihn an Tulip.

»Setzen Sie sich.« Serena winkte sie zu dem großen Küchentisch. Genau da hatte er mit Tulip … Er versuchte, das innere Bild auszublenden, aber er sah jede Kleinigkeit klar vor sich. Entweder musste er seinen Kopf unter den Wasserhahn halten oder mit einem Hammer draufschlagen. Und da es diese Möglichkeiten nicht gab, setzte er sich hin und zog das kleine Notizbuch hervor, das er immer bei sich trug. Er konnte wenigstens so tun, als wäre er ein Fachmann, der seinen fachmännischen Job auf fachmännische Art erledigte. Wenn sein Hirn ihm jetzt auch Tulip zeigte, wie er sie an diesen blauen Kühlschrank gelehnt … Und über die Anrichte gebeugt …

»Wer ist bestohlen worden?«, fragte Serena und setzte sich Kait gegenüber. Wahrscheinlich wollte sie Erik nicht direkt ansehen. Er hatte sich ihr gegenüber wie ein Arschloch verhalten, als er sie erst zum Abendessen eingeladen hatte, nur um sie gleich darauf auf brutale Art und Weise wieder auszuladen.

Diesmal ließ Erik nicht Kait antworten: »Die Quevas von gegenüber.« Okay, okay, gut. Er hatte sich völlig normal angehört, nicht, als bekäme er gerade die Krise.

»Ich liebe dieses Haus. Als ich klein war, wollte ich so gerne ein Baumhaus«, sagte Serena.

»Wollte das nicht jeder?«, fragte Kait.

»Ich nicht«, antwortete Erik. »Ich hatte eines und habe es gehasst.«

»Das bedarf einer Erklärung. Du kannst nicht einfach so etwas sagen und dann das Thema fallen lassen.« Serena schubste den Drehteller auf dem Tisch an.

Erik zögerte. Bevor er wusste, was er antworten sollte, sprang Kait ein. »Ich wette, es war die schlimme Babysitterin.« Sie wandte sich an Serena. »Erik hatte die übelste Babysitterin, die man sich denken kann. Sie hat ihm und seinen Brüdern und Schwestern immer diese schrecklichen Geschichten erzählt, eine von einer blutigen Hand, die aus dem Klo kam und weswegen sie nach draußen schlich zum Pinkeln und …«

»Und wir konnten es uns gut vorstellen. Sie war wirklich böse.« Das Drehtellerchen hatte angehalten, er setzte es wieder in Bewegung. »Sie hat immer gesagt, dass das abgetrennte Handmonster nicht kommen würde, um uns zu holen, solange wir mit jemand Älterem wie ihr zusammen wären. Also waren wir artig.«

»Und traumatisiert, wette ich! Wenn ich so eine Babysitterin gehabt hätte, dann würde ich bestimmt immer noch mit Licht einschlafen!«, rief Serena aus.

»Das habe ich tatsächlich getan, bis ich ungefähr zwölf war«, gab Erik zu. »Sie erzählte auch so eine albtraumauslösende Geschichte von einem Kinderfresser, der im Baumhaus wohnte. Sie legte großen Wert auf Details, wie er das Fleisch den Kindern bei lebendigem Leib scheibchenweise abschnitt und so etwas. Aber natürlich nicht, solange wir bei ihr waren.« Er schüttelte den Kopf. »Ich frage mich, was wohl aus ihr geworden ist.«

»Ein Maskottchen, ganz eindeutig«, meinte Serena.

»Maskottchen? So wie das San Diego Chicken?« Kait klang verblüfft.

»Genau. Die sind alle unglaublich gruselig.« Sie sah zu Erik hinüber, und er fühlte denselben elektrischen Schlag, den er vor ein paar Tagen gespürt hatte, als er ihre Hand genommen hatte, um ihr auf den Brunnenrand zu helfen. »Die ehemalige Babysitterin in ihrem gruseligen Maskottchenkostüm gruselt jetzt regelmäßig Tausende von Menschen.«

Erik lachte.

»Ich habe vergessen zu fragen, ob jemand Wasser möchte oder sonst etwas.« Serena stand auf. »Ich habe Eistee, Limo …«

»Gerne Eistee«, gab Kait zur Antwort.

»Ich möchte nichts«, sagte Erik. Sein Blick folgte Serena, als sie durchs Zimmer ging. Sie machte wirklich etwas her in diesen Jeans.

»Ich bin zu neu, um zu wissen, wer hier normalerweise herumläuft. Ich bin erst vor weniger als einer Woche eingezogen. Ich habe noch nicht einmal was von der geheimen Speisekarte bei In-N-Out Burger bestellt.«

Erik merkte plötzlich, dass der erotische Tulip-Film sich in der Zwischenzeit abgestellt hatte. Sie war so freundlich, obwohl er so ein Mistkerl gewesen war. Und außerdem lustig. Er hatte eine Schwäche für lustige Frauen. Aber er würde sich nicht mit noch einer Leuchtturmstipendiatin einlassen. Er wusste, was daraus werden würde. Sie würde sich mit all ihrer Leidenschaft, ihrer Intelligenz und ihrem Talent in ihren Hollywoodtraum stürzen. Und ihr Herz würde in zu viele Teile zerbrechen, um es jemals wieder zu kitten, wenn sie es nicht schaffte. All seine Liebe würde nicht reichen, um …

Und mitten in seinen Gedanken war er von Serena zu Tulip geschwenkt. Sie waren zwei vollkommen verschiedene Frauen. Eine war seine Ex, die andere eine Zufallsbekanntschaft. Die innerhalb von Minuten so viel Feuer in ihm entfacht hatte, dass er sie zu sich nach Hause eingeladen hatte. Er lud fast nie Frauen zu sich nach Hause ein. Und ganz sicher keine, die er gerade erst kennengelernt hatte. Normalerweise schlug er vor, zu ihr zu gehen.

Serena kam mit Kaits Eistee zurück. Erik stand auf, bevor sie einen Schluck trinken konnte.

»Lass es uns bei den Nachbarn der Quevas versuchen. Bei denen, wo die Vorhänge offen stehen. Auf der anderen Seite sah es nicht danach aus, als wäre schon jemand nach Hause gekommen.«

Kait stellte ihr Glas hin. »Nehmen Sie den Tee einfach mit«, drängte sie Serena. »Sie sind ja hier auf Streife. Stellen Sie das Glas einfach auf der Veranda ab, falls ich nicht zu Hause bin.«

»Danke.« Kait stand auf. »Ich habe neulich eine Studie zu Hirnfunktion und Dehydrierung gelesen. Testpersonen, die dehydriert waren, machten genauso viele Fehler wie Fahrer, die kurz davor waren, die Promillegrenze zu überschreiten.«

»Das wusste ich nicht. Ich wusste, dass es gut ist, viel Wasser zu trinken, gut für die Haut, aber ich wusste nicht, dass es eine so große Wirkung auf das Gehirn hat.«

Kait lächelte. »Sie sollten auch wissen, dass die Lakers kein Maskottchen haben. Sie …«

»Wir müssen los«, unterbrach Erik. Er bemerkte ständig Dinge an Serena, die ihm gefielen. Sie hatte ehrlich interessiert geklungen an Kaits Fakten zum Thema Dehydrierung. Nicht jeder machte sich die Mühe zuzuhören, wenn Kait anfing, mit Fakten um sich zu werfen.

Kait beachtete ihn nicht und fuhr fort: »Sie können unbesorgt zu einem Spiel gehen.«

»Oh, danke, Kait.« Serena lächelte, ein Lächeln, das Lachfältchen zur Geltung brachte. »Sie haben gerade mein Leben verändert!«

Erik ging zur Tür, erleichtert, als er Kaits Schritte hinter sich hörte. Er war sich sicher gewesen, dass sie eine Bemerkung über seine Unhöflichkeit machen würde, aber offensichtlich hatte sie entschieden, ihn diesmal in Frieden zu lassen. Also war er in noch schlechterer Verfassung als gedacht.

Sie gingen zu dem Haus neben dem der Quevas. »Mir gefällt das gewellte Dach«, bemerkte Erik, als sie das Tor erreichten, mit der Absicht, das Schweigen zu brechen und zwischen sich und Kait wieder Normalität herzustellen. »Es sieht baufällig aus, aber das ist offenbar so gedacht.« Sie antwortete nicht. »Und das Wasserrad. Schönes Detail. Und der Teich.«

»Da steht jemand draußen«, sagte Kait. Erik war zu sehr ins Labern geraten, um den Asiaten zu bemerken, ungefähr Anfang dreißig, der vor dem Haus auf einer urigen Bank saß. Als Erik ihn ansah, stand er auf und winkte, schien aber misstrauisch. Leider war das keine Ausnahme, denn sie wurden meistens misstrauisch angeblickt. Vielleicht würde sich das ändern, wenn er wieder auf Streife ging. Wenn die Leute sie oft genug sahen, würden sie in ihnen Erik und Kait sehen statt zwei Bullen, die nur aus triftigen Gründen irgendwo auftauchten.

»Hallo, wir sind die neuen Gemeindepolizisten!«, rief Erik. Er kannte den Mann nicht, er war vor ein paar Tagen nicht dabei gewesen. »Nicht zu verwechseln mit ihrem freundlichen Nachbarschafts-Spider-Man«, fügte Kait hinzu, als sie sich näherten. Spider-Man war ihr Lieblingssuperheld, teils, weil er ein normaler Typ war und nicht jemand, der seit der Geburt über Superkräfte verfügte, aber hauptsächlich, weil ihm die Menschen wirklich etwas bedeuteten. Er sprach mit ihnen. Er interessierte sich für ihr Leben. Eigentlich war er wie ein Streifenpolizist. Ein Nachbarschafts-Superheld.

»Dann ist es sicher kein Problem, dass ich versucht habe, im Keller Osborns Formel nachzubauen.« Er sah zum Haus hinüber. »In dem Keller, den ich unsichtbar gemacht habe.«

»Beeindruckend. Das schafft nicht einmal Venom. Er kann sich tarnen, aber wenn ich mich nicht irre, gilt das nicht für Gegenstände.«

»Sie irrt sich nie«, sagte Erik. Durch die Unterhaltung über Superhelden hatte sich der Typ offenbar beruhigt. Gut. Aber dafür schien sich plötzlich seine Nervosität auf seine Partnerin übertragen zu haben. Kait trat von einem Fuß auf den anderen und schob sich einen ihrer Zöpfe aus dem Gesicht. Eigentlich zappelte sie nicht herum.

Sie findet ihn anziehend, stellte Erik fest. Er versuchte, den Typen mit Kaits Augen zu betrachten. Kurzes schwarzes Haar, das ihm in die Stirn fiel. Gerade, dunkle Augenbrauen. Schmale braune Augen. Prominente Wangenknochen.

Normalerweise würde er ihn durch Kaits Polizistenaugen betrachten. Deshalb bemühte Erik sich, auf ihre Frauenaugen umzuschalten, wie er sie wohl nennen sollte. Ja, dann sah der Mann gut aus. Und er mochte Spider-Man. Spider-Man zu mögen, stand zwar nicht auf Kaits Liste der Anforderungen an perfekte Männer, sollte es aber. Es war viel wichtiger als simsen, anrufen oder täglich kommunizieren, was, wie er glaubte, Nummer sechs auf der Liste war.

Erik kehrte wieder in die Wirklichkeit zurück. Sie waren inzwischen bei jemandem angelangt, der sich anhörte wie ein weiterer Spidey-Bösewicht. Er wartete auf die nächste Gesprächspause und fragte: »Sind Sie mit Grace Imura verwandt?« Nun konnten sie nicht nur einen möglichen Zeugen zu dem Diebstahl befragen, sondern auch jemanden aus ihrem neuen Revier kennenlernen. »Ich war mal mit der Frau zusammen, die gegenüber von ihr wohnt.«

»Sie ist meine Tante. Ich bin Charlie Imura.« Er schüttelte beiden die Hände und fragte: »Wollen Sie sich nicht setzen?« Er setzte sich wieder auf die Bank und zeigte auf die Holzstühle.

»Grace ist sehr nett. Meine Freundin, Ex-Freundin, hat einmal auf Facebook gepostet, dass sie eine starke Migräne hätte, und eine halbe Stunde später stand Ihre Tante mit einer Schachtel Dolormin vor ihrer Tür.«

»Hört sich ganz nach ihr an.« Charlie lächelte. »Als ich klein war, haben wir jedes Mal, wenn sie zu Besuch kam, um ein paar Cents *Crazy Eights* gespielt. Wir haben ein Spiel nach dem anderen gespielt. Jeder andere Erwachsene wäre durchgedreht, aber sie hat nie gesagt, es sei Zeit, aufzuhören.«

»Es ist schön, dass Sie sich immer noch so nah sind«, sagte Kait. »Zumindest nehme ich das an, da Sie hier leben.« Eine gute Beziehung zur Familie stand eindeutig auf Kaits Liste. Mit Charlie würde Kait womöglich öfter als nur ein paar Mal ausgehen.

»Also, was gibt's?« Charlie verlagerte sein Gewicht. Sein Hosenbein rutschte nach oben, und da sah Erik sie – eine schwarze Fußfessel. Er konnte an Kaits plötzlich steifer Haltung erkennen, dass sie sie auch bemerkt hatte. Charlie stand unter Hausarrest, und das bedeutete, dass er ein schweres Verbrechen begangen hatte.

»Wir stellen uns bei jedem in der Nachbarschaft vor«, sagte Erik zu ihm. Sie würden noch auf die Fußfessel zu sprechen kommen. »Und außerdem möchten wir wissen, ob Sie in den letzten Wochen jemand Fremdes in der Gegend gesehen haben. Es hat einen Diebstahl gegeben.«

»Aber warum erzählen Sie uns nicht zuerst von Ihrer Fußfessel?« Kaits Stimme war jetzt kühl, ganz geschäftsmäßig, nichts mehr war übrig von der Lebhaftigkeit, als es noch um Tante Grace und Spider-Man ging.

»Ich habe ja nicht versucht, sie zu verstecken. Nur spreche

ich gewöhnlich nicht darüber, zumindest nicht gleich als Erstes. Vielleicht hätte ich das tun sollen, weil Sie ja Cops sind. Aber falls es dafür eine Regel gibt, dann kenne ich sie nicht.« Kait war zum Cop geworden und Charlie zum Täter, und er klang nervös und abwehrend.

»Beantworten Sie bitte meine Frage«, sagte Kait.

»Drogenhandel.« Keine Details oder Ausreden.

»Sie verbringen also einen Teil Ihres Hausarrests bei Ihrer Tante.« Ihre Schultermuskulatur hatte sich versteift. Eine Vorstrafe stand nirgendwo auf ihrer Liste des Unverzichtbaren.

»Ja.« Charlie senkte seinen Blick nicht.

Erik beschloss, dass es an der Zeit war, das Gespräch in andere Bahnen zu lenken. »Haben Sie irgendetwas Auffälliges bemerkt, Charlie?«

»Nein«, antwortete er. »Und wenn ich nicht bei der Arbeit bin, bin ich hier. Sie kennen das ja.«

»Sie haben ja nicht lange überlegt, um die Frage zu beantworten«, sagte Kait herausfordernd.

»Wenn ich etwas Verdächtiges am Haus meiner Tante bemerkt hätte, dann würde ich mich daran erinnern.«

»Wenn Sie sich doch noch an irgendetwas erinnern oder in der Nachbarschaft etwas Ungewöhnliches bemerken, dann melden Sie sich bitte.« Erik stand auf und gab Charlie seine Visitenkarte.

Charlie stand ebenfalls auf. »Das werde ich.« Er sah zu Kait. »Wissen Sie noch, wie Spider-Man ein Schmuckgeschäft ausgeraubt hat?«

»*Amazing Spider-Man*, Nummer siebenundachtzig«, gab sie wie aus der Pistole geschossen zurück. »Aber er war krank. Er hatte Wahnvorstellungen. Ich hoffe, Sie versuchen nicht, seine Taten mit Ihren zu vergleichen.« Ohne ihm die Gelegenheit zur Antwort zu geben, drehte sie sich um und ging.

»Ein freundlicher Nachbarschafts-Drogenhändler in unserem Revier. Nett«, murmelte sie, als sie den Bürgersteig betraten.

»Und ich war tatsächlich einen Augenblick lang versucht zu denken, er könnte der Mann sein, der genug von deinen Bedingungen erfüllen könnte, um wenigstens ein Date zu bekommen.«

Kait starrte ihn an. »Was? Warum?«

»Er hat mit dir geflirtet. Und du mit ihm. Das nennt man Anziehung. Nummer neun auf der Liste.«

»Das war doch nur ein Gespräch über ein gemeinsames Thema. Keine Anziehung. Anziehung ist das, was dich mit Serena verbindet.«

»Du weißt, dass sie der letzte Mensch wäre, der mich interessieren würde.«

»Das wirkte aber anders, als du sie angesehen hast. Und sie dich. Du hast sie zwar nicht direkt angeglotzt, warst aber nah dran.«

Erik konnte nicht widersprechen.

»So gesehen würde ich vielleicht die Kein-Sex-am-Arbeitsplatz-Regel noch mal überdenken«, sagte Kait zu ihm. »Aber du musst sie gut behandeln.«

Die Kätzchen schliefen endlich. Sogar der Frechdachs. Mac stand auf und streckte sich, machte einen Buckel, dann atmete er tief ein. Der Geruch seines Urins war noch immer stark und überlagerte den Geruch der Kätzchen beinahe vollständig. Er hatte ihren Kot sorgfältig vergraben, weil er nicht wollte, dass irgendetwas hier draußen im Dunklen von ihrer Existenz erfuhr. Sie waren zu schwach, um sich selbst zu beschützen. Niemals hätte er gedacht, dass er einmal etwas eingraben würde, was nicht sein Eigenes war, aber er tat, was getan werden musste. Wie immer. Schließlich tat es ja sonst niemand.

Nach einem letzten Blick auf die Kätzchen kroch Mac durch den Tunnel in die dunkle Nacht. Er musste die Menschen unter die Lupe nehmen und herausbekommen, welche es verdienten, mit jemandem aus seiner Familie unter demselben Dach zu wohnen. Ja, irgendwie hatten sie es mir nichts, dir nichts geschafft, zu seiner Familie zu werden, genauso wie erst Jamie und dann David und Diogee. Er hatte den Idioten nicht aufnehmen wollen, aber David war Diogees Mensch, und also mussten die beiden zusammenbleiben. Und außerdem kam David ohne Unterstützung nicht mit dem Köter klar.

Und jetzt musste er, anstatt sich zu amüsieren, vier würdige Menschen ausfindig machen. In seiner Umgebung gab es viele, die er mochte, aber sie zu mögen, genügte nicht. Er musste die Bedürfnisse eines Kätzchens verstehen – Futter, Wasser, Stoffmäuschen, die so gut rochen, dass einer erwachsenen Katze davon schwindelig wurde, Sardinen … Mac wusste, wo er ein paar Sardinchen finden konnte. In ein paar Minuten konnte er die kleinen Knöchelchen zerbeißen. Aber er war kein Hund. Er ließ sich nicht von seinem Magen leiten.

Ohren und Schnurrhaare aufgestellt, trabte er hinunter zu Zacharys Haus. Als er auf die Terrasse kam, stellte er sich auf die Hinterbeine und schlug mit der Vorderpfote auf das Ding-Dong. Zachary machte sofort die Tür auf, aber er beugte sich nicht hinunter, um Mac unterm Kinn zu kraulen. Er ging auch nicht in die Küche, um Mac etwas Leckeres zu holen.

Mac hatte Zachary doch besser erzogen! Mit gesträubtem Schwanz folgte er dem ungezogenen Menschen ins Wohnzimmer, wo Addison wartete, wie Mac schon richtig vermutet hatte. Eine Katze zu überraschen, war beinahe unmöglich. »Wir sollten einfach Schluss machen«, blah-blahte sie. Ihre Stimme klang hoch und schrill. Sie fühlte sich an wie ein Bienenstich in Macs Ohr.

»Das hier sollte eigentlich eine Feier werden«, blah-blahte Zachary zurück. Seine Stimme war ruhig, aber Mac konnte riechen, dass etwas mit ihm nicht stimmte. Der andere Geruch, der scharfe, süße Geruch, der Mac in der Nase kitzelte, konnte den Geruch von menschlichen Gefühlen nicht überdecken. »War es dumm von mir zu denken, dass sich meine Freundin darüber freuen würde, dass ich ein Vollstipendium bekommen habe? Für Leichtathletik, für etwas, was ich liebe.«

»Ich dachte, du würdest mich lieben«, blah-blahte Addison zurück. Sie roch wütend, aber auch traurig, genau wie Zachary. Und Addison schenkte ihm auch nicht mehr Aufmerksamkeit als Zachary. Mac hatte gewusst, dass die beiden zusammengehören, und er hatte es geschafft. Er verstand einfach nicht, warum sie einander immer anfauchten und -knurrten.

»Ich hasse es, mit dir zu sprechen, wenn du dich so benimmst.« Zachary fuhr sich mit den Fingern durch das Fell auf seinem Kopf. Arme Menschlein. Sie hatten nur ein paar Flecken Fell, nicht einmal genug, um sich warm zu halten. Sie mussten Kleidung anziehen. Nicht einmal, wenn er kahl würde, würde sich Mac dazu herablassen, Kleidung zu tragen. »Es ist ja nicht so, als wäre die Cal Poly aus der Welt, als würden wir uns nie sehen, als würden wir Schluss machen.«

»Das sagen sie alle. Und es passiert jedes Mal. Die Leute bleiben nicht zusammen, wenn sie nicht zur selben Uni gehen.«

Etwas Warmes und Nasses ploppte auf Macs Kopf. Sie weinte und kümmerte sich nicht einmal darum, dass er etwas bekam. Nicht einmal das kleinste Stückchen Trockenfutter.

»Das passiert uns nicht.«

Mac drehte sich um und ging zur Tür, als Zachary Addison an sich zog und anfing, sie abzuschlabbern. Er musste fünfmal mit beiden Pfoten an die Tür schlagen, bis Zachary kam und ihm aufmachte.

Mit einem verärgerten Schnauben schlüpfte Mac nach draußen. Sie hatten ihn gerade völlig respektlos behandelt. Sie hatten ihn komplett ignoriert. Keinem der beiden konnte man ein Kätzchen anvertrauen. Ein Kätzchen könnte verhungern, während sie damit beschäftigt waren, zu blah-blahen und zu tropfen.

Er wandte sich dem Haus zu, das Jamie und er gemeinsam bewohnt hatten, bevor David und Diogee ihre Rudelmitglieder geworden waren. Es gab noch eine andere alte Freundin, die vielleicht wusste, wie man ein Kätzchen behandelte. Mac hatte gedacht, dass sie gut für Riley wäre, die Kleine, die zu Addisons Rudel gehörte, und natürlich hatte er recht gehabt. Ruby passte gut auf Riley auf, wenn sie zusammen waren. Auf ein Kätzchen aufzupassen, war natürlich anstrengender, aber Ruby könnte es vielleicht schaffen.

Das Ding-Dong an Rubys Tür konnte Mac nicht ganz erreichen, also miaute er und miaute und miaute. Er wusste, dass Ruby da war, Ruby und Riley. Er beschloss, noch ein Mal zu miauen, und wenn sie darauf nicht reagierte, würde er ein Loch ins Moskitonetz an der Fliegentür reißen oder den Schornstein hinunterklettern. Das tat er nur nicht, weil es die Menschen aufregte. Im Gegensatz zu Katzen waren Menschen leicht zu überraschen. Ihre Nasen funktionierten kaum, und ihre Ohren und Augen waren auch nicht viel besser.

Er öffnete das Maul und ließ ein Miauen hören, das zu einem Jaulen wurde. »Da ist eine Katze draußen!«, blah-blahte Riley, dann schwang die Tür auf. »Mac! Du bist es!« Er nahm sich Zeit, um sich zum Gruß an ihrem Bein zu reiben, dann stolzierte er ins Haus. Er war noch drinnen gewesen. Ruby kam ja so oft zu ihm nach Hause.

Der Geruch des Hauses fand seine Zustimmung. Etwas in der Küche roch so ähnlich wie seine Mäuslein. Beinahe wäre er hingerannt und die Vorhänge hochgeklettert. Doch er war nicht zum Spielen hergekommen. Aber Zeit für einen kleinen Snack hatte er, und der Geruch einer seiner Lieblingsnaschereien in dem Mäusleingeruch war mit drin.

Ruby stand am Herd. »Kannst du ein paar Basilikumblätter von der Pflanze da drüben pflücken, Partner?«, blah-blahte sie, ohne sich umzudrehen.

»Wir sind keine Cowboys. Wir sind Prinzessinnen«, antwortete Riley.

Ruby nickte. »Prinzessinnen von einem Planeten, auf dem alle Prinzessinnen sind. Manchmal fehlt es mir, ein Cowboy zu sein. Weißt du noch, wie ich lila Pfannkuchen gebacken habe?« Sie stieß einen Seufzer aus. »Wenigstens magst du immer noch Ponys.«

»Prinzessinnen haben immer Ponys«, blah-blahte Riley. »Außer wenn sie Einhörner haben.«

»Nun, Prinzessin Riley Pom-Pom, decke jetzt bitte den Tisch für unseren königlichen Salat mit hoheitlichen Käsenudeln und majestätischen Cupcakes zum Nachtisch.«

»Wir bitten darum, ein Gedeck für MacGyver aufzulegen, obwohl er keine Prinzessin ist. Er könnte ein Prinz vom Planeten der königlichen Katzen sein.«

»Mac ist hier?« Ruby drehte sich um und sah auf ihn hinunter. »Wie bist du denn hier hereingekommen, prächtige Kreatur?«

»Ich habe ihn hereingelassen. Darf Prinz MacGyver hierbleiben?«

»Tut mir leid, Süße. Du kannst ihm ein paar Blaubeeren vom Salat geben. Jamie füttert ihn manchmal damit, und er mag sie. Aber hierbleiben kann er nicht. Er lässt überall seine Haare

77

liegen, und ich bin allergisch gegen Katzen. Sobald ich einer nahe komme …« Ruby nieste laut. »… niese ich.«

Sie nahm Mac auf den Arm und knuddelte ihn, dann lief sie schnell zur Tür. »Ich habe dich lieb, Mac. Und es macht nichts aus zu niesen, wenn ich bei dir zu Hause bin. Aber hier kann ich dich nicht brauchen.« Ruby öffnete die Tür, setzte Mac draußen ab und zog sie dann schnell wieder zu.

Mac verstand es nicht. Ruby hatte sich doch gefreut, ihn zu sehen. Sie hatte mit ihm gekuschelt. Und dann hatte sie ihn vor die Tür gesetzt. *Ihn. Vor die Tür.* Das war noch viel schlimmer, als respektlos behandelt und ignoriert zu werden. Es war … Die Tür ging auf, und Riley gab ihm drei Blaubeeren. Es waren zwar keine Fischlein, aber doch eine akzeptable Gabe. »Du bist ein gutes Kätzchen. Wir sehen uns bald.« Sie schloss die Tür.

Wenn Riley älter wäre, könnte sie ein akzeptabler Mensch für eines seiner Kätzchen sein. Aber sie roch selbst noch hauptsächlich wie ein Kätzchen. Und Ruby – Menschen konnten so schwer zu verstehen sein. Er mochte Ruby, und er wusste, dass sie ihn auch mochte. Er konnte immer riechen, wenn ein Mensch ihn nicht mochte. Aber trotzdem konnte man ihr nach diesem Vorfall keinesfalls ein Kätzchen anvertrauen.

Er trabte die Straße hinunter, um die Ecke, an seinem früheren Zuhause vorbei und zu dem Haus hinüber, in dem die Menschen lebten, die Al und Marie hießen. Al grub in seinem Garten in der Erde. Mac konnte keinen Grund dafür erkennen. Al hatte nichts zu vergraben. Und Krallen, die er schärfen musste, hatte er auch keine. Al schlief nicht draußen, also machte er sich auch kein gemütliches Bett. Mac roch nichts Leckeres in dem Loch, also war Al auch nicht auf der Jagd.

Warum sollte man überhaupt versuchen, Menschen zu verstehen? Mac hatte schon damals, als er selbst noch ein Kätzchen war, gelernt, dass sie schlichtweg nicht mit Vernunft gesegnet waren. Man konnte sie in gewissem Maße darauf dressieren, Wasser und Futter hinzustellen oder Spielzeug zu besorgen, aber zu viel mehr taugten sie nicht. Weshalb sie Katzen brauchten, die auf sie aufpassten. Wenn sie erst einmal erwachsen waren, würden diese Kätzchen viel mehr für ihre Menschen tun als ihre Menschen für sie. Das war ein Naturgesetz.

Mac hatte jetzt keine Zeit, um Al zu besuchen. Marie war Alphatier in ihrem Rudel, das war immer schon leicht zu riechen gewesen. Sie war es, die er begutachten musste. Er ging zur Vordertür, und noch bevor er sie erreicht hatte, schwang sie auf, als hätte Marie gewusst, dass er hier war, bevor er ding-dongte. Sie verfügte über eine bessere Beobachtungsgabe als jeder andere Mensch, den Mac kannte. Beinahe, als wäre sie zum Teil eine Katze.

»Nun, wenn du hereinwillst, dann komm herein«, blah-blahte Marie. »Auch wenn wir beide wissen, dass du eigentlich zu Hause sein solltest.«

Mac trabte hinein. Marie schloss die Tür hinter ihm, dann verschwand sie in einem der Zimmer. Mac sprang auf den Sessel, der am gemütlichsten aussah. Es gab keinen Grund, es sich nicht bequem zu machen, während er Marie begutachtete.

Sie kam einen Augenblick später zurück und sah ihn mit zusammengekniffenen Augen an. »Nein, mein Herr.« Sie hob ihn hoch und ließ ihn auf den Boden fallen – ließ ihn! Fallen! Sie legte das zusammengefaltete Handtuch, das sie in der Hand hatte, auf den Sessel, hob Mac dann wieder hoch und setzte ihn – setzte! Ihn! – auf das Handtuch. »Nicht bewegen«, blah-blahte sie streng. Dann ging sie wieder weg.

Als sie diesmal wiederkam, hatte sie einen kleinen Teller in der Hand. Macs Nase zuckte, als er den Truthahn roch. Marie hielt ihm den Teller hin. Mac brauchte keine zweite Einladung. Er aß den Leckerbissen schnell auf und leckte dann den Teller ab, damit er auch jeden köstlichen Tropfen der warmen Soße erwischte. Punkte für Marie. Viele Punkte. Vielleicht sogar genug, um das Fallenlassen und Hinsetzen aufzuwiegen.

Aber dann wischte sie ihm das Maul mit einem kleinen, feuchten Tuch ab! Mit Wasser! Kam er ihr dreckig vor? Nein. Unmöglich. Mac war eine Katze, und im Gegensatz zu Menschen wussten Katzen, wozu ihre Zungen da waren – um sich sauber zu halten. Menschen verfügten nicht über die Fähigkeit, diese grundsätzliche Tatsache zu verstehen. Sie tauchten sich immer ins Wasser oder bespritzten sich mit Wasser oder wischten sich mit Wasser ab.

Marie griff nach einer von Macs Vorderpfoten. Es war klar, was sie vorhatte! Er sprang vom Sessel, rannte zum Kamin und sprang hinein. Indem er seine Pfoten auf beiden Seiten des Schornsteins abstützte, kletterte er hinauf und nach draußen an die frische Luft. Er würde unter keinen Umständen eines seiner Kätzchen in Maries Obhut geben. Wahrscheinlich hatte sie gute Absichten, aber nicht die geringste Vorstellung davon, was eine Katze brauchte. Nun, sie wusste schon, dass Katzen Truthahn brauchten, aber das Nasse … Das Nasse! Nein, er musste weitersuchen.

Mac öffnete sein Maul und benutzte seine Zunge, um Luft hineinzufächeln. Er wertete die Gerüche aus und entschied sich für eine Zusammensetzung, die er für vielversprechend hielt. Dann sprang er an den Stamm einer nahe stehenden Palme, grub seine Krallen fest hinein, kletterte nach unten und folgte der Fährte. Sie führte ihn zu einem Haus nicht weit entfernt von dem Ort, an dem er die Kätzchen untergebracht hatte. Nur eine Fliegentür hinderte ihn daran, hineinzugehen, und dieses Problem war mit einem gezielten Pfotenschlag schnell gelöst.

Drei Menschen, zwei Männchen und ein Weibchen, saßen im Wohnzimmer und blah-blahten. Sie rochen wie ein Rudel.

»Marie hat mir erzählt, sie hätte *gehofft*, dass jemand diesen Ring stehlen würde, der seit Generationen in der Familie ist. Sie findet ihn hässlich, und …« Die Frau senkte die Stimme zu einem Flüstern. »Ich fürchte, das stimmt.«

»Mach nicht so ein Drama draus«, blah-blahte eines der Männchen. »Gib es zu, Mom. Du bist froh darüber, dass das Pilzmonstrum gestohlen worden ist. Jetzt kannst du dir von der Versicherungssumme etwas kaufen, was du auch tragen möchtest.«

»Daniel! So etwas zu sagen, gehört sich nicht.« Mac ging zu ihr hinüber. Sie roch ein wenig aufgeregt, aber da war nichts an ihrem Geruch, das ihn auf den Gedanken gebracht hätte, sie sei unzuverlässig. Um sie zu testen, sprang er auf ihren Schoß. »Oh, hallo!«, rief sie aus. Sanft strich sie mit der Hand über seinen Kopf und Hals, und ihre Aufregung legte sich. Sie freute sich, dass er zu ihr gekommen war. Mac konnte nicht anders, als zufrieden zu schnurren. Er fragte sich, ob sie wohl die richtige Person für Bittles sein könnte. Er war ein Kätzchen, das viel Aufmerksamkeit brauchte. »Wie bist du denn hier hereingekommen?«, fragte sie, wobei sie Mac weiter streichelte.

»Wahrscheinlich durch die Fliegentür. Sie schließt nicht ganz, und du und Daniel habt euch nicht die Mühe gemacht, die andere zuzumachen«, blah-blahte das andere Männchen.

»Es ist so eine schöne Nacht. Ich dachte, wir sollten ein bisschen Luft hereinlassen.« Die Frau kraulte Mac jetzt unter dem Kinn. Sie kannte all die guten Stellen. »Vielleicht möchte unser Besucher ja etwas zu trinken und zu fressen haben.«

»Er ist ein Kater, Mom. Du brauchst keine Gesellschaftsmanieren an den Tag zu legen.« Der Mann lachte. Das Geräusch kam tief aus seiner Brust und erinnerte Mac an ein Schnurren.

»Mom ist nicht so anthropozentrisch, Marcus«, sagte das Männchen, das zuerst gesprochen hatte – Daniel.

Die Frau war Mom, und das andere Männchen war Marcus.

Mom und Daniel wohnten wahrscheinlich hier, Marcus machte nicht den Eindruck. An ihm waren die Gerüche des Hauses viel weniger stark.

Mom setzte Mac vorsichtig auf Marcus' Schoß. »Pass auf unseren Freund auf«, blah-blahte sie. Mac stellte fest, dass sie nicht der einzige Mensch im Zimmer war, der aufgeregt war. Es fühlte sich an, als summte Marcus' Körper vor Nervosität. Er hatte sich so gut unter Kontrolle, dass Mac es nicht sofort bemerkt hatte. Aber es war stark, und vermutlich hatte der Mann dieses Gefühl schon seit langer Zeit. Es brauchte Übung, um etwas so zu verbergen, dass nicht einmal eine Katze es gleich bemerkte.

Dieser Mann war möglicherweise eines Kätzchens nicht würdig. Mac hatte noch nicht genug Informationen, aber Marcus brauchte ganz sicher die Hilfe einer Katze. Besonders wenn diese Katze MacGyver war. Mac rieb seinen Kopf an Marcus' Schulter und verpflichtete sich dazu herauszufinden, was los war, und es zu regeln. Zwar hatte er bereits viel zu viel zu tun, aber er konnte diesen Menschen nicht in diesem Zustand lassen. Es wäre grausam, da Marcus eindeutig nicht klug genug war, um sein Problem zu lösen, was immer es war.

»Ich kann nicht fassen, dass Dad sein Abendessen auswärts nicht abgesagt hat. Er weiß doch sicherlich, wie verstört Mom wegen der Sache mit dem Diebstahl ist«, blah-blahte Daniel.

»Er hat mich angerufen. Ich habe ihm gesagt, dass ich vorbeikomme.«

»Natürlich.« Der angenehme Geruch, der von Daniel ausgegangen war, wurde ein wenig sauer. »Ich bin es, der hier wohnt, aber dich ruft er an.«

Brauchte auch Daniel Macs Hilfe? Mac hatte seine Mittel und Wege, aber sie konnten doch nicht von ihm erwarten, dass er jedermanns Probleme löste! Er beschloss, Daniel erst einmal nur im Auge zu behalten. Marcus war es, der sofort Hilfe brauchte.

»Wahrscheinlich dachte er, dass du für irgendeinen großen Job vorsprichst. Wie viel haben sie dir für den letzten bezahlt? Dieses Theaterstück?«

»Zwei fünfzig«, murmelte Daniel.

»Zweihunderfünfzig. Und wie viel Zeit hast du damit verbracht, zu proben und auch noch bei dem Bau der Sets zu helfen?«, fragte Marcus.

»Zwei Dollar und fünfzig Cent.« Der saure Geruch wurde stärker. »Wir haben uns die Abendkasse geteilt, und die Besetzung war groß. Es war ein Musical, dich interessiert das ja sowieso nicht. Du hast seit Jahren nichts gesehen, wo ich mitgespielt habe.«

»Zwei Dollar und fünfzig Cent.« Marcus blickte auf Mac hinunter. »Hast du das gehört? Zwei Dollar und fünfzig Cent.«

»Ich habe es nicht wegen des Geldes gemacht.« Daniels Stimme klang harsch in Macs Ohren. »Ich habe es gemacht, weil ich wahrgenommen werden wollte. Agenten gehen ins Theater. Castingchefs auch. So kommt man viel besser an Rollen, als wenn man Tausende von Fotos losschickt.«

»Oh, toll! Dann hast du also einen Job bekommen? Welche Rolle denn?«, rief Marcus aus. Mac spürte, wie sich die Atmosphäre auflud. So, als würde es gleich stürmen. Oder als würden die beiden Menschen gleich anfangen zu kämpfen. Aber in dem Moment kam Mom herein. Mit Thunfisch. Mac sprang hinunter, als sie den Teller mit dem Leckerbissen auf den Boden stellte.

Marcus lachte wieder sein schnurrendes Lachen. »Thunfischsalat?«

»Ich hatte den ganzen Thunfisch für den Salat verbraucht«, blah-blahte Mom. »Ich glaube nicht, dass ihn ein bisschen Mayonnaise und Sellerie abschrecken.«

Als Mac anfing zu essen, konnte er fühlen, wie sich das Gefühl eines sich nähernden Sturms abschwächte. Vielleicht hätten sie sowieso nur spielerisch gekämpft. Sassy und Lox knurrten immer, wenn sie miteinander rangen, aber sie spielten nur. Genau wie Mac meistens nur spielte, wenn er sanft in Diogees seilartigen Schwanz biss. Er wandte dem wunderbaren Thunfisch seine ganze Aufmerksamkeit zu. Wie er den vermisst hatte! Von dem, den er den Kätzchen gebracht hatte, hatte er sich nicht einen einzigen Happen gegönnt.

»Sieht nicht aus, als würde es ihn stören«, meinte Daniel.

»Ich sollte gehen.« Marcus stand auf. »Muss morgen früh raus. Sprich mit Dad darüber, ob ich eine Alarmanlage installieren kann, okay, Mom? Dann würde ich mich besser fühlen.«

»Ich spreche mit ihm«, versprach sie.

»Schließ wenigstens die Türen ab, bevor du ins Bett gehst, Daniel«, sagte Marcus.

Mac bemerkte noch einen Hauch von saurem Geruch, aber dann verschwand er. »Mach ich«, antwortete Daniel. »Du musst dir keine Sorgen machen. Ich lasse nicht zu, dass Mom etwas passiert.«

Mac fraß den letzten Bissen Thunfisch. Er beschloss, dass alle drei Menschen für seine Kätzchen infrage kamen. Er würde allerdings wiederkommen müssen. Er brauchte mehr Zeit, um sie genauer zu beobachten.

Mit einem Dankeschön-Miau trabte Mac zur Tür, schob sie mit dem Kopf auf, um hinauszugehen, dann hielt er plötzlich inne. Sassy stand auf der untersten Terrassenstufe und sah zu ihm auf.

Dieses Kätzchen war ihm gefolgt!

Sie hatte ihn *ver*folgt!

Und er hatte es nicht einmal bemerkt!

Kapitel 5

Serena musste das T-Shirt des Baristas zweimal lesen, dann verstand sie und lachte. Er zog die Augenbrauen hoch und lächelte. »Verspätete Reaktion wegen deinem T-Shirt«, erklärte sie.

»Ich erinnere mich nicht einmal, welches ich anhabe.« Er sah an sich herab und las laut vor: »Rette eine Kuh. Gib deinem Barista Trinkgeld.«

»Ich finde das toll«, sagte Serena. »Und es gefällt mir hier sehr gut. So gemütlich. Ich möchte mich am liebsten gleich hinsetzen und *Ants in the Pants* spielen.« Das Spiel war nur eines der abgenutzten Spiele, die in dem großen, hölzernen Bücherregal standen, das eine Gruppe gemütlicher Sessel und Sofas von den Tischen trennte.

»Ich setz dich auf die Warteliste«, witzelte der Barista.

»Warum ist hier nicht mehr los?« Es war nur ein Gast da, eine Frau in den mittleren Jahren mit einer türkisen Strähne in ihren aschblonden Haaren. »Ich nehme an, es ist unhöflich, das zu fragen, aber das hier wird definitiv einer meiner Lieblingsorte in der Gegend werden.«

Sie hatte sich gefühlt, als hätte sie … nun ja … Hummeln im Hintern, seit Erik und Kait gestern vorbeigekommen waren. Sie hatte versucht, sich zu beruhigen. Sie hatte ein paar Rechnungen bezahlt. Hatte ihre Eltern angerufen. Sie hatte nachgeschaut, ob alle infrage kommenden Kleider in Ordnung waren. Sie hatte sich weiter auf das mögliche – nicht wahrscheinliche, aber doch mögliche – Vorsprechen für die Werkatze vorbereitet, indem sie unzählige Katzenvideos angesehen und Artikel über das Verhalten von Katzen gelesen hatte. Aber nicht einmal die unglaublich niedlichen Katzen hatten ihre Aufmerksamkeit fesseln können.

Am Ende war sie ins Bett gefallen, hatte aber unruhig geschlafen. Sie war aufgewacht, ihre Decke war verrutscht gewesen, und die Überdecke hatte auf dem Boden gelegen. Sie hatte es mit einem Spaziergang versucht, obwohl ihr bereits aufgefallen war, dass man das in L.A. nicht tat. Nur ein paar Blocks weiter hatte sie Yo, Joe! entdeckt und sich in das Café verliebt, schon bevor sie hineingegangen war. Es hatte ein fröhlich türkises Vordach, darunter stand ein rotes Huffy-Fahrrad, breiter Sitz, breite Reifen, und der Korb war mit oranger, roter, rosa, weißer und gelber Gerbera bepflanzt. Sie verstand wirklich nicht, warum nicht mehr Leute da waren. Es war beinahe Viertel vor acht.

»Wo sind die Drehbuchschreiber mit ihren Laptops?«, fragte sie den Barista. »Sogar in Atlanta kann man in kein Café gehen, ohne zumindest ein paar davon zu treffen. Und hier sind wir doch in Hollywood.«

»Ach, du bist es!«, rief er aus.

»Was?«

Sein Grinsen wurde breiter. »Verspätete Reaktion. Ich habe gemerkt, dass ich dich kenne. Ich schaue deinen Vlog. Du kriegst einen Kaffee gratis.«

»Wage es nicht, Daniel!« Die Frau – Serena stellte fest, dass ihre türkise Strähne zum Vordach passte – sprang von ihrem Tisch auf.

»Ich meine gratis für sie. Nicht gratis gratis«, rief der Barista – Daniel – zurück. »Ich bezahle dafür.« Er machte eine beruhigende Handbewegung, und die Frau setzte sich wieder. »Meine Chefin, Mrs Trask. Ihr gehört der Laden.«

»Ich habe es ernst gemeint, dass es mir sehr gefällt. Was ist los? Ist hier in letzter Zeit ein Mord geschehen oder so?«

»Nein, kürzlich hat auf der anderen Straßenseite ein Coffee Emporium aufgemacht«, erklärte Daniel. Er senkte die Stimme. »Wir haben immer noch ein paar Stammkunden, aber es reicht nicht. Ich weiß nicht, wie lang der Laden es noch macht.«

»Du bist nicht geschlagen, bis du dich geschlagen gibst«, mischte sich Mrs Trask ein. Es wirkte, als spräche sie auch sich selbst Mut zu.

»Zitat von General Patton«, sagte Daniel. »Sie hat seine Biografien gelesen. Zwecks Inspiration, nehme ich an.«

»Ah.« Serena fiel nichts anderes dazu ein. »Bitte bezahle nicht meinen Kaffee«, fügte sie noch hinzu.

»Tut mir leid, aber ich zahle. Ich schulde dir das, weil ich mir schon so häufig deinen Vlog angesehen habe. Da habe ich wieder gemerkt, wie wichtig mir die Schauspielerei ist. Was erstaunlich schwerfällt, wenn man eine Überdosis von ›Zehn Dinge, die man beim Vorsprechen tun muss‹ und ›Zehn Dinge, die man nie beim Vorsprechen tun darf‹ und ›Drei Dinge, die dir einen Rückruf verschaffen‹ und so weiter intus hat.«

»Ich habe Hunderte dieser Artikel gelesen«, sagte Serena. »Wie du mit dem richtigen Paar Schuhe die Rolle bekommst.«

»Wie du mit dem falschen Schlips die Rolle nicht bekommst«, gab Daniel zurück.

»Wie du mit der falschen Frisur die Rolle nicht bekommst.«

»Wie du mit einem billigen Paar Jeans die Rolle nicht bekommst.«

»Wie du die Rolle nicht bekommst, weil du zu viel quatschst.«

»Wie du die Rolle nicht bekommst, weil du kein Deo benutzt.«

Serena war dran, aber sie konnte vor Lachen kaum noch sprechen. Konnte vor Lachen kaum noch atmen. Als sie sich wieder einkriegte, sagte sie: »Einer meiner Schüler hat das mal gemacht. Er hat für die Rolle eines Typen vorgesprochen, der praktisch zwei Jahre lang in einer Höhle gewohnt hatte, völlig daneben. Er ist hingegangen und hat so überreif gerochen, dass man ihn bat zu gehen, bevor er auch nur einen Satz gesagt hatte. Wahrscheinlich hätte er das nicht machen sollen, aber …« Sie zuckte die Schultern. »Wer weiß, vielleicht gibt es da draußen ja jemanden, den solch ein Einsatz beeindruckt hätte.«

»Was mir an deinem Vlog gefällt, ist, dass es um Handfestes geht. Beim Vorsprechen den richtigen Eindruck machen. Rausfinden, was die Beweggründe der Figur sind und wie man das zeigt. Die Absicht der Figur in einer Szene. Du hast mich wieder darauf gebracht, warum ich überhaupt Schauspieler werden wollte.«

»Das ist … danke schön«, sagte Serena. »Ich habe mit Vlogs für meine Schüler angefangen. Habe verschiedene Rollen ausgesucht und verschiedene Arten, sich darauf vorzubereiten. Es ist immer noch surreal, dass Menschen, die ich gar nicht kenne, es sich ansehen.«

»Und dir deswegen einen Kaffee bezahlen. Also, was für einen Kaffee willst du haben?«, fragte er.

»Einen Latte. Ich sollte wohl fettarme Milch nehmen, jetzt, wo ich wieder zum Vorsprechen gehe, anstatt nur Ratschläge zu verteilen.«

»Du meinst, du trinkst noch Milch?«, rief Daniel aus, die Augen in gespieltem Entsetzen weit aufgerissen. Nachdem er ihr den Kaffee gegeben hatte, lehnte er sich über die Theke und schrie durch das fast leere Lokal: »Ich sitze hier mit meiner neuen Freundin, während sie ihren Kaffee trinkt!«

»Du kannst dich zu jedem Gast setzen, solange sie dann noch wiederkommen«, antwortete seine Chefin.

»Ich komme ganz sicher wieder«, versprach Serena. »Das hier wird mein Café. Daniel macht mir meine Bestellung fertig, noch bevor ich durch die Tür bin.« Sie senkte die Stimme. »Nur dass das nicht sehr häufig passieren wird, weil Daniel bald schon für sein Traumprojekt gecastet wird.«

»Du kriegst auch noch einen Muffin.« Daniel nahm eine Zange und legte ihn auf einen Teller.

»Du isst aber die Hälfte«, sagte Serena, als sie sich zusammen aufs Sofa setzten.

»Wenn du darauf bestehst. Ich habe im Netz einen Artikel gelesen, der sagte, dass man vor einem Vorsprechen Kohlenhydrate essen sollte. Oder vielleicht, dass man fasten sollte. Es könnte auch ein hart gekochtes Ei mit Ritalin gewesen sein.«

Serena fühlte sich bereits, als wäre sie schon seit Jahren mit diesem Typen befreundet, genau wie bei Ruby. »Du hast ein Vorsprechen?«

»Ja. Für das Theaterstück des Freundes eines Freundes. Nicht mein Traumprojekt, aber eine Gelegenheit, herauszukommen und wahrgenommen zu werden.«

»Darf ich fragen, was du anziehst?«

»Etwas, das Charakter nahelegt, aber nicht nach Verkleidung aussieht. Wobei ich allerdings auch gehört habe, dass man für die Rolle eines Anwalts ein T-Shirt tragen sollte, weil man sich dann von all den anderen unterscheidet, die im Anzug kommen.« Daniel stützte den Kopf in die Hände und stöhnte. »Ich mach das jetzt seit einem Jahrzehnt und weiß immer noch nicht, wie es geht.«

»Keiner weiß das. Sonst gäbe es diese ganzen widersprüchlichen Ratschläge nicht. Fühlst du dich gut vorbereitet?«

»Ahhh. Ja, ich glaube.«

»Na dann.« Serena brach ihren Muffin in zwei Stücke und gab ihm die eine Hälfte. »Soll ich dich mal abhören oder so?«

»Ich habe es im Kopf. Auch wenn ein paar Leute sagen, man sollte es nicht ohne Buch machen. Ich habe gelesen, dass Holly

Hunter das Drehbuch in der Hand behält, damit alle wissen, dass sie keine vollendete Vorstellung gibt.«

»Das habe ich auch gelesen! Alle sollen wissen, dass das, was sie beim Vorsprechen macht, nur ein Teil von dem ist, was sie am Ende in die Rolle einbringen wird.« Serena lehnte den Kopf an die Sofalehne und starrte an die altmodische Decke aus Zinn. »Ich verehre Holly Hunter.«

Daniel lehnte sich auch zurück. »Wer tut das nicht?«

Sie saßen ein paar Augenblicke lang schweigend da, dann richtete sich Daniel auf. »Es gibt da etwas, womit du mir helfen könntest, wenn du nichts dagegen hast.« Serena setzte sich auf und wandte sich ihm zu. »In einer Szene treten Brian – meine Rolle – Tränen in die Augen. Und ich kann das nicht. Zumindest nicht jedes Mal. Ich habe mich an alles mögliche Schmerzhafte erinnert, aber nichts funktioniert verlässlich.«

»Mach dir darum keine Sorgen«, sagte Serena. »Der Autor beschreibt nur, was Brian in diesem Moment fühlt. Aber ich glaube nicht, dass es darauf ankommt, dass du es genau so ausdrückst, wie es dort steht. Finde selbst heraus, wie du seine Gefühle ausdrücken kannst.«

Daniel zog ein Drehbuch aus seinem Rucksack und schlug es am Ende auf. »Du bist Sheila.«

Serena grinste. »Ja, tun wir das, was wir lieben!« *Atme es ein*, sagte sie sich. »Denk dran, wir spielen! Und deshalb darf man alles ausprobieren, es gibt nichts, was zu albern oder zu verrückt wäre.«

Sie merkte, wie etwas von seinem Stress von ihm abfiel. »Zeit zum Spielen, das gefällt mir. Okay. Lass uns anfangen!«

Ein wenig flaute ihre nervöse Energie ab. Eine gute Szene, das würde ihre Aufmerksamkeit beanspruchen. Wenn sie schauspielerte, dann gab es nur noch die Welt des Drehbuchs. Dann gab es ihr Handy nicht mehr, und es war ihr auch egal, ob ihr

Agent anrufen würde oder nicht. Und der viel zu hübsche, viel zu launische Officer Erik? Den gab es dann auch nicht mehr.

Kait streckte die Hand aus und tippte Erik auf die Stirn. Er zuckte zurück. »Was?«

»Was?«, wiederholte sie. »Du hast nicht einmal den Versuch unternommen, eine der letzten fünf Fragen zu beantworten. Das hier ist eine *Lern*gruppe. Beteiligung ist obligatorisch.«

»Tut mir leid«, murmelte Erik Jandro und Angie zu. Angie konnte die Prüfung zum Detective erst in ein paar Jahren machen. Sie musste erst noch Zeit in Uniform verbringen. Aber sie hatte darum gebeten, schon mal zur Vorbereitung mitlernen zu dürfen. In der Hinsicht war sie ein bisschen so wie Kait.

»Das scheint nicht so, als würde deine Entschuldigung auch mir gelten«, merkte Kait an. Sie war die letzten paar Tage etwas gereizt gewesen. Seit sie die Fußfessel an Charlie Imuras Knöchel entdeckt hatte. Zufall? Unwahrscheinlich. Auch wenn er genau wusste, dass Kait das behaupten würde.

»Du bist mein Partner. Bei dir muss ich mich nicht entschuldigen«, sagte er zu ihr.

Sie öffnete den Mund – wohl um eine wütende Antwort zu geben – und schloss ihn wieder. »Nächste Frage. Welche vier Gründe akzeptiert das Justizministerium, um Informationen herauszugeben?«

Erik stand auf und ging zu Mr Coffee auf dem Tisch an der Wand. Niemand benutzte im Moment ihr provisorisches Büro, also nutzten sie es für ihre Lerngruppe. Er sah auf seine billige digitale Armbanduhr. Beinahe halb acht. Sie waren erst seit einer knappen Stunde dabei. Es kam ihm vor wie drei.

»Erik! Hast du eine Antwort?«

Er musste einen Moment nachdenken, um sich zu erinnern, was sie ihn gefragt hatte, dann sagte er: »Akteneinsicht. Hintergrundinformationen. Ermittlung.« Er versuchte, sich an den vierten Grund zu erinnern. Eine Sekunde später klickte es in seinem Hirn. »Adoptionen bei abwesenden Eltern.«

»Richtig«, sagte Kait.

Erik machte sich wegen der Prüfung keine großen Sorgen. Er kannte sich aus, und beim Beantworten der eher theoretischen Fragen konnte er auf das zurückgreifen, was er als Polizist in Uniform gelernt hatte. Es war nicht so, dass er Lernen für Zeitverschwendung hielt … aber er …

Er war sich einfach nicht sicher, ob er Detective werden wollte. Das hatte er Kait nie gestanden. Man arbeitete vier oder fünf Jahre als Uniformierter, dann wurde man Detective. So war es einfach. Er kannte einen einzigen Polizisten, der fast zwanzig Jahre lang in Uniform gearbeitet hatte. Alle mochten ihn, aber es wurden gelegentlich Witze gerissen, als wäre klar, dass er es einfach nicht geschafft hatte. Erik würde es schaffen, aber das bedeutete nicht, dass es auch das war, was er wollte.

Mist. Erik hatte sich automatisch eine Tasse Kaffee eingegossen, und als er den ersten Schluck trank, merkte er, dass er genauso automatisch mindestens fünf Löffel Zucker hineingekippt hatte. Er hätte ihn wegschütten können, entschied sich aber, ihn zu trinken.

Kait stellte eine weitere Frage. Erik antwortete schnell vor den anderen, und sie nickte ihm anerkennend zu. Was würde Kait denken, wenn er … Jandros Handy unterbrach Eriks Gedanken.

»Wir haben ausgemacht, keine Handys«, erinnerte ihn Kait.

»Es gibt eine Ausnahme für Ehepartner«, erklärte Angie, als Jandro den Anruf annahm. »Es könnte ja etwas mit einem der Kinder sein. Oder kein Brot mehr im Haus.« Sie seufzte. »Ich muss jemanden anrufen, wenn kein Brot mehr im Haus ist.«

»Warum sollte kein Brot mehr im Haus sein?«, fragte Kait, wobei sie ehrlich verblüfft klang. »Man hat einen Notizblock am Kühlschrank und eine Einkaufsliste.«

»Kait, die Listenreiche«, sagte Erik zu Angie. Zur Antwort trat ihm Kait unter dem Tisch auf den Fuß. Dachte sie, dass er ihre Liste für den perfekten Mann erwähnen würde? Da sollte sie ihn besser kennen. Er wusste, was nur sie beide etwas anging.

»Sieh dir das an.« Jandro hielt sein Handy hoch, es war ein Video von Sofia, seiner kleinsten Tochter, die ungefähr vier Jahre alt war.

»Okay, führ deinen Tanz für Daddy vor«, sagte Jandros Frau im Hintergrund.

»Dieses Wochenende hat sie ihre erste Aufführung«, sagte Jandro, während auf dem Bildschirm Sofia die Hände aufs Gesicht presste und anfing zu tanzen. »Lucy ist schon ganz verrückt wegen des …« Er schlug auch die Hände vors Gesicht. »Sie hat Angst, dass Sofia von der Bühne fällt.«

»Sie wird auf jeden Fall hinreißend aussehen«, sagte Angie.

Jandro lächelte und schüttelte dann den Kopf. »Nicht, wenn sie sich das Bein bricht.«

»Meine Nichte hätte bei ihrer Aufführung beinahe gar nicht mitgemacht, als sie in Sofias Alter war«, sagte Erik. »Ich hatte die Idee, dass sie mir den Tanz beibringen könnte. Sie mochte es, mich herumzukommandieren. Sie ließ mich den Tanz ungefähr fünfzig Mal wiederholen. Und danach war sie gar nicht mehr nervös. Du solltest das mit Sofia probieren. Sie kann dir den Tanz nicht zeigen und kontrollieren, dass du es auch richtig machst, wenn sie die Hände auf den Augen hat.«

»Du bist ein Genie.« Jandro stand auf, wobei er etwas in sein Handy tippte. »Ich muss gehen. Die Vorführung ist in zwei Tagen.«

»Aber wir haben gerade erst angefangen«, protestierte Kait.

»Es würde genauso gut funktionieren, wenn Sofia Lucy den Tanz beibringt«, sagte Angie.

»Aber Lucy muss Becks bei den Hausaufgaben helfen. Und ihre Eltern kommen, und sie ist in Panik, weil das Haus nicht sauber genug ist. Ich kann nicht hierbleiben. Du darfst es sagen. Ich bin ätzend«, setzte Jandro hinzu, als er zur Tür ging. »Aber ich bin Vater.«

»Ein guter Vater«, bemerkte Angie. Sie sah zu Erik hinüber. »Du würdest auch einen guten Vater abgeben. Hört sich an, als hätte deine Nichte das ohne dich nicht hingekriegt.«

Es hatte Spaß gemacht, trotz der fünfzig Mal. Und selbst wenn es keinen Spaß gemacht hatte, war es das doch wert gewesen, als er sie dort oben auf der Bühne gesehen hatte. Grinsend hatte sie ihm zugewunken – als sie sich eigentlich hätte herumdrehen und klatschen sollen.

»Ich habe noch dreiundzwanzig Fragen«, sagte Kait.

»Warten wir lieber, bis Jandro wieder Zeit hat.« Erik sprang auf. »Wir wollen doch nicht, dass er hinterherhinkt.«

»Hört sich an, als hätte Erik es eilig, sein Konto bei Counterpart.com zu checken«, merkte Angie an. »Mir soll's recht sein. Ich kann die Prüfung sowieso erst in zwei Jahren machen.«

»Erik braucht nicht Counterpart zu checken«, erzählte ihr Kait. »Er hat jemanden in der realen Welt kennengelernt.« Das war definitiv etwas, das nur ihn und Kait etwas anging. Und außerdem stimmte es sowieso nicht.

»Ich habe heute Abend noch einiges vor. Ich habe ein paar alte Holzleitern, die ich zu Bücherregalen umbauen will. Im Vintage-Look. Ich habe sie schon einmal gestrichen, aber jetzt muss ich sie abschmirgeln. Und ich will Miss Mustard Seed's Antiquing Wax ausprobieren. Ich habe viel Gutes darüber gelesen.«

Kait stand auf. »Ich lerne noch weiter, aber zu Hause. Da gibt es viel besseren Kaffee, und es riecht nicht nach Pizza und Achselschweiß.«

Sie verließen gemeinsam das Polizeirevier. Als Angie zu ihrem Wagen ging, legte Kait die Hand auf Eriks Arm. »Das war ernst gemeint. Du solltest Serena bitten, mit dir auszugehen. Du bist bereit für was Ernstes. Wenn du dein Gesicht hättest sehen können, als du über deine Nichte gesprochen hast, wüsstest du das.«

»Da ich aber keinen Spiegel hatte, wäre das schwierig geworden«, gab er zur Antwort.

Sie ließ sich nicht vom Thema abbringen. »Angie hat recht. Du würdest einen guten Vater abgeben. Und du willst es auch. Du hast das Haus und den Hof, und du möchtest die Frau und die Kinder. Und wahrscheinlich auch noch den Hund. Und ich weiß nicht, warum du so tust, als wolltest du es nicht.«

»Wir haben ausgemacht, dass …«

»Vergiss es, Erik, ich weiß, was wir ausgemacht haben. Es tut mir leid, aber ich kann kein halbes Jahr warten. Serena ist nicht Tulip. Ich kannte Tulip, erinnerst du dich? Und du magst Serena. Und du hast seit vier Jahren niemanden mehr gemocht.«

»Das stimmt …«

»Aber sicher stimmt das«, unterbrach ihn Kait. »Wenn du jemanden mögen würdest, dann würden sie sich länger als nur ein paar Dates halten.«

Erik konnte dasselbe über ihre Datingliste sagen. Aber er wollte nicht wieder damit anfangen. »Also, ich schätze es, dass du dich um mich sorgst. Und vielleicht hast du sogar recht. Vielleicht will ich all das, Haus und Hof und so weiter. Aber nicht mit einer Möchtegern-Schauspielerin. Du hast es doch so mit Statistiken. Wie viel Prozent von den Leuten, die hierherkommen, um in Hollywood Karriere zu machen, bleiben auch hier hängen?«

Sie antwortete nicht. Und das sprach für sich. »Ich habe da noch dieses Bücherregal. Bis morgen«, sagte Erik.

»Ja. Okay.«

Er blickte Kait nach, bis sie in ihr Auto stieg, obwohl der Parkplatz der Polizeistation bestimmt einer der sichersten Orte in der Stadt war, dann setzte er sich hinter das Steuer seines Hondas. Er drehte den Schlüssel herum, dann zögerte er. Plötzlich freute er sich nicht mehr auf einen langen Abend mit seinem Heimwerkerprojekt. Zu ruhig. Zu viel Gelegenheit zum Nachdenken, und denken wollte er gerade gar nicht.

Er tippte auf die Dating-App auf seinem Handy.

»Langer Tag?«

Erik merkte, dass er nicht seinen Teil zur Unterhaltung beitrug. Und schlimmer noch, er hatte auch Ambers nur halb zugehört. Er benutzte die Entschuldigung, die sie ihm anbot. »Ja. Aber es war okay. Wir haben in der Arbeit die Aufgaben so umverteilt, dass meine Partnerin und ich zusammen auf Streife gehen können. Wir fangen gerade erst an, aber so lernen wir die Leute in unserer Gegend richtig kennen.«

Er konzentrierte sich ganz auf sie. Sie war auffällig, dramatisch geschminkt, ihr dunkles Haar exakt asymmetrisch geschnitten, ganz und gar nicht wie Serenas rotblonde Wellen.

Serena? Warum dachte er an Serena, ausgerechnet jetzt? Wenn er an ihr Haar dachte, wollte er am liebsten mit den Fingern hindurchfahren. Wenn er Ambers ansah, dachte er nur daran, dass er diese Perfektion durcheinanderbringen würde.

»Was hast du karrieremäßig vor? Streifenpolizist, und dann was? Detective? Oder gibt es noch was dazwischen?« Amber beugte sich ein wenig vor. Sie schien ehrlich interessiert, nicht so, als würde sie nur die gewöhnlichen Fragen an jemanden stellen, den sie im Internet kennengelernt hatte.

Allerdings dachten wohl alle immer nur über ihre Karriere nach. Alle außer ihm. »Vorhin habe ich gerade mit ein paar Kollegen für die Detectiveprüfung gelernt.« Erik nahm erneut einen Schluck von seinem Kaffee. Noch ein paar Minuten, dann würde er kalt sein. Er wollte ihn sowieso nicht. Er hatte bereits einen pappigen Geschmack im Mund.

»Das ist ja toll!«, rief Amber aus. »Wie ist das? Im Fernsehen stellen sie das ja wohl falsch dar, oder? Natürlich weiß ich, dass ein Verbrechen nicht in einer Stunde gelöst werden kann, aber wie ist es sonst so?«

Während sie sprach, erwischte Erik einen Kellner dabei, wie er Amber einen anerkennenden Blick zuwarf. Sie war eindeutig sexy. Das war Serena auch, aber auf andere Art. Er versuchte, den Unterschied zu definieren. Serena war … Und schon wieder dachte er an Serena. Das ging so nicht.

»Nun, zuerst ist da viel mehr Papierkram. Aber das wäre fürs Fernsehen zu langweilig«, fing Erik an. »Und der Detective verbringt viel mehr Zeit im Büro. Zeugen kommen zum Verhör aufs Revier, der Detective geht nicht zu ihnen. Und die Zeugen legen so gut wie nie ein Geständnis ab, ganz egal, wie gut der Detective eine Vernehmung führt.«

»Ha, das ist …«

»Und noch etwas wird im Fernsehen immer falsch dargestellt. Streifenpolizisten wie ich führen auch Ermittlungen durch. Wir sind die Ersten am Tatort. Der Verdächtige ist vielleicht sogar noch dort. Wir vernehmen die ersten Zeugen und suchen nach zusätzlichen Zeugen. Auch der Tatort liefert uns Informationen.« Er stellte fest, dass er schneller sprach und sein Enthusiasmus wuchs. »Uniformierte kennen ihr Revier besser als die Detectives. Detectives können mit ihrer Ermittlung nicht anfangen, bevor ein Verbrechen geschehen ist, aber Uniformierte können das, zumindest auf ihre Weise. Wir kennen die Gemeinde so gut, dass wir ahnen, wenn bald etwas geschehen wird.« Er zwang sich aufzuhören. Amber hatte ihn nicht um eine Vorlesung gebeten.

»Mir gefällt deine Begeisterung.« Sie streckte die Hand aus und berührte kurz seinen Arm, ein subtiles Zeichen, dass sie interessiert war.

»Und du? Was für eine Benefizveranstaltung ist als Nächstes dran?« Er hoffte, dass er sich nicht irrte. Sie hatte Wohltätigkeit gesagt, oder?

»Gefährliche Frage. Ich könnte den ganzen Abend reden. Ich habe einen Hundert-Schritte-Plan, um die Welt zu beherrschen. Aber ich werde mich zurückhalten. Zumindest bis zu unserem zweiten Date.« Noch ein Zeichen. Weniger subtil. »Die Kurzfassung ist, dass es nicht wirklich einen vorbestimmten Weg gibt, aber es ist ein Berufszweig, der wächst. Ich arbeite darauf hin, ein Team zu managen, wo ich die Ziele bestimme, die wichtigen Spender ausfindig mache und große, fantastische Veranstaltungen organisiere. Alles für einen guten Zweck, dem ich mich zutiefst verpflichtet fühle, natürlich.«

Sie legte beide Hände um ihren riesigen Kaffeebecher und hob ihn an die Lippen. Eriks Augen landeten auf ihren vollendeten Fingernägeln, die in einem eleganten Beige lackiert waren. Sie ließen ihn an den leuchtend orangen Nagellack an Serenas Zehen denken und an die Stelle, wo er etwas abgesplittert war. Und wie sehr er ihr den Schuh hatte ausziehen und den Zeh ablecken, an ihm hatte lutschen wollen. Dabei war er doch gar kein Fußfetischist. Aber diese verrückte Eingebung war über ihn gekommen. Bei Amber hingegen hatte er überhaupt keine Eingebungen.

»Bist du aus L.A.?«, fragte Erik und zwang sich, sich auf etwas anderes zu konzentrieren als auf seine Fußfantasien, nämlich auf die Frau, die ihm gegenübersaß, diese attraktive, aufmerksame Frau mit einem Job in einem Berufsfeld, das sich noch in der Entwicklung befand, einem Job, der sich genauso zum Ziel gesetzt hatte, Menschen zu helfen, wie seiner.

»Ja, ich bin hier geboren. In Glendale aufgewachsen, aber jetzt wohne ich in Frogtown.«

Hörte sich an wie jemand, der nicht wegziehen würde. Nicht wie Serena, die nur für dieses Jahr hier sein würde. Nicht dass er annahm, sie hätte kein Talent. Hatte sie wahrscheinlich. Und sie hatte diese Eigenschaft, den inneren Funken, Charisma, wie auch immer man es nannte. Vielleicht einfach das gewisse Etwas. Aber viele Leute hatten das. Trotzdem schafften es nur ganz wenige von ihnen.

Und wieder schenkte er Amber keine Beachtung. Er musste sich konzentrieren. Konzentrier dich! Aber warum sollte er sich eigentlich so sehr auf ein Date konzentrieren? Sich darauf konzentrieren, einen guten Eindruck zu machen, das vielleicht. Aber sich darauf konzentrieren zu müssen, der Frau, mit der er zusammen war, auch nur zuzuhören und sie anzusehen, ohne an jemand anderen zu denken?

Er täuschte ein Gähnen vor in der Hoffnung, dass es nicht so gekünstelt aussah. »Ich kann nicht mehr. Ich bin wohl doch müder, als ich dachte. Wie gesagt, es war ein langer Tag. Daran ist wohl die Lerngruppe nach der Arbeit schuld. Als ich noch im College war, brauchte ich nur ein paar Liter Kaffee. Aber jetzt?« Er zuckte mit den Schultern. »Können wir Feierabend machen?«

»Natürlich«, gab sie zur Antwort. Was könnte sie auch sonst sagen, so, wie er es dargelegt hatte?

Sie standen auf, und er begleitete sie nach draußen zu ihrem Wagen. Das war der komplizierte Moment. Er wollte immer sagen: »Ich rufe dich an.« Aber Kait hatte ihm eingebläut, dass ein Mann niemals »Ich rufe dich an« sagen sollte, wenn er schon wusste, dass er es nicht tun würde. »Danke für den schönen

Abend. War nett, dich kennenzulernen.« Er gab ihr einen flüchtigen, beinahe freundschaftlichen Kuss auf die Wange.

»Fand ich auch«, antwortete sie. Er merkte, wie sie versuchte, nicht enttäuscht zu klingen. Erik wollte noch etwas sagen – aber ihm fiel nichts ein. Er winkte, als er zu seinem Auto hinüberging. Er stieg ein und stellte das Radio an in der Hoffnung auf etwas Ablenkung, dann fuhr er nach Hause.

Doch er ertappte sich dabei, wie er den Sunset in die entgegengesetzte Richtung hinunterfuhr. Und er brauchte nur nach links zu blicken, um im Licht der altertümlichen Straßenlaternen von Storybook Court den Leuchtturm zu sehen. Er entdeckte einen leeren Parkplatz und parkte leise fluchend ein.

Er konnte genauso gut schnell mal eben auf Streife gehen, bevor er nach Hause fuhr. Er stieg aus dem Wagen, überquerte die Straße und ging die Gower hinunter. Der Spaziergang würde ihm guttun. Der Kaffee hatte ihn unruhig gemacht, und er musste sich ein wenig entspannen. In absehbarer Zeit würde er nicht schlafen können. Nach einem normalen Abend wären er und Amber am Ende vielleicht bei ihr gelandet, und er hätte genug Gelegenheit gehabt, die Wirkung des Kaffees auszunutzen. Aber das war nicht infrage gekommen, weil er die ganze Zeit an jemand anderes gedacht hatte, während er nur einen knappen Meter von Amber entfernt gesessen hatte.

Es war wohl nur das Phänomen, dass man plötzlich nur noch an rosa Elefanten denken konnte, auch wenn man genau davor gewarnt worden war. Er hatte sich vorgenommen, nicht an Serena zu denken – und aus gutem Grund –, also konnte er jetzt an nichts anderes mehr denken. Schließlich war sie ja nichts Besonderes. Okay, sie war scharf. Und sie war lustig. Und sie war intelligent. Aber eine Menge Frauen waren scharf, lustig und intelligent. Oder zumindest einige. Er hatte sich verboten, an sie zu denken, und nur deshalb tat er genau das Gegenteil.

Bedeutete das, dass er ein bisschen mehr Zeit mit ihr verbringen sollte? Er wollte ja alle kennenlernen, die im Court wohnten. Konnte er das Verbot dann noch aufrechterhalten?

Seine Füße schienen ihm die Entscheidung abgenommen zu haben, er ging nämlich auf den Leuchtturm zu. Er hielt inne, überlegte, ob es ein guter Einfall war oder ob er gerade etwas richtig Dummes tat. Seit der Trennung von Tulip waren mehr als drei Jahre vergangen, und wenn er sich selbst gegenüber wirklich ehrlich war, was er meistens vermied, war er immer noch nicht ganz über sie hinweg. Sie hatte ihm das Herz gebrochen. Damit hatte Kait recht. Er würde es niemals laut aussprechen, aber es stimmte. Es war das erste Mal gewesen, dass er sich heftig verliebt hatte, und als sie ihn verlassen hatte, war er am Boden zerstört gewesen.

Wenn er sich manchmal fürchterlich leidtat, dachte er, es wäre einfacher gewesen, wenn sie gestorben wäre. Dass er für sie nicht gut genug gewesen war, sonst wäre sie hiergeblieben. Er wäre mit ihr überall hingegangen, wenn sie ihn nur gelassen hätte – also hatten ihre Gefühle seinen nicht einmal annähernd entsprochen.

Sein Bauchgefühl sagte ihm, sich von Serena fernzuhalten. Wahrscheinlich würde Hollywood sie genauso zerstören wie Tulip. Und dann würde sie L.A. verlassen und alles, was sie an ihre Niederlage erinnerte. Was ihn mit einschloss. Das war es nicht wert. Er hätte sich sofort nach seinem Bauchgefühl richten sollen, sobald er erfahren hatte, dass sie im Leuchtturm wohnte.

Er ging weiter, in Richtung Leuchtturm. Aber er ging ja Streife und musste deshalb das gesamte Revier ablaufen. Und besonders die Straße im Auge behalten, in der neulich eingebrochen worden war. Er schnaubte. *Aber sicher. Lüg dich nur weiter an, Freundchen.*

Aus dem Augenwinkel sah er eine blitzartige Bewegung, die seine Aufmerksamkeit ablenkte. Eine Katze. Braun gestreift. MacGyver. In Eile. Etwas blitzte zwischen seinen Zähnen. Er trug etwas! Die gestohlene Kette?

Er lief dem Kater hinterher und erreichte ihn, als er sich gerade durch ein Loch zwängte, das unter den Miniaturleuchtturm führte, der dem großen Leuchtturm als Schuppen diente. Erik versuchte es mit der Tür. Abgeschlossen. Die Entscheidung, ob er Serena aufsuchen sollte oder nicht, war ihm jetzt abgenommen worden. Er brauchte den Schlüssel.

Es war erst kurz nach neun, und es brannte noch Licht bei ihr, also klingelte er. Sie kam zur Tür, gekleidet in einen seidenen Schlafanzug mit kleinen Ananas. »Du bist es.«

»Ich bin es.« Um einige der Ananas herum stand »Juicy Fruit« geschrieben. »Niedlicher Schlafanzug.« Eines Tages würde er vielleicht lernen, erst zu denken und dann zu sprechen, und dann würde er auch nicht mehr Dinge wie »niedlicher Schlafanzug« sagen.

Serena sah ihn lang und fest an und sagte dann: »Hast du noch Fragen? Letztes Mal warst du ganz schön schnell wieder weg.« Er merkte, wie er rot wurde, als er sich daran erinnerte, wie er weggerannt war. »Oder ist noch etwas passiert?«

»Nein. Alles ist in Ordnung. Ich brauche nur den Schlüssel für deinen Schuppen.« Er konnte sich nicht davon abhalten, auf ihre lackierten Zehen zu blicken, himbeerfarben heute Abend.

»Es ist alles in Ordnung, aber du brauchst die Schlüssel zu meinem Schuppen? Das ergibt keinen Sinn.«

»Wenn ich es dir erkläre, wird es noch weniger Sinn ergeben«, sagte Erik. »Ich war auf Streife. Nach dem Diebstahl wollte ich einfach häufiger präsent sein. Und ich habe gesehen, wie eine Katze in einem Loch verschwand, das unter deinen Schuppen führt.«

»Ich kann dir immer noch nicht ganz folgen.« Serena glättete den Kragen an ihrem Schlafanzugoberteil. »Sorgst du dich, dass die Katze nicht wieder herausfindet? Oder willst du sie wegen unerlaubten Betretens verhaften?«

»Der Kater hat eine Vorgeschichte. Ich halte es zwar nicht für besonders wahrscheinlich, dass er irgendwie an einen Schmuckkasten kommt und es schafft, das allerwertvollste Stück mitzunehmen, aber ich glaube, ich habe etwas Glänzendes in seinem Maul gesehen. Ich will wissen, was er im Sinn hat.«

»Ich komme mit! Diesen diebischen Kater muss ich kennenlernen.« Serena zog sich ein Paar Flipflops an und nahm einen Schlüssel von einem Haken neben der Tür.

»Ich glaube, das ist keine gute Idee.«

»Warum? Was kann schon passieren?«, protestierte Serena. »Du bist Polizist. Und wir sprechen hier von einem Kater.«

Er hatte kein Gegenargument. »Gut. Komm mit.« Er ging voran. Als er den Schlüssel ins Schloss steckte, hörte er ein leises Schreien.

»Was war das?«, fragte Serena

»Ich bin mir nicht sicher. Vielleicht ein anderes Tier? Bleib hier, bis ich nachgesehen habe.« Erik holte die kleine Taschenlampe heraus, die er immer bei sich trug, und leuchtete in den Schuppen hinein.

»Kätzchen!«, rief Serena aus und drängte sich an ihm vorbei. »Sieh dir nur diese süßen kleinen Babys an!« Erik ergriff ihren Arm, bevor sie zu dem Fleck hinüberlaufen konnte, wo die Kätzchen sich um etwas scharten, das wie eine offene Tüte Thunfisch aussah. Mac stand zwischen ihnen und Serena und Erik. Er war immer ein freundlicher Kater gewesen, aber wie er so dastand, sah er zwar nicht gerade angriffslustig aus, schien die Kleinen jedoch beschützen zu wollen.

»Du hast recht. Ihre Mutter mag es vielleicht nicht, wenn ich ihnen zu nah komme. Sie sieht aus, als traute sie uns nicht«, sagte Serena. Sie trat einen Schritt zurück, wobei sie gegen Erik stieß. »Wir tun deinen kostbaren Kätzchen nichts«, gurrte sie.

»Das ist nicht ihre Mutter. Das ist Mac – MacGyver –, der Kater, von dem ich dir erzählt habe. Er ist ein Männchen.«

»Dann der Vater? Sie sehen ihm alle so ähnlich. Übernehmen denn Katzenväter die Beschützerrolle?«, fragte Serena. »Ich habe nie eine Katze gehabt.«

»Als ich ein Kind war, hat ein Kater einmal einen Teil eines Wurfs einer Nachbarkatze getötet«, antwortete Erik, wobei er den Blick auf MacGyver gerichtet hielt, der zurückstarrte. Er schien ruhig, fauchte nicht oder so, obwohl sein Schwanz langsam hin und her ging. »Ich weiß nicht, ob das ein typisches Verhalten ist.«

Erik hockte sich hin, legte seine Taschenlampe auf den Boden, sodass sie dem Kater nicht in die Augen schien. Auf einmal hörte er ein Fauchen, und eines der Kätzchen rannte zu Mac. Es sah Erik direkt in die Augen und fauchte wieder. Mac hob die Pfote und schob das Kätzchen sanft hinter sich. Das Kätzchen machte sofort wieder ein paar Schritte nach vorn. Mac stieß einen Laut aus, der sich wie ein frustriertes Knurren anhörte, und stellte sich vor das Kätzchen. Ein paar Sekunden später drängte sich das Kätzchen zwischen Macs Vorderpfoten hindurch.

Serena lachte. »Das ist ein entschlossener kleiner Junge oder Mädchen.« Sie hockte sich neben Erik.

»Hallo, Mac. Erinnerst du dich an mich? Willst du Guten Tag sagen kommen, Kitty, Kitty?« Er streckte die Hand aus. Mac beobachtete ihn noch einen Augenblick lang, dann schlenderte er zu Erik und rieb seinen Kopf an seinem Knie. Das Kätzchen blieb, wo es war, zwischen Erik und Serena und den anderen Kleinen.

»Sieht aus, als würde Mac sich an dich erinnern«, sagte Serena leise. »Aber deshalb will dieses Kätzchen hier sich noch lange nicht mit uns anfreunden.«

Erik streichelte Mac am Kopf, und er fing an zu schnurren. »Gut so, mein Freund«, sagte Erik. »Du scheinst hier alle Pfoten voll zu tun zu haben. Ich bin mir ziemlich sicher, dass du nicht der Vater bist. Aber du sorgst für sie, hm?«

»Ich habe mich geirrt, sie sehen gar nicht so aus wie er. Das hier hat ein kleines weißes Lätzchen.« Serena zeigte auf das kleinste Kätzchen und beugte sich etwas weiter nach vorn. Das vorwitzige Kätzchen fauchte und knurrte, was sich geradezu lächerlich unbedrohlich anhörte. »Tut mir leid, tut mir leid.« Serena richtete sich auf. »Meinst du, es könnte die Thunfischtüte gewesen sein, die du in Macs Maul gesehen hast? Sie ist silberfarben.«

»Gut möglich. Ich weiß allerdings nicht, ob er wirklich die Lage erkannt hat und Thunfisch holen gegangen ist. Aber er war immer schon ein ungewöhnlicher Kater.«

»Woher kennst du ihn überhaupt? Du hast dieses Revier doch gerade erst übernommen, oder?«

»Ja, aber ich … ich hatte vor ein paar Jahren eine Freundin, die im Court gewohnt hat. Deshalb weiß ich, dass er stiehlt«, antwortete Erik. Er wollte ihr nicht die ganze Tulip-Geschichte erzählen.

»Ich werde ihnen etwas Wasser bringen«, sagte Serena. »Sie haben keins. Sie müssen Durst haben. Guck, wie sie das Öl ablecken, das noch im Beutel ist.«

»Guter Einfall.«

Sie stand auf und schlüpfte hinter ihm hindurch, wobei der kühle, glatte Stoff ihrer Schlafanzughose an seinem Arm entlangglitt. Erik kraulte Mac noch ein paarmal, dann hob er seine Taschenlampe auf und sah sich im Schuppen um, wobei er aufpasste, dass er den Strahl nicht direkt auf die Kätzchen richtete.

Das vorwitzige Kätzchen warf sich auf Erik, landete auf dem Hinterteil, stand wieder auf und warf sich noch einmal auf ihn. Es machte einen Satz und landete auf Eriks Schuh.

Mac schien genug zu haben. Er hob das Kätzchen am Nacken hoch und trug es hinüber zu seinen Geschwistern. Bevor er es absetzte, schüttelte er es leicht. Das Kätzchen fauchte Mac halbherzig an, rührte sich jedoch nicht von der Stelle.

Erik leuchtete wieder mit der Taschenlampe im Schuppen herum. Er sah keine Kette oder irgendetwas, das nicht hierhergehörte. Es gab ein paar Möbel, Gartengeräte, Kartons, vielleicht Sachen, die andere Leuchtturmstipendiaten dagelassen hatten.

»Das ist für euch, ihr Winzlinge.« Serena kam wieder herein und stellte eine große Schüssel Wasser etwas entfernt von den Kätzchen auf den Boden, dann stellte sie sich wieder neben Erik. Die Kätzchen kamen angerannt und miauten. Eines lief so schnell, dass es nicht rechtzeitig anhalten konnte und nasse Vorderpfoten bekam. Er stieß ein leises Niesen aus.

»So etwas Niedliches habe ich, glaube ich, noch nie in meinem Leben gesehen.« Serena lächelte, als das Kätzchen erst eine Pfote schüttelte und dann die andere und dann noch einmal nieste. »Was sollen wir mit ihnen machen? Sie können gern eine Weile hierbleiben. Ich kann ihnen Futter und Wasser bringen. Wäre doch doof, sie woanders hinzubringen, solange sie noch so klein sind.«

»Es scheint mir ein guter Platz für sie zu sein. Hier ist es warm und trocken, und sie haben einen ehrenamtlichen älteren Bruder oder wofür auch immer Mac sich hält. Und einen kleinen, aber mutigen Beschützer«, antwortete Erik. »Ich kann auch Futter bringen und nach ihnen sehen. Wenn das in Ordnung ist.« Er sah sie an, und sie lächelte wieder so zögerlich wie auf dem Brunnenrand, als Ruby sie ihm als Assistentin angeboten hatte.

»Wir könnten das gemeinsame Sorgerecht haben«, sagte sie.

»Du, ich und MacGyver. Ich lasse die Tür einfach offen. Ich glaube nicht, dass irgendjemand im Schuppen herumwühlt.« Sie stand auf. »Ich will sie nicht allein lassen. Aber ich glaube nicht, dass das mutige Kleine etwas trinkt, solange wir hier sind. Es ist zu sehr damit beschäftigt, uns in Schach zu halten, damit wir keine falsche Bewegung machen.«

Erik stand ebenfalls auf und benutzte die Taschenlampe, um Serena wieder nach draußen zu führen. »Ich glaube, du solltest besser weiter auf Streife gehen. Wegen des Diebstahls neulich und so«, sagte sie und sah zu ihm auf. »Deshalb bist du ja hier, hast du gesagt.«

Deswegen war er nicht hier. Er hatte sie beide angelogen, als er das gesagt hatte. »Ich bin hergekommen, weil ich an nichts anderes denken kann als daran, dich zu küssen«, antwortete er, ohne nachzudenken. »Du hast einen vollendeten Mund.« Er zog die Linie ihrer Oberlippe mit dem Finger nach. Sie zog sich nicht zurück.

Dann neigte sie sich zu ihm. Er war sich nicht sicher, ob mit Absicht oder ob ihr Körper den Ton angab, so wie seiner, der ihn zu ihrer Tür geführt hatte. Wie auch immer … er beugte sich hinunter und legte seine Lippen auf ihre. Er spürte, wie sie sich leicht öffneten. Er vertiefte den Kuss, ihr Mund war so warm, glatt, weich, so einladend.

Erik ließ seine Finger durch ihr seidiges Haar gleiten, und sie schlang die Arme um seinen Hals. Dann zuckte sie zurück. »Au!«

»Was ist los?«

»Etwas hat mich in den Zeh gebissen.«

Sie sahen beide zum Boden und erblickten das angriffslustige Kätzchen. Ein leises Scharren ertönte, und Mac erschien. Er schnaubte, packte das Kätzchen am Nackenfell und trug es wieder in den Schuppen zurück.

»Wenn dieses Kätzchen größer wird, dann hat Mac seinesgleichen gefunden. Und das will etwas bedeuten.« Er drehte sich wieder zu Serena um, und sie machte einen halben Schritt zurück.

»Das war ein … ungewöhnlicher Abend«, sagte sie. Bereute sie es, ihn geküsst zu haben? Allerdings hatte es sich nicht so angefühlt. »Vielleicht sollten wir … willst du hereinkommen?«

»Ja.« Was kümmerte ihn der Leuchtturm. Er vermochte nicht an eine andere Frau zu denken, solange er mit Serena zusammen war. Sie nahm seine Hand, und sie gingen über den Rasen im Garten. »Weißt du was, das ist ein glücklicher Zufall.«

»Dass ich auf Streife gehen muss?«

»Nun, das auch.« Sie drückte seine Hand. »Aber abgesehen davon werde ich, ob du's glaubst oder nicht, für die Rolle einer Werkatzendiebin vorsprechen. Meine Figur verwandelt sich von einer Katze in einen Menschen und wieder zurück. Als Mensch wird sie sicher ein paar Katzeneigenschaften behalten. Wenn ich die Kätzchen und Mac beobachte, kommen mir bestimmt ein paar gute Einfälle. Den Regisseur finde ich ganz toll. Es wäre einfach fantastisch, wenn ich mit ihm arbeiten könnte.«

Erik hörte die verzweifelte Hoffnung in ihrer Stimme. Sie wollte es so sehr. Hatte sie auch nur in Erwägung gezogen, wie viele andere Schauspielerinnen diese Rolle wollten? Dachte sie wirklich, dass sie eine Chance hatte? Er blieb stehen und nahm seine Hand aus ihrer.

»Tut mir leid. Ich habe wohl zu viel geplappert. Manchmal, wenn ich nervös bin, rede ich einfach drauflos und rede und rede und rede. Nicht dass ich jetzt nervös wäre, nur …« Ihre Worte verklangen, als sie ihn im Mondlicht ansah. »Ist alles in Ordnung?«

»Ja. Aber ich muss wirklich noch auf Streife gehen.«

»Du könntest ja danach wiederkommen.«

»Nein. Tut mir leid. Ich habe vergessen, dass ich mich später noch mit einer Frau von Counterpart auf einen Drink treffe. Es ist zu spät, um noch abzusagen.« Er warf ihr seine Taschenlampe zu. »Nimm die, damit du sicher wieder hineinkommst. Morgen bringe ich Katzenfutter mit.«

Er musste jetzt weg hier. Er hatte sich so unwiderstehlich zu ihr hingezogen gefühlt wie von einem Traktorstrahl. Aber er hatte auch diese Sehnsucht aus ihrer Stimme herausgehört, diesen Ehrgeiz, als sie von der Rolle gesprochen hatte. Es schien, als wäre es alles für sie. Sie war genau wie Tulip, und er würde das nicht noch einmal durchmachen. Niemand war das wert.

Kapitel 6

Die Rolle ist die einer Shigella. Gerade bevor du hereingekommen bist, habe ich den Anruf bekommen«, erzählte Serena Ruby am Freitagmorgen bei ihrem ersten offiziellen Check-in. Sie standen auf dem Witwensteg des Leuchtturms, sahen auf den Storybook Court hinunter, redeten und tranken ihren Kaffee.

»Shigella. Ist das nicht …«, begann Ruby.

»Es ist eine Bakterie«, sagte Serena, »die Fieber, Bauchschmerzen und Durchfall verursacht, gewöhnlich blutig oder schleimig.« Das war aufregend. Sie sollte sich darüber freuen. Sie hatte eine Audition, kein Massenvorsprechen, eine Audition mit einem Termin mit Uhrzeit und allem Drum und Dran, und sie war erst seit eineinhalb Wochen hier. Sie gestikulierte in Rubys Richtung, um ihre Begeisterung zum Ausdruck zu bringen. Theoretisch war sie begeistert, aber im Grunde genommen fühlte sie sich erschöpft.

»Das ist toll. Ein Auftritt in einem Werbespot macht sich gut in deinem Lebenslauf. Und etwas zu spielen, das nicht menschlich ist. Das zeigt, was für eine Bandbreite du hast«, sagte Ruby, nachdem ihr Lachen verstummt war.

Serena nahm einen großen Schluck Kaffee. Sie fühlte sich, als hätte sie nur ungefähr vierzehn Minuten geschlafen, wusste aber, dass es mindestens eine Viertelstunde gewesen sein musste.

»Müde?«, fragte Ruby.

Serena stöhnte. »Sieht man es mir an? Die Audition ist in weniger als einer Woche. Ich muss besser schlafen. Ich kann da nicht auftauchen und ausgemergelt aussehen. Oder nur, wenn

Shigella schlecht aussähe. Aber ich stelle sie mir energiegeladen vor, wie sie in Menschenkörper eindringen und dort ihr Unwesen treiben. Sie infizieren hauptsächlich Kinder.«

»Pass auf, wirf ein paar Pfefferminzblätter in den Blender. Mische eine Prise Kurkuma hinein. Schmiere es dir unter die Augen. Wenn es getrocknet ist, wasche es mit lauwarmem Wasser ab.«

»Davon habe ich ja noch nie gehört. Danke.« Serena lächelte. Das war anstrengend. War sie etwa so müde, dass sie nicht einmal ohne Anstrengung die Mundwinkel heben konnte?

Ruby beobachtete sie. »Du bist nicht nur müde, oder?«

Serena seufzte und hob warnend den Zeigefinger. »Du bist eine scharfsichtige Freundin, was?«

»Schuldig. Was ist los? Du musst es mir nicht sagen«, setzte Ruby schnell hinzu. »Ich will keinen Druck machen.«

Vielleicht würde sie herausfinden, was los war, wenn sie darüber sprach. In der vergangenen Nacht hatte sie wach gelegen und versucht zu verstehen, was zum Teufel passiert war. Sie hatten sich geküsst, dann wollten sie eigentlich hineingehen, vermutlich um sich weiter zu küssen und vielleicht noch mehr als das, und dann war er plötzlich weg gewesen. »Erik war gestern Abend hier.«

»Oooh. Hatte ich recht? Sind Funken geflogen?«

»Große Funken. So groß, dass man sie eigentlich nicht mehr als Funken bezeichnen konnte. Eher als …« Serena machte das Geräusch einer Explosion.

»Ich wusste es. Ich habe es schon am ersten Tag am Brunnen gewusst. Es ist vielleicht komisch, dass ich es sage, aber es freut mich sehr. Er ist so toll, und du bist so toll. Nur schade, dass es dir gerade nicht so gut geht.«

»Keine Sorge, es geht mir gut. Ich meine, ich kenne den Kerl ja kaum, also ist es nichts Besonderes. Aber ich bin verwirrt«, gab Serena zu. Eigentlich war sie mehr als verwirrt. Sie war verletzt, aber zu beschämt, um es einzugestehen. Erik durfte sie nicht verletzen. Sie kannten sich wie lange? Wahrscheinlich weniger als zwei Stunden.

»Verwirrt wegen …«, ermunterte sie Ruby.

»Wir haben uns geküsst. Wir …«, sie machte wieder das Explosionsgeräusch, »haben uns *geküsst*. Meine Knie sind tatsächlich weich geworden. Wenn ich mich nicht an ihm festgehalten hätte … Ich weiß nicht, ob ich mich hätte auf den Beinen halten können. Dann habe ich gefragt, ob er hereinkommen will …«

»Warte. Wo wart ihr denn?«, unterbrach Ruby. »Du hast gesagt, er hätte dich besucht.«

»Er wollte den Schlüssel für den Schuppen holen. Er hatte eine Katze mit etwas Glitzerndem im Maul hineinlaufen sehen. Vielleicht dachte er, es wäre die Kette, die von gegenüber gestohlen worden ist.«

»Sag nichts. Braun getigerter Kater mit Namen MacGyver?«, fragte Ruby mit blitzenden Augen.

»Genau der.«

Ruby grinste. »Oh, Mac, Mac, Mac.«

»Aber das war es nicht. Er hatte keine Kette in seinem Maul, sondern eine Tüte Thunfisch. Und im Schuppen war ein Wurf Kätzchen. Er hat ihnen den Thunfisch gebracht, um sie zu füttern, aber ich glaube nicht, dass eine Katze so weit denken kann. Oder doch? Ich hatte nie eine.«

»Ich auch nicht. Aber ich glaube, dass die meisten Menschen, die ihn kennen, Mac für einzigartig halten. Hat Erik dir erzählt, dass Mac ein Kuppler ist?«, fragte Ruby.

»Er hat mir erzählt, dass MacGyver schon früher Sachen gestohlen hat, aber nicht mehr.«

»Vielleicht kennt er den Rest der Geschichte gar nicht. Denn Mac hat wohl wirklich versucht, einen Partner für Jamie zu finden. Er hat ständig Männersocken und Unterwäsche gestohlen und sie vor ihre Tür gelegt. Vieles stammte von David.«

»Der jetzt ihr Mann ist.«

Ruby nickte.

»Sie haben sich durch Mac kennengelernt. Und sie sind nicht das einzige Paar, das durch ihn zusammengekommen ist. Als Jamie und David auf Hochzeitsreise waren, hat Jamies Cousine Briony Mac und Davids Hund Diogee gehütet. Mac lief weg, und Briony bekam einen Anruf von Nate, dem Mann, der ihn gefunden hatte. Er leitet The Gardens, die Einrichtung für betreutes Wohnen, am Ende vom Court. Sie sind jetzt auch verheiratet. Und außerdem haben sich einige Leute, die in The Gardens leben, zueinandergefunden und geheiratet, nachdem Mac ihnen dort regelmäßig einen Besuch abgestattet hat.

»Und du meinst, dass Mac das alles geplant hat?«

Ruby zuckte mit den Schultern. »Ich weiß nur, dass vier Paare, die sich durch Mac kennengelernt haben, jetzt verheiratet sind. Vielleicht auch fünf. Mac hatte sozusagen die Hand oder besser die Pfote im Spiel, als Nates Schwester Brionys Ex-Verlobten kennengelernt hat, die beiden sind jetzt verlobt. Lange Geschichte. Erzähle ich dir später mal.« Sie lächelte. »Und jetzt hat es Mac durch seine Aktion geschafft, dass auf einmal Erik vor deiner Tür stand. Ich kann gar nicht erwarten, was als Nächstes geschieht.«

»Ich werde dir sagen, was als Nächstes geschah. Wir halten Händchen, während wir zum Leuchtturm gehen, und dann sagt er plötzlich, dass er gehen muss. Und warum? Weil ihm eingefallen ist, dass er ein spätes Date mit einer Frau hat, die er auf einer Internet-Dating-Seite kennengelernt hat. Er wollte so kurzfristig nicht absagen.«

»Das ist … höflich.«

»Aber er hat nicht gesagt, er würde nur schnell was trinken und dann wiederkommen. Er hat nicht gesagt, er würde mich anrufen. Und er hat auch nicht angerufen.« Serena konnte die Kränkung in ihrer Stimme hören. *Atme es ein*, sagte sie sich. *Du kannst es benutzen.* »Und außerdem ist er praktisch vor mir davongerannt. Es war, als hätte er gerade herausgefunden, dass ich den Tripper habe. Oder als hätte ich ihn nach seiner Kreditwürdigkeit gefragt.« Ruby hatte gewöhnlich zu allem einen Kommentar bereit, aber das verschlug ihr offensichtlich die Sprache. »Daher die Verwirrung«, fügte Serena hinzu.

»Nun, ja.« Ruby trank noch einen Schluck Kaffee. »Allerdings hatten es nicht alle Paare leicht, die Mac verkuppelt hat. Manchmal war es auch schwierig.«

»Wir werden nicht an den Punkt kommen, wo es schwierig wird. Es ist vorbei, bevor es angefangen hat.«

»Bis auf den Kuss.«

Bis auf den verdammten Kuss. Erik konnte nicht einmal ansatzweise dasselbe gefühlt haben wie sie. Denn dann wäre er nicht einfach abgehauen.

»Möchtest du noch einen Kaffee?«, fragte Serena. Sie hatte ihren Becher geleert und hoffte, dass sie sich etwas lebendiger fühlen würde als halb tot, wenn sie noch einen trank.

»Ich kann nicht, ich muss zur Vintage Junction hinüber. Ich suche nach der perfekten Großvateruhr für meine alte, schimmelige Villa«, antwortete Ruby. »Möchtest du mitkommen? Es gibt dort immer erstaunliche Sachen, wenn man auch manchmal ein bisschen wühlen muss, um sie zu finden.«

»Normalerweise gerne. Aber ich muss noch daran arbeiten, mich in den Kopf einer Shigella zu versetzen. Obwohl sie gar keinen haben«, sagte Serena. »Brauchst du sonst noch etwas für deinen Bericht an die Mulcahys?«

»Überhaupt nichts mehr. Du kommst toll voran. Hast schon einen Agenten und ein Vorsprechen, und dabei hast du noch kaum ausgepackt.« Ruby tätschelte Serena liebevoll den Arm.

Serena nickte. »Stimmt. Und genau dafür ist das Leuchtturmstipendium gedacht. Mir Zeit zu geben, mich auf die Schauspielerei zu konzentrieren. Ich werde keine Zeit mehr darauf verwenden, herauszufinden, was gestern Abend in Eriks Kopf vorgegangen sein mag. Es gibt entschieden wichtigere Dinge, über die ich nachdenken muss.« Sie gingen die Wendeltreppe hinunter. Bevor sie noch das Erdgeschoss erreichten, hörten sie schon das Ohhhh-waaaaah der Türklingel.

Erik?

Der Gedanke drängte sich in Serenas Kopf, bevor sie ihn aufhalten konnte. Es gab keinen Grund anzunehmen, dass es Erik war, der vor ihrer Tür stand. Es sei denn, er wollte Katzenfutter abliefern. In dem Fall würde sie höflich und freundlich sein, genau wie gegenüber dem UPS-Boten. Ja, sagte sie sich und nahm zwei Stufen auf einmal.

Serena holte tief Luft, richtete sich auf und ging ohne Eile zur Haustür. Das Erste, was sie sah, war ein riesiger Blumenstrauß – orange Lilien, Sonnenblumen, leuchtend rosa Gerbera, pfirsichfarbene Rosen –, so groß, dass er das Gesicht des Mannes verbarg, der ihn hielt. »Wow«, hörte sie Ruby hinter sich flüstern.

»Wow«, wiederholte Serena.

»Das war die Reaktion, auf die ich gehofft habe.« Daniel ließ den Strauß sinken und grinste sie an. »Für dich.« Er gab Serena die Blumen. »Ich habe die Rolle bekommen! Dank deines Coachings!«

»Daniel, herzlichen Glückwunsch!«, rief Serena aus. »Aber das musste doch nicht sein.« Sie schüttelte den Strauß ein wenig. »Sie sind wunderschön, aber das ist doch viel zu viel.«

»Es ist nicht mal annähernd genug«, antwortete Daniel. »Hallo, Ruby.«

»Herzlichen Glückwunsch auch von mir, Daniel. Was für eine Rolle ist es denn?«

»Es ist ein neues Theaterstück. Ist noch nie aufgeführt worden«, erklärte er. »Wir spielen es im November am Lakershim Playhouse.«

»Ich werde da sein«, versprach Ruby.

»Ich auch«, fügte Serena hinzu.

»Erzähl ihm deine Neuigkeiten«, drängte Ruby.

»Okay, bist du bereit, Daniel?«, fragte Serena.

»Schlag mich.« Daniel schlug sich auf die Brust.

»Ich habe eine Audition für die Rolle einer Shigella-Bakterie in einem Werbespot für einen neuen Badezimmerreiniger.«

»So fängt man an!«, rief Daniel.

»Sie brennt dafür«, fiel Ruby ein.

Sie hatten recht. Alles lief fantastisch. Sie hatte einen Agenten in Hollywood und einen Schauspieljob.

»Hast du Lust, eine Weile mit mir Bakterie zu spielen, Daniel?« Das war es, was sie brauchte, etwas Probezeit mit einem Mann, der überhaupt nicht verwirrend war. Oder verrückt.

»Der Ring war das Einzige, was gestohlen wurde, richtig?«, fragte Kait.

»Ich möchte, dass ihr Jamies und Davids Haus durchsucht. Dieser Kater ist schuld. Er war letzte Woche hier und saß genau dort, wo Sie jetzt sitzen«, Marie zeigte auf Erik, »und hat Thunfisch mit Soße gefressen. Ich habe es ihm sogar angewärmt.«

Al grunzte. Erik war nicht sicher, ob er Zustimmung oder Missfallen ausdrücken wollte, weil Marie für eine Katze Essen aufwärmte.

116

»Möglicherweise hat er den Ring gestohlen, während ich in der Küche war!«, fuhr Marie fort. »Warum sitzen Sie noch hier? Sie sollten das Haus dieses Katers durchsuchen, seine Verstecke finden.«

»Wir gehen noch zu Jamie und David«, versicherte ihr Erik. »Wir wollen nur erst sicherstellen, dass wir alle Informationen haben.«

»Ich verstehe nicht, wozu Sie noch mehr Informationen brauchen«, begann Marie und sprach betont langsam. »Der Kater ist ein Dieb. Der Kater war in meinem Haus. Mein Ring ist verschwunden.«

»Wir haben nur noch ein paar Fragen. Ist der Ring versichert?«

»Er ist durch unsere Hausratsversicherung abgedeckt. Wenn Sie Ihre Arbeit machen, werden wir diese Versicherung nicht brauchen«, sagte Marie zu ihr. Al grunzte, und dieses Mal war sich Erik fast sicher, dass es ein zustimmendes Grunzen war.

»Und wann haben Sie den Ring zum letzten Mal gesehen?«

Erik war zufrieden damit, dass Kait die Fragen stellte. Er fühlte sich schlecht. Weil er schlecht geschlafen hatte. Immer wenn er gerade eingedöst war, hatte er sich plötzlich an diesen so unglaublich scharfen Kuss erinnert. Er war seit Tulip mit anderen Frauen zusammen gewesen, mit zu vielen nach Kaits Meinung, aber keine dieser Frauen hatte seinen Körper so zum Schmelzen gebracht wie der Kuss von Serena.

Kurz vorm Einschlafen hatte er Serenas Gesichtsausdruck vor sich gesehen, als er ihr gesagt hatte, dass er mit einer anderen Frau verabredet war. Er bereute seine Lüge nicht. Es musste sein. Er konnte nicht zulassen, ihr zu nahezukommen. Bei einer flüchtigen Beziehung würde er es nicht belassen können, so viel hatte ihm der Kuss gezeigt.

117

Und wenn sie dann aus Hollywood verduftete, wäre er wieder am Boden zerstört. Er hatte sich jetzt endlich von Tulip erholt und wollte, dass es auch so blieb. So wie er sich gestern Abend benommen hatte, wollte Serena ihn mit Sicherheit nicht mehr wiedersehen. Also, Auftrag ausgeführt.

»Wir halten Sie auf dem Laufenden«, sagte Kait gerade, als Erik wieder seine Aufmerksamkeit der Befragung zuwendete. Er hatte keine der Antworten gehört – oder die Fragen, die Kait gestellt hatte. Toll. Nicht nur, dass er sich beschissen fühlte, er machte seine Arbeit auch so. Er brauchte keine Zeit mehr darauf zu verschwenden, an Serena zu denken. Dieses Problem hatte er gelöst.

Al schnaubte besonders laut. »Ich habe doch gerade gesagt, dass ich das tun werde.« Marie klang eingeschnappt. »Ich weiß, dass ich ein paar Fotos habe, auf denen ich oder jemand von Als Verwandten mit ihm zu sehen sind. Ich sage Ihnen Bescheid, sobald ich eines finde.« Zu Eriks Überraschung ging sie mit ihnen hinaus vor die Tür. »Ich muss Ihnen noch etwas sagen«, verkündete sie. »Ich hasse diesen Ring. Er ist hässlich wie die Nacht, ich hätte viel lieber das Geld. Als Erstes würde ich mir einen neuen Tischbackofen kaufen. Aber er ist schon seit Generationen in der Familie. Al wäre todunglücklich, wenn er für immer weg wäre. Also, finden Sie das Ding.«

Ohne auf eine Antwort zu warten, ging sie wieder ins Haus. »Also, unsere Befehle haben wir«, sagte Kait. »Womit willst du anfangen? Mit Zeugen sprechen oder den Besitzern des Katers? Sie wird nicht lockerlassen, bevor wir die Katze nicht unter die Lupe genommen haben.«

»Dann zuerst die Katze«, sagte Erik.

»Weißt du, was wirklich hilfreich wäre?«, fragte er, als sie sich auf den Weg zu dem Hobbithaus machten, in dem Jamie und David wohnten, »wenn jemand in dieser Anlage hier eine

Überwachungskamera hätte. Besonders, weil niemand seine Türen abschließt.«

»Marie kommt mir zu praktisch vor, als dass sie ihre Türen unabgeschlossen ließe, aber sie glaubt tatsächlich, ein leichter Schlaf genügt. Allerdings weiß ich nicht, wie sie sich das vorstellt, was sie als schwächliche Frau über achtzig da bei einem Einbruch ausrichten könnte.«

Erik grunzte zur Antwort und bemerkte, dass er sich anhörte wie Al.

Kait stieß einen lauten Seufzer aus. »Gibst du auf, oder muss ich dich verhören?«

Er versuchte nicht, so zu tun, als wüsste er nicht, wovon sie sprach. »Wie schon gesagt, es ist irritierend, dass niemand im Storybook Court sich auch nur im Geringsten um die Sicherheit sorgt.« Er bezweifelte, dass sie sich damit zufriedengeben würde, aber es war einen Versuch wert. Er würde nicht über Serena sprechen. Sein Ziel war es, nicht einmal mehr an Serena zu denken.

»Bullshit.«

»Ich habe heute Nacht schlecht geschlafen, das ist alles.«

Kait seufzte etwas sanfter. »Du wirst es mir am Ende doch erzählen.«

»Hier ist es.« Erik blieb vor dem kunstvoll schiefen Tor stehen, das zu Jamies und Davids Haus führte.

»Diesmal redest du«, sagte Kait zu ihm. »Ich spreche kein Miau.«

»In Ordnung.« Erik klopfte an.

»Ich komme! Nicht besonders schnell, aber ich komme.« Ein paar Augenblicke später öffnete Jamie mit rotem Gesicht die Tür. »In den Schwangerschaftsratgebern ist immer von ›Senkwehen‹ die Rede, bei denen sich die Lage des Babys verändert und man leichter atmen kann. Ich muss mich wohl damit abfinden, dass mein Baby in dieser Position ganz zufrieden ist.« Sie legte die Hand auf ihren Bauch. »Und vermutlich war das schon zu viel Information.«

»Ganz und gar nicht. Es ist zwar schon ein Weilchen her, aber wir sind immer noch Freunde. Sprich dich ruhig aus.« Erik und Tulip hatten Jamie und David bei Rubys jährlicher großer Weihnachtsfeier kennengelernt, und sie hatten sich danach ein paarmal getroffen.

»Schön, dich wiederzusehen, Erik.« Jamie lächelte ihn warm an.

»Dich auch.« Er zögerte eine Sekunde lang, dann umarmte er sie vorsichtig. »Das ist meine Partnerin, Kait. Ich weiß nicht, ob du schon davon gehört hast, aber Storybook wurde uns als Teil unseres Reviers zugeteilt.«

»Ruby hat es mir erzählt. Das ist großartig! Tut mir leid, dass ich nicht zu eurem Sicherheitsvortrag erschienen bin. Die Schwangerschaftsratgeber behaupten auch, dass ich ungefähr um diese Zeit einen Energieschub bekommen sollte. Aber nein, auch das nicht. Weshalb ich ein Schläfchen gehalten habe, als ich eigentlich drüben im Hof hätte sein sollen.«

»Wir können es für dich zusammenfassen«, sagte Erik. »Aber es gibt etwas anderes, worüber wir mit dir sprechen müssen.«

»Kein Problem. Kommt herein. Möchtet ihr einen Cupcake?«, bot sie an, während sie sie ins Wohnzimmer führte. »David hat vor lauter Stress gebacken.«

»David backt für die Mix-It-Up-Bäckerei in Los Feliz«, erklärte Erik Kait.

»Vielleicht könnte ich einen mitnehmen? Wir waren gerade bei den Defranciscos, und Marie …«

»Sprich nicht weiter. Ich weiß, wie Marie ihre Gäste bewirtet. Ich stelle euch eine Tüte zusammen, bevor ihr geht.« Jamie ließ sich langsam auf die Couch sinken.

Erik setzte sich neben sie, und Kait nahm den Sessel. »Hey, wo ist Diogee?« Der Hund war gewöhnlich der Erste an der Haustür. Und über Diogee zu sprechen, würde es ganz natürlich wirken lassen, dann nach Mac zu fragen.

»Beim Hundefriseur. David hat beschlossen, dass er ein Bad braucht. Die Schwangerschaftsratgeber sagen, dass ›Nestbauimpulse‹ im neunten Monat häufig auftreten. Mein Mann hat ganz sicher welche. Er möchte, dass alles fleckenlos sauber ist, der Hund eingeschlossen.«

»Was ist mit Mac? Wird er verschont?«

»Ich habe David gesagt, dass es besser wäre, wenn er das Baby mit heiler Haut begrüßen könnte. Er hat darüber nachgedacht und dann entschieden, dass die Anzahl der Zungenbäder, die Mac sich selbst verpasst, mehr als ausreichend ist.«

»Das klingt nach einer weisen Entscheidung. Übrigens wollten wir mit dir über Mac sprechen.«

»Oh, nein, was hat er angestellt?«

»Möglicherweise gar nichts«, sagte Erik. »Aber wir waren drüben bei Al und Marie, weil einer von Maries Ringen gestohlen wurde. Und letzte Woche wurde aus einem anderen Haus im Court eine Kette gestohlen. Marie wollte, dass wir nachsehen …«

»… und ihr euch versichert, dass Mac nicht der Dieb ist«, beendete Jamie den Satz für ihn. »Ich verstehe. Vor ein paar Jahren ist er auf eine Katzenverbrechenstour gegangen und hat die halbe Nachbarschaft bestohlen. Aber er hat die Gegenstände aus einem Haus und zur Veranda eines anderen Hauses getragen. Am Ende haben alle alles zurückbekommen.«

»Bei euch ist nichts aufgetaucht, was nicht euch gehört?«, fragte Kait.

Jamie schüttelte den Kopf. »Ich kann meinen Saubermann fragen, nur um ganz sicherzugehen. Aber wenn er Schmuck gefunden hätte, der nicht mir gehört, dann hätte er es bestimmt erwähnt.«

»Der Hund einer Freundin hatte ein Versteck«, sagte Erik. Eigentlich war es eher eine Affäre gewesen als eine Freundschaft, aber das war eine unnötige Information. »Er war klein genug, um sich unter die Couch zu quetschen. Er hatte einen Riss ins Futter gekratzt, um Tennisbälle und Quietschspielzeuge in der Couch zu horten. Und er hat Kauknochen in ihrem Bett versteckt.«

Jamie lachte. »Armer Diogee. Er hat gar keine Spielzeuge, die er sein Eigen nennen könnte. Mac nimmt sie ihm immer ab. Ich weiß, dass er sie eigentlich überhaupt nicht haben möchte, aber Diogee soll sie eben auch nicht haben.«

Kait beugte sich vor. »Und wo tut er sie hin?«

»Nirgends. Wenn Diogee allerdings eines nehmen will, lässt Mac das nicht zu. Diogee hat nicht wirklich Angst vor Mac – aber wenn Mac etwas will, dann überlässt Diogee es ihm«, antwortete Jamie. »Mac kann aber auch lieb zu ihm sein. Ich bin mir fast sicher, dass Mac an Diogees Dose mit Leckerchen geht und ihm welche gibt. Ich habe ihn zwar nie dabei erwischt, habe aber Beweise.«

»Würdet ihr darauf achten, ob der Schmuck auftaucht? Ich weiß, es ist unwahrscheinlich, aber wir müssen alles in Betracht ziehen.«

»Aber natürlich«, versprach Jamie. »Aber Mac ist eigentlich eine Hauskatze. Ab und zu schafft er es, sich hinauszuschleichen, aber nicht oft. Als wir hier eingezogen sind, hat David die Hundetür permanent verriegelt, und den Kamin haben wir blockiert, weil wir herausgefunden haben, dass er da raus und rein konnte. Ein Kaminfeuer ist etwas Schönes, aber noch schöner ist es, das Katerchen sicher zu Hause zu wissen.«

»Also, ich habe ihn neulich nachts draußen gesehen. Er

scheint für einen Wurf Kätzchen das Kindermädchen zu spielen«, sagte Erik zu ihr.

Jamies Augenbrauen zogen sich zusammen. Er wollte nicht, dass sie sich noch zusätzlich Sorgen machte, sie hatte schon so viel anderes im Kopf. »Kätzchen? Wem gehören sie?«, fragte Jamie.

»Die Frau, die im Leuchtturm wohnt, hat sie in ihrem Schuppen gefunden.« Erik meinte nicht, dass er erwähnen müsste, dass er sie kannte. Es spielte keine Rolle. »Sie sorgt für sie, bis sie ein wenig älter sind.«

»Und da hast du Mac gesehen?«, fragte Jamie. Erik nickte. »Ich kann mir gar nicht vorstellen, wie das möglich sein soll«, fuhr sie fort. »Wir müssen einen seiner Fluchtwege übersehen haben. David und ich werden das Haus durchsuchen, wenn er nach Hause kommt. Dann können wir auch gleich nach den gestohlenen Sachen gucken.«

Erik stand auf. »Danke, dass du dir die Zeit genommen hast. Herzlichen Glückwunsch zum Baby.«

»Gib mir nur eine Minute, damit ich die Cupcakes einpacken kann.«

Mac schlüpfte in das kleine Zimmer und entdeckte sofort Erik und das Weibchen, das Kait hieß. Er brauchte noch ein bisschen mehr Zeit, um herauszufinden, ob sie als mögliche Menschen für seine Kätzchen infrage kamen, also war er ihren Geruchsspuren gefolgt. Das hatte ihn ungefähr vier Blocks von zu Hause weggeführt, was in Ordnung war. Er ging gern auf Forschungsreise.

»Von diesem Cupcake habe ich gerade einen Kuchenorgasmus bekommen«, blah-blahte ein Mann und spuckte etwas auf den Boden, was aussah wie ein Insekt. Mac schlenderte unter den Tisch, um es zu untersuchen. Kein Insekt. Ein Stück von einem Cupcake. Manchmal machte David Cupcakes nur für Mac, Thunfisch und Käse mit einer Krabbe obendrauf. Aber das hier war nicht so ein Cupcake, also ließ er es liegen. Diogee hätte es gefressen, aber Diogee war eben ein Hund.

Der Mann blah-blahte weiter, wobei er Krümel auf dem Boden verteilte. Diogee würde diesen Menschen lieben. »Ich glaube, da ist Tequila drin. Ja, ganz eindeutig. Und eine Spur Zitronenschale.«

»Gib mal her«, blah-blahte ein Menschenweibchen.

»Ich weiß nicht, ob du die hättest annehmen dürfen, Buey. Was sagen die ethischen Leitlinien des Polizeivollzugsdienstes über Geschenke?«, blah-blahte ein anderes Männchen.

»›Trinkgelder oder Gefälligkeiten jeglicher Art, die als ernst zu nehmender Versuch interpretiert werden könnten, Handlungen zu beeinflussen …‹«, fing Erik an zu blah-blahen. Mac schlenderte hinüber und setzte sich neben seinen Stuhl.

Jetzt blah-blahte Kait. »Niemand lässt sich von einem Cupcake beeinflussen, außer vielleicht Tom.«

»Ich weiß nicht. Sie sind von einer Person gebacken worden, die nicht möchte, dass dein Hauptverdächtiger ins Gefängnis geht.«

»Kätzchen ins Kittchen!«, lachte der Mann, wobei er noch mehr Krümel fallen ließ.

Kätzchen? Redete der Mann etwa von Mac?

Plötzlich redeten die Menschen alle auf einmal.

»Von wegen Hauptverdächtiger. Der Kater ist der einzige Verdächtige!«

»Das ist eine Katerlamität!«

»Du willst mich wohl zum Narren halten!«

»Seine Besitzerin braucht sich keine Sorgen zu machen. Der Kater hat bestimmt einen Freibrief fürs Gefängnis. Alle Katzen haben das!«

Es schien, als blah-blahten sie über ihn. Er war schließlich der einzige Kater im Raum. Und sie *lachten.*

Macs Schnurrhaare zuckten, und das Fell auf seinem Rücken sträubte sich. Über MacGyver gab es nichts zu lachen! Wenigstens lachte Erik nicht. Erik war ein guter Mensch. Um ihm seine Wertschätzung zu zeigen, stieß Mac den Kopf gegen Eriks Bein.

Erik sah hinunter, und sein Bein zuckte, als er Mac sah. Ein paar Sekunden später fiel etwas auf Mac, was er David einen Anorak hatte nennen hören. David hatte das Wort viele Male gesagt, nachdem Mac seinen Anorak dazu benutzt hatte, um ein Stück Kralle loszuwerden.

Bevor Mac sich von dem Anorak befreien konnte, hob Erik ihn hoch. »Kait«, blah-blahte er. »Wir müssen zurück zum Court.«

Als Mac in Eriks Armen aus dem Zimmer getragen wurde, bla-blaten die Menschen: »Ist etwas Katerstrophales passiert?«, und wieder lachten alle.

Sie lachten über den Kater.

Kapitel 7

Ich finde es furchtbar, dass Mac in einen Käfig eingesperrt werden muss«, blah-blahte Jamie.

Mac sah ihr und David von der dritten Treppenstufe aus zu. David hämmerte und klopfte. Veränderte Dinge.

»Ich auch, Jam. Sobald ich diese Wiege fertig gebaut habe, fange ich mit dem Katzengehege für Mac an«, blah-blahte David. »Adam hat versprochen, herüberzukommen und mir zu helfen.« Er tat noch einen Hammerschlag. »Ich hätte nicht gedacht, dass Mac vom Badezimmerfenster auf den Baum springen kann.«

»Ich muss mir nur immer wieder sagen, dass es nicht mal für einen Tag ist.«

»Und wenn wir fertig sind«, blah-blahte David, »hat Mac einen tollen Platz da draußen, wo er sich aufhalten kann. Er kann immer noch durchs Fenster nach draußen klettern. Es ist zwar nicht dasselbe, wie frei herumzulaufen, aber viel sicherer, für ihn und auch für die Nachbarn.«

»Du glaubst doch nicht wirklich, dass er diesen Schmuck gestohlen hat, oder?«, blah-blahte Jamie.

David hämmerte zweimal. »Wir haben überall gesucht, und er bringt doch gewöhnlich die Sachen entweder mit nach Hause oder zu jemandem in der Nähe. Ich glaube nicht, dass er der Dieb ist, diesmal nicht. Auch wenn er in letzter Zeit unruhig war. Die Hälfte der Zeit benimmt er sich wie eine Katze auf dem heißen Blechdach.«

»Ein Mac auf dem heißen Blechdach, meinst du.« Jamie legte die Hand auf ihren Bauch. »Ich glaube, er merkt, dass etwas los ist.«

David tat einen Hammerschlag und schrie auf. »Jetzt habe ich mir auf den Daumen gehauen!«

Mac konnte den Krach nicht mehr aushalten. Er drehte sich um und schlich nach oben, wo er unter Davids und Jamies Bett kroch. Er atmete ein und suchte Jamies beruhigenden Geruch. Aber was seine Nase füllte, war der neue, merkwürdige Geruch, den sein Mensch in letzter Zeit angenommen hatte. Und der ihn überhaupt nicht beruhigte.

Er musste nach den Kätzchen sehen, aber jetzt noch nicht. Er brauchte noch ein wenig Zeit an diesem halbdunklen, gemütlichen Ort. Er war der Einzige, der dort hineinpasste, das half ihm, mit den Veränderungen in seinem Haus fertigzuwerden. Diesen völlig unnötigen Veränderungen. Mac fühlte, wie der Fußboden vibrierte, was bedeutete, dass Jamie ins Zimmer kam, dann sank das Bett herunter, und er wusste, dass sie über ihm saß. »Hallo, mein Mac-Mac. Wie geht es meinem weltbesten Kater?«, blah-blahte sie. Ihr Geruch hatte sich verändert. Und auch die Erschütterungen, die sie beim Gehen verursachte. Aber ihr Miauen war noch dasselbe, und er liebte sie, wenn er es hörte.

»Meinst du, du könntest zu mir hochkommen? Ich habe nicht die richtige Form, um mich auf den Boden zu legen, und wenn ich es doch schaffe, dann komme ich ganz sicher nicht wieder hoch. Was meinst du, Kitty, Kittty, Kitty?«

Wenn Jamie »Kitty, Kitty« sagte, wusste Mac, dass sie ihn wollte. Das Hämmern und Klopfen und Schreien hatte aufgehört, also kroch er vorsichtig unter dem Bett hervor. Obwohl sie komisch roch, wollte Mac genauso nah bei Jamie sein wie sie bei ihm. Er sprang aufs Bett und rollte sich auf ihrem Kissen zusammen. Sie fing an, ihn an der allerbesten Kraulstelle zu kraulen. Menschen mochten langsam lernen, aber sie lernten.

»Mac, es ist so. Die Menschen glauben, du hättest ihnen vielleicht Sachen weggenommen«, blah-blahte Jamie, wobei sie fortfuhr, ihn am Kinn zu kraulen. »Und irgendwie bist du daran schuld, weil du all diese Sachen gestohlen hast, als wir gerade hergezogen waren. Deshalb musst du in einem Kä…, musst du dich aus Problemen heraushalten. Aber morgen bekommst du ein großartiges Geschenk. Das wird den Kä…, das wird beinahe alles wiedergutmachen. Ich weiß, du verstehst mich. Aber es tut mir wirklich leid, ehrlich.«

Sie setzte sich auf und nahm ihn auf den Arm. Ihm wäre es lieber gewesen, wenn sie ihn weiter gekrault hätte, aber er wusste, dass Jamie ihn manchmal auf den Arm nehmen musste. Sie fühlte sich dann besser, und dass sie sich nicht so fühlte wie sonst, konnte er riechen.

Sein Körper versteifte sich, als sie ihn aus dem Zimmer und die Treppe hinunter in die Küche trug. Etwas mit Gittern stand auf dem Boden. Noch mehr Veränderungen. Alles veränderte sich.

David kam herein und fasste das Ding an. Es hatte eine Tür, aber die Tür hatte ein Gitter.

»Guck mal, was wir hier haben, Mac. Eine supergroße Maus voller Katzenminze, mein Freund.« Er roch auch nicht besonders glücklich. Mac musste herausfinden, was in seinem Rudel los war. Er wusste, es war nichts Gutes.

»Und Sardinen auch. Und deine Sandkiste«, blah-blahte Jamie. »Stell dir vor, es wäre ein Zimmer in einem Luxushotel.« Sie trug Mac zu dem Ding, dann beugte sie sich hinunter und setzte ihn hinein. *Nein! Er würde nicht in …*

Klang! David schloss die Tür.

Mac saß in der Falle.

»Die Idee wird dir nicht gefallen«, sagte Erik zu Kait. Sie aßen bei Lucifers zu Abend, einerseits, weil sie sich überall im Revier bekannt machen wollten, andererseits wegen der hervorragenden Pizza.

»Ich leihe dir mal ein Buch über die Psychologie der Überredung.« Kait nahm die Pilzscheiben von ihrem Stück Pizza legte sie auf ihren Salat. »Da wirst du sehen, dass ›diese Idee wird dir nicht gefallen‹ keine empfehlenswerte Einleitung ist.«

»Wir sind befreundet. Als du mit mir über dieses Buch gesprochen hast – und zwar jeden Tag, bis du es durchgelesen hattest –, hast du gesagt, dass die Chance, dass man einer Bitte nachgibt, viel größer ist, wenn man denjenigen mag, der einen um etwas bittet. Du magst mich, also habe ich Chancen. Das reicht.«

Sie strahlte ihn an. »Und weißt du, was einer der Gründe ist, warum ich dich mag? Du hörst mir zu. Und du hörst nicht nur zu, du erinnerst dich sogar, was ich gesagt habe.«

»Ja, das stimmt«, antwortete Erik. Sie war eine großartige Partnerin. Sie trafen sich nicht häufig nach der Arbeit, aber sie brachte ihn zum Lachen – manchmal sogar mit Absicht. Und sie war durch und durch anständig. »Kann ich dir jetzt von der Idee erzählen, die dir nicht gefallen wird?«

Sie lachte schnaubend. Er nahm das als ein Ja. »Ich finde, wir sollten noch einmal mit Charlie Imura sprechen. Wir müssen etwas probieren.« Jamie hatte am Morgen angerufen und gesagt, dass David das Haus praktisch auseinandergenommen, jedoch nichts gefunden habe.

»Ich habe kein Problem damit, noch einmal mit ihm zu sprechen.«

Vor ungefähr einem halben Jahr hatte Kait ein paar Webinare über den Steifheitseffekt gesehen. Sie hatte ihm erzählt, wie Menschen beim Lügen manchmal erstarren, weil sie versuchen, ihren Gesichtsausdruck und ihre Körpersprache zu kontrollieren. Es war nichts Offensichtliches, es konnte eine winzige Kleinigkeit sein, wie weniger zu zwinkern. Kait hatte sich dafür interessiert, wie man dieses Konzept bei Verhören anwenden könnte. Und vielleicht war das auch möglich. Aber gerade erkannte er auch so, dass Kait log. Er stellte sie nicht bloß. »Lass uns hinübergehen, wenn wir fertig sind. Bis dahin sollte er von der Arbeit zurück sein, schließlich muss er ja direkt nach Hause.«

»Sicher. Ich weiß überhaupt nicht, warum du meinst, ich hätte ein Problem damit.«

»Du weißt schon. Weil ihr euch sympathisch wart und du dann herausgefunden hast, dass er wegen Drogenhandels verurteilt worden ist.«

»Ich habe ungefähr eine Minute lang mit ihm gesprochen, bevor ich die Fußfessel gesehen habe. Das ist ja nun nicht, als wären wir verlobt gewesen.« Kait biss in ihr von Pilzen befreites Stück Pizza.

»Du hast recht.« Er war wohl enttäuschter als sie. Er wusste, dass Kait gern einen Freund gehabt hätte und auch einen verdiente. Ungefähr eine Minute lang war Charlie ihm wie ein geeigneter Kandidat erschienen.

Kait aß noch einen Bissen von ihrer Pizza und legte den Rest dann auf den Teller zurück. »Ich bin bereit.«

»Du isst deinen Salat nicht?« Sie pflückte jeden Pilz von ihrer Pizza, damit sie mindestens einen für jeden Bissen Salat hatte.

»Es lässt mir keine Ruhe. Wir haben gerade erst in diesem Revier angefangen, und ich würde den Schmuckdiebstahl gern so schnell wie möglich aufklären, um jedem in der Nachbarschaft zu zeigen, dass wir unseren Job ernst nehmen.«

Erik aß seine Pizza schnell auf und erhob sich. »Fertig.«

Sie gingen zum Court hinüber, und als sie Charlies Straße erreichten – die auch Serenas Straße war –, hielt er sofort nach Serena Ausschau. Sie war nicht im Garten oder auf dem Witwensteg. Gut. Er hatte die richtige Entscheidung getroffen, als er gegangen war und gesagt hatte, er würde sich mit einer Frau treffen. Aber deshalb wollte er trotzdem nicht unbedingt, dass Serena ihn für … wie würde Kait sich ausdrücken? … den miesesten Scheißkerl hielt, den sie jemals kennengelernt hatte.

»Er sitzt vor der Tür.« Während Erik nach Serena gesucht hatte, hatte Kait offensichtlich nach Charlie Ausschau gehalten. »Wie letztes Mal.«

»Ich würde vermutlich auch versuchen, so viel wie möglich vor die Tür zu gehen, wenn ich unter Hausarrest stünde«, meinte Erik.

»Du würdest niemals unter Hausarrest gestellt werden«, gab Kait zurück. »Du bist nicht diese Art Mensch.«

»Du magst mich wirklich, oder?«

Zur Antwort schlug sie ihm auf den Arm. Als sie zu Charlies Haus kamen, stand er bereits da, um sie zu begrüßen. Dieses Mal schien er nicht nervös zu sein. »Erinnern Sie sich, wie Peters Eltern versucht haben, ihn zu ermorden?«, fragte er, ohne sie zu grüßen.

Kait zögerte nicht. »Amazing Spider Man zweihundertachtundachtzig. Aber sie waren nicht seine Eltern. Sie waren Androide. Und Droid-Mom hat nicht versucht, ihn umzubringen. Sie hat gegen ihre Programmierung angekämpft. Gibt es einen Grund dafür, warum Sie auf einen der schlimmsten Handlungsstränge überhaupt in der Geschichte von Spider-Man verweisen?«, fragte sie. »Wollen Sie uns vielleicht weismachen, dass in Wirklichkeit ein böser Android der Drogenhändler war und Sie unschuldig sind?«

»Nein. Ich war schuldig. Ich bin schuldig«, gestand Charlie. Sein Ton war sachlich, und er sah Kait direkt in die Augen.

Kait stieß einen von ihren »Was du nicht sagst«-Schnaufern aus. Dann kam sie zur Sache. »Es hat noch einen Diebstahl im Court gegeben.«

»Wo?« Charlie öffnete das Tor nicht. Stattdessen lehnte er sich darauf und beugte sich zu ihr hinüber.

»Drüben in der Glass Slipper Street«, erwiderte Erik.

»Mir ist immer noch nichts Merkwürdiges in der Nachbarschaft aufgefallen«, antwortete Charlie.

Kait trat einen Schritt näher ans Tor. »Wussten Sie, dass der Durchschnittsdieb weniger als eineinhalb Kilometer von seinem Opfer entfernt wohnt?«

Charlie zog die Augenbrauen hoch. »Stehe ich unter Verdacht?« Er stieß ein harsches Lachen aus. »Natürlich. Ich bin der überführte Verbrecher in der Nachbarschaft.«

»Ich habe nur gefragt, ob Sie wissen, dass Diebe gewöhnlich in der Nähe ihrer Opfer wohnen.«

»Was bei mir der Fall ist. Also warum nicht einfach annehmen, dass ich der Verantwortliche bin«, sagte Charlie. »Es gibt da nur ein Problem. Wenn ich nicht arbeite, darf ich mich nicht mehr als fünfundzwanzig Meter von meiner Funkstation entfernen. Die Glass Slipper Street ist definitiv außerhalb meiner Reichweite. Schon die Quevas nebenan wären außer Reichweite.« Seine Mundwinkel hoben sich.

»Hatten Sie Signalunterbrechungen?«, fragte Kait.

Charlies amüsiertes Lächeln verschwand. »Ein Mal. Die SIM-Karte hatte sich gelockert. Ich wusste es nicht einmal, bis meine Bewährungshelferin mir sagte, dass ich eine neue Station bräuchte.«

Kait feuerte weiter Fragen auf ihn ab. »Und wann war das?«

»Ungefähr vor sechs Wochen.«

»Und wie lang hat die Station nicht funktioniert?«

»Das weiß ich nicht genau. Ich nehme an, dass die Bewährungshelferin sich ziemlich schnell darum gekümmert hat. Wie gesagt, ich wusste nicht mal, dass es kein Signal gab, bis sie sich mit mir in Verbindung gesetzt hat.«

»Von hier zu den Quevas oder den Defranciscos und zurück würde man nicht lange brauchen«, stellte Kait fest.

»Die Defranciscos sind bestohlen worden?« Kait nickte, und Charlie stieß sich vom Tor ab und richtete sich auf. »Nein, das würde nicht lange dauern.«

»Wussten Sie, dass achtzehn Prozent der im Bundesgefängnis Inhaftierten ihre Verbrechen verübt haben, um an Geld für Drogen zu kommen?«

»Wussten Sie, dass vier Prozent der verloren gegangenen Fernbedienungen im Kühlschrank oder im Gefrierfach gefunden werden?«

Kait wirkte einen Augenblick lang interessiert, dann runzelte sie die Stirn. »Das hat nichts mit dem Thema zu tun.«

»Oh, und ich dachte, wir wären zu einem erfreulichen Gespräch über Statistiken übergegangen.« Sein Blick glitt über ihr Gesicht. »Ich bin Lizenzgebührenanalyst, habe aber Spaß an allen Arten von Statistiken.«

»Wir sind hier, um Sie zu vernehmen, nicht um zu plaudern.«

»Oh. Mein Fehler. Ich dachte, die Vernehmung sei vorbei. Marie hat vor ein paar Tagen meine Tante besucht, und natürlich haben sie darüber gesprochen, dass die Kette gestohlen wurde. Marie sagte, Lynn hätte die Kette vor drei Wochen bei einer Party getragen, die stattfand, nachdem die Funkverbindung unterbrochen gewesen war. Und außerdem ist das nur ein und nicht zwei Mal passiert. Also kann ich nicht der Dieb sein. Aber ein bisschen zu plaudern, darüber freue ich mich immer. Ich bekomme nicht viel Besuch.«

Kait öffnete den Mund, schloss ihn und öffnete ihn dann wieder, brachte aber kein Wort heraus. So hatte Erik sie noch nie erlebt. »Danke, dass Sie sich die Zeit genommen haben«, sagte er zu Charlie.

Als er und Kait weggingen, rief Charlie ihnen nach: »Ich finde nicht, dass die Droid-Eltern eine der fünf schlechtesten Spidey-Geschichten ist, sondern eine der zehn schlechtesten. Aber mir fallen fünf ein, die sie übertreffen. Oder sollte ich sagen untertreffen? Angefangen mit Gwen Stacey, die die Kinder des Grünen Goblins bekommen hat. Wenn Sie mir widersprechen wollen, wissen Sie ja, wo Sie mich finden.«

Er kannte Kait. Er wusste, dass sie vor Verlangen platzte, Charlie all die Gründe zu nennen, warum er falschlag und wo die Droids auf der Liste der schlechtesten Handlungsstränge hingehörten. Bevor sie alle Argumente, die ihm einfielen, mit ihrer unübertrefflichen Logik in Grund und Boden gerammt hätte, würde sie nicht zufrieden sein. Aber sie ging weiter.

»Nun, ein zweiter Besuch hat sich gelohnt. Wenigstens können wir ihn jetzt ausschließen«, sagte Erik.

»Wenn du die Detective-Prüfung bestehen willst, solltest du nicht vergessen, dass Leute sogar die Polizei anlügen«, fuhr sie ihn an.

»Hey, hey, jetzt aber mal langsam. Ich bin es nicht, der deine Spider-Man-Analyse infrage gestellt hat.« Erik stieß sie leicht mit der Schulter an.

»Tut mir leid«, murmelte sie. Kait entschuldigte sich sehr ungern. Wahrscheinlich weil sie es nicht gewohnt war. Die Unmenge von Fakten in ihrem Gehirn bewahrte sie meistens davor, falschzuliegen, und ihre grundsätzliche Güte schützte sie davor, Menschen schlecht zu behandeln.

»Schon in Ordnung.« Eriks Blick streifte den Leuchtturm. Er konnte es nicht vermeiden. Immer noch kein Zeichen von Serena. »Außerdem überprüfen wir Charlies Geschichte sowieso bei seiner Bewährungshelferin.«

Kait stieß einen der längsten Seufzer aus, den Erik je gehört hatte, was etwas heißen wollte. »Wahrscheinlich hat er die

Wahrheit gesagt. Er hätte nicht diesen selbstzufriedenen Ausdruck im Gesicht gehabt, wenn er befürchten müsste, dass wir verdächtige Beweise finden würden. Aber irgendetwas stimmt nicht mit ihm. Er verbirgt etwas. Und ich werde herausfinden, was.«

»Und in der Zwischenzeit suchen wir nach weiteren Verdächtigen.« Glücklicherweise ließen die zuständigen Detectives ihn und Kait weiter an dem Fall arbeiten. Manche wollten, dass die Uniformierten sich fernhielten, andere hatten gemerkt, wie nützlich sie sein konnten. Erik würde das Aufklären von Verbrechen gefallen, ein wesentlicher Bestandteil des Jobs als Detective. Aber dies als Streifenpolizist zu tun, gefiel ihm noch besser. Wenn er erst einmal die Prüfung bestanden hatte, würde er keinen Kontakt mehr mit normalen Bürgern wie Al und Marie haben.

»Seine Selbstzufriedenheit ist völlig ungerechtfertigt«, murrte Kait. »Auch wenn er mit den Diebstählen nichts zu tun hat, ist er noch lange nicht unschuldig. Er ist ein verurteilter Verbrecher. Er persönlich, nicht irgendeine Androiden-Version von ihm.«

Normalerweise hätten weder sie noch Erik zugelassen, dass ihnen das Verhör eines Verdächtigen an die Nieren ging. Und wenn jemand sich ärgerte, dann war es gewöhnlich Erik. Charlie hatte es geschafft, Kait unter die Haut zu gehen, zumindest ein bisschen, was nicht leicht war, weder im guten noch im schlechten Sinne.

Serena stellte die elektrische Sturmlaterne auf einen der Kartons im Schuppen, warf eine saubere Decke über das abgewetzte Sofa und gönnte sich etwas Zeit mit den Kätzchen. Sie zu beobachten, war eine gute Vorbereitung für das Werkatzen-Vorsprechen — wenn sie es denn bekam. Aber wem machte sie etwas vor? Sie brauchte keinen Grund, um hier zu sein. Schließlich waren es Kätzchen!

Ein Kätzchen, das mit dem rundesten Bäuchlein, jagte einen Käfer. Es sprang darauf und verschlang ihn. Vielleicht war es deshalb am dicksten. Die Extraproteine.

Ein anderes Kätzchen rannte zweimal um die Couch, kletterte die Armlehne hinauf, sprang von dort aus auf Serenas Schulter und machte einen doppelten Satz, um wieder hinunterzukommen. Es rannte durch den halben Raum, dann hielt es bewegungslos inne. Ging es ihm gut? Serena lehnte sich vor und musste lächeln. Das verrückte Kätzchen war einfach eingeschlafen, mitten im Rennen.

Ein leises Miauen erklang, und Serena blickte vor sich auf den Boden. Da stand das kleinste Kätzchen und sah sie mit großen, blauen Augen an. Es miaute noch einmal. Serena hob es sanft auf und setzte es auf ihren Schoß. Es drehte sich zweimal um sich selbst und schlief dann ebenfalls ein.

Das freche Kätzchen kam näher. Es fauchte Serena ein bisschen an, so als wollte es sie warnen, dass sie Schwierigkeiten bekommen würde, wenn sie dem klitzekleinen Kätzchen, das sie auf dem Schoß hatte, etwas tat. »Du brauchst dir keine Sorgen zu machen«, versprach sie. Das Kätzchen fauchte noch einmal.

Sie hörte, wie die Schuppentür sich leise öffnete, und ihr Körper verspannte sich. *Zeige nichts*, befahl sie sich. *Tu so, als wäre alles in Ordnung. Als hättest du nicht ein einziges Mal an ihn gedacht, seit er weggegangen ist.* Sie würde es schaffen. Weil sie so eine Wahnsinnsschauspielerin war.

»Du bist dran«, sagte sie fröhlich. Sie hob die Hände über den Kopf und streckte sich. Vielleicht übertrieb sie es ein wenig mit ihrer Schauspielerei, aber egal. Vorsichtig legte sie das Kätzchen auf ein Kissen neben sich und stand auf. »Ich lasse die Lampe hier.«

»Ich habe eine Taschenlampe«, sagte er, wobei er ihrem Blick auswich. Er sah auf ihre Schläfe, wohl in der Hoffnung, dass sie dächte, er sähe ihr direkt ins Gesicht. Schämte er sich, ihr in die Augen zu sehen? Das sollte er, besonders wenn er sich mit der Frau, mit der er sich getroffen hatte, großartig amüsiert und heißen, heißen Sex mit ihr gehabt hatte.

»Ich sehe nur drei Kätzchen. Wo ist das freche?«, fragte er.

»Vor einer Minute war es noch hier.« Serena griff nach der Lampe und suchte langsam den Schuppen ab, wollte keinen noch so winzigen Platz übersehen, in den sich ein klitzekleines Kätzchen hineinzwängen konnte. Hier nicht, da nicht und dort auch nicht.

»Siehst du sie?«

»Wenn ich sie sehen würde, würde ich es dir sagen«, fuhr sie ihn an. Ihr scharfer Ton passte nicht zum Alles-in-Ordnung-Verhalten, das sie rüberbringen sollte. Sie suchte weiter. Hier nicht, da nicht und dort auch nicht. »Es ist wohl entwischt, als du reingekommen bist. Du hast die Tür nicht schnell genug zugemacht.«

»Vielleicht warst du es ja, der es hat entkommen lassen. Hast du es hier drinnen gesehen?«

»Natürlich. Deshalb habe ich ja gesagt, dass es vor einer Minute noch hier war. Ich gehe draußen nachsehen.« Es war so eng in dem mit Zeug voll gestellten Raum, dass Serena Erik streifte, als sie zur Tür ging. Ein elektrisches Kribbeln durchlief ihren Körper. Der hatte irgendwie die Nachricht verpasst, dass Eriks Verhalten seine Anziehungskraft ganz und gar zunichtemachte.

»Ich komme mit«, sagte Erik.

»In Ordnung«, sagte sie. Das war besser. Locker. Vermittelte eine Mach-was-du–willst-Haltung. »Ich glaube nicht, dass sie auf ihren kurzen Beinen weit kommt.« Sie hielt die Lampe hoch und rief: »Komm her, Kitty, Kitty, Kitty«, wobei sie langsam durch den Garten ging. Ein Hund bellte zur Antwort. Es klang ziemlich nah. »Die Leute lassen ihre Hunde doch nicht frei herumlaufen, oder?«

»Nicht im Court«, gab Erik zur Antwort. »Das würde Marie nicht zulassen. Einmal ist ein Mastiff über den Zaun gesprungen und frei herumgelaufen. Alle haben ihn gerufen und sind hinter ihm her. Aber er ist natürlich nicht stehen geblieben, er hatte viel zu viel Spaß am Fangenspielen. Dann ist Marie aufgetaucht. Alles, was sie sagen musste, war: ›Malarkey, ab nach Hause‹, und er hat gehorcht. Obwohl er ungefähr fünfzig Kilo schwerer war als sie.«

Er sprach schneller als sonst. Fühlte er sich unbehaglich? Falls ja, umso besser. Dann bewies er wenigstens eine Spur von Gewissen.

»Ich habe sie noch nicht kennengelernt«, sagte Serena.

»Das wirst du noch. Sie kennt jeden. Sie sieht alles. Ich kann mir nicht vorstellen, wie es jemand schafft, bei ihr und Al etwas zu stehlen, obwohl sie sich nie die Mühe machen abzuschließen.«

»Es hat noch einen Diebstahl gegeben?«

»Am Freitag. Einer von Maries Ringen. Kait und ich haben versucht …«

»Warte«, unterbrach ihn Serena. »Ich glaube, ich höre was.« Sie blieben beide wie angewurzelt stehen und lauschten. Dann hörten sie das Geräusch wieder. Ein leises Maunzen.

»Hier entlang.« Erik ging um das Haus herum, Serena dicht hinter ihm. Noch ein Maunzen. Lauter. Sie gingen in die Richtung, aus der es kam.

»Kitty, Kitty, Kitty!«, rief Serena. Als Antwort erklang ein Maunzen. Ganz nah. Sie blieb stehen, ließ das Licht der Taschenlampe langsam über den Rasen wandern.

»Da oben!« Erik zeigte auf einen Baum zu Serenas Rechten. Sie blieb jeden Tag stehen und atmete diesen Baum ein. Er explodierte vor lauter runder Ballen gelber Blüten, größer als Melonen. Und in der Krone des Baumes entdeckte Serena das braun gestreifte Gesicht des Kätzchens.

»Gut getarnt, Kätzchen«, rief Serena zu ihm hoch. »Aber wir haben dich gefunden. Zeit, herunterzukommen.« Sie schnalzte mit der Zunge. Sie war sich nicht sicher, ob man das bei Katzen so machte. Ihre Eltern waren keine Tierfreunde, und in ihrer Wohnung in Atlanta waren keine Haustiere erlaubt gewesen. Das Kätzchen starrte zu ihr hinunter und maunzte wieder. »Sitzt sie da fest? Sie ist übrigens eine Sie.«

»Das will ich nicht hoffen. Das sind sicher sieben Meter«, antwortete Erik.

»Du bist Polizist. Du hast doch bestimmt Erfahrung mit Katzen auf Bäumen, oder?«

»Du meinst die Feuerwehr. Und für die ist das auch nichts Alltägliches. Die sagen den Leuten, sie sollen einen Baumpfleger anrufen. Manche von denen kümmern sich um Katzen, die auf Bäumen festsitzen.« Er starrte das Kätzchen an. »Vielleicht sollte ich Marie rufen, damit sie ihr befiehlt herunterzukommen.«

Sie riefen und riefen. Das Kätzchen maunzte nur zurück. »Ich glaube, im Schuppen ist eine Leiter«, sagte Serena.

»Lassen wir ihr ein bisschen Zeit«, meinte Erik. »Sie hat es geschafft, da raufzuklettern, dann müsste sie es auch wieder runterschaffen.«

Serena nahm ihr Handy und googelte. »Hier heißt es, dass eine Katze aufgrund ihrer Krallen zwar leicht auf einen Baum hinaufklettern kann, dass es aber viel schwieriger für sie ist, wieder hinunterzukommen.«

»Eindeutiger Konstruktionsfehler«, murmelte Erik, rieb sich den Nacken und sah wieder zu dem Kätzchen hinauf.

»Vielleicht können wir erst mal etwas zu fressen unter den Baum stellen. Dann ziehen wir uns zurück, weil wir sie womöglich nervös machen, und lassen ihr Zeit, von selber herunterzuklettern. Wir können auch eine Leiter schräg an den Stamm lehnen, damit sie es leichter hat.« Serena steckte ihr Handy zurück in die Tasche. »Ich habe Thunfisch zu Hause.«

»Ich hole die Leiter«, antwortete Erik.

Fünf Minuten später hatten sie das Futter unter den Baum gestellt und die Leiter daran gelehnt. »Jetzt lassen wir dem Kätzchen etwas Raum.« Serena ging bis zu den Lavendelbüschen zurück, die um den Leuchtturms herum wuchsen, und setzte sich ins Gras. Erik setzte sich neben sie. Er hatte Platz zwischen ihnen gelassen, aber sie spürte trotzdem seine Körperwärme.

»Stand da auch, wie lange es normalerweise dauert?«, fragte Erik.

»Der Artikel riet, vierundzwanzig Stunden zu warten, bevor man versucht, das Kätzchen mit Gewalt herunterzuholen«, sagte Serena. »Ich nehme an, ihm nachzuklettern macht ihm noch mehr Angst. Es könnte sogar beschließen zu springen. Armes kleines Kätzchen.«

»Vierundzwanzig Stunden?«, wiederholte Erik.

»Du brauchst nicht hierzubleiben. Ich kriege das auch allein hin.« Je länger sie in Eriks Nähe war, umso nervöser und kribbeliger fühlte sie sich.

»Ich lass dich doch hier draußen nicht allein.«

»Es ist mein Garten. Hier passiert nichts.«

»Ich bleibe.«

»In Ordnung.« Und es war in Ordnung. Egal, ob er von einem Extrem ins andere fiel. Sie kannte ihn kaum, und jemand, den man kaum kannte, sollte keine große Wirkung auf einen haben. Ja, er hatte sie zurückgewiesen. Aber er kannte sie auch kaum, also war es völlig belanglos.

Das war alles ganz und gar logisch. Doch davon ging das nervöse, kribbelige Gefühl nicht weg. Und dass sie wieder an diesen Kuss denken musste, sobald er neben ihr saß, machte es auch nicht besser. Fast konnte sie seinen Mund auf ihrem spüren …

Serena schlug die Beine über in dem Versuch, eine bequemere Haltung zu finden. Es half nichts. Ein paar Sekunden später versuchte sie es wieder, indem sie sich auf ihre Ellbogen stützte und die Beine ausstreckte. Half auch nichts. Sie versuchte, noch immer so zu tun, als sei alles in Ordnung, und wenn sie keine zwei Sekunden still sitzen konnte, machte das sie nicht glaubwürdiger. *Denk an was anderes*, befahl sie sich. *Du warst auch schon früher von einem Kuss hin und weg. Und so etwas wird dir auch wieder passieren.*

»Wie gefällt es dir bisher in L.A.?«, fragte Erik.

Sie konnte das. Sie konnte sich höflich mit ihm unterhalten, bis das Kätzchen herunterkam. Kein Problem. »Wie war das Date neulich Abend?« Am liebsten hätte sich Serena mit beiden Händen den Mund zugehalten, aber es war zu spät. Die Worte waren heraus. Verdammt. Von wegen alles in Ordnung. Von wegen höfliche Unterhaltung.

»Es war nett. Glaube ich. Du weißt, wie das ist. Dieselben Fragen, dieselben Antworten.«

»Hört sich ja faszinierend an.« Sie konnte ihren Sarkasmus nicht unterdrücken. Was war mit ihrem Schauspieltalent geschehen? Damit hätte sie eigentlich diese Unterhaltung bestreiten müssen. *Kätzchen, komm bitte runter, bevor ich mich noch lächerlicher mache,* dachte sie.

Erik drehte sich zu ihr. Serena sah ihn nicht an, sondern tat so, als wäre sie vollkommen fasziniert vom Nachthimmel. »Es tut mir leid wegen neulich Abend. Ich hätte das schon früher sagen sollen.«

141

Serena setzte sich auf und sah ihn an. »Es war …« Sie gab sich Mühe, das richtige Wort zu finden, denn sie wollte auf keinen Fall zugeben, dass er sie verletzt hatte. »Es kam überraschend.« Das war richtig. Teilweise zumindest.

»Nein, es ist unentschuldbar. Ich … es gab keine Frau, okay?«

»Warte. Was?«, rief Serena aus.

»Ich hatte kein Date.«

»Es war eine Ausrede, damit du gehen konntest?« Als sie ihn noch für grob oder möglicherweise verrückt gehalten hatte, hatte sie sich besser gefühlt. Sehr viel besser.

»Ja. Nein. So in der Art.« Erik rieb sich über das Gesicht. »Also, ich habe eine üble Trennung hinter mir. Es ist schon eine Weile her, aber ich bin wohl noch nicht ganz darüber hinweg. Ich habe angefangen, etwas zu fühlen … Ich bin in Panik geraten.«

»Wie lange ist das her?«

»Drei Jahre«, gab er zu.

Drei Jahre. Wer auch immer die Frau war, sie hatte ihn wirklich verletzt. »Und du bist in dieser Zeit mit niemandem zusammen gewesen?«

»Doch. Ich gehe viel aus. Gewöhnlich mit Frauen von Counterpart. Wahrscheinlich ist mir das deshalb gleich als Ausrede eingefallen.«

»Das verstehe ich nicht. Diese Panik, kommt das nur ab und zu vor?«, fragte Serena.

»Es ist noch nie vorgekommen. Die Frau, mit der ich zusammen war, hat auch im Leuchtturm gewohnt. Ich bin unzählige Male in dem Haus gewesen. Ich habe praktisch hier gewohnt. Das ist der Unterschied. Und das hat wahrscheinlich etwas ausgelöst.«

Serena nickte. »Das verstehe ich. Ich bin froh, dass du es mir gesagt hast.«

Einen Moment lang waren sie beide still, dann erklang ein leises Maunzen vom Baum.

»Es ist schwierig, einfach nur dazusitzen und zu warten, ohne ihr zu helfen«, sagte Erik.

»Ja«, stimmte Serena zu. »Sie ist so winzig. Sie muss Angst haben da oben, obwohl sie tapfer hinaufgeklettert ist.« Ihr unruhiges, kribbeliges Gefühl ließ nach. Denn jetzt wusste sie, warum Erik sich so verhalten hatte.

»Ich möchte nicht, dass sie wegläuft, wenn sie beschließt herunterzukommen. Sie könnte auf eine befahrene Straße laufen. Und sie gehört zu meinem Revier. Das darf ich nicht zulassen.«

»Du tust nur deine Pflicht, richtig?«, fragte Serena.

»Jawohl.« Erik streckte sich aus, sein Kopf auf eine Hand gestützt. »Ich nehme meine Pflichten sehr ernst.«

»Wolltest du immer Polizist werden?«

»Ich habe mir kaum Gedanken darüber gemacht, was ich werden wollte. Und dann war ich plötzlich im letzten Highschooljahr und dachte, Mist, was mache ich jetzt?« Erik lachte, und Serena musste auch lachen. »Die Schule hat eine Jobmesse veranstaltet, auf der ich mit einem Polizisten gesprochen habe. Mir hat gefallen, dass man viel draußen und nicht in einem Büro eingesperrt ist. Es kommt mir dumm vor, das zuzugeben, aber für mein Teenagerhirn genügte das. Und glücklicherweise hat es auch gepasst. Und dass ich jetzt ein Revier zugewiesen bekommen habe, wo ich eine ganze Gemeinde kennenlernen kann, das ist die perfekte Aufgabe für mich.« Er pflückte einen Grashalm und rieb ihn zwischen seinen Fingern.

Sie streckte sich neben ihm aus. »Ich wusste ziemlich bald, dass ich Schauspielerin werden wollte. In der vierten Klasse war ich ein Wolf in einem Theaterstück über die Umwelt. Ich habe mich richtig in die Rolle hineinvertieft. Habe Bücher über das Verhalten von Wölfen gelesen und Naturfilme geguckt. Ich habe meinen Lehrer und die anderen Kinder verrückt gemacht, weil ich die Proben immer wieder unterbrochen und gesagt habe, ein Wolf würde niemals dies oder jenes tun«, erzählte Serena. »Dieser Teil der Schauspielerei gefällt mir immer noch. Und außerdem wollen wir Schauspieler natürlich berühmt werden und angebetet, weil etwas in uns fehlt.«

Einen Moment lang sagte er nichts, sondern sah sie nur mit einem Ausdruck an, den sie nicht deuten konnte, und sie konnte gut in Gesichtern lesen. »Ja, und ich bin insgeheim machthungrig«, sagte er zu ihr. »Ich will Autorität haben, damit alle machen müssen, was ich will.«

»Ha! Wusste ich es doch!« Sie lächelte ihn an, ganz ohne zu schauspielern, dann hörte sie ein kratzendes Geräusch. Sie ergriff Eriks Arm. »Keine schnelle Bewegung. Ich glaube, unser Kätzchen hat den Mut gefunden, den Abstieg zu wagen«, flüsterte sie. Sie setzten sich beide langsam auf und sahen zu, wie das Kätzchen zwischen den Blättern und Blüten erschien und rückwärts den Stamm hinunterkletterte. Als es den Boden erreichte, gähnte es und fraß dann den Thunfisch.

»Sie sieht nicht sehr traumatisiert aus, oder?«, fragte Erik.

»Wie kriegen wir sie denn jetzt zurück in den Schuppen? Ich habe Angst, dass sie wegrennt, wenn wir uns ihr nähern.«

Das Kätzchen fraß auf und lief dann mit erhobenem Schwanz über den Rasen. Ohne zu zögern, trabte sie zu dem Loch, das in den Schuppen führte, und kletterte hinein.

»Meinst du, wir sollten das Loch verstopfen?«, fragte Serena.

»Mac wird sich schrecklich aufregen, wenn er nicht hineinkann, und wir können die Tür nicht offen lassen«, sagte Erik. »Lass uns wieder reingehen und versuchen, mit den Kartons und dem anderen Zeug eine Art Laufstall zu bauen.« Sie rappelte sich hoch. Erik stand ebenfalls auf. »An dem Tag, wo wir uns kennengelernt haben, habe ich dich zum Essen eingeladen.«

Sie sah zu ihm auf. »Das stimmt.«

»Möchtest du noch?«

Sie lächelte. »Ja, gerne.«

Das kam unerwartet. Und wenn das Kätzchen nicht im Baum festgesessen hätte, wäre es wohl nie geschehen.

Kapitel 8

Wir hätten einfach Charlie Imuras Bewährungshelferin anrufen können. Oder diese neue Sache benutzen, E-Mail«, sagte Erik am Dienstagmorgen zu Kait. »Das ist schneller als die Post. Also …«

Kait winkte ab, bevor er ausreden konnte. »Du weißt, wie schwer es ist, diese Leute ans Telefon zu bekommen. Und E-Mail ist nur dann schneller, wenn jemand die E-Mail beantwortet.«

Erik zuckte die Schultern, während er in die Vine einbog. »Du wolltest hierher, und hier sind wir.« Er fand einen Parkplatz fast direkt vor dem Gebäude der Regierungsbehörde, das aussah wie ein hässlicher Wohnblock.

Kait kniff die Augen zusammen und sah ihn an. »Du bist heute Morgen aber gut gelaunt.«

»Du klingst enttäuscht«, gab Erik zurück.

»Natürlich nicht. Das ist lächerlich.« Kait schnaubte abschätzig, stieg aus dem Auto und schlug die Tür zu. »Eine Studie aus Wharton und eine vom Fisher College Of Business haben gezeigt, dass, wenn man morgens schlecht gelaunt ist, man es den ganzen Tag über bleibt«, sagte sie. »Und es gibt viele Studien, die den Zusammenhang zwischen guter Laune und hoher Produktivität bestätigen. Warum sollte ich enttäuscht sein, wenn mein Partner wahrscheinlich einen hochproduktiven Tag vor sich hat?«

Ohne seine Antwort abzuwarten, ging sie auf das Gebäude zu. »Warum *bist* du so gut gelaunt?«, fragte sie, ohne sich umzudrehen. Sie klang anklagend, aber Erik wies sie nicht darauf hin. Er wollte nicht noch eine Mini-Belehrung provozieren.

»Hab einfach nur besser geschlafen.« Sich bei Serena zu entschuldigen, hatte ihm eine erholsame Nacht beschert. Während sie auf das Kätzchen gewartet hatten, hatten sie sich nett unterhalten, und wenn sie zum Abendessen zu ihm kam, würde das alles zwischen ihnen ins Lot bringen. »Und was kann ich tun, um die weltbeste Partnerin aus dir herauszukitzeln? Soll ich dir ein paar Nüsse besorgen? Hast du mir nicht erzählt, dass Omega-3 die Laune verbessert?«

»Du hörst mir tatsächlich zu. Danke.« Sie stieß ihn mit der Schulter an. »Weißt du, was mir wirklich Freude machen würde? Wenn uns Charlie Imuras Bewährungshelferin erzählen würde, dass etwas mit seiner Funkstation nicht stimmte, was ihn zum möglichen Dieb abstempelt. Irgendetwas ist mit ihm los. Ich habe das Gefühl, dass er uns etwas verheimlicht. Wenn er hinter den Diebstählen steckt, will ich nicht, dass er uns mit einem falschen Alibi durch die Lappen geht.«

Sie ging zur Rezeptionistin, die hinter einem Sicherheitsfenster saß. »Officer Tyson und Ross. Wir haben einen Termin mit Ms Ayala.«

»Setzen Sie sich.« Die Rezeptionistin machte eine Kopfbewegung zu zwei schwarzen Vinylsofas hinüber, die mit dem Rücken zueinander mitten im Raum standen. Weitere Sofas standen an den Wänden.

Die paar Leute vermieden es, Erik und Kait anzusehen, als sie sich setzten. Kait drehte den Kopf von einer Seite zur anderen, dann ließ sie die Schultern fallen, etwas, das sie tat, um ihre Laune zu verbessern. Er ließ sie in Ruhe.

Eine Frau um die fünfzig öffnete die Tür neben dem Rezeptionsfenster und kam zu ihnen herüber. »Hallo, ich bin Melissa Ayala. Kommen Sie mit, ich habe nicht viel Zeit, aber ich werde versuchen, Ihre Fragen zu beantworten.« Sie brachte sie in ein Büro, das kaum groß genug für einen Schreibtisch mit zwei

Stühlen davor und einem dahinter war. »Wie Sie sehen, habe ich auch kaum genug Platz, um zu reden. Aber ein Großraumbüro wäre schlimmer.« Sie quetschte sich hinter den Schreibtisch und setzte sich. »Schießen Sie los.«

»Wir haben zwei Diebstähle in der Gegend, in der Charlie Imura wohnt. Wir wollten uns versichern, dass er kein Problem mit seiner Funkstation gehabt hat und sich heimlich frei bewegen konnte.«

»Es gab einen Zwischenfall ungefähr vor zwei Monaten«, erzählte ihnen Melissa. »Es gab ein Problem mit der SIM-Karte. Innerhalb einer Stunde hatten wir eine neue Fußfessel für ihn. Abgesehen davon ist nichts vorgefallen. Er hielt sich nicht mehr als fünfundzwanzig Meter vom Haus entfernt auf, abgesehen vom Weg zur Arbeit oder zurück nach Hause.«

»Sind Ihnen irgendwelche Komplizen bekannt? Irgendjemand, der mit dem Drogenhandel zu tun hat?«, fragte Kait.

Berechtigte Frage. Erik hätte daran denken sollen.

»Nein«, sagte Melissa. »Im Prozess ist nichts in der Richtung ans Licht gekommen.« Sie blätterte durch die Akten. »Mr Imura ist ein interessanter Fall. Keine Vorstrafen. Keine Anklagen wegen Drogenbesitzes. Nicht einmal einen Strafzettel. Er hatte haufenweise Leute, die als Leumund für ihn aussagen wollten. Sein Anwalt beschloss, das nicht wahrzunehmen. Sie wissen, wie Kreuzverhöre verlaufen. Sie fördern Negatives zutage, und die Glaubwürdigkeit des Zeugen wird infrage gestellt, und am Ende erscheint den Geschworenen alles fragwürdig, was der Zeuge sagt.«

»Gab es Gründe für die Annahme, dass die Zeugen nicht sauber waren?«, fragte Kait.

»Darauf habe ich keine Hinweise. Aber das stünde natürlich auch nicht in den Akten. Viele Anwälte greifen nicht auf Leumundszeugen zurück. Das sollten Sie nicht überbewerten.«

Melissa klappte die Akte zu und sah kurz auf die Uhr. »Sonst noch etwas?«

»Welchen Eindruck haben Sie von ihm?«, fragte Erik.

Melissa kaute an der Kappe ihres Kugelschreibers und dachte nach. »Respektvoll. Gefügig. Leicht zu handhaben.« Sie lächelte. »Lustig. Nicht weil er Witze erzählen würde. Mehr darin, wie er Dinge sieht. Ehrlich gesagt mag ich den Mann. Aber dafür können Sie sich nichts kaufen.«

Kait beugte sich vor. »Haben Sie ihn zu einem Reha-Programm wegen Drogenmissbrauchs angemeldet?«

Melissa schlug die Akte noch einmal auf und fand sofort, wonach sie suchte. »Er hat keine Vorgeschichte wegen Drogenmissbrauchs. Alle Tests sind negativ gewesen.«

Erik sah zu Kait hinüber. Sie zuckte die Schultern und stand auf. »Danke für Ihre Zeit«, sagte sie zu Melissa. Auch Erik dankte ihr. Er war froh, wieder nach draußen an die frische Luft und in den Sonnenschein zu kommen. Jeden Tag in einem so engen Raum zu verbringen, wo es nicht einmal ein Fenster gab, könnte er nicht ertragen.

»Was jetzt? Möchtest du zu der Dame drüben in The Gardens? Sollen wir uns vergewissern, dass sie sich keine Sorgen mehr wegen eines Eindringlings macht?«, fragte Erik.

Kait nickte. »Mein Eindruck von dem Mann, der die Wohnanlage leitet … ich komme nicht auf den Namen.«

Sie hatte tatsächlich einen schlechten Tag. Kait vergaß keine Namen.

»Nate«, half Erik aus.

»Richtig. Ich glaube, dass die Bewohner sich dort gut aufgehoben fühlen, aber es kann nicht schaden, deutlich zu machen, dass wir auch für sie da sind«, sagte sie. »Und dann sollten wir wohl noch einmal die Datenbank durchgehen, ob der Ring oder die Kette verpfändet worden sind.«

Sie hörte sich nicht gerade hoffnungsvoll an, und es gab auch keinen Grund dazu. Die meisten Diebe, die etwas verpfändeten, benutzten einen falschen Ausweis oder verkauften an einen Mittelsmann, der dann zur Pfandleihe ging. »Meinst du, jetzt ist Schluss? Oder glaubst du, dass immer noch jemand Storybook Court im Visier hat?«

»Wenn ich ein Dieb wäre, würde ich es noch nicht woanders versuchen. Wir haben nicht einmal alle davon überzeugen können, ihre Fenster und Türen zu verriegeln.«

»Pass auf!«, rief Serena Daniel zu, als sie ins Yo, Joe! eilte. »Eine Shigella-Bakterie kommt auf dich zu!«

»Du hast die Rolle?«, rief Daniel aus.

»Ich habe sie!« Serena spielte ein kleines Trommelsolo auf der Theke. Sie zog eine Ausgabe von John Sudols *Acting Face to Face* aus ihrer Tasche und gab sie ihm. »Das ist das Buch, von dem ich dir erzählt habe. Ein Dankeschön dafür, dass du mir bei der Vorbereitung geholfen hast.«

»Dass ich meine Rolle als E. Coli perfektionieren konnte, war mehr als genug. Jeder Schauspieler sollte eine Bakterie in seinem Repertoire haben. Aber danke schön.« Daniel lehnte sich über die Theke und küsste sie auf die Wange.

Die Kette aus Mokkalöffeln, die als Klingel diente, klirrte, als zwei ältere Frauen hereinkamen, die ihr bekannt vorkamen. »Helen! Nessie! Wie schön, Sie zu sehen.« Er sah kurz zu seiner Chefin hinüber, die mit einem Stapel Quittungen an ihrem gewohnten Tisch saß. Sie lächelte und winkte, aber Serena war eine professionelle Menschenbeobachterin. Das Lächeln war nicht echt. Stand der Laden wirklich kurz vor der Pleite? Serena wollte daran nicht denken. Es war so ein schönes kleines Café.

»Was kann ich für Sie tun«, fragte Daniel die Frauen.

»Wir wollen etwas mit viel Zucker«, sagte die eine.

»Helen ist wütend, weil wir keinen Zucker mehr haben und Marie uns keinen leihen wollte«, erklärte die andere, die Nessie sein musste. »Marie missbilligt, dass Helen so viel Zucker zu sich nimmt.«

»Was sie überhaupt nichts angeht«, sagte Helen.

Daniel lachte. »Sie denkt, alles und jeder in Storybook Court ginge sie etwas an.«

Storybook Court. Natürlich, das war es, weshalb die Frauen ihr bekannt vorkamen. Sie hatte sie an dem Tag am Brunnen gesehen. An dem Tag, an dem sie Erik kennengelernt und gedacht hatte, wie nett er war. Das dachte sie immer noch, aber er war eindeutig noch nicht über seine Ex hinweg. Sie musste ihn wie einen Kumpel behandeln. Sie war sich ziemlich sicher, dass er von ihr dasselbe dachte. Ein Essen war nur ein Essen. Er kochte gern. Sie aß gern.

»Seien Sie mir nicht böse, aber ich finde Marie unterhaltsam«, sagte Daniel gerade.

»Ich auch. Und sie ist eine von Helens besten Freundinnen, obwohl Helen im Moment zu verärgert ist, um das zuzugeben«, sagte Nessie. »Ich hoffe, dass ich noch immer am Brunnen Swing tanze, wenn ich in Maries Alter bin.«

»Du könntest jetzt Swing tanzen«, merkte Helen an.

»Geben Sie ihr ihren Zucker«, bat Nessie Daniel. »Sie wird von Sekunde zu Sekunde unleidlicher.«

»Wie wär's mit einem Frozen Caramel Macchiato? Und ich kann ein paar Schokoladenstreusel darüberstreuen.«

Serena bemerkte, wie Mrs Trasks Kopf hochschnellte. »Die Streusel gehen auf mich«, versicherte ihr Daniel. Offenbar hatte er es auch bemerkt.

»Perfekt«, sagte Helen.

»Die Herausforderungen annehmen, um hinterher die Freude des Sieges zu genießen«, murmelte Mrs Trask und widmete sich wieder ihrer Büroarbeit.

»Wieder General Patton«, sagte Daniel zu Serena, dann nahm er Nessies Bestellung auf, ein kleiner Pfefferminztee.

Bevor er noch mit den Getränken beginnen konnte, gaben die Löffel wieder ein fröhliches Klimpern von sich. Ein junger Mann kam herein in einem Anzug, der genauso chic war wie der ihres Agenten. »Keine Sorge, Mrs Trask«, rief Daniel. »Ich kenne die Regeln. Kein Gratiskaffee für Verwandte. Und ich habe sogar vor, ihm das Doppelte zu berechnen. Er ist reich.«

Mr Schicker-Anzug stellte sich neben Serena. Daniel stellte sie einander vor. »Marcus, Serena. Serena, mein Bruder Marcus. Serena wohnt dieses Jahr im Leuchtturm. Nessie und Helen kennst du natürlich.«

»Natürlich. Wie geht es den Damen?«

»Es hat uns so leidgetan …«, begann Nessie.

»… dass die Kette ihrer Mutter gestohlen wurde«, beendete Helen den Satz, wobei sie von Marcus zu Daniel blickte.

»Es war nicht gerade ihre Lieblingskette«, sagte Marcus.

»Das ist nämlich die von Tiffany's, die Marcus ihr geschenkt hat.«

Marcus fing an zu protestieren, aber Daniel stellte die Kaffeemühle an und überdröhnte ihn.

»Marie hat sich bereits einen Ersatz für den Ring ausgesucht.« Helen hielt die Hand hoch, um Daniel daran zu hindern, ihr Getränk in ein Glas zu füllen. Serena mochte es, dass das Café echte Gläser benutzte. »Ich möchte es mitnehmen. Marie soll mich damit sehen.«

Nessie schüttelte den Kopf über ihre Schwester. »Vergiss nicht, dass Marie deine beste Freundin ist.«

»Ich weiß«, antwortete Helen. »Was nichts daran ändert, dass sie ein rechthaberisches altes Weib ist. Und Glück hat sie auch noch. Ich wünschte, jemand würde mir die traurigen Häschen stehlen.«

»Traurige Häschen?«, fragte Serena.

»Wir finden, dass sie traurig gucken. Ihre Ohren hängen herunter, und sie spähen über einen Holzblock. Es handelt sich um eine Porzellanfigur von Herend. Die Häschen sollten nicht traurig gucken. Sie glitzern, sie sind über und über mit Diamant- und Saphirsplittern besetzt«, erklärte Nessie.

»Es war eine limitierte Auflage, und heutzutage sind sie schwer zu finden. Ich habe sie für etwas über achttausend gelistet gesehen«, fügte Helen hinzu.

»Warum verkaufen Sie sie nicht einfach?« Daniel legte einen Deckel auf Nessies Tee.

»Man hat sie uns geschenkt, als wir noch in der Wiege lagen. Ein solches Geschenk darf man nicht verkaufen.« Helen sah zu Nessie hinüber.

»So gern wir das tun würden«, setzte Nessie hinzu.

Sie bezahlten ihre Getränke. Helen nahm auf dem Weg hinaus einen großen Schluck und sah gleich viel fröhlicher aus.

»Die Magie des Zuckers«, murmelte Serena.

»Was haben Sie denn für ein Leuchtturmstipendium?«, wollte Marcus mit einem Lächeln wissen, das die Grübchen in seinen Wangen zur Geltung brachte. Niedlich.

»Du bist entzückt über seine Grübchen. Ich kann es sehen«, sagte Daniel zu Serena. »Warum mögen Frauen Löcher im Gesicht so gern? Eigentlich ist das doch ein Geburtsfehler. Der Jochbeinmuskel ist kürzer als bei normalen Menschen.«

Daniels Ton war heiter, aber Serena konnte einen Anflug von Irritation wahrnehmen. »Ich gebe zu, ich finde Löcher im Gesicht anziehend.« Sie lächelte Marcus an. »Ich bin Schauspielerin. Ihr Bruder hat mir geholfen, mich auf eine Rolle in einem Werbespot vorzubereiten, die ich gerade bekommen habe!«

»Und Serena hat mir geholfen, mich auf eine Rolle in einem Theaterstück vorzubereiten, die ich bekommen habe. Die Rolle, von der du meinst, sie sei nichts wert.«

»Das habe ich so nicht gesagt«, wehrte sich Marcus.

»Doch, hast du.« Daniel warf Serena einen entschuldigenden Blick zu. »Entschuldige, Geschwisterrivalität. Marcus ist ein großer Hecht im Management. Deshalb bin ich wohl manchmal ein bisschen neidisch.« Ah, es war also Neid, was Serena herausgehört hatte. »Es tut mir leid, Marcus, ich kann ein Arsch sein.«

»Hey, das muss in der Familie liegen«, sagte Marcus. »Ich kann das nämlich auch.«

»Unsere Mutter ist die wirklich Nette«, erklärte Daniel.

»Sie ist unglaublich nett«, stimmte Marcus zu. »Geht es ihr gut? Ich wollte in der Mittagspause nach ihr sehen.«

»Sie ist bei dem Einbruch doch nicht verletzt worden, oder?«, fragte Serena.

»Sie war ein bisschen erschrocken, weil jemand im Haus war, aber sie hat niemanden gesehen«, antwortete Daniel, dann fügte er an Marcus gewandt hinzu: »Ich sage ihr, dass du bei ihr vorbeigeschaut hast.« Dann blickte er auf die Uhr. »Ein bisschen spät für eine Mittagspause, oder?«

»Mittagspause ist in meinem Job ziemlich flexibel«, antwortete Marcus. »Auch wenn sie mich irgendwann zurückerwarten. Ich sollte gehen.«

»Warte. Lass mich dir einen Espresso machen.«

»Americano, bitte.« Marcus zog sein Portemonnaie hervor. Als Daniel ihm den Kaffee hinstellte, reichte Marcus Daniel einen Zwanzigdollarschein. »Behalte den Rest«, sagte er, als Daniel ihm das Wechselgeld geben wollte.

»Ich habe nur Spaß gemacht, als ich meinte, ich würde dir das Doppelte berechnen«, gab Daniel zurück.

»Behalte es«, sagte Marcus noch einmal.

»Danke.« Daniel sah zu, wie Marcus wegging. »Das hat mich geärgert«, gestand er Serena. »Hätte es nicht tun sollen. Marcus weiß, dass ich als Schauspieler immer pleite bin. Bestimmt wollte er nur nett sein, als er mir das Riesentrinkgeld gegeben hat. Aber es wirkte gönnerhaft. Und er ist mein jüngerer Bruder …«

Serena tätschelte ihm den Arm. »Aber ich habe gemerkt, dass ihr euch mögt.«

»Ja, sicher. Auch wenn nicht immer nur eitel Sonnenschein herrscht. Aber vielleicht ist das unter Brüdern normal.«

»Ich habe auch einen Bruder, aber er ist viel jünger als ich. Das Lästigste war, dass er mir und meinen Freunden immer nachgelaufen ist wie ein junger Hund. Aber sogar das hat manchmal Spaß gemacht. Er war niedlich«, sagte Serena. »Aber die Dynamik zwischen Bruder und Schwester ist wahrscheinlich eine andere als die zwischen Brüdern.«

»Muss wohl.« Daniel bereitete Serenas fettarmen Latte zu.

»Ist es in Ordnung, wenn ich dir das Trinkgeld gebe, das ich jemandem geben würde, den ich nicht kenne?«, fragte sie, als er ihn ihr reichte.

»Klar. Ich hoffe, du hältst mich jetzt nicht für einen Vollidioten.«

»Überhaupt nicht«, versicherte sie ihm. »Ich freunde mich nicht mit Vollidioten an.« Sie schätzte sich glücklich, Daniel kennengelernt zu haben. Durch ihn hatten sich die ersten Wochen in L. A. lustiger gestaltet, und es war toll, einen Probenkumpel zu haben.

Dass er pleite war, machte ihr ein schlechtes Gewissen. Sie hoffte, dass er nicht meinte, ihr etwas schuldig zu sein, weil sie ihm bei der Vorbereitung auf sein Vorsprechen geholfen hatte. »Lass uns einen Pakt schließen«, sagte sie. »Wir helfen uns gegenseitig bei der Schauspielerei, aber es gibt keine Dankeschöngeschenke mehr, einverstanden?«

»Einverstanden. Solange ich mein Buch behalten darf.«

Sie lachte. »Und ich meine Blumen.« Sie wusste nicht, wie er es geschafft hatte, den riesigen Strauß zu bezahlen. Er konnte als Barista nicht viel verdienen, besonders weil bei so wenigen Kunden die Trinkgelder grottenschlecht sein mussten. *Wenn er es sich nicht leisten könnte, hätte er es nicht getan,* dachte sie sich. Aber sie wünschte sich trotzdem, er hätte es bleiben lassen.

Das Haus war still, abgesehen von Diogees und Davids Schnarchen. Es war an der Zeit zu gehen.

Mac streckte die Pfote durch das Gitter.

Flick! Flap!

Der kleine Metallstab glitt zur Seite.

Klick!

Mac stieß die Tür sanft mit dem Kopf an und trat aus dem Käfig. So leicht, wie eine Sardine die Kehle einer Katze hinunterglitt. Aber er war nicht stolz darauf. Er war nicht froh. Seine Rudelmitglieder hatten ihn eingesperrt. Er glaubte nicht, dass er ihnen das jemals verzeihen konnte, auch wenn er aus jedem Käfig auszubrechen vermochte. Er glaubte nicht, dass er jemals wieder hierher zurückkehren würde.

Er sprang auf die Anrichte. Zum letzten Mal machte er Diogees Leckerchendose auf. Er hörte, wie der Schafskopf beim Aufwachen schnaufte. Eine Minute später stand er vor der Anrichte und jaulte, damit Mac ihm sein Leckerchen gab.

Mac pfefferte seinen Hundekuchen auf den Boden, dann sprang er auf Diogees Kopf, als der ihn senkte. Diogee riss wie gewöhnlich den Kopf hoch, und allez hopp!, Mac war auf der Fensterbank. Einen Augenblick später war er draußen im Hof.

Er blickte sich einmal um und verschwand in der Nacht.

Kapitel 9

Mac lief direkt zu den Kätzchen. Das war jetzt das Wichtigste, die Kätzchen. Sie waren sein Rudel. Als Erstes überprüfte er ihr Fressen und das Wasser. Beides frisch. Er konnte riechen, dass die Menschen Erik und Serena hier gewesen waren. Sie waren intelligenter als viele ihrer Art und hatten getan, was sie konnten. Mac vergrub die Häufchen der Kätzchen und markierte den Ort mit seinem Geruch. Dann wandte er seine Aufmerksamkeit den Babys zu.

Zuerst leckte er Bittles ein paarmal zur Begrüßung. Durch Macs Fürsorge wurde er kräftiger. Bittles schnurrte und schmiegte sich an ihn.

Sassy schlich sich näher.

Zoomies rannte über Macs Rücken, drehte sich um und rannte dann wieder auf ihn zu. Er konnte nicht rechtzeitig bremsen und rammte Mac, der ihn anknurrte, nur damit er wusste, dass man nicht in erwachsene Katzen hineinrannte. Zoomies leckte Mac kurz und rannte wieder los.

Sassy schlich sich noch näher.

Lox kam mit einer Grille zwischen den Zähnen herangeschlendert. Sie ließ sie zwischen Macs Pfoten fallen, rollte sich dann neben Bittles zusammen und schnurrte mit ihm um die Wette. Mac fraß das Insekt. Er mochte Grillen, sie schmeckten ein wenig nach Shrimps. Aber auch wenn er keine Insekten gemocht hätte, hätte er sie trotzdem gefressen. Im Gegensatz zu den Menschen wusste er, wie man höflich ein Geschenk annahm. Meistens warf Jamie das, was Mac ihr schenkte, einfach in den Mülleimer.

Sassy schlich näher.

Mac tat weiterhin so, als merkte er nicht, dass sie sich an ihn heranschlich. Sie spannte sich an, sprang in die Luft und landete auf Macs Nacken. Er spürte ihre kleinen Zähne. Mac schüttelte sich, sodass sie zu Boden taumelte, und presste sanft seine Zähne in ihren Nacken. Sie musste ein bisschen Respekt lernen.

Einen Augenblick später ließ er sie los und rieb seine Wange an ihr. Sie war ein kleiner Frechdachs, und falls sie in Schwierigkeiten geriet, wenn er nicht da war, musste jedermann wissen, dass sie unter seinem Schutz stand.

Mac rollte sich zusammen, und Lox und Bittles legten sich wieder auf ihre Plätze neben ihm. Sassy legte sich dazu. Zoomies rannte noch eine Runde im Schuppen umher, dann fiel er auf seine Geschwister und schlief beinahe sofort ein.

Mac gestattete sich ein kurzes Schläfchen, streckte sich und machte sich auf den Weg zum Tunnel. Die Kätzchen maunzten protestierend, sogar Sassy. Er wäre gerne hiergeblieben und hätte mit ihnen gespielt, aber dazu war keine Zeit. Mac hatte Wichtiges zu tun.

Sobald er aus dem Tunnel kroch, atmete er tief mit zitternden Schnurrhaaren ein. Es gab so viele Gerüche, aber er fand schnell einen, dem er folgte. Er gehörte zu einem Menschen, den er unter die Lupe nehmen musste, zu jemandem, der vielleicht ein Kätzchen verdiente und es mit allem Notwendigen versorgen würde.

Mac folgte im Galopp der Fährte. Er brauchte nicht lange, bis er den Menschen eingeholt hatte. Er bremste und folgte ihm mit Abstand. Eigentlich hatte er erwartet, dass das Menschenmännchen in ein Brumm-Brumm stieg, aber es ging weiter den Gehsteig entlang.

Ein paar Blocks weiter blieb er stehen. Mac schlich sich nah genug heran, dass er, als der Mann eine Tür öffnete, mit hineinschlüpfen konnte. Der Mensch ging zu einer Wand und drückte dagegen. Als die Wand aufging, merkte Mac, dass es sich um einen Fahrstuhl handelte. Er hatte seit Jahren keinen Fahrstuhl mehr betreten, seit Jamie und er in diese Gegend gezogen waren.

Mac ging mit dem Menschen zusammen in den Fahrstuhl. Der bemerkte es nicht einmal. Meistens schien es, als sähen die Menschen die ganz offensichtlichen Dinge nicht. Nun, umso leichter war es, sie zu verfolgen. Als der Mann aus dem Fahrstuhl trat und noch eine Tür aufmachte, konnte Mac wieder ungesehen mit hineinschlüpfen.

Das Männchen ging in Richtung von etwas, das roch wie die Küche. Mac blieb, wo er war, und sah sich um. Das Zimmer war groß und beinahe leer. Es gab reichlich Platz zum Rennen für ein Kätzchen, wenn es seine tollen fünf Minuten hatte. An den Fenstern waren zwar keine Vorhänge, aber es gab einen Stuhl mit einer hohen Lehne, der gut für Kletterübungen geeignet war. Der Ort schien ihm akzeptabel, aber was war mit dem Menschen? Er wohnte hier allein, das ging aus dem Geruch klar hervor. Konnte er allein für ein Kätzchen sorgen?

Der Mann kam ins Zimmer zurück und ließ sich in den einzigen Sessel darin fallen. Gelegentlich machte Mac gern ein Schläfchen auf einem gemütlichen Sofa, aber ein Sofa war nicht unerlässlich für ein Kätzchen. Er sah zu, wie der Mann das Blabla-Gerät anstellte. Mac mochte es, wenn die Dinge in dem Gerät sich schnell bewegten, so wie jetzt. Seine Augen folgten den Bewegungen eines Brumm-Brumm, seine Muskeln spannten sich an. Er wollte es jagen!

Mac rief sich in Erinnerung, dass er hier war, um das Männchen zu beobachten, nicht das Gerät. Es war inzwischen sowieso langweilig geworden. Es machte nur Spaß, wenn alles, lief, lief, lief, ansonsten war es nur dasselbe ewige menschliche Blabla.

Der Mann öffnete eine Dose von dem Klebezeug, das Diogee so mochte. Der Vollidiot benahm sich, als wären es Sardinen in Rahmsoße. Es fühlte sich an, als würde es einem die Zunge am Gaumen festkleben, aber der Schafskopf konnte nicht genug davon bekommen. Tatsächlich hatte Diogee einmal sogar auf Macs Kopf gesabbert, als David aß, was er als »Erdnussbutter« bezeichnete. Mac hatte ihm zwei gezielte Pfotenschläge verpasst – ohne Krallen. Man konnte Diogee nicht hart bestrafen, weil er einfach zu dumm war, um es besser zu wissen.

Der Mensch schmierte etwas von dem Zeug auf einen Keks. Mac konnte auch nicht verstehen, warum Menschen und Hunde Kekse mochten. Es gab so vieles, was besser schmeckte. Mac versuchte immer wieder, Jamie oder David für einen besonderen Leckerbissen zu interessieren, aber sie wussten nicht, was sie damit anfangen sollten. Sie warfen es weg. Er machte ihnen ein Geschenk, und sie warfen es weg. Er musste sich immer wieder in Erinnerung rufen, dass sie einfach nicht so intelligent waren, aber manchmal fiel es ihm schwer, sich nicht verkannt zu fühlen.

Das würde nicht mehr vorkommen. Mac würde nie wieder nach Hause gehen. Er konnte nicht. Nicht nach dem, was Jamie und David ihm angetan hatten.

Zeit für einen Test. Mac lief zu dem Mann hinüber und miaute. Endlich bemerkte der Mann Mac! Er miaute wieder, wobei er seinen Blick auf den Snack in der Hand des Mannes gerichtet hielt. Würde er ihn verstehen? Würde er ihm seinen Teil abgeben? Mac würde nicht zulassen, dass eines seiner Kätzchen mit einem Menschen zusammenlebte, der nicht teilen wollte.

Mac wollte kein Klebezeug. Es roch nicht wie etwas, was er in seinem Maul haben wollte. Aber er musste prüfen, wie der Mann auf die Nachfrage reagierte. »Wie bist du denn hier hereingekommen?«, blah-blahte der Mensch. Mac miaute noch einmal, ohne den Blick abzuwenden.

Der Mann stieß einen Atemzug aus. »Ich könnte Gesellschaft gebrauchen, wenn ich ehrlich bin. Ich bin tatsächlich meinen Bruder besuchen gegangen – freiwillig. Natürlich ist Daniel ein anständiger Kerl. Er ist nur so unglaublich ambitionslos. Ich verstehe das nicht. Er ist älter als ich, und sein Job besteht darin, Kaffee auszuschenken. Und er hat tatsächlich zugegeben, dass er neidisch auf mich ist. Natürlich wusste ich das schon, aber ich hätte nie gedacht, dass er es mal offen aussprechen würde. Aber er hat sich entschuldigt. Auch das habe ich nicht erwartet.«

Oh, dieses Bla-bla. Sah er nicht, dass Mac einen Bissen von seinem Snack wollte? Er sprang auf den Schoß des Menschen und lehnte sich in Richtung der Hand, die das Klebezeug hielt. »Möchtest du etwas?«, fragte der Mensch. Mac miaute. Jetzt kamen sie voran. »Ich weiß nicht, ob das gut für dich ist.« Mac miaute noch einmal. »Ich nehme an, ein kleiner Bissen wird dir schon nicht schaden.« Der Mensch brach ein Stück Keks ab und hielt es Mac hin. Das Klebezeug schmeckte, wie es roch. Er zwang sich zu schlucken und sprang dann hinunter, damit der Mann ihm nicht mehr anbot.

Er hatte genug gesehen. Er trabte zur Haustür und miaute. Der Mensch ließ ihn hinaus. Jetzt hatte er schon zwei Mal bewiesen, dass er über grundlegende Intelligenz verfügte. Bevor er eine Entscheidung traf, musste Mac ihn noch einmal beobachten. Es könnte möglicherweise ein gutes Zuhause für Zoomies sein, weil es viel Platz zum Rennen gab und wenig, womit er zusammenstoßen konnte.

»Bla, bla, bla. Blablabla, bla! Bla! Bla!« Serena war froh, dass sie sich einen neuen Gebrauchtwagen, einen lächerlich großen, aber ziemlich billigen Cadillac, gekauft hatte, bevor der Werbespot gedreht wurde. Sie sagte immer zu ihren Schülern, dass sie mindestens eine halbe Stunde früher bei einem Schauspieljob da sein sollten. Ein Auto war deshalb eine große Erleichterung. L.A. verfügte genau über dieselben öffentlichen Verkehrsmittel wie Atlanta. Man gelangte schnell zum Flughafen und mehr oder weniger schnell bis ans andere Ende der Stadt, das war es aber auch schon.

Ein Auto war außerdem ein tolles privates Vorsprechstudio. Serena hatte in den letzten zwei Tagen, seit sie erfahren hatte, dass sie die Rolle bekommen hatte, alle nur möglichen Vorbereitungen getroffen, aber sie machte ihre Stimmübungen gern so kurz wie möglich vor dem Auftritt.

Sie hatte in Atlanta ein paar Werbespots gedreht. Bei einem hatte sie einen Wohnwagen für sich allein gehabt, beim anderen hatte es nur einen Raum für alle Schauspieler gegeben. Was sie heute erwartete, wusste sie nicht.

Nach den *Blah-blahs* machte sie mit ein paar *Hmmms, Gahs* und *Mm-mmms* weiter, dann startete sie einen Zungenbrecher, der sie immer zum Kichern brachte. »Auf den sieben Robbenklippen sitzen sieben Robbensippen, die sich in die Rippen stippen, bis sie von den Klippen kippen.« Ja, bei der achten Wiederholung lachte sie so heftig, dass sie anhalten musste. Sie sah auf die Uhr. Es wurde Zeit.

Der Sicherheitsbeamte hatte ihr eine Karte des Paramount-Geländes gegeben. Serena sah noch einmal darauf, stieg dann aus dem Wagen und ging auf den berühmten Wasserturm zu. Sie blieb stehen, um ein Foto vom Blue Sky Tank zu schießen. Normalerweise wurde er als Parkplatz genutzt, aber Serena wusste, dass er manchmal mit Wasser gefüllt wurde, zum Beispiel für die Walszenen in *Star Trek IV*. Obwohl es aussah, als wäre sie eine Touristin, musste sie ein Foto für ihren Vater machen, der Betamax, VHS, Blu-ray und digitale Versionen von allen Star-Trek-Filmen hatte.

Sie schoss außerdem ein Foto vom Rodenberry-Gebäude, weil sie zufällig daran vorbeikam. Wem wollte sie hier etwas vormachen? Nach dem Dreh hätte sie es sowieso ausfindig gemacht, um es für ihren Vater zu fotografieren. Als sie Jessica Lange entdeckte, die wahrscheinlich gerade eine weitere Folge von *American Horror Story* drehte, steckte sie ihr Handy in die Tasche. Sie bewunderte ihre Technik so sehr, und genau deshalb war sie kein Fan von ihr. Es wäre nicht respektvoll gewesen. Nicht professionell. Trotzdem, es war aufregend, einen Blick auf sie zu erhaschen.

Nachdem sie sich nur einmal verlaufen hatte und dabei am Backlot einer New Yorker Subway-Haltestelle vorbeigekommen war, fand sie das Studio. Jetzt musste ihr nur noch jemand sagen, wo sie hinmusste. Sie sah sich um und erspähte eine junge Frau, die Kopfhörer trug. Wenn ihr nicht weiterwisst, sucht nach den Leuten mit den Kopfhörern, sagte sie immer ihren Schülern.

Serena ging auf die Frau zu. »Hallo. Serena Perry. Hauptdarstellerin für den Scrubby-Doo-Werbespot.«

»Großartig. Du bist früh dran, früh gefällt mir. Zuerst musst du in die Garderobe.« Die Frau nahm Serena die Karte aus der Hand, dann runzelte sie die Stirn. »Stift. Stift, Stift. Ich erwarte immer von allen, dass sie vorbereitet sind, und dann …« Serena ergriff sanft einen Kuli hinter dem Ohr der Frau hervor und gab ihn ihr. »Danke. Ich bin übrigens Tori.« Sie kreiste etwas auf der Karte ein und gab sie ihr zurück. »Nur für den Fall der Fälle. Aber du musst nur denselben Weg zurückgehen, auf dem du auch hereingekommen bist, dann nach rechts und zwei Türen weiter.«

»Danke.« Serena lächelte sie an. Eines ihrer Ziele war, bei jedem, den sie heute traf, einen positiven Eindruck zu hinterlassen, ganz egal, um wen es sich handelte. Also setzte sie wieder ein Lächeln auf, als sie in die Garderobe trat. »Hallo, ich bin Serena Perry …«

»Shigella«, sagte ein Mann in mittleren Jahren mit rasiertem Kopf. »Und ich bin Tom, aber alle nennen mich Kartoffel. Bitte nicht fragen, warum.« Er trug abgetragene Jeans und ein graues T-Shirt mit einer lächelnden Ramen-Suppenschale. Kartoffel mit Suppe. So würde sie sich an seinen Namen erinnern. Serena fragte sich, ob jemand, der beruflich andere Leute anzog, morgens lange brauchte, um sich zurechtzumachen. Wenn sie sich mit ihm anfreundete, würde sie ihn das fragen.

»Ich kann es gar nicht erwarten zu sehen, was du dir für ein Kostüm ausgedacht hast.«

Kartoffel durchsuchte einen überfüllten Kleiderständer und zog einen lila Overall heraus. Als Nächstes nahm er ein Paar lila Turnschuhe und dazu passende lila Strümpfe aus einem Regal und händigte ihr alles aus. »Du kannst dich hinter dem Kleiderständer umziehen. Ich weiß, da gibt es kaum Privatsphäre, aber …«

»Gar kein Problem.« Serena duckte sich hinter den Ständer, zog ihre Jeans und die schlichte Bluse aus und zwängte sich in den sehr engen Overall. Sie erinnerte ihre Schüler immer daran, ein paar Pfunde abzunehmen. Zur Anprobe zu gehen und nichts passte? Das war unprofessionell. Sie war sich sicher, dass sie ihr richtiges Gewicht und die richtigen Maße angegeben hatte, als man sie gefragt hatte, also sollte der Overall wohl so sitzen. *Ich bin eine Bakterie,* sagte sie sich. *Das sind keine Kleider. Das ist mein Körper.*

Sie zog schnell die Socken und die Schuhe an und trat hinter dem Kleiderständer hervor. »Der Saum ist ein bisschen lang. Ich lasse ihn umnähen. Du kannst dich wieder anziehen. Und dann zum Frisieren und Schminken.«

Eine Dreiviertelstunde später wurde Serena vom Produktionsassistenten zu einem Wohnwagen begleitet, den sie sich mit jemandem teilte. »Es gibt kein Bad hier drinnen«, sagte er zu ihr. »Wenn du mal musst, dann geh diese Rampe rauf und durch die großen Türen des Gebäudes, an dem wir gerade vorbeigegangen sind. Die Toiletten sind auf der linken Seite.«

»Verstanden«, sagte Serena fröhlich. Sie wusste, dass Fröhlichkeit ein wertvolles Gut war, aber sie war tatsächlich fröhlich. Sie hatte einen Schauspieljob! Als der Produktionsassistent sie allein ließ, sah sie sich in dem kleinen Spiegel, der an der Wand hing, lange an. Ihre Haare waren schnell gemacht gewesen, weil man ihr nur eine metallisch lila schimmernde Bubikopf-Perücke hatte anpassen müssen. Ihre falschen Wimpern waren ebenfalls metallisch lila, und ihr Gesicht war lavendelfarben mit Akzenten in tiefem Pflaumenblau um die Augen. Sie hätte sich keine Sorgen machen müssen, ob sie Tränensäcke oder dunkle Ringe unter den Augen hatte. Ihr Lippenstift war beinahe schwarz. Höchstwahrscheinlich würde man sie in dem Werbespot nicht wiedererkennen. Aber sie war in einem Werbespot, der landesweit ausgestrahlt wurde. Die anderen waren nur regional gewesen.

Atme es ein, sagte sie sich. Aber als sie einen tiefen Atemzug nahm, musste sie von dem Geruch der Schminke heftig niesen. Sie nahm ein Taschentuch aus ihrer Handtasche und tupfte vorsichtig die Spuren weg, dann setzte sie sich auf das Manchestersofa und wartete. Und wartete. Und wartete. Sie hatte ein Hörbuch auf ihr Telefon heruntergeladen, weil sie wusste, dass ihr eine lange Wartezeit bevorstand, aber sie hatte keine Lust, es anzuhören. Bakterien war das neue Buch von Dave Sedaris gleichgültig, und wenn sie so lachen musste, wie es ihr bei Sedaris immer passierte, hätte sie womöglich ungewollte Linien auf ihrem lila geschminkten Gesicht.

Als es endlich an der Tür klopfte, beschleunigte sich Serenas

Puls. Sie war nervös, aber das konnte sie benutzen. Ihre Shigella war energiegeladen. Als sie aufmachte, stand da derselbe Produktionsassistent, der sie hierhergebracht hatte. Und sie konnte sich nicht an seinen Namen erinnern. Auch egal. Sie musste nur freundlich und optimistisch sein. Das würde den besten Eindruck machen.

Serena und Wie-auch-immer-er-hieß gingen zum anderen Ende des Wohnwagens und klopften an die Tür. Ein großer, dünner Mann in einem blauen Overall öffnete. Sein metallisches Haar war kurz geschoren, aber er war genauso geschminkt wie Serena, nur in Blautönen. Sie bemerkte, dass an seinem Overall so etwas wie dünne metallische Seile von der Taille bis zum Boden hingen. Der Mann ertappte sie. »Flagellum«, erklärte er. »Ich bin E. coli. Cal.«

Serena gab ihm die Hand, nannte den Namen ihrer Bakterie und ihren wirklichen. »Sie haben beschlossen, eine Szene hinzuzufügen, und die werden wir zuerst filmen«, erklärte ihnen Wie-auch-immer-er-hieß, als sie zum Studio gingen.

Serena und Cal wechselten einen Blick. Unter dem ganzen Blau war es schwer, seinen Gesichtsausdruck zu erkennen. Sie hatte nicht daran gedacht, wie ihre Mimik von der Schminke kaschiert werden würde. Aber sie hatte Mimik und Tanz studiert und konnte auch ein paar grundlegende Gymnastikbewegungen. Ihr Gesicht war nicht ihr einziges Werkzeug. »Was sollten wir wissen?«, fragte sie.

»Wir fangen mit der letzten Szene an. In der ihr beide mit Scrubby Doo bespritzt werdet.«

»Green-Screen?«, fragte Cal.

»Nee«, antwortete Wie-auch-immer-er-hieß. »Schaumkanone. Wie die, die bei Verbindungsfeiern benutzt werden.«

»Ich war einmal auf so einer. Bespritzt zu werden, hat Spaß gemacht! Allen hat es gefallen.« Fröhlich und wahrhaftig.

Serena und Cal wurden in einen Bereich geführt, der vollständig weiß gefliest war. Die Dusche, begriff Serena. Das hatte in dem Drehbuch gestanden, das sie bekommen hatte.

Der Direktor, Aidan, kam angerannt. »Serena. Cal. Herzlich willkommen. Wir machen es schnell und schmerzlos. Aufgrund von ein paar Änderungen in der letzten Minute seitens unseres Kunden müssen wir etwas Zeit sparen. Ihr wart beide toll im Improvisieren bei euren Werbespots. Das ist es, was ich hier sehen möchte. Ihr werdet mit Schaum bespritzt, der das Scrubby Doo darstellt. Ich möchte, dass ihr eure beste Sterbeszene spielt. Nichts ist zu dramatisch. Und wenn ich das Zeichen gebe, müsst ihr schreien: ›Ich hasse dich, Scrubby Doo!‹ Ihr müsst sieben Sekunden dafür brauchen, verstanden?«

»Ich bin bereit, einen epischen Tod darzubieten«, antwortete Serena, wobei sie völlig unangestrengt und sehr fröhlich lächelte. Eine Todesszene? Welcher Schauspieler sehnte sich nicht danach, mal eine ganz ausdrucksvolle Todesszene zu liefern? »Wollen wir so richtig dick auftragen?«, fragte sie, als sie und Cal an ihren Plätzen standen.

»Er will etwas Großes. Das soll er bekommen!« Cals Augen leuchteten.

»Action!«, rief Aidan.

Wumm! Der Schaum explodierte aus der Kanone und bedeckte sie und Cal. Serena warf sich trotzdem in ihre Sterbeszene, stöhnte und wand sich und heulte. Sie konnte Aidan nicht sehen, aber als sie hörte, wie Cal den Scrubby-Doo-Satz stöhnte, fiel sie ein. Als Aidan nicht »Cut« rief, starb sie weiter. Man durfte niemals aufhören, bevor man dieses Wort hörte, unter keinen Umständen. Cal blieb dabei, ächzend und kreischend.

Schließlich rief Aidan: »Cut!«, und Serena griff nach oben, um sich den Schaum aus dem Gesicht zu wischen, erinnerte sich dann an ihre Schminke und ließ die Hände herunterfallen.

»Offensichtlich viel zu viel Schaum. Ein Viertel weniger. Und zieht Serena und Cal neue Kostüme an und macht die Haare und die Schminke neu.«

Beinahe sechseinhalb Stunden später quetschte sich Serena in einen neuen Overall, bekam eine neue Perücke, neue Wimpern und neue Schminke – zum fünften Mal. Beim zweiten Mal, als sie die Todesszene drehten, war es nicht genug Schaum gewesen. Dann war es zwei Mal wieder zu viel. Dann noch einmal zu wenig. Beim fünften Mal war der Schaum perfekt gewesen, aber Cal hatte »Ich hasse dich, Scooby Doo« geschrien anstelle von »Scrubby Doo«. Natürlich konnte der Satz auch nachträglich aufgesprochen werden, aber da es sich um den Namen des Produktes handelte, wollte Aidan es perfekt haben.

Jedes Mal mussten Serena und Cal wieder zurechtgemacht und der Schaum aus der gigantischen Dusche entfernt werden. »Das hier ist es! Ich kann es spüren!«, sagte sie zu Cal, als sie sich wieder auf ihre Plätze stellten. Sie wippte ein paarmal auf den Zehen, um auf Touren zu kommen, wobei sie sich Mühe gab, ihre brennenden Augen und die juckende Haut zu ignorieren.

»Tut mir leid, dass ich es letztes Mal verpatzt habe.« Cal umschlang seinen Brustkorb. Zuerst hatte sich der kalte Schaum gut angefühlt, aber Serena war jetzt kalt, und es schien, als ginge es Cal genauso.

»*Pffft*. Mach dir nichts draus. Kann jedem mal passieren.«

»In Ordnung, lasst es uns in den Kasten bringen«, rief Aidan. »Action!«

Serena warf den Kopf nach hinten und schrie, wobei sie etwas von ihrer angestauten Frustration als Triebfeder benutzte. Sie schauerte und schlug um sich, dann schrie sie: »Ich hasse dich, Scrubby Doo!«

»Cut! Das war's!«, rief Aidan.

»Jetzt wird gegessen«, verkündete Lizzie. »Macht euch auf eine lange Nacht gefasst. Wir werden Überstunden machen müssen.«

Serena war so sehr ins Sterben vertieft gewesen – wieder und wieder und wieder –, dass sie beinahe vergessen hatte, dass sie und Cal eine Szene hatten, wo sie mit ein paar Kindern spielten und versuchten, sie mit Shigella und E. coli anzustecken. *Wie viele Takes brauchen wir wohl dafür?*, fragte sie sich.

Es spielte keine Rolle. Sie drehte einen Werbespot! Das würde auch ihrem Unterricht zugutekommen. Sie war schon so lange nicht mehr an einem Filmset gewesen. Jetzt würde sie ihre Schüler wirklich auf die Hektik und das Warten vorbereiten können, die Langeweile, das Gefühl, ein winziges Rädchen in einer riesigen Maschine zu sein.

Serena ging zu dem Tisch mit Erfrischungen. Bevor sie nur daran denken konnte zu essen, brauchte sie eine große Flasche Wasser. Sie wusste nicht, wie viel von dem Schaum sie geschluckt hatte, aber sie verspürte eine leichte Übelkeit.

»Hast du mir nicht einmal davon erzählt, dass fluoreszierendes Licht Übelkeit verursacht?«, fragte Erik Kait, als sie darauf warteten, dass Jandro und Angie zum Lernen erschienen.

»Hmmm?«, machte Kait, ihre Aufmerksamkeit war auf eine Akte vor ihr gerichtet.

»Fluoreszierendes Licht. Eine Studie zu seinen negativen Auswirkungen auf Menschen.« Erik sah zu den langen Röhren hinauf, die das gesamte provisorische Büro erleuchteten. Er konnte hören, wie die Neonlampen leise summten. Das Geräusch fing allmählich an, ihn zu irritieren, wie ein Messer, das über Glas schrammte.

Kait blickte auf. »Was?«

Erik ließ die Hand auf die Seite fallen, die sie gerade las. »Ich wollte wissen, ob es stimmt, dass fluoreszierendes Licht Übelkeit verursachen kann. Weil ich mich nämlich genau so fühle. Es war viel besser, als wir unseren Papierkram noch im Auto erledigen konnten. Und jetzt verbringen wir noch mehr Zeit hier drin, weil wir uns auf die Detective-Prüfung vorbereiten. Wir könnten doch auch zu mir gehen.«

»Wir haben beschlossen, uns hier zu treffen, weil es zentral liegt«, erinnerte ihn Kait. »Und ja, fluoreszierendes Licht kann Übelkeit verursachen, Kopfschmerzen, Nervosität und alle möglichen anderen negativen Wirkungen haben. Vielleicht sollten wir eine Schreibtischlampe mitbringen und die Neonröhren ausschalten.«

Sie nahm seine Hand von ihren Papieren.

»Und was liest du da? Du bist doch noch nicht am Lernen, oder?« Sie zögerte, und Erik meinte, eine Spur von Schuldbewusstsein oder vielleicht Verlegenheit in ihrem Blick zu erhaschen.

Kait schloss die Akte und seufzte einen ihrer langen Seufzer. »Wenn du es wissen musst, es ist Charlie Imuras Akte. Irgendetwas stimmt da nicht. Und bis ich herausgefunden habe, was es ist, wird es mich nicht loslassen.«

»Glaubst du tatsächlich, er könnte unser Täter sein?«

»Ich weiß nur, dass ich das Gefühl habe, als hätte ich etwas übersehen«, antwortete Kait. »Ich habe eine Studie gelesen, und davon gibt es viele, die besagt, dass man bessere Entscheidungen trifft, wenn man seinem Bauchgefühl folgt. Wir alle nehmen unbewusst Informationen auf, und daher kommt unsere Intuition. Da ist etwas mit Charlie, das ich herausfinden muss.«

»Gibt es etwas in der Akte, das dir ins Auge fällt?«

Kait schlug die Akte wieder auf und blätterte ein paar Seiten um. »Das hier ist von seinem Chef, und wieder heißt es: ›Ich kann mir unmöglich vorstellen, dass Charlie dieses Verbrechen begangen haben soll. Ich würde ihm mein Geld und meinen Besitz anvertrauen. Er hat meine Kinder ab und zu gehütet, und ich würde sie ihm jederzeit wieder anvertrauen.‹«

»Charlie seine Kinder anzuvertrauen, das bedeutet viel«, merkte Erik an. Seine eigene Intuition sagte ihm, dass Charlie ein guter Kerl war. »Er hat sich schuldig bekannt, nicht?«

»Ja. Die Verkehrscops haben ihn wegen eines kaputten Rücklichts angehalten. Er hat das Handschuhfach aufgemacht, um seinen Führerschein herauszuholen, und da lag eine Tüte mit Pillen. Keine größeren Geldbeträge oder Utensilien, die auf Drogenhandel hinwiesen. Aber es war sein Wagen. Und deshalb kann man wohl kaum eine Verteidigungsstrategie aufbauen, die sich auf unwissentlichen Besitz beruft.«

»Er hätte es versuchen können. Aber wenn er dann verloren hätte, hätte er wohl keinen Hausarrest bekommen.« Natürlich wollte Charlie nicht riskieren, im Gefängnis zu landen. »Glaubst du immer noch, dass er vielleicht einen Komplizen hat, den er darüber informiert, wo wertvoller Schmuck zu finden ist?«

»Ich weiß überhaupt nicht mehr, was ich glaube«, gab sie zu. »Nur dass meine Intuition mir sagt, dass ich genauer hinsehen muss.«

»Aber es scheint immer noch unlogisch, dass der Dieb nicht die Kette von Tiffany's …«

Erik wurde von Jandro unterbrochen, der ins Zimmer kam. »Ihr beide werdet begeistert sein. Ich musste nach Pasadena und habe bei Maquina Taco angehalten. Ich habe einen Taco mit Fisch oder mit Huhn, Schinken und Jalapeño. Oder einen mit Pilzen und Fleisch oder Ochsenschwanz und Zunge, aber nur für mich, weil ihr dafür alle zu weiß seid und es nicht zu schätzen wisst.«

171

»Hast du einen mit Kartoffeln?« An einem anderen Tag hätte Jandro Erik vielleicht dazu überreden können, einen Taco mit Zunge zu probieren. Aber die Lampen hatten seinen Magen bereits gereizt, und jetzt bekam er auch noch Kopfschmerzen.

Kapitel 10

Mac wollte nach Hause. Er hatte nach den Kätzchen gesehen, und sie hatten alles, was sie brauchten. Jetzt sollte jemand sich um ihn kümmern. Er wollte sein Abendessen von seinem eigenen Teller. Und später wollte er sich über Jamies Kopf zusammenrollen und zu Davids und Diogees Schnarchen einschlafen.

Aber Jamie war nicht mehr seine Jamie. Sie roch nicht einmal mehr wie sie selbst. Was war mit ihr passiert? Wie konnte sein Mensch ihn nur einsperren? Und wenn Jamie nicht mehr Jamie war, dann war Zuhause nicht mehr Zuhause. Es gab keinen Grund, zurückzugehen.

Außerdem hatte er sowieso keine Zeit. Er musste einen weiteren Menschen auf die Eignung für seine Kätzchen überprüfen. Er konnte einen männlichen Menschen in seiner Nähe erschnuppern. Der Geruch gefiel ihm, er wirkte beruhigend. Für Zoomies könnte ein beruhigender Mensch genau das Richtige sein. Er konnte nicht immer nur herumrennen. Ab und zu würde er einen Platz brauchen, um ein Schläfchen zu halten, und ein Mensch konnte ein gemütlicher Schlafplatz sein.

Mac trabte über die Straße und schlüpfte durch den Zaun. Neben dem Haus rauschte eine große Menge Wasser. Mac mochte das Geräusch nicht. Es erinnerte ihn daran, wie Jamie ihn gebadet hatte. Sie hatte von Flöhen blah-blaht. Aber im Garten gab es reichlich trockenen Boden. Es war einfach, zu dem Menschen zu gelangen, der dort draußen saß, ohne nasse Pfoten zu bekommen. Die Augen des Menschen waren geschlossen, und er hielt sein Gesicht der Sonne entgegen. Mac fand das in Ordnung. In der Sonne zu dösen, war eine seiner Lieblingsbeschäftigungen.

Er beschloss, ebenfalls ein Schläfchen zu halten. Wenn der Mann aufstand, würde Mac ihm folgen. Vielleicht mochte der ja auch Sardinchen. Er fand den perfekten Sonnenflecken, drehte sich dreimal um sich selbst und entschied dann, dass er es noch zweimal tun musste. Ahh. Jetzt konnte er schlafen. Er legte sich ins warme Gras und schloss die Augen.

Als das Geräusch des Gartentors, das geöffnet und geschlossen wurde, ihn weckte, lag sein Schlafplatz bereits teilweise im Schatten. Ein Menschenweibchen kam auf ihn zu. Mac stand auf und das Menschenmännchen auch. »Shelby! Dich habe ich nicht erwartet«, blah-blahte der Mann.

Mac verzog die Nase. Der Geruch des Weibchens war scharf und irritierte ihn. Es war nicht Traurigkeit oder Wut. Eher so, als hätte sie sich in Blumen gewälzt oder als hätte sie sich mit dem Zeug besprüht, das Jamie in die Mülltonne spritzte, um die ganzen guten Gerüche abzudecken.

»Du weißt, ich bin unberechenbar.« Die Frau küsste den Mann und gab ihm dann eine Tüte mit etwas, wovon Mac wusste, dass es sich um gebratenes Hühnchen handelte. Keine Sardinchen oder Thunfisch, aber sein Magen sagte dennoch »Ich will das«. Aber er musste warten, bis einer der Menschen das Fressen aus der Tüte holte. Menschen gaben gern etwas ab, aber wenn man sich einfach nahm, was man wollte, dann blah-blahten sie laut. Mac hätte nichts dagegen, es sich einfach zu schnappen und damit wegzurennen. Ihm war es egal, was Menschen gefiel und was nicht. Aber er brauchte mehr Zeit zum Beobachten. »Wie geht es dir?«

»Lass mal sehen. Ich muss rekapitulieren, wie lange ist es jetzt her, ungefähr drei Wochen?«, blah-blahte der Mann.

»Oh, Charlie, du weißt, dass ich nicht so oft kommen kann, wie ich möchte. Die Fahrt ist so lang.«

Der Geruch des Mannes veränderte sich. Es roch, als brauchte er am Ende doch Hilfe. Gab es überhaupt einen Menschen, der sein Leben im Griff hatte? »Highland Park ist ungefähr dreizehn Kilometer von hier. Und du läufst jeden Tag sechzehn auf dem Laufband.«

»Ich wohne jetzt bei einer Freundin in Santa Monica. Unsere Wohnung ist einfach zu leer. Ohne dich. Und du weißt ja, wie voll die Autobahn immer ist.« Ihr Geruch veränderte sich ebenfalls. Jetzt brachte er Macs Schnurrhaare zum Zittern, wenn er tief einatmete.

Der Mann öffnete die Tüte und nahm ein Stück Huhn heraus. »Wer ist denn die Freundin?« Er nahm einen Bissen. Seine Stimme war nicht lauter geworden, aber sein Geruch gehörte eigentlich zu lautem Bla-bla.

»Jemand Neues von der Arbeit. Ihre Mitbewohnerin ist plötzlich ausgezogen, und sie ist ungern allein, besonders nachts.«

»Möchtest du dich nicht setzen? Oder sollen wir zum Essen hineingehen?«

»Also, ich kann nicht lange bleiben.« Die Frau trat leicht von einem Fuß auf den anderen, so wie Mac es tat, wenn er sich an einer Pfote verletzt hatte.

»Oh.« Der Mann nahm noch einen Bissen. »So? Danke für das Essen. Lass dich mal wieder blicken. Schreib mir, wenn du Arbeit hast.«

»Sei doch nicht so.« Sie verlagerte ihr Gewicht wieder auf das andere Bein. Mac entschied, dass ihre Pfote nicht verletzt war. Sie sah eher aus, als würde sie ihre tollen fünf Minuten bekommen.

»Ich habe eigentlich keine Wahl.« Der Mann ließ das Stück Huhn wieder in die Tüte fallen. Meinte er vielleicht, es wäre nicht gut? Das war kein Abfall! »*I gotta be me, I gotta be free*«, jaulte der Mann. »Aber wie du weißt, geht das Zweite nicht.«

»Ich kann nicht mit dir reden, wenn du so drauf bist. Ich komme wieder, wenn du bessere Laune hast.« Die Frau rannte zwar nicht direkt los, aber sie ging schnell davon.

Ja, dieser Mensch brauchte Macs Hilfe. Bevor die Frau gekommen war, hatte er gut gerochen. Jetzt roch er beinahe so schlimm, wie David gerochen hatte, bevor Mac dafür gesorgt hatte, dass er Jamies Rudelmitglied wurde. Hatten David und Jamie denn alles vergessen, was er für sie getan hatte? Wie konnten sie ihn nur so schlecht behandeln?

Es war nicht der richtige Zeitpunkt, um an diese Menschen zu denken. Mac schlenderte zu dem Mann hinüber und sprang neben ihn auf die Bank.

»Chewie? Bist du das? Du gehst besser und findest Captain Marvel. Sie braucht ihren Beifahrer.« Der Mann streichelte sanft Macs Kopf. »Ich jedenfalls habe meinen Spaß«, blah-blahte er.

Mac streckte die Pfote aus und tippte die Tüte an, in der das Huhn lag. Es war wichtig zu wissen, wie der Mann reagierte. Es stellte sich heraus, dass er über eine sehr schnelle Auffassungsgabe für einen Menschen verfügte. Er griff in die Tüte, holte ein kleines Stück Huhn heraus und gab es Mac. Sobald Mac es hinuntergeschluckt hatte, gab ihm der Mann noch ein Stück. Mac hatte ihm nicht einmal ein Zeichen geben müssen.

Das hier könnte der perfekte Mensch für eines seiner Kätzchen sein. Mac brauchte nur noch ein bisschen Zeit, um seine Entscheidung zu treffen. Ein bisschen mehr Zeit und ein bisschen mehr Huhn.

Erinnere dich daran, was Kait gesagt hat, dass man auf sein Bauchgefühl hören soll, sagte sich Erik. Sein Hirn hatte so seine Zweifel, ob es richtig gewesen war, Serena zum Abendessen

einzuladen. Aber es war sein Bauch gewesen, der ihn dazu gebracht hatte, sie zu fragen. Die Worte waren einfach aus seinem
Mund gekommen.

Und jetzt war es sowieso zu spät für Zweifel. Es war Freitag-
abend. Er sah auf die Uhr. Sie sollte in ungefähr einer halben
Stunde hier sein – und es gab nichts mehr zu tun. Gestern hatte er geputzt und war einkaufen gegangen, und als er nach
Hause gekommen war, hatte er, soweit es ging, alles vorbereitet.

Er ging in den Garten. In letzter Zeit war er viel zu wenig
draußen gewesen. Auch wenn sie viel Zeit in ihrem Revier verbrachten, fehlte es ihm durch den zusätzlichen Papierkram wegen der Ermittlung und den Lernsitzungen an Sonnenlicht. Er
streckte sich auf einer Gartenliege aus und schlug die neue Bio-
grafie des Marquis de Lafayette auf. Nachdem Erik ein paar Ab-
sätze gelesen hatte, fragte er sich, ob er die Türklingel von hier
draußen hören konnte. Gewöhnlich schon. Aber er wollte nicht,
dass Serena auf der Schwelle stand und dachte, er habe sie ver-
setzt. Er hatte sich schon zu häufig wie ein Mistkerl benommen. Er könnte das Buch mit auf die Veranda nehmen, aber das
würde zu … zu was? … aussehen. Was dachte er sich eigentlich?
Erik kam sich vor wie ein Schüler vor dem ersten Date. Immerhin traf er sich ständig mit Frauen, und normalerweise amü-
sierten sie sich beide auch. Auch wenn Kait ihn immer fragte,
warum er sich nie öfter als ein paar Mal mit derselben Frau traf,
wenn er sich wirklich so gut unterhielt.

Aber das hier war ja kein Date. Nur ein freundschaftliches
Abendessen. Er ließ sich auf die Couch fallen und las weiter. Er
musste dieselbe Seite aber mehrfach lesen, weil er sich nicht
konzentrieren konnte.

Vielleicht sollte er sich ein Bier aufmachen, um sich zu beruhigen. Erik hörte, wie draußen ein Auto anhielt. Von seinem
Platz auf der Couch konnte er durchs Fenster sehen. Sie war es.

Gott sei Dank. Er hatte sich umsonst aufgeregt. Aber warum stieg sie nicht aus? Überlegte sie es sich anders?

Er musste sich in den Griff bekommen. Es war lächerlich. Erik setzte sich auf, warf das Buch auf den Kaffeetisch, nahm es wieder zur Hand. Er würde noch ein wenig lesen und nicht hier sitzen und darauf warten, dass Serena klingelte. Wahrscheinlich rief sie noch jemanden an.

Erik las dieselbe Seite dreimal hintereinander. Wie lang wollte sie noch da draußen sitzen bleiben? Er ging zur Tür, zögerte eine Sekunde lang und ging dann hinaus. Als Serena zu ihm herüberblickte, winkte er. Sie winkte zurück und stieg aus dem Auto.

»Alles in Ordnung?«, fragte er.

»Klar. Warum?« Sie beantwortete ihre Frage, bevor er dazu kam. »Oh, weil ich im Auto sitzen geblieben bin? Ich komme ungern zu früh. Ich bin lieber ein wenig zu spät dran. Nur für den Fall, dass jemand noch nicht fertig ist.«

»Ich bin bereit.« Er öffnete die Tür und trat zurück, um sie hereinzulassen. Sie trug das grüne fließende Kleid, das sie angehabt hatte, als er sie zum ersten Mal gesehen hatte. Als sie an ihm vorbeiging, streifte ihn der weiche Stoff, und er konnte ihr Parfum riechen, blumig, aber leicht würzig.

»Kommst du auch herein?« Serena lächelte ihn an.

Wow, er war draußen stehen geblieben und so in Gedanken vertieft, dass er ihr nicht einmal gefolgt war. Hastig ging er hinein.

»Deine Wohnung ist toll.« Serena sah sich anerkennend um. Sie ging zum Sofa und betrachtete eine Zusammenstellung von Schaukästen, die an der Wand hingen. »Hast du die gebaut?«

Er nickte. »Bei einem Garagenflohmarkt habe ich eine kaputte Kommode gefunden. Mir gefiel die Form und das Material, also habe ich sie gekauft. Dann stand sie monatelang in meiner Garage, bevor ich beschlossen habe, was ich damit machen wollte. Ich kaufe zu häufig etwas, ohne zu wissen, was ich damit anfangen soll.«

»Wenn ich mir das Ergebnis ansehe, würde ich sagen, vertraue deinen Instinkten.« Serena beugte sich vor. »Das ist eines der Fotos von den Cottingley-Feen, oder?«

»Die meisten Sachen in den Schaukästen sind Familienandenken, das hier ist ein neues Familienandenken. Meine Nichte war mal hier – Harper, sie ist elf Jahre alt – und meinte, ich sollte einen Kasten für alle Feen machen. Sie hatte ein Bilderbuch über die Cottingley-Feen, das sie sehr mochte und das wir immer gemeinsam angesehen haben. Deshalb habe ich die hier hingestellt.«

Serena griff sanft nach einer Fee, die an einem goldenen Bändchen hing. »Die haben wir zusammen gebastelt«, erklärte Erik. Sie hatten die Feen aus Pinienzapfen und Eichelhütchen gebaut, mit viel Goldglitter.

Sie wandte sich ihm zu und lächelte. »Du bist ein toller Onkel. Selbst gebastelte Feen. Ich finde sie wunderschön.«

»Ich wollte Harper den Kasten schenken, aber sie wollte, dass er hier hängt, zusammen mit den anderen.«

»Das finde ich auch besser.« Sie trat einen Schritt zurück. »Hey, ich habe den Nachtisch mitgebracht!« Sie griff in ihre Handtasche, und vier Big-Hunk-Toffeeriegel kamen zum Vorschein. »Ich habe gerade herausgefunden, dass man die hier überall kaufen kann. Wo ich herkomme, gibt es die nicht. Hast du schon einmal einen gegessen?«

»Ich mag Schokoladenriegel nicht besonders. Ich glaube, ich habe einmal einen gegessen, als ich ungefähr zehn war. Ich habe mir beinahe einen Backenzahn damit gezogen«, antwortete er.

»Ich will kein Kindheitstrauma in dir wecken. Glücklicherweise habe ich außerdem noch dies hier mitgebracht.« Sie gab ihm eine Tüte. »Schokoladentörtchen von Bestia. Daniel hat mit mir heute eine Tour durch den Arts District gemacht, und er sagt, es sei der beste Nachtisch der ganzen Stadt.«

Er spürte einen kleinen Stich von Eifersucht und ignorierte ihn, da es ja nichts gab, weswegen er hätte eifersüchtig sein müssen. Er kannte Serena kaum. Und dieses Abendessen war eher so etwas wie ein Willkommensgruß. »Daniel?«, konnte er sich nicht zurückhalten zu fragen.

»Daniel Quevas. Der Sohn der Frau, der die Kette gestohlen wurde. Kennst du ihn?«

»Ja.« Der Hipster, der eigentlich kein Hipster war. War er schwul? Könnte sein. Offensichtlich konnte Erik das nicht fragen, vor allem weil er es nur aus Eifersucht wissen wollte. »Kait und ich haben ihn kennengelernt, als wir drüben waren, um Mrs Quevas' Aussage aufzunehmen.«

»Ich habe ihn im Yo, Joe! kennengelernt, bevor ich wusste, dass wir Nachbarn sind. Er arbeitet dort.«

Das beantwortete die Frage, ob Daniel richtige, bezahlte Schauspieljobs hatte. So viele konnten es nicht sein, wenn er noch als Barista arbeiten musste. Erik fragte sich, ob Daniel ein Beispiel für die unzähligen Leute war, die es als Schauspieler versuchten und scheiterten. Serena musste erfahren, dass dies der Normalfall war. Dann würde es ihr vielleicht nicht so viel ausmachen, wenn sich ihr Hollywoodtraum nicht erfüllte.

»Weißt du, ein paar meiner Freunde haben mich gewarnt, dass L.A. richtig fies ist«, fuhr Serena fort. »Aber es kommt mir gar nicht so vor. Daniel hat mir einen riesigen Blumenstrauß geschenkt, nur weil ich ihm ein paar Schauspieltipps gegeben habe und er dadurch eine Rolle in einem Theaterstück bekommen hat.«

Der Polizist in ihm bemerkte das Missverhältnis sofort. Ein Barista, der einen riesigen – was bedeutete unglaublich teuren – Blumenstrauß verschenkte. Das musste er mit Kait besprechen.

»Ich bringe das in die Küche.« Er hielt die Tüte mit den Törtchen hoch. »Und hole uns etwas zu trinken. Ich habe Sangria gemacht, weil es Tapas gibt. Mir ist aufgefallen, dass ich dich gar nicht gefragt habe, ob du Vegetarierin oder Pescetarierin bist, oder Beeganerin oder sonst etwas, und so wirst du höchstwahrscheinlich etwas finden, das du essen kannst.«

»Erstens, hast du Beeganerin gesagt?« Serena folgte ihm aus dem Wohnzimmer. »Zweitens, das ist so fürsorglich von dir. Drittens, wenn es ums Essen geht, mag ich so ziemlich alles.«

»Großartig. Und ja, ich habe Beeganerin gesagt. Ich kannte mal jemanden« – er wollte nicht sagen, dass es sich um eine Frau handelte, mit der er für kurze Zeit ausgegangen war –, »die eine war. Das ist eine Veganerin, die Honig isst.« Er stellte die Törtchen auf der Anrichte ab.

»Beeganerin. Das klingt niedlich.« Serena lachte. »Ich wusste nicht einmal, dass normale Veganer keinen Honig essen. Warum essen sie denn keinen?«

»Weil es für die Bienen so viel Arbeit ist, den Honig herzustellen, und ich glaube, sie brauchen Millionen von Blüten für ein Pfund.« Er war sich ziemlich sicher, sie hatte Millionen gesagt. »Und die Bienen brauchen ihn eigentlich für sich selbst.«

Serena ließ den Kopf hängen. »Jetzt komme ich mir vor wie ein schlechter Mensch.«

»Ich treffe regelmäßig schlechte Menschen. Du bist kein schlechter Mensch. Erinnerst du dich, du wolltest einen Tag lang draußen sitzen bleiben, um darauf zu warten, dass ein Kätzchen von einem Baum herunterklettert.«

»Und du auch. Also sind wir beide nicht so schrecklich.«

»Wir sollten darauf trinken, dass wir so viel gemeinsam haben. Sangria? Oder ich habe Bier, Wein …«

Sie unterbrach ihn. »Sangria bitte.«

Erik schenkte ihnen ein und stellte eine Schüssel mit großen schwarzen Oliven hin, die er in Rotweinessig und Kräutern mariniert hatte, und in Scheiben geschnittenes Baguette, dann setzte er sich zu Serena an den Tisch. Die Küche war besser für ein formloses Abendessen geeignet. Der Tisch im Esszimmer war zu groß für zwei, und er hätte immer wieder in die Küche gehen müssen, um die Tapas in den Ofen zu stellen.

Serena löffelte ein paar Oliven auf ihren kleinen Teller und steckte sich eine in den Mund. »Sind die gut!«

Erik erlaubte sich, sie einen Augenblick anzusehen. Sie war wirklich schön. Wenn er ihr Haar nur ansah, wollte er seine Hände schon darin vergraben. *Okay, genug gestarrt. Sag etwas,* dachte er. Aber sein Kopf war leer. Als Letztes hatte sie eine Bemerkung über die Oliven gemacht. »Gleich hole ich die Paprika«, sagte Erik. Er hatte sie gestern Abend zubereitet, aber aus dem Kühlschrank genommen, als er nach Hause gekommen war, damit sie Zimmertemperatur annahmen. Er sprang auf und stellte sie auf den Tisch. Okay, das hatte ein paar Sekunden gedauert, und jetzt was …

Serena rettete ihn mit einer Frage. »Wie kommt es, dass du dich so fürs Kochen interessierst? Es kommt mir nämlich vor, als könntest du tatsächlich kochen.«

»Ich war mal bei einem Garagenflohmarkt und habe ein Kochbuch mit wirklich einfachen Gerichten gefunden, zum Beispiel, wie man ein Ei kocht. Ich war gerade ein Jahr aus dem College und hatte die Nase voll davon, von Pizza zu leben. Obwohl, kalte Pizza ist immer noch mein Lieblingsfrühstück.« Serena hielt die Hand hoch, und er klatschte sie ab. »Da habe ich beschlossen, es zu versuchen. Habe einfach auf Seite eins angefangen. Es gefällt mir, dass es genaue Schritte gibt. Ich bin niemand, der gern experimentiert.«

Serena probierte eine Paprika. Es war wenig Aufwand gewesen – ein bisschen Olivenöl, ein paar Kapern, ein wenig Balsamico und ein paar Kräuter –, aber sie nickte beim Kauen, und er konnte sehen, dass sie sie wirklich genoss.

Erik hätte gerne mehr über sie erfahren, wollte aber nicht, dass sie leidenschaftlich von der Schauspielerei anfing. Er konnte sie nicht fragen, warum sie hergekommen war, weil auch das wieder direkt zur Schauspielerei führen würde. »Gehst du manchmal auf Flohmärkte?« Keine besonders tiefgründige Frage, aber zumindest etwas.

»Manchmal. Aber ich bin nicht wie du. Ich kaufe nichts Nützliches so wie Kochbücher oder Dinge, die ich umfunktionieren kann wie die Kommode, die du für deine Schaukästen benutzt hast. Ich kaufe schräge Sachen.«

Er zog die Augenbrauen hoch. »Schräge Sachen?«

»Ich habe tatsächlich mal ein Kochbuch gekauft. Es war ein Kochbuch darüber, wie man mit Crisco kocht. Ich habe nie etwas daraus zubereitet, ich glaube, ich habe nicht eines der Rezepte gelesen. Es war nur so merkwürdig, dass ich es einfach haben musste. Genauso ist es mir mit meiner Madonna-Troll-Puppe gegangen, damals, als Madonna diese spitzen Tütenbüstenhalter trug. Die Trollfrau hatte so was an. Sie hatte diesen Schönheitsfleck, und – nicht zu fassen – Trollschamhaar. Deshalb musste ich sie unbedingt haben. Und jetzt denkst du bestimmt, ich wäre schräg und würde zu viel quatschen, oder? Lass uns lieber nicht mehr über schräge Dinge reden, in Ordnung?«

»Ich muss nur noch eines wissen. Was machst du mit all den schrägen Sachen?«

»Ich habe sie hauptsächlich in Kartons in meinem Kleiderschrank aufbewahrt. Manchmal habe ich ein paar herausgesucht und für eine improvisierte Übung benutzt. Alle paar Minuten habe ich der Gruppe etwas Neues zugeworfen, das sie dann in die

Szene einbauen musste. Weißt du was? Mir ist gerade aufgefallen, dass ich das ganze Zeug von der Steuer hätte absetzen können! Alles Arbeitsmaterial!«

Er umging den Schauspielteil. »Hört sich an, als wärst du eine gute Lehrerin gewesen. Kreativ.«

»Danke. Das hoffe ich.«

Sein Blick folgte ihr, als sie noch eine Olive nahm und sie an die Lippen führte. Er war von ihrem Mund besessen. Und er wusste nicht mehr, ob das hier ein harmloses Willkommensessen war. Das erste Mal, als er sie eingeladen hatte, schon. Aber dann erinnerte er sich an diesen irrsinnig heißen Kuss. Wenn er sie direkt danach gefragt hätte, wäre es ganz sicher ein Date, das, wenn er Glück hatte, im Schlafzimmer endete. Aber nach dem Kuss hatte er sich wie ein Mistkerl benommen, und dass sie zusammen das Kätzchen gerettet hatten, hatte zu einer Art freundschaftlichem Verhältnis geführt. Also würde sie ihr Treffen wahrscheinlich nicht als ein Date betrachten. Und er sollte das auch nicht tun.

»Sollen wir mit etwas weniger Reichhaltigem weitermachen?«, fragte er, auch um seinen Gedanken zu entkommen. »Ich habe an spanische Omeletts gedacht.«

»Hört sich perfekt an. Kann ich helfen?«

»Bleib sitzen. Trinke deinen Wein. Ich mach das schon.«

Er hatte die Kartoffeln bereits gepellt und in dünne Scheiben geschnitten und die Zwiebel gehackt. Er legte sie mit etwas Olivenöl in die Pfanne und briet sie ein paar Minuten lang, dann drehte er die Hitze herunter und legte einen Deckel darauf. »Sie müssen ungefähr zwanzig Minuten lang garen. Aber während wir warten …« Er holte einen Teller mit Honigmelonenstückchen und Serranoschinken auf Zahnstochern aus dem Kühlschrank und stellte ihn auf den Tisch, bevor er sich wieder zu Serena setzte.

»Du hast dir so viel Mühe gemacht. Danke.« Sie hörte sich sichtlich erfreut und dankbar an.

»Nichts davon ist wirklich schwierig«, antwortete er, aber es bedeutete ihm etwas, dass sie es genoss. Er kochte nicht oft für andere. Meistens, wenn er zu einer Familienfeier etwas mitbrachte. Und manchmal für Tulip, wenn sie es zugelassen hatte. Aber sie war lieber ausgegangen, meist mit einer Gruppe von Freunden. Er schob den Gedanken beiseite. Er wollte nicht an Tulip denken, nicht jetzt, wo er mit Serena zusammen war.

»Was?«, fragte sie.

Er schüttelte den Kopf. »Was meinst du?«

»Du hast plötzlich so … ich weiß nicht … vielleicht gestresst ausgesehen. Besorgt.«

Er würde ihr nicht von Tulip erzählen, aber, verdammt, vielleicht konnte er sie auf das vorbereiten, was wahrscheinlich auf sie zukam. »Ich habe an dich gedacht.«

»An mich? Und deshalb hattest du diesen Gesichtsausdruck?«

»Du bist großartig. Darum geht es nicht«, sagte er schnell und fügte dann hinzu: »Ich habe daran gedacht, dass du für ein Jahr hergekommen bist und versuchst, eine Schauspielerin zu werden.«

»Nein, so ist es eigentlich nicht. Ich habe in Atlanta gespielt, auch wenn ich mich in den letzten Jahren mehr aufs Unterrichten konzentriert habe. Und ich habe einen Werbespot bekommen! Habe ich dir schon davon erzählt? Ich bin gerade mit dem Dreh fertig. Der Spot wird landesweit gesendet. Ich spiele eine Shigella-Bakterie. Und ich habe es toll hingekriegt. Obwohl ich mich unzählige Male mit Schaum habe anspritzen lassen müssen und der Drehtermin erst morgens um zwei zu Ende war.«

Das hatte er nicht erwartet. »Das ist toll! Herzlichen Glückwunsch!«

Sie grinste, dann wurde ihre Miene wieder ernst. »Du hast darüber nachgedacht, dass ich hierhergekommen bin, um Schauspielerin zu werden, und …«

»Und ich habe mich gefragt, ob dir bewusst ist, wie viele Leute hierherkommen, um genau das zu tun. Du hast den Werbespot bekommen, was erstaunlich ist, aber …«

Serena hob beide Hände. »Warte. Bist du drauf und dran, mir eine Rede zu halten, dass ich realistisch sein muss, weil kaum jemand am Ende ein Star wird?«

Erik kam sich dämlich vor, aber er würde das Thema nicht fallen lassen. »Ja, ich habe gesehen, wie Menschen verzweifeln …«

Sie machte wieder die Verkehrspolizistengeste mit den Händen. »Ich bin neunundzwanzig. Du hältst mir den Vortrag, den ich meinen Schülern halte.« Sie nahm die Hände herunter und beugte sich näher zu ihm. »Ich erwarte nicht, ein Star zu werden, verstehst du? Würde es mir gefallen? Ja! Aber mein Traum ist, einfach als Schauspielerin zu arbeiten. Werbespots, kleine Rollen, das reicht mir. Das ist wunderbar.« Sie richtete sich wieder auf. »Spar dir deine Ratschläge, und ich verspreche dir, dass ich dir keine Ratschläge geben werde, wie du die Storybook-Court-Diebstähle aufklären könntest, okay?«

»Okay.«

Sie starrten einander an. »Sind wir uns einig? Ich freue mich, dass du mich eingeladen hast und für mich kochst. Ich hatte nicht vor, mich … zu streiten.«

»Wir sind uns einig. Wir verstehen uns. Alles ist in Ordnung«, sagte Erik. »Aber wir brauchen ein neues Gesprächsthema.«

Serena strich sich das blonde Haar aus dem Gesicht. »Ich nehme Kindheitsgeschichten für einhundert, Alex.«

»Du magst *Jeopardy!*?« Seine Anspannung verflog.

»Ich *liebe Jeopardy!*«

»Und bist du gut?« Erik rieb sich mit dem Daumen übers Kinn, fühlte, dass er Stoppeln bekam.

»Willst du mich herausfordern?« Sie kniff ihre braunen Augen zusammen und sah ihn an.

»Alexa, wir wollen *Jeopardy* spielen!«, gab Erik zur Antwort.

Und das taten sie, während sie die Omeletts aßen. »Ich werde dann immer so ehrgeizig«, gab Serena zu, als sie ein Spiel beendet hatten.

Erik lachte. »Habe ich gar nicht gemerkt.« Er streckte die Arme über den Kopf. »Das hat viel mehr Spaß gemacht, als wenn Kait Fragen auf mich abfeuert. Wir haben zusammen für die Detective-Prüfung gelernt.«

»Detective Ross. Das klingt gut. Wie läuft's mit dem Lernen?«

»Nach über fünf Jahren in Uniform hat man viel davon bereits verinnerlicht. Ich mache mir nicht wirklich Sorgen, ob ich bestehe. Und Kait ebenso wenig, aber sie findet, dass wir uns so gut wie möglich vorbereiten sollten, und deshalb hat sie die Lerngruppe gegründet.«

»Und du gehst hin, weil du ein guter Freund bist.« Als er nicht antwortete, sagte sie: »Ist schon okay, sag es ruhig. Ja, ich bin ein guter Freund.«

»Ja, ich bin ein guter Freund«, wiederholte Erik folgsam.

»Und ich lechze nach Schokolade. Lass uns die Törtchen holen.« Sie stand auf und nahm sie von der Anrichte. »Teller?« Er sagte ihr, wo sie welche finden konnte, froh, dass sie sich zu Hause fühlte, obwohl sie sich erst so kurz kannten.

Irgendwie fühlte es sich an, als kannten sie sich schon viel länger. Da war so eine Leichtigkeit zwischen ihnen, die sich gewöhnlich erst nach einer gewissen Zeit einstellte. Bei Tulip war er das Gefühl nie ganz losgeworden, dass er sie beeindrucken musste, nicht einmal, als sie schon zusammenwohnten. Sogar damals wusste er, dass das völlig unberechtigt war. Denn sie liebte ihn. Aber er machte sich immer Gedanken, ob sie mit ihm glücklich war, und wenn sie es nicht war, beruhigte er sich erst, nachdem er es wieder in Ordnung gebracht hatte.

»Es ist so schön«, sagte Serena und biss in ihr Törtchen. »Kein Kellner, der nur darauf wartet, dass man den Tisch räumt.«

Erik stimmte zu. Er wollte noch stundenlang mit Serena hier sitzen. Natürlich wäre er auch gern mit ihr in seinem Schlafzimmer gelandet. Dieser Kuss. Von null auf hundert in Sekunden. Er konnte nicht anders, als sich zu fragen, wie es wäre, mehr zu tun, als sie nur zu küssen.

Der kleine Streit hatte ihm gezeigt, dass Serena nicht wie Tulip war. Sie hatte keine Flausen im Kopf, sie wusste, worum es ging und was auf sie zukam, und hatte viel vernünftigere Ziele. Vielleicht war dies der Anfang von etwas Neuem.

War es verrückt, dass sie dachte, dass dies vielleicht der Anfang von etwas Neuem sein könnte? Nachdem Erik zweimal vor ihr davongelaufen war und davon gesprochen hatte, sich mit anderen Frauen zu treffen? Aber er hatte es ihr erklärt. Das war alter Beziehungsmüll, der hochgekommen war. Und er hatte es schließlich zugegeben.

Es war ein tolles Abendessen gewesen. Auch wenn er ihr einen Vortrag darüber gehalten hatte, dass sie Hollywood nicht ihre Seele vernichten lassen durfte. Das hatte zwar etwas herablassend geklungen, sie jedoch gleichzeitig gerührt. Und auch heute hatten sie viel Spaß zusammen.

Erik hielt vor dem dritten Garagenflohmarkt auf ihrer Liste. »Denk dran, konzentriert bleiben. Wir suchen nach Schrägem.

Und außerdem nach Tellern mit coolen Mustern, damit ich das Vogelbad ausbessern kann, das wir eben gefunden haben.«

»Verstanden.« Serena stieg aus dem Auto und ging zu einer Kiste mit Geschirr. Aber noch bevor sie den obersten Teller herausnehmen konnte, stand auf einmal eine Frau neben ihr und tippte die Kiste an, als würden sie Abschlagen spielen.

»Ich nehme das hier.«

»Aber Sie haben es noch nicht einmal angesehen«, protestierte Serena.

»Wieso auch.« Sie wuchtete die schwere Kiste hoch und wankte davon. Warum sollte sie sich nicht wünschen, dass sie sie fallen ließ und das Geschirr zerbrach? Nicht alles, nur ein Teil.

»Hey, ist das hier schräg?«, fragte Erik. Er hockte sich neben sie und zeigte ihr einen kotzgrünen Becher mit Zähnen. Ein paar grellrosa Mandeln steckten im Boden.

»Es gibt da eine feine Grenze zwischen schräg und abscheulich. Und das hier ist weit, weit jenseits dieser Grenze. Die Grenze ist nicht einmal mehr in Sichtweite.« Serena klopfte ihm leicht auf den Arm. »Mach dir keine Sorgen, du lernst noch.« Er stand auf und streckte ihr die Hand hin, um ihr hochzuhelfen. Sie nahm sie und wollte sie am liebsten gar nicht mehr loslassen, tat es aber dennoch. Sie musste es langsam angehen. Dieser Kuss hatte ihr gezeigt, dass Erik sie umhaute.

»Ich sollte der Frau helfen, die Kiste in ihr Auto zu laden«, sagte Erik. »Ich habe gesehen, wie sie sie dir vor der Nase weggeschnappt hat. Nicht nett, aber noch innerhalb der Regeln der Garagenflohmarktetikette. Mach dir keine Sorgen. Du lernst noch.« Er tätschelte ihr leicht den Arm und ging dann zu der Frau.

Er war einfach viel zu nett. Der Gedanke brachte sie zum Lächeln. Sie suchte weiter nach Geschirr. Dann sah sie etwas, das ihr den Atem verschlug. Eilig lief sie zu dem Kartentisch hinüber, griff nach der blauen Plastikblume und hielt sie fest. Niemand würde ihr die wegnehmen!

»Was hast du gefunden?«, fragte Erik, wobei er ihr den Arm um die Schultern legte, was sie erschauern ließ. Die kleinen Berührungen, die sie ausgetauscht hatten, schürten das Feuer. Aber nicht zu schnell.

»Das ist eine Polly Pocket Compact.« Serena flüsterte, nur für den Fall, dass sich noch ein Polly-Fan in der Gegend befand, der sich vielleicht nicht an die Garagenflohmarktetikette hielt. Sie öffnete es, um ihm das kleine grüne Haus zu zeigen, das sich darin befand. Polly war noch drinnen!

»Das sieht aber nicht besonders schräg aus«, bemerkte Erik, der den Arm immer noch um sie gelegt hatte.

»Das ist auch nicht schräg.« Serena sah ihn mit ihrem besten Ich-bin-schwer-gekränkt-Blick an. »Das ist ein Schatz. Als ich sieben geworden bin, habe ich mir nichts sehnlicher gewünscht. Ich bekam es auch, habe aber Polly verloren, und ohne sie war es einfach nicht mehr dasselbe.«

»Das passiert, wenn man sich ablenken lässt. Dann hat man am Ende mehr Zeug, als in die Wohnung passt.«

»Aber es ist etwas Besonderes. Es …« Serenas Handy vibrierte. »Ich muss nur kurz auf mein Handy sehen«, sagte sie zu Erik. »Meine Eltern rufen oft am Sonntag an.« Aber es war Micah. Ihr Herz machte einen Satz. Ihr Agent rief an einem Sonntag an.

»Hallo, Micah. Wie läuft's?«

»Großartig für dich. Ich habe ein Vorsprechen.«

»Für was?« Sie wollte keine voreiligen Schlüsse ziehen. Es war sehr unwahrscheinlich, dass sie bei Norberto Foster vorsprechen durfte.

»Werkatze ohne Titel.«

Serena kreischte. Sie konnte nicht anders. Sie machte einen kleinen Freudensprung, und Eriks Arm fiel von ihrer Schulter. »Ich schreibe dir die Details«, sagte Micah. »Wenn ich nicht in den nächsten zwei Sekunden zum Brunch zurückkehre, wird mir etwas Schreckliches zustoßen.« Er legte auf.

Serena drehte sich um und sah Erik an. »Ich habe gerade ein Vorsprechen für den neuen Film von Norberto Foster bekommen. Norberto Foster! Mein Lieblingsregisseur. Der heutige Tag hat sich gerade von großartig zu wundervoll fantastisch gewandelt!«

»Wow!« Er umarmte sie kurz. »Tolle Neuigkeiten.«

»Nicht toll. Wundervoll fantastisch!«, berichtigte ihn Serena. »Hast du was dagegen, wenn wir gehen? Ich glaube nicht, dass ich mich jetzt noch auf irgendetwas anderes konzentrieren kann.«

Kapitel 11

Ich weiß nicht, wie mir geschieht. Wumm – Agent. Wumm – Werbespot. Wumm – Vorsprechen für mein absolutes Traumprojekt. Mir wird schwindelig. Habe ich Fieber? Halluziniere ich?« Serena rückte die Kette aus Schlittenglocken zurecht, die sie gerade einem Rentier aus Plastik um den Hals gelegt hatte. »Ich muss halluzinieren. Schließlich kann ich dir unmöglich an einem Montagmorgen im September bei der Weihnachtsdekoration helfen.«

»Weihnachten ist viel zu schön, um es auf einen Tag oder auch nur einen Monat zu beschränken«, antwortete Ruby. »Und ich habe viel zu viel Zeug. Wenn ich erst im November oder Dezember anfange, schaffe ich es niemals, alles aufzubauen.«

Serena steckte ein Mistelzweiglein hinter das Ohr des Rentiers, dann tätschelte sie ihm zufrieden den Kopf. »Und jetzt?«

»Elfen an den Baum. Aber dafür muss ich die Leiter holen. Lass uns eine Plätzchenpause einlegen.« Serena folgte Ruby ins Haus.

»Ist es nicht unglaublich, dass ich all diese Wumms erlebt habe?«, fragte sie, als sie an Rubys Küchentisch saß, einen Schokoladen-Pfefferminzkeks in einer Hand und einen Becher heiße Schokolade in der anderen, obwohl es draußen um die dreißig Grad sein mussten.

»Ganz unglaublich. Aber du hast auch was dafür getan«, antwortete Ruby. »Viele Leute schauen deinen Vlog. Ich habe einer Schauspielerin in dem Film, an dem ich gerade arbeite, gegenüber deinen Namen erwähnt, und sie wusste, wer du bist. Sie sagt, du gibst die besten Ratschläge, wie man eine Figur durch die Handlung rüberbringt.«

»Der Vlog hat mir einen Agenten beschert, irgendwie.« Serena biss von ihrem Plätzchen ab. »Ist da Pudding drin? Ich glaube, ich habe Pudding geschmeckt.«

»Du glaubst richtig«, gab Ruby zur Antwort.

»Ich hatte noch ein … na ja … vielleicht kein Wumm, aber doch ein Wümmchen. Vielleicht klingt sogar das noch übertrieben. Vielleicht …«

»Stopp«, befahl Ruby. »Den Wumm-Grad entscheide ich. Sprich weiter.«

»Ich war bei Erik zum Abendessen. Und am Wochenende waren wir auf ein paar Garagenflohmärkten. Und es hat Spaß gemacht. So viel Spaß habe ich schon lange mit keinem Mann mehr gehabt.«

»War das der einzige Spaß, oder willst du damit sagen, dass du mit ihm geschlafen hast?«

»Nein, nein«, antwortete Serena. »Ich habe nicht vergessen, wie er zuerst heiß und heißer und dann kalt und kälter mir gegenüber geworden ist. Obwohl ich eine kurze Erklärung bekommen habe. Er hat mir gestanden, dass er mit dem letzten Leuchtturmmädchen zusammen war.« Sie zeigte auf Ruby. »Und *du* hast es nicht für nötig gehalten, mir das zu sagen.«

»Manchmal ist es besser, wenn sich die Dinge von selbst entwickeln.« Ruby lächelte und fügte dann hinzu: »Oder mit ein bisschen Hilfe von Mac.«

»Eines der Kätzchen hat mehr dafür getan als Mac. Wir mussten ihm helfen, von einem Baum herunterzukommen. Oder eigentlich haben wir nur zusammen beobachtet, wie es allein herunterkletterte.« Serena nahm noch einen Bissen von ihrem Plätzchen, einerseits, weil sie Zeit schinden wollte, andererseits, weil das Plätzchen wirklich gut war.

»Ist es in Ordnung, wenn ich dich fieserweise so behandle wie die beste Freundin in einer romantischen Komödie, die keine andere Aufgabe hat, als mir bei meinem romantischen Leben zu helfen?«

Ruby lachte. »Wenn du mich so lieb bittest …«

»Nächstes Mal bist du der Star und ich der Sidekick«, versprach Serena. Sie stützte die Ellbogen auf dem Tisch auf und beugte sich zu Ruby vor. »Erzähl mir alles, was du über diese Tulip weißt, in die Erik so verliebt war.«

»Sie haben sich kennengelernt, bevor sie auch nur einen Monat hier war. Sie hat eine Orange aus einem Stapel auf dem Bauernmarkt gezogen und ihn zum Einsturz gebracht. Erik ist ihr zu Hilfe geeilt. So ist er eben. Und dann sind sie zum Lunch gegangen, und das war der Anfang.« Ruby überlegte einen Moment. »Weißt du, wie es in manchen Beziehungen so scheint, als würde einer den anderen mehr lieben als umgekehrt?« Serena nickte. »Es kam mir so vor, als wäre das Erik gewesen. Ich will damit nicht sagen, dass Tulip ihn nicht geliebt hat. Sie hat ihn geliebt. Wir waren befreundet und haben wie zwei Freundinnen miteinander gesprochen.« Sie zeigte mit den Händen auf sich und Serena.

»Vielleicht war Tulip so besessen?«, fuhr Ruby fort. »Sie wollte unbedingt eine Stelle in einem bedeutenden Orchester bekommen und hat sich zu Tode gearbeitet. Durch das Stipendium konnte sie zum Vorspielen und zu Gigs reisen, und sie hat alles mitgenommen, einfach alles. Aber in dem einen Jahr hatte sie keinen Erfolg.«

»Ein Jahr ist nicht viel.«

»Überhaupt nicht. Und die Konkurrenz ist heftig. Ich glaube fast, dass es wirklich schlimm war, weil sie fast beim L.A. Philharmonic Orchestra angenommen worden wäre. Aus der ganzen Welt kamen Musiker, um für die offene Flötisten-Stelle vorzuspielen. Ungefähr fünfzig Bewerber wurden eingeladen, und das Auswahlverfahren dauerte zwei Wochen. Sie hat alles drangesetzt. Ich erinnere mich daran, wie wir am letzten Tag zusammensaßen. Sie konnte kaum noch die Nerven behalten, der Stress war beinahe überwältigend. Und dann hat sie fünf Minuten lang vorgespielt und besser als je in ihrem Leben, dachte sie zumindest.«

»Und dann hat sie die Stelle nicht bekommen«, sagte Serena leise, und Mitgefühl für Tulip wallte in ihr auf.

»Und dann hat sie sie nicht bekommen. Und es hat sie am Boden zerstört. Anstatt zu denken ›Ich war so nah dran. Das beweist, dass ich es schaffen kann‹, beschloss sie, dass es das Ende war. Sie hatte ihre Chance gehabt und es nicht geschafft.«

»Aber ich habe gehört, dass es schwerer ist, in ein Orchester reinzukommen, als einen Platz in der NBA zu ergattern. Einmal eine Stelle nicht zu bekommen ...« Serena verstummte. Ruby wusste das alles.

»Ich habe versucht, mit ihr zu sprechen. Ich weiß, dass Erik alles versucht hat, was in seiner Macht stand, um sie davon zu überzeugen, es weiter zu versuchen.« Ruby zuckte hilflos mit den Schultern. »Sie ist wieder nach Hause gezogen. Ich habe gehofft, sie würde sich noch mal aufraffen. Die Erfahrung, die sie in dem Jahr gesammelt hat, benutzen, um es weiter zu versuchen. Soweit ich weiß, hat sie das nicht getan. Zumindest noch nicht ... Ich wollte mit ihr in Kontakt bleiben, aber ...« Sie zuckte wieder mit den Schultern.

»Das hört sich an, als hätte das Ende der Beziehung eigentlich gar nicht viel mit Erik zu tun gehabt.« Serena bemerkte, dass sie ihr Plätzchen noch immer in der Hand hielt, und legte es zurück auf den Teller.

»Ich glaube, das hat ihm am meisten wehgetan. Sie wollte das Orchester mehr als alles auf der Welt. Er wollte sie mehr als alles auf der Welt.« Ruby trank einen Schluck von ihrer heißen Schokolade. »Ich bin froh, dass er bereit zu sein scheint, sie hinter sich zu lassen.«

»Aber das ist doch nichts Neues.« Serena spürte einen Stich, obwohl sie und Erik nicht einmal zusammen waren. »Ich habe das Gefühl, dass er ständig mit Frauen unterwegs ist.«

»Das ist nicht dasselbe.« Ruby stand auf. »Die Pause ist vorbei. Lass uns die Leiter holen. Die Elfen warten auf uns.«

Serena trank schnell aus. Nachdem sie mehr über Erik und Tulip gehört hatte, war es bestimmt am besten, es langsam anzugehen.

Würde es Serena bei Lucifers gefallen?

Und schon wieder dachte Erik an sie. Er hatte sie erst vor zwei Tagen gesehen und dachte alle fünf Minuten an sie. »Wie viele Fünf-Minuten-Abstände passen in zwei Tage?«, fragte er Kait, die mit ihrem Pilztransfer von der Pizza zum Salat beschäftigt war.

»Fünfhundertsechsundsiebzig«, antwortete sie. »Ziemlich einfache Mathematik. Wozu musst du das wissen?«

»Muss ich nicht.« Er würde ihr ganz sicher nicht erzählen, dass er von Serena besessen war. Kait würde sich diebisch freuen, und dann wurde sie unausstehlich. Außerdem ging das alles nur ihn und Serena etwas an, zumindest noch. Er hatte mit Kait und Jandro so viele Gespräche über Tulip geführt. Mit ihnen über Serena zu sprechen, schien ihm das Unglück geradezu heraufzubeschwören.

Eriks Funkgerät erwachte knisternd zum Leben. »6FB 83. Code 2. 459 in 189 Glass Slipper Street. Helen und Nessie Kocoras.« Sein und Kaits Blick trafen sich. Sie gab eine Mischung aus Seufzer und Schnauben von sich, antwortete der Zentrale, dann nahmen sie beide ein Stück Pizza mit und standen auf.

Ein paar Minuten später waren sie schon vor dem Haus von Helen und Nessie. Als Erik noch mit Tulip zusammen gewesen war, hatten sich die alten Damen zerstritten und getrennt im Court gewohnt. Marie öffnete die Tür, noch bevor Kait und Erik anklopfen konnten. Wahrscheinlich hatte sie Essen mitgebracht, damit sie doch noch ein ordentliches Mittagessen bekamen.

»Die traurigen Häschen sind gestohlen worden!«, sagte Helen, die hinter Marie stand.

Kait stieß einen verzweifelten Schnaufer aus. »Traurige Häschen?«

»Eine Porzellanfigur mit zwei Häschen.« Marie trat zurück, um sie einzulassen. »Wir haben bereits nachgeschaut und eine gefunden, die für achttausendvierzig Dollar zum Verkauf angeboten wird.«

»Ist sonst noch etwas gestohlen worden?«, fragte Erik. Er glaubte, dass er die Antwort bereits kannte.

»Nichts. Unsere Großtante hat uns …«, begann Helen.

»… ihre ganze Häschensammlung vermacht. Zweihundertvier Stück«, sprach Nessie weiter. »Wir haben nachgezählt, als wir merkten, dass die traurigen Häschen fehlten. Jetzt sind es nur noch zweihundertdrei.«

»Und wann haben Sie gemerkt, dass die Figur fehlte?« Er konnte es nicht über sich bringen, »traurige Häschen« zu sagen. Womöglich hätte er dann nicht ernst bleiben können. Der Begriff hörte sich mit jedem Mal lächerlicher an.

»Und was ist mit nicht-häschenartigen Gegenständen?«, fragte Kait. »Schmuck? Elektronische Geräte?«

»Nur die traurigen Häschen«, sagten Helen und Nessie unisono. »Wir tun das manchmal, gleichzeitig sprechen. Wir sind Zwillinge«, fügten sie in perfektem Gleichklang hinzu.

»Haben Sie eine Alarmanlage?«, fragte Erik, obwohl er vermutete, dass er auch diese Antwort bereits kannte.

»Nein«, antwortete Marie stattdessen. »Ich weiß, Sie meinen, wir alle bräuchten eine, aber wir passen doch aufeinander auf.«

Was weder Sie noch die anderen vor Diebstahl geschützt hat, dachte Erik. Aber er würde nicht mit Marie darüber streiten. Zumindest nicht jetzt. Oder vielleicht besser überhaupt nicht. Es könnte sein, dass er es nicht überlebte.

»Haben Sie eine Ahnung, wann der Diebstahl geschehen sein könnte?«

»Wir wissen, dass wir die traurigen Häschen …«, begann Helen.

»… an dem Tag noch gesehen haben, an dem wir ins Café gegangen sind«, beendete Nessie den Satz.

»Das war letzten Dienstag«, setzte Helen hinzu. »Wir haben mit Daniel über sie gesprochen.«

Ein Kribbeln durchfuhr Erik, das Kait als seinen Spidey-Sinn bezeichnen würde. Er konnte nicht anders und sagte: »Daniel? Daniel Quevas?«

»Er arbeitet im Café, serviert überteuerten Kaffee«, sagte Marie zu ihm, wobei ihr die Missbilligung ins Gesicht geschrieben stand. »Aber jetzt ist das neue Coffee-Emporium dabei, seinen Laden aus dem Markt zu drängen. Obwohl der Kaffee dort noch überteuerter ist.«

»Sind die … äh … traurigen Häschen versichert?«, fragte Erik. Er brauchte alle Informationen, um sie an die zuständigen Detectives weiterzugeben. Sie waren anständige und überarbeitete Männer, die kein Problem damit hatten, dass die Uniformierten nicht nur Zeugenvernehmungen durchführten, sondern auch nachhakten. Manchmal fühlte es sich an, als wären Kait und er auch ohne bestandene Prüfungen bereits Detectives.

Sobald sie wieder draußen standen, sagte er: »Lass uns zu dem Café gehen, wo Daniel arbeitet.« Kait sagte zur gleichen

Zeit fast dasselbe. Manchmal waren auch sie ein wenig wie Zwillinge. Weil sie schon so lange zusammenarbeiteten, dachten sie manchmal synchron.

»Wenn Daniel unser Täter ist, dann hat er seine Mutter bestohlen«, merkte Kait an, als sie durch den Court zur Gower Street gingen. »Die meisten Studien zeigen, dass es einige Minenfelder zu umschiffen gilt, wenn ein erwachsenes Kind zu Hause wohnt. Aber obwohl wir sie nur kurze Zeit zusammen gesehen haben, schien es mir, als hätten Daniel und seine Mutter eine gesunde Beziehung.«

»Ja, aber Serena hat erwähnt, dass Daniel ihr einen riesigen Blumenstrauß geschenkt hat. Ziemlich extravagant für einen erfolglosen Schauspieler, der in einem erfolglosen Café arbeitet«, wandte Erik ein. »Wo das Geld wohl herkam?«

»Es herrscht eine eindeutige Spannung zwischen Daniel und seinem Bruder, und eine Menge davon hat mit finanziellem Erfolg zu tun.« Kait atmete tief ein und dachte nach. »Vielleicht wollte Daniel irgendetwas wiedergutmachen. Er wusste, dass seine Mutter die gestohlene Kette nicht leiden konnte und sie nicht versichert war.«

»Er hat vielleicht gedacht, kein Schaden, kein Verbrechen«, sagte Erik, »und hat es in seinem Kopf sogar so gedreht, dass er seiner Mutter eigentlich einen Gefallen damit getan hat.«

Kait ging langsamer. Erik brauchte nur einen Augenblick, um zu merken, warum. Charlie kam auf sie zu. Sie sah auf die Uhr. »Er kommt wohl von der Arbeit, alles im Zeitrahmen. Kein Verstoß.«

»Denkst du immer noch, dass er hinter den Diebstählen stecken könnte?«

Sie schüttelte den Kopf. »Aber mein Bauchgefühl gibt immer noch keine Ruhe. Irgendetwas übersehe ich.« Sie verstummte, als Charlie ihnen zunickte.

»Heute keine Comicanspielungen?«, fragte Kait und blieb stehen. »Keine Beweise dafür, dass die Dinge nicht immer so sind, wie sie scheinen? Dass das Gute schlecht aussehen kann und das Schlechte irgendwie gut sein könnte?«

»Wissen Sie noch, wie Spider-Man Mary Jane und Tante May gegessen hat?«, fragte Charlie. Sonst war er, wenn er das Superhelden-Zeug ins Spiel brachte, gleichermaßen neckisch wie herausfordernd. Heute klang seine Stimme matt, und seine Augen blickten glanzlos.

»Earth-2149. Aber da war er ein Zombie«, sagte Kait. »Wollen Sie damit sagen, dass Sie ein Zombie waren, als Sie mit Drogen gedealt haben und Sie deshalb nicht Sie selbst waren?«

»Er war ein Zombie, aber er wusste, was er tat. Und dann hat er alles in der Galaxie aufgefressen.« Charlie ging weiter.

»Warten Sie, vierzig Jahre später hat er alles wiedergutgemacht, erinnern Sie sich?«, rief Kait ihm nach.

Er antwortete, ohne sich umzusehen: »Für eine Weile. Aber dann hat er es geschafft, auch den Spider-Man dieses Universums und auch diese MJ und Tante May zu zerstören.«

»Aber dann …« Kait beendete den Satz nicht. Sie starrte ihm nach. »Er hört nicht zu.« Schließlich wandte sie sich an Erik. »Jetzt bin ich mir sicher, dass ich irgendetwas an dem Kerl übersehe, aber ich bezweifle sehr, dass es etwas mit unserem Fall zu tun hat. Mal sehen, was wir aus Daniel herausbekommen.«

Ein paar Minuten später gingen sie ins Yo, Joe! hinein. »Kait! Erik! Willkommen!«, rief Daniel hinter der Theke hervor. »Ich würde Ihnen beiden zu gern einen Kaffee für Ihre Mühe als Polizisten von Storybook Court spendieren. Aber der Besitzerin würde das missfallen. Sehen Sie, Mrs Trask, ich kenne die Regeln!«

Eine Frau mit einer türkisen Haarsträhne, die an einem Tisch auf der anderen Seite des Raums saß, hob den Kopf. »Gewöhnlich hätte Daniel recht, aber wir freuen uns über den zusätzlichen Schutz. Falls es nicht gegen das Gesetz verstößt, geht der Kaffee auf mich.«

»Meinen Sie das ernst?«, fragte Daniel.

»Sagen, was man meint, und meinen, was man sagt«, antwortete sie.

»General George S. Patton«, ordnete Kait das Zitat zu, und die beiden Frauen lächelten einander an.

»Wir bezahlen unseren Kaffee selbst, aber danke für das Angebot«, sagte Erik. Ein Paar, das er aus The Gardens wiedererkannte, der Mann in einem Sweatshirt, so leuchtend, dass es einem Tränen in die Augen trieb, und die Frau in einem geschmackvollen beigen Hosenanzug, waren die einzigen Kunden. Marie hatte recht gehabt, der Laden lief schlecht.

»Wir wollten sowieso mal herkommen. Wir haben die Absicht, jedem Geschäft in unserem Revier einen Besuch abzustatten«, sagte Kait zu ihm. »Und Nessie und Helen haben uns gerade erzählt, dass sie hier waren.«

»Weil Marie sich geweigert hatte, Helen Zucker zu borgen«, erklärte Daniel. »Sie ermahnt Helen ständig, dass sie zu dick wird. Sie ist nicht immer taktvoll, unsere Marie. Aber man muss sie gernhaben.« Er nahm ihre Bestellungen auf und bereitete die Getränke zu.

Er sah entspannt aus und klang auch so. Er war Schauspieler, aber sich vor zwei Bullen natürlich und unbefangen zu geben, obwohl jemand in ihrem Revier eine ganze Reihe von Diebstählen begangen hatte – das hatte nichts mit einem großartigen Auftritt in einem Film gemein.

»Erinnern Sie sich daran, dass die Schwestern über eine Porzellanfigur sprachen, zwei Hasen?«, fragte Kait. Erik wettete, dass sie den Ausdruck »traurige Häschen« nicht über die Lippen brachte.

»Ja. Sie haben mir und Serena davon erzählt«, antwortete Daniel.

»Serena?«, fragte Erik.

»Sie ist eine der wenigen Stammkunden, die wir noch haben. Ich hoffe, dass wieder welche hierherkommen, nachdem sie die dreiundvierzig verschiedenen Latte in dem neuen Laden durchprobiert haben.« Er senkte die Stimme und warf einen Blick zu seiner Chefin hinüber. »Wenn wir so lange durchhalten.«

»Wir sind gerade zu ihrem Haus gerufen worden. Die Figur ist gestohlen worden. Irgendwann in der Zeit zwischen dem Tag, an dem sie hier waren, und heute«, sagte Kait.

»Ernsthaft?«, rief Daniel aus. »An dem Tag, an dem sie hier waren, haben sie gesagt, sie wünschten, jemand würde die tragischen Häschen stehlen. Ich glaube, so haben sie sie genannt. Oder weinende Häschen? So etwas in der Art.«

Kait holte scharf Luft. »Sie haben tatsächlich gesagt, dass sie sich wünschten, sie würden gestohlen?«

»Ja. Sind so um die achttausend wert. Ich habe ihnen gesagt, sie sollten sie verkaufen, aber es war ein Geschenk einer Tante, und sie fanden das nicht richtig, obwohl es sich anhörte, als hätten sie dann immer noch ein ganzes Rudel Häschen übrig, das sie ihnen vermacht hat«, erklärte Daniel. »Und wenn man das Alter der Schwestern bedenkt, frage ich mich, ob die Tante es überhaupt merken würde, wenn sie sie verkaufen, falls sie nicht aus dem Himmel direkt zu ihnen herunterschaut.«

»War sonst noch jemand dabei, außer Ihnen und Serena, der mit angehört haben könnte, wie viel die Figur wert war?« Erik trank von seinem Kaffee.

»Möglicherweise Mrs Trask, aber sie war wahrscheinlich zu sehr mit ihrer Büroarbeit beschäftigt, um darauf zu achten.«

Mrs Trask brauchte eindeutig Geld. Erik sah zu ihr hinüber. Sie starrte auf einen unordentlichen Haufen Papiere und kaute dabei auf dem Ende eines lila Kugelschreibers herum. Es sah nicht so aus, als würde sie der Unterhaltung folgen.

»Mein Bruder war an dem Tag kurz hier«, Daniel dachte einen Moment lang nach, »als Helen und Nessie ihren Kaffee bekamen, aber ich bin mir nicht sicher, ob sie da noch über die Figur gesprochen haben.«

Es war unsinnig, Daniel danach zu fragen, wo er zur Zeit des Diebstahls gewesen war. Er wohnte im Court, und die traurigen Häschen waren irgendwann letzte Woche gestohlen worden.

Sie würden ihn weiter beobachten. Vielleicht würde Erik bei Serena vorbeigehen. Vielleicht erinnerte sie sich daran, sonst noch irgendjemanden gesehen zu haben, als die Schwestern von der Porzellanfigur sprachen, die achttausend Dollar wert war.

Ja. Er sollte bei ihr vorbeigehen. Er war ein gewissenhafter Polizist und musste mit Serena sprechen, um den Fall aufzuklären.

»Mac. Komm her. Mac-Mac. Komm nach Hause, Kitty, Kitty, Kitty.«

Macs linkes Ohr zuckte. Jamie rief und rief und rief, und das Geräusch sägte an seinen Nerven. David hatte zuvor gerufen. Er hatte sogar die Tür zum Schuppen aufgemacht, aber Mac hatte sich versteckt.

»Mac-y. Kitty, Kitty.« Um sich abzulenken, wandte er seine Aufmerksamkeit den Kätzchen zu. Er leckte Bittles ein paarmal über den Kopf, jagte Zoomies herum, bis die kurzen Beine des Kätzchens Erholung brauchten, ließ sich auf einen kleinen Ringkampf mit Sassy ein und fing einen Käfer für Lox. Dann miaute er seinen Kätzchen zum Abschied zu und quetschte sich durch den Tunnel in die kühle Nachtluft hinaus.

Es war an der Zeit, nach den Menschen zu sehen, die er für seine Kätzchen ausgesucht hatte, aber er nahm einen Hauch von Jamies Geruch in der Luft wahr. Es war immer noch etwas darin, das nicht nach ihr roch. Das war schon seit Monaten so, aber er hatte sich immer noch nicht daran gewöhnt. Heute Abend war da eine Spur von Nervosität in ihrem Geruch, und Traurigkeit, und Mac vermutete, dass es mit ihm zu tun hatte. Sie fing wieder an zu rufen.

»Mac! MacGyver! Komm schon nach Hause, Kitty, Kitty, Kitty. Ich habe Sardinchen!«

Er wandte sich in die Richtung seines Zuhauses. Es war, als würde eine Leine ihn dorthin ziehen. Er hasste Leinen. Und er hasste Käfige. Er ignorierte seinen Menschen – nein, sie war nicht mehr sein Mensch. Er ignorierte Jamies Rufe.

Kapitel 12

Serena ging in den Empfangsraum, wo sie erwartete, eine Gruppe von Frauen ihres Alters vorzufinden, vielleicht sogar alle blond oder rothaarig, ähnlicher Typ und ähnlicher Körperbau. Nein. Es waren die verschiedensten Hautfarben, Größen und Körperformen vertreten. Interessant. Offenbar hatte Norberto Foster kein bestimmtes Aussehen für die Rolle von Remy, der Werkatze, im Sinn.

Nachdem sie sich eingetragen hatte, setzte sie sich so weit wie möglich von dem Zimmer entfernt hin, wo das Vorsprechen stattfand. Es war schon eine Weile her, nun ja, Jahre, seit sie regelmäßig vorgesprochen hatte, aber sie erinnerte sich noch daran, wie sie gedämpft die Stimmen der Schauspieler hören konnte, die die Szene vortrugen, die sie dann bald spielen sollte. Es war viel zu verführerisch, sich mit ihnen zu vergleichen, sich zu fragen, ob sie sich richtig entschieden hatte, während sie sich mit jeder Minute verrückter machte und immer unsicherer wurde.

Deshalb versuchte sie auch, die Frauen zu ignorieren, die ihren Text wiederholten, während sie warteten. Sie widerstand der Versuchung, es ebenfalls zu tun. Denn das würde sie auch in eine Abwärtsspirale aus Zweifeln und düsteren Hirngespinsten stürzen. Sie hatte sich so gut vorbereitet und die Darstellung der Figur ausgearbeitet, und jetzt war nicht der Moment, um alles über den Haufen zu werfen und sich etwas Neues auszudenken.

»Das ist nicht mein Stil. Das ist nicht *mein* Stil. Das ist nicht mein *Stil*. *Das* ist nicht mein Stil«, murmelte die Frau neben ihr. Ihr Gesicht war kantig, und sie war schmal und athletisch gebaut, was durch den asymmetrischen Blazer, der eine Schulter fast ganz frei ließ, den Kimonogürtel, der ihre Taille betonte, und die Skinny Jeans herausgestrichen wurde.

Serena hatte einen anderen Weg gewählt. Sie hatte ein durchscheinendes, feminines Kleid mit einem Blumenmuster ausgesucht, das sie über einem schwarzen Unterkleid trug. Sie hatte sich gedacht, halb sexy und halb spröde würde zu ihrer Figur, halb Mensch und halb Katze, passen. Der Rock war fließend, das Mieder eng. An manchen Stellen war das ärmellose, kurze Kleid durchsichtig, hatte aber einen sittsamen Peter-Pan-Kragen.

Aber vielleicht hätte sie es mit etwas Geschmeidigerem versuchen sollen. Katzen waren geschmeidig. Und vielleicht hätte sie ganz und gar auf sexy machen sollen. *Tu das nicht*, sagte Serena sich. *Du hast tausend verschiedene Kleider anprobiert. Du hast einen Grund dafür gehabt, dich für dieses zu entscheiden. Vertrau dir.*

Aus dem Augenwinkel sah sie, wie die Frau ihren Daumen an die Haut presste. »Kopfweh?«, fragte sie.

»Habe ich Kopfweh, weil die Worte sich plötzlich weigern, wie Worte zu klingen? Wenn das so ist, dann habe ich Kopfweh.«

»Ich habe Paracetamol und Ibuprofen dabei«, sagte Serena. »Und wenn mir das passiert, dann geht es weg, wenn ich eine Zeit lang damit aufhöre.«

»Ich weiß nicht, was der Unterschied zwischen den beiden ist«, antwortete die Frau. »Geben Sie mir einfach eine Tablette. Ich kann nicht üben, wenn ich die Worte nicht sage.« Sie hob ihre Hand an ihren dunklen Chignon, dann nahm sie sie wieder herunter, um ihre perfekte geschmeidige Frisur nicht zu ruinieren. Ihre geschmeidige Frisur. Serena hatte ihre Haare in wilden

War-am-Strand-Wellen belassen. Vielleicht hätte sie … *Stopp!*
Vertrau dir!

Serena reichte ihr eine Schmerztablette. »Ich bin mir sicher,
du bist gut vorbereitet.«

Die Frau schluckte die Tablette trocken hinunter, schien vergessen zu haben, dass sie eine noch fast volle Wasserflasche in
der Hand hielt. »Danke. Ich bin Emily.«

»Serena.«

»Ich habe mich vorbereitet. Und vorbereitet und vorbereitet«, beichtete Emily ihr. »Aber ich habe immer Angst, dass ich
meinen Text vergesse, wenn ich ihn nicht ständig wiederhole,
bis ich hineingehe.«

»Ich bekomme eher mehr Panik, wenn ich das tue«, sagte
Serena.

»Oh, das geht mir genauso!«

Serena lachte. »Ich finde, dass ein bisschen Nervosität mir
Kraft gibt, aber Panik verursacht nur mehr Panik. Also, mach
weiter mit deinem Text, wenn es dir hilft.«

»Ich bleibe an diesem ›Das ist nicht mein Stil‹-Satz hängen.
Nichts hört sich richtig an. Ich weiß einfach nicht, was ich damit machen soll.«

Serena konnte Emilys Anspannung in ihrem Gesicht sehen.
»Den besten Rat, den ich dir geben kann, ist, dich nicht festzu-
legen. Sei präsent und gib in dem Augenblick deinen Impulsen
nach. Wenn du erst mal drin bist, verlass dich drauf, dass deine
Vorbereitung abrufbereit ist, und lass es fließen. Bleib einfach
im Moment.« Sie lächelte. »Leicht gesagt, ich weiß.«

Emily lächelte zurück. »Du solltest mir nicht helfen, weißt
du. Wir wollen beide dieselbe Rolle.«

Serena zuckte mit den Schultern. »Aber eine Besetzung ist
wie ein Puzzle. Alle Teile müssen zusammenpassen. Es geht
nicht darum, wer die Beste ist. Es geht eher darum, wer am

besten in dieses besondere Puzzle passt. Wir wissen nicht, wer das sein wird. Nicht einmal *sie* wissen das. Irgendwann werden sie den Film als Ganzes betrachten, und dann kommt es darauf an, wer hineinpasst.« Sie schüttelte den Kopf. »Entschuldige. Ich bin in meinen Lehrermodus verfallen. Die letzten Jahre habe ich als Schauspiellehrerin gearbeitet, und es sieht aus, als hätte ich das Dozieren noch nicht ganz abgelegt.«

»Entschuldige dich nicht. Es sind gute Ratschläge. Ich …«

Die Tür am anderen Ende öffnete sich, und Emily verstummte. Ein Mann mit rasiertem Kopf und einem schiefen Lächeln kam heraus. »Serena Perry, Sie sind dran.«

Serena stand auf. »Das bin ich.«

»Viel Glück«, raunte Emily ihr zu.

»Dir auch.« Serena betrat den Raum und tat, was sie ihren Schülern immer riet. Sie war freundlich, aber professionell. Sie versuchte nicht, ein Gespräch anzufangen. Als der Castingchef fragte, ob sie noch Fragen hätte, hielt sie sich instinktiv zurück. Doch vielleicht hätte sie etwas fragen sollen, nur um zu zeigen, wie grundlegend sie über die Szene nachgedacht hatte. Sie wusste, dass diese Frage eigentlich ein Signal war anzufangen.

»Nein, danke.« Sie nahm ihren Platz vor dem Castingchef und vor einem Mann und einer Frau ein, die ihr nicht vorgestellt worden waren. Das Vorsprechen wurde gefilmt. Als sie ihren Platz auf dem auf den Boden geklebten X einnahm, versicherte sie sich, dass sie auch ein paar Sichtachsen um die Kamera herum hatte.

Und dann versuchte sie, ihren eigenen Ratschlägen zu folgen. Sie hatte sich vorbereitet, und jetzt war es an der Zeit, ihrem Bauchgefühl zu folgen. Sie brauchte nicht lang, um zu merken, dass der Mann ihr gegenüber Schauspieler war und kein Assistent mit begrenzter Schauspielfähigkeit. Er saß nah an einer der Sichtachsen, die sie sich ausgesucht hatte, damit sie ihn ansehen und ihm so viel Energie entgegenschleudern konnte wie möglich, und spürte, wenn sie zurückkam.

An einer Stelle bemerkte der Teil ihres Hirns, der nicht in ihrer Figur steckte, dass er einen Text gesprochen hatte, der nicht im Drehbuch stand, einen Satz, der etwas veränderte. Interessant. Sie ließ ihren ursprünglichen Text fallen und gab eine Antwort zurück, die nach Remy klang, dann machte sie einfach weiter und arbeitete sich wieder dorthin zurück, wo sie für ihre Szene hinmusste.

Als sie fertig war, wartete sie einen Herzschlag lang und sagte dann »Danke schön«. Sie fügte noch einen Dank und ein Lächeln für den Schauspieler hinzu, der ihr den Ball zugespielt hatte, dann ging sie hinaus, wobei sie eine kleine Veränderung in sich spürte, als sie Remy losließ. Zumindest für jetzt.

Emily zog fragend die Augenbrauen hoch, als Serena zurück in den Warteraum kam, und sie zuckte leicht die Achseln. Sie hatte keine Ahnung, was der Castingchef dachte oder was die Leute dachten, die sich die Audition auf Film ansehen würden. Sie wusste nur, dass sie alles gegeben hatte.

Erik entdeckte Serena, wie sie in einem kurzen, geblümten Kleid, das beim Gehen ihre Knie umspielte, die Straße hinunterging, das hellrote Haar fiel ihr lose auf die Schultern. Teilweise war das Kleid verblüffend durchscheinend, und er erhaschte in der späten Nachmittagssonne einen Blick auf ihren wohlgeformten Schenkel. Er wusste, wie er sich anfühlen würde, weich, warm, glatt. Er stellte sich vor, wie seine Hand unter das Kleid glitt …

Ein fester Tritt gegen das Schienbein holte ihn aus seiner nicht ganz jugendfreien Fantasie. Erik riss den Blick vom Fenster los und wandte seine Aufmerksamkeit wieder der Gruppe zu, die im großen Esszimmer der Quevas versammelt war. Sie hatten sich darauf geeinigt, die Diebstahlsopfer an einem Ort zu versammeln, und alle waren gekommen – Al und Marie, Lynne und ihr Mann, Nessie und Helen. Marcus war dazugestoßen, sobald er sich von seinem Job hatte loseisen können. Es war das erste Mal, dass Erik und Kait ihn trafen. Er war aufmerksam, ließ aber die anderen reden, stand nur ab und zu auf, um ein Glas nachzufüllen. Es war ein bisschen schwierig, aus ihm schlau zu werden, weil er sich aus dem Gespräch heraushielt, aber Erik hatte den Eindruck, dass er ein anständiger Kerl war, der sich gut mit seiner Familie verstand.

»Lassen Sie mich zusammenfassen«, sagte Kait. »Und wenn ich irgendetwas Falsches sage, unterbrechen Sie mich bitte.« Sie sah sich am Tisch um und begann: »Keines der drei Häuser, in die eingebrochen wurde, hat ein Alarmsystem. Möglicherweise war eine Tür offen, als der Einbruch stattfand, und sehr wahrscheinlich stand in jedem Haus zumindest ein Fenster offen.« Erik war beeindruckt, wie sie diese Tatsachen aussprechen konnte, ohne mindestens ein erbittertes Seufzen oder Schnaufen auszustoßen.

»Ich weiß, dass wir unvorsichtig waren«, sagte Lynne und drehte ihre Serviette zu einem Knoten.

»Sie geben niemandem die Schuld, Mom«, sagte Marcus zu ihr. »Sie stellen nur Ähnlichkeiten fest.«

Kait nickte. »Genau. Bei jedem Diebstahl wurde nur ein einziges Stück entwendet, und jedes der Stücke war sowohl wertvoll als auch versichert. In allen drei Häusern gab es noch andere Dinge, die einen Dieb normalerweise interessieren würden, sei es Schmuck, elektronische Geräte …«

»Das Hochzeitssilber meiner Mutter«, unterbrach Marie sie. Al gab etwas von sich, was Erik für ein zustimmendes Grunzen hielt. »Haben Sie Jamies und Davids Wohnung durchsucht, wie ich es ihnen gesagt habe? Wir wissen alle, dass dieser Kater stiehlt.«

»Das Haus wurde gründlich untersucht«, gab Erik zur Antwort. Er hielt es nicht für nötig zu erwähnen, dass nicht Kait und er es durchsucht hatten. Sicherlich hatten Jamie und David überall nachgesehen.

»Machen wir weiter«, sagte Kait. »Ich will nur ganz sicher sein, dass ich alles richtig verstanden habe. Niemand von ihnen erinnert sich, einen Fremden in der Gegend gesehen zu haben.«

»Bei Lucifers gibt es einen neuen Auslieferer«, sagte Marie. »Letztes Mal habe ich das vergessen zu erwähnen. Das Mädchen, das nebenan eingezogen ist, bestellt mindestens zweimal die Woche Pizza, obwohl ich mindestens genauso oft Al mit Resten hinüberschicke.« Sie schnalzte missbilligend mit der Zunge.

»Haben Sie gesehen, ob er sofort wieder gegangen ist oder ob er sich noch im Court aufgehalten hat?«

»Er kam und ging sofort wieder«, antwortete Marie. »Und er hatte das Schild oben auf seinem Wagen. Er hat auf der Straße geparkt, wo ich ihn sehen konnte.«

»Gibt es sonst noch jemanden, der hier möglicherweise nicht hergehört?« Kopfschütteln und Verneinungen von allen Beteiligten. Kait schaute zu Erik hinüber. Es gab noch etwas, worüber sie sprechen mussten, etwas, das nicht so unkompliziert war wie das Was und das Wie.

»Helen, Nessie, Sie beide haben über die Figur, die dann gestohlen wurde, gesprochen, als Sie bei Yo, Joe! waren.« Erik lächelte die Schwestern an. »Daniel hat uns erzählt, dass Sie beide sagten, Sie wünschten sich, jemand würde wie Maries Ring und Lynnes Kette auch Ihre Figur stehlen.«

Nessies und Helens Augen weiteten sich vor Schreck. »Das haben wir doch nicht gesagt«, erwiderte Nessie. Sie legte die Hand auf Helens Arm. »Oder haben wir?«

»Ich … hmmm.« Helen blickte zur Zimmerdecke auf, als stünde die Antwort dort geschrieben.

»Wenn du es auch vielleicht nicht gesagt hast, so ist es doch wahr«, sagte Marie. »Sie haben immer ein kleines Taschentuch darübergelegt, weil sie sie nicht ansehen mochten.« Al grunzte, was Erik als »Ist das denn zu fassen« interpretierte.

»Weil die Häschen so traurig aussehen«, sagte Nessie. »Aber das bedeutet doch nicht, dass … schließlich waren sie ein Geschenk von unserer Lieblingstante.«

»Dann haben Sie also keinen Witz darüber gemacht, dass Sie sich wünschten, die Figur würde gestohlen werden?« Erik wusste, dass Kait das Wort »Witz« benutzt hatte, damit die Frage nicht so vorwurfsvoll klang.

»Es kann schon sein«, gab Helen zu. »Aber wir haben doch nicht gewollt …«

»… dass jemand bei uns einbricht.« Nessie erschauerte. »Niemals.«

»Und da wir gerade über Gemeinsamkeiten sprechen, ist es korrekt, dass niemand die Gegenstände, die gestohlen wurden, besonders mochte?«, fragte Kait. Keiner antwortete. Erik bemerkte, dass die Wangen der Schwestern sich zu einem identischen tiefen Rot verfärbt hatten, während Lynne ihre Serviette entknotete, um sie dann wieder zu verdrehen.

Marie hob plötzlich das Kinn. »Al hat mir meinen Ring geschenkt, als Little Al geboren wurde.«

Das war keine Antwort auf die Frage. Erik versuchte zu entscheiden, wie weit er gehen wollte, als Lynne einwarf: »Aber du hast mir gesagt, du wärst froh, wenn er auch gestohlen werden würde.« Sie sah Marcus an. »Erinnerst du dich? Ich habe dir und Daniel davon erzählt, dass Marie ein bisschen neidisch klang, weil meine Kette gestohlen worden war.«

Daniel hatte es mitbekommen. Daniel, der das Geld hatte,

212

um Serena einen Riesenblumenstrauß zu schenken, obwohl er einen so schlecht bezahlten Job hatte. Daniel, der außerdem mitbekommen hatte, wie die Schwestern sich wünschten, dass die traurigen Häschen gestohlen werden würden. Daniel, der wusste, dass seine Mutter die Pilzkette hasste.

»Stimmt das, Marie?«, fragte Kait.

Anstatt Kait zu antworten, wandte sich Marie an Al. »Dieser Ring ist hässlich wie die Nacht. Und wir wissen es beide.«

»Schien dir aber gefallen zu haben, als du ihn bekamst«, merkte Al an.

»Ich war froh, dass wir unseren Sohn hatten und dass du mir ein Geschenk gemacht hast. Und jetzt bin ich froh, dass jemand ihn gestohlen hat. Jeder wäre froh darüber. Aber ich habe den beiden trotzdem gesagt, dass sie ihn wiederfinden sollen.« Marie zeigte auf ihn und Kait. »Und außerdem passieren Dinge nicht nur, weil man sie sich wünscht.«

»Als Sie sich mit Lynne über das … Aussehen des Rings unterhalten haben, war da sonst noch jemand dabei?«, fragte Kait. Lynne und Marie schüttelten beide den Kopf.

»Wir haben mehr als einmal darüber gesprochen. Aber nur unter uns«, fügte Marie hinzu. »Weil wir beide Schmuck aus der Familie unserer Männer bekommen haben, den wir niemals tragen wollten.«

»Die Kette ist dreißigtausend Dollar wert«, protestierte Lynnes Mann, Carson.

»Das macht sie auch nicht schöner«, gab Marie zurück. Al unterstützte sie mit einem seiner Grunzer.

Erik und Kait wechselten einen Blick, der besagte: »Zeit, hier fertig zu werden.« Sie hatten vorläufig alle Informationen, die sie brauchten. Erik wollte bei Gelegenheit noch einmal mit Daniel sprechen. »Möchte noch jemand etwas hinzufügen?« Niemand sagte etwas.

»Danke, dass Sie sich heute Abend hier mit uns getroffen haben. Sie haben unsere Visitenkarten, falls Ihnen noch irgendetwas einfällt.« Kait stand auf. »Ins Café?«, murmelte sie, als sie auf die Tür zugingen.

»Allerdings«, erwiderte Erik.

Sie machten sich nicht die Mühe, den Wagen zu holen, sondern gingen zu Fuß die paar Blocks zu Yo, Joe!.

»Jetzt erlaube ich dir hinzusehen«, sagte Kait, als sie hineingingen. Sie machte eine Kopfbewegung zu dem Tisch, an dem Serena mit Daniel saß. Ansonsten gab es nur noch einen weiteren Gast. Daniel hielt es offensichtlich nicht für nötig, hinter der Theke zu stehen.

»In Ordnung, wenn wir uns dazusetzen?«, rief Erik. Das Lächeln, das sich auf Serenas Gesicht ausbreitete, als sie ihn erblickte, machte ihn glücklich.

»Natürlich, gerne«, antwortete Daniel mit der Stimme eines Ansagers bei einer Gameshow. Erik war wieder einmal verblüfft, wie gelöst er sich in der Gegenwart von zwei Polizisten benahm. Erik war daran gewöhnt, dass auch unschuldige Menschen in seiner Gegenwart nervös wurden, schwitzten und stammelten. So war das nun einmal, wenn man Polizist war. Er wünschte, es wäre anders.

Aber jemand, der sich schuldig gemacht hatte und nicht das geringste Anzeichen von Nervosität zeigte? Das gab es nicht. Vielleicht ein Soziopath, aber Erik wusste aus eigener Erfahrung, dass es immer Anzeichen gab, unterschwellig vielleicht, aber es gab sie. Daniel machte überhaupt nicht den Eindruck, dass er etwas ausgefressen hatte.

»Dieses Kleid gefällt mir«, sagte Erik zu Serena, als er sich auf den Stuhl neben sie setzte.

»Danke. Ich habe es mir für mein Vorsprechen gekauft.«

»Serena hat mir gerade erzählt, wie es gelaufen ist«, sagte

Daniel. Erik wusste von der Audition und auch, wie aufgeregt sie gewesen war, wie wichtig es für sie war. Er hätte sie anrufen sollen, ihr schreiben, irgendetwas. Wenn er ihr näherkommen wollte, dann konnte er nicht einfach über etwas hinweggehen, das für sie das Wichtigste im Leben war. »Wie lief es denn?«

»Schwer zu sagen. Der Castingchef hat nicht einmal ›gut gemacht‹ gesagt, als ich fertig war, aber das bedeutet nichts«, antwortete Serena. »Ich war zufrieden mit meiner Darstellung. Und jetzt muss ich abwarten und Tee trinken.«

Die Kette aus Mokkalöffeln, die von der Tür hing, klingelte. Erik sah Marcus hereinkommen. Er zögerte kurz und kam dann zu ihnen herüber.

»Marcus! Zwei Mal in einer Woche«, begrüßte Daniel ihn, dann runzelte er die Stirn. »Geht es dir gut?«

»Ja. Warum? Nur weil ich zweimal in dem Laden auftauche, in dem du arbeitest?«

»Nun, das ist ja nicht gerade alltäglich. Aber gerade hast du ein bisschen gestresst ausgesehen.« Daniel lehnte sich zurück und ergriff einen Stuhl vom Tisch hinter ihnen, damit Marcus sich setzen konnte.

Marcus fuhr sich mit der Hand durchs Haar, das denselben Braunton hatte wie Daniels. Es gab eine starke Ähnlichkeit zwischen den Brüdern. »Eine Klientin, die ständig ihre Meinung ändert, das ist alles«, erwiderte er.

»Marcus ist ein berühmter Creative Director bei Ballista«, erklärte Daniel. Erik fand, dass er sich stolz anhörte, im Gegensatz zu letztem Mal, als eine deutliche Abneigung gegen seinen kleinen Bruder zu spüren gewesen war.

»Ich habe gerade eine Studie über affektive Konditionierung gelesen. Es gibt eine Untersuchung, die besagt, dass Leute, die wussten, dass ein bestimmter Stift schlecht schreibt, ihn häufig trotzdem kauften, wenn er zusammen mit anderen Produkten beworben wurde, die diesen Leuten gefielen«, sagte Kait. »Das ist doch interessant.«

»Setze einen Welpen neben das Produkt, das du verkaufen willst, und warte ab«, antwortete Marcus. »Die Leute fühlen sich gut, und das gute Gefühl beziehen sie auf das Produkt.« Er drehte den Kopf von einer Seite zur anderen, als wollte er seinen verkrampften Nacken entspannen, dann sah er Daniel an. »Ich wollte dich informieren, wie das Treffen wegen der Diebstähle verlaufen ist, aber es sieht aus, als wäre man mir zuvorgekommen.«

»Eigentlich haben wir über Serenas wichtige Audition gesprochen«, sagte Daniel. »Sie ist vor ungefähr einer Minute in die Stadt gekommen und hat schon einen Agenten, einen Werbespot gedreht, und gerade heute hat sie für eine Rolle im neuen Film von Norberto Foster vorgesprochen.«

»Beeindruckend. Und das alles in ungefähr einer halben Minute.« Marcus sah Daniel an. »Was ist mit dir los, Brüderchen?« Marcus versuchte, locker zu klingen, es gelang ihm aber nicht.

Serena wandte sich an Marcus. »Daniel hat gerade eine Rolle in einem neuen Theaterstück bekommen. Eine tolle, ziemlich bedeutende Rolle. Ich glaube, dafür wird er reichlich Beachtung bekommen.«

»Aber nach dem, was er mir erzählt hat, ist es ungewiss, ob das Theaterstück oder sein Job hier ihm mehr Geld bringen«, antwortete Marcus.

»Geld, Geld, Geld.« Daniel schlug mit den Handflächen auf die Tischplatte. »Warum dreht sich bei dir immer alles ums Geld?«

»Weil Geld notwendig ist«, sagte Erik. »Um zu essen. Miete zu zahlen. Ich glaube nicht, dass viele Baristas in der Lage wären, Serena so einen Blumenstrauß zu schenken. Sie hat erzählt, er sei riesig gewesen.«

»Und wunderschön. Und es war sehr aufmerksam.« Serena warf Erik einen verärgerten Blick zu. Er wollte sich nicht bei ihr unbeliebt machen, musste aber wissen, was Daniel dazu sagen würde, dass er so viel Geld ausgegeben hatte.

»Ich habe einen Freund, der Caterer ist, okay? Ab und zu helfe ich als Servierer aus. Ich habe ihn gefragt, ob ich etwas von dem Blumenschmuck mit nach Hause nehmen darf, und habe den Strauß Serena geschenkt. Aber ansonsten schneide ich Coupons aus, stopfe meine Socken und gieße Wasser in meinen Orangensaft.« Daniel stand auf. »Ich brauche noch einen Kaffee. Will sonst noch jemand etwas? Ich lade alle ein. Ich glaube, ich kann mir beinahe alles auf der Karte leisten. Wenigstens mit meinem Angestelltenrabatt.« Er ließ ihnen keine Zeit zu antworten.

Als er mit frischem Kaffee zurückkam, beschloss Erik, Daniel noch ein bisschen auszuquetschen. Er hatte keinen anderen Verdächtigen. »Aus reiner Neugier, Daniel. Sind Sie nicht manchmal versucht, aufzugeben und etwas anderes zu machen?«

»Aufzugeben?«, wiederholte Daniel.

»Die Entscheidung zu fällen, dass es mit der Karriere als professioneller Schauspieler einfach nichts mehr wird. Ich will nicht sagen, dass das der Fall wäre«, fügte Erik schnell hinzu, als er bemerkte, wie Serena erstarrte. »Aber gibt es einen Punkt, an dem Sie darüber nachdenken, eher einen Job mit Zukunftsaussichten zu finden?«

»Also. Dieser Laden hier ist in Schwierigkeiten. Das weiß ich«, gab Daniel zur Antwort. »Irgendwann werde ich mir wahrscheinlich etwas anderes suchen müssen. Aber das wird dann ein Job sein, wo ich flexibel genug bin, so wie hier. Solange ich hier arbeite, kann ich mir jederzeit für Vorsprechen freinehmen. Ich kann meine Arbeitszeiten bestimmen. Wie zum

Beispiel bei dem Theaterstück. Ein paar Monate lang werden wir tagsüber proben, dann werden abends die Vorstellungen stattfinden, und das ist kein Problem.«

»Flexibilität ist prima. Das verstehe ich. Aber was ist mit solchen Sachen wie Krankenversicherung oder Rente?« Marcus fuhr sich wieder mit der Hand durchs Haar. »Wie kannst du einfach nicht an so etwas denken?«

»Ich habe einen reichen Bruder. Der wird mich versorgen, wenn ich mal ins Krankenhaus muss«, gab Daniel zurück.

»Verlass dich nicht darauf.« Marcus stieß einen so langen Seufzer aus, dass er sogar Kait neidisch machen musste. »So habe ich das nicht gemeint. Ich mache mir Sorgen um dich, das ist alles.«

»Du bist hergekommen, um mir zu erzählen, was drüben bei Mom und Dad passiert ist. Gibt es irgendwelche Fortschritte, was die Diebstähle angeht?« Daniel wollte jegliches Gespräch über richtige Jobs mit sozialen Zusatzleistungen abwürgen.

»Heute ging es darum, Ähnlichkeiten zu finden«, beantwortete Kait seine Frage. »Es war gut, dass die Betroffenen gekommen sind. Wir werden alle auf dem Laufenden halten.«

»Niemand konnte sich daran erinnern, jemand Unbekanntes im Court gesehen zu haben, außer einem neuen Pizzaauslieferer, aber Marie hat ihn anscheinend nicht aus den Augen gelassen. Hast du irgendjemanden bemerkt, Daniel?«

»Wenn ich jemanden gesehen hätte, meinen Sie nicht, dass ich es schon gesagt hätte?« Daniel bemühte sich nicht einmal, seine Frustration zu verbergen.

Erik verstand, dass er Daniel gerade eine Gelegenheit gegeben hatte, zu lügen. Er hätte einfach eine Geschichte über jemanden, der in Storybook Court herumgelungert hatte, erfinden können. Er hätte alle sich möglichen Details ausdenken können, um den Verdacht von sich abzulenken. Aber das hatte er nicht getan. Eriks Bauchgefühl sagte ihm, dass Daniel nicht ihr Mann war. Aber wer dann?

Mac hörte Diogee bellen. Wusste er, dass Mac draußen vor dem Haus stand? Möglicherweise. Aber er hatte den Idioten schon seinen eigenen Schatten anbellen sehen.

Er hatte keinen Grund, hier zu sein. Er hatte nur die Gerüche seines Rudels – seines früheren Rudels – erschnuppert und sich dabei ertappt, wie er den Geruchsspuren folgte.

Er trabte davon. Er hatte keinen Grund, hier zu sein, und musste woandershin.

Kapitel 13

Was meinst du, sollen wir ihn zu den Kätzchen bringen oder nach Hause?«, fragte Serena, wobei sie Mac in ihren Armen knuddelte, während sie und Erik zum Storybook Court gingen.

»Ich weiß nicht, ob es einen Unterschied macht. Er scheint überall hinzukommen, wo er will«, antwortete er.

Mac fing an zu schnurren, und Serena lachte. »Ich konnte es nicht glauben, als er an unseren Tisch gelaufen kam. Wie ist er überhaupt ins Café gekommen? Die Tür war zu. Ich muss ihn mal gründlicher beobachten, er könnte mir mit meiner Werkatze helfen.«

»Habe ich schon erwähnt, dass mir dieses Kleid gefällt?« Erik fuhr leicht mit der Hand über ihren Rücken, wo das Kleid durchscheinend und kein schwarzes Unterkleid war. Verdammt, fühlte sich das schön an. Aber sie war böse auf ihn. Hatte er das nicht gemerkt?

»Du hast gemerkt, dass ich böse auf dich bin, oder?«, fragte Serena.

»Was? Warum?« Er klang vollkommen überrascht. Und Polizisten sollten doch gut darin sein, Menschen zu deuten. »Warte. Weil ich Daniel gefragt habe, ob es ihm jemals in den Sinn kommen würde, sich einen richtigen Job zu suchen?«

»Sehr gut. Beim ersten Anlauf«, gab Serena zurück. »Eigentlich beim zweiten. Weil du innehalten und darüber nachdenken musstest.« Mac hörte auf zu schnurren. Er stieß mit seinem Kopf an ihren Arm. Offensichtlich stimmte er ihr zu!

»Findest du nicht, dass sein Bruder recht hat?«

»Ich finde, es geht ihn überhaupt nichts an. Und ganz sicher geht es dich auch nichts an. Du kennst Daniel doch kaum«, sagte Serena. Sie überquerten die Straße und betraten den Court. Mac fing an zu zappeln. »Er will abhauen!« Sie hielt ihn fester, aber er wand sich aus ihrem Griff, befreite sich und galoppierte davon.

»Ich frage mich, wo er jetzt wohl hinwill?«, sagte Erik.

»Glaubst du tatsächlich, ich würde nicht merken, dass du das Thema wechselst?«, fragte Serena. »Ich habe gefragt, warum du dich für berechtigt hältst, in Zweifel zu ziehen, wie Daniel sein Leben lebt.«

»Ich hatte meine Gründe. Du könntest vielleicht nicht immer gleich davon ausgehen, dass ich ein Mistkerl bin.«

»Wie soll ich das, wenn ich danebensitze und dir dabei zusehe, wie du dich wie einer verhältst?«

Sie bogen in Serenas Straße ein. »Wir haben beide alles gesagt, was es hierzu zu sagen gibt, richtig?«, fragte Erik. »Können wir das Thema wechseln?« Er klang ein bisschen gereizt. Weswegen war *er* gereizt?

»Wie wäre es hiermit: Du weißt, dass ich heute das Vorsprechen hatte. Du weißt, wie wichtig es für mich war. Aber du hast mich überhaupt nicht danach gefragt.« Sie hatte das nicht aufs Tapet bringen wollen, aber um ehrlich zu sein, war sie darüber genauso verärgert, wie über sein Benehmen gegenüber Daniel.

Erik presste die Kiefer aufeinander. »Doch, das habe ich. Ich habe dich gefragt, wie es lief, sobald ich mich an den Tisch gesetzt hatte.«

»Okay. Das gebe ich zu. Ich gebe zu, dass du die einfachsten, oberflächlichsten Fragen gestellt hast.« Sie waren am Leuchtturm angekommen. Serena blieb stehen. Wenn er dachte, dass er mit hineinkommen konnte, hatte er sich geschnitten.

»Mir scheint, als ob nichts, was ich sage, dich heute zufriedenstellen kann. Wir sollten uns ein andermal weiter unterhalten.« Sein Ton war steif und förmlich.

Serena machte eine abweisende Handbewegung, als sie den Pfad aus zerstoßenen Muschelschalen hinaufging. »Ich ruf dich an«, sagte sie über die Schulter hinweg.

Als ob sie das machen würde. Er konnte sie anrufen – und sich entschuldigen.

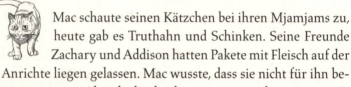

Mac schaute seinen Kätzchen bei ihren Mjamjams zu, heute gab es Truthahn und Schinken. Seine Freunde Zachary und Addison hatten Pakete mit Fleisch auf der Anrichte liegen gelassen. Mac wusste, dass sie nicht für ihn bestimmt waren. Aber die beiden hatten erst angefangen zu streiten und dann zu sabbern. Sie hatten das Essen unbeobachtet gelassen. Was dann geschehen war, war ihr Fehler, nicht Macs.

Lox zog sich zurück, im Maul ein Stück Fleisch, das größer war als sie selbst. Mac wartete ab, um zu sehen, was die anderen tun würden. Bittles gab ein pathetisches leises Miauen von sich. Er war gerade dabei gewesen, von diesem Stück Truthahn abzubeißen. Sassy und Zoomies blickten nicht einmal auf. Sie hatten sich ihren Anteil geschnappt und waren mit Fressen beschäftigt.

Zeit für Mac, ihnen etwas beizubringen. Kätzchen brauchten so viel Aufmerksamkeit. Er knurrte zur Warnung und stürzte sich dann auf Lox. Er stieß das Kätzchen – ganz sanft – um und nahm den Truthahn. Er hielt das Fleisch zwischen den Zähnen. Würde Lox es sich holen? Oder Bittles? Mac versuchte, dem kleinsten Kätzchen die richtige Reaktion beizubringen, wenn ihm jemand sein Fressen stahl.

Lox knurrte. Mac hörte, dass das Kätzchen versuchte, so zu klingen wie er, aber es klang eher wie eine summende Hummel.

Dann kam Lox auf ihn zu. Mac ließ sich aus dem Gleichgewicht bringen und erlaubte Lox dann, mit einem Stück, aber nur einem Stück Truthahn, davonzulaufen.

Bittles sah zu, wie Mac einen Bissen nahm. Zwar keine Sardinchen, aber trotzdem sehr gut. Seine Kätzchen würden mit der Erwartung in die Welt hinausgehen, nur das Beste serviert zu bekommen. So sollte es sein. Wenn ihre Menschen das nicht begriffen, dann … nun ja … Mac war sich sicher, dass seine Kätzchen ihre Menschen schon trainieren würden.

Mac nahm noch einen Bissen Truthahn. Er tat, als würde er nicht bemerken, dass Bittles auf ihn zugekrochen kam, wobei sein Bäuchlein auf dem Boden schleifte. Bittles lauerte! Als er ihm den Truthahn wegschnappte, schnurrte Mac vor Stolz.

Nächste Lektion, Sauberkeit. Sobald alle Kätzchen mit Fressen fertig waren, würde Mac ihnen beibringen, wie man sich richtig wusch. Er würde ja nicht immer da sein, um es für sie zu tun. Sassy hatte bereits damit angefangen, nach jeder Mahlzeit ein Zungenbad zu nehmen. Zoomies stürmte gewöhnlich davon, ohne sich auch nur die Fressensreste vom Mäulchen zu lecken. Lox und Bittles machten Fortschritte, auch wenn sie zu glauben schienen, dass es genügte, sich die Pfote zu lecken und damit einmal über das Ohr zu fahren. Er würde ihnen auch zeigen, wie man sich als richtige Katze verhielt, bevor sie in die Welt hinausgingen.

Die Schuppentür öffnete sich. Mac sah beifällig zu, wie mehrere Kätzchen Serena begrüßten. Menschen brauchten ein bisschen Wertschätzung, um glücklich zu sein. Aber Katzen sollten sie nicht zu sehr daran gewöhnen. Menschen mussten verstehen, dass die Katze es war, die entschied, wann sie Aufmerksamkeit bekamen.

Serena setzte sich auf den Boden. Sie sah Mac an, als brauchte auch sie eine Lektion. Dieser Mensch war vielleicht ein biss-

223

chen klüger als die meisten. Zumindest verstand sie, dass sie lernen musste. Mac fing mit seinem Reinlichkeitsunterricht an, und Serena machte es ihm so gut wie möglich mit ihren Menschenpfoten nach. Vielleicht würde sie mit seiner Hilfe lernen, dass es niemals notwendig war, Wasser über sich zu gießen oder sich in das Zeug hineinzutunken.

Nach der Badestunde war Spielstunde, wobei Mac den Kätzchen beibringen musste, einander nicht zu sehr zu kratzen oder zu beißen. Das mussten sie verstehen. Ihre Menschen hatten schließlich nur ein paar Flecken Fell, das sie schützte.

Am Ende lag sogar Zoomies auf dem Boden und konnte keinen Augenblick länger spielen. Er war immer der Letzte, der einschlief, und der Erste, der wach wurde. Mac musste mit ihm daran arbeiten, häufiger mal ein Schläfchen zu halten.

Jetzt, wo seine Kätzchen schliefen, musste Mac die Sache in Ordnung bringen, deretwegen Serena so wütend roch. *Seufz.* Seine Arbeit endete nie. Wenn sie auch schlauer war als die meisten, schien sie doch nicht zu merken, dass sie gewöhnlich glücklicher roch, wenn sie mit Erik zusammen war. Er musste sie daran erinnern. Er schlich zur Schuppentür hinüber und schaute sie an. Heute brauchte er den Tunnel nicht. Serena hatte gelernt, dass sie die Tür aufmachen musste, wenn er sie anstarrte.

Mac nahm einen schnellen Atemzug, fand Eriks Geruchsspur und folgte ihr. Er ging langsam. Menschenaugen waren nicht besonders nützlich, aber im Dunkeln benahmen sich Menschen, als hätten sie überhaupt keine. Doch Mac sah gut genug für sie beide.

Erik ging die Glass Slipper Street hinunter. Er musste sich bewegen, also konnte er auch gleich auf Streife gehen. Vielleicht fand er ja sogar etwas über die Diebstähle heraus. Es musste jemand sein, der in der Nähe wohnte, vielleicht sogar im Court. Denn es waren genau die Dinge gestohlen worden, an denen den Betroffenen nichts lag. Es musste jemand sein, der hier in der Gegend bekannt war, jemand, dem man vertraute.

Ein neuer Gedanke kam ihm in den Sinn. Hatten die Betroffenen womöglich mit dem Dieb kooperiert? Die Kette, der Ring und die traurigen Häschen waren alle versichert. Die Frauen waren nicht nur etwas Ungeliebtes losgeworden, sondern würden zusätzlich noch einen netten Batzen Geld bekommen.

Er konnte sich nicht vorstellen, dass Marie sich an einem Versicherungsbetrug beteiligen würde. Die anderen drei kannte er nicht gut, aber es kam ihm unwahrscheinlich vor. Allerdings musste er natürlich jede Möglichkeit in Betracht ziehen. Er würde mit Kait darüber sprechen.

Erik war bereits durch jede Straße im Court patrouilliert, hatte aber immer noch keine Lust, nach Hause zu gehen und an einem seiner Heimwerkerprojekte zu basteln. Er hatte zugelassen, dass der Streit mit Serena ihn aufbrachte. Sie kannten sich noch nicht so lange, aber nach dem Abendessen, dem Besuch auf den Flohmärkten, den SMS und Anrufen dachte er, dass sie ein Auge zudrücken würde. Schließlich hatte er ja nicht ausdrücklich gesagt, dass Daniel vielleicht einfach nicht genug Talent hatte, um ein erfolgreicher Schauspieler zu werden. Das dachte er nicht einmal. Aber nach jahrelangen Bemühungen musste man da nicht wenigstens in Erwägung ziehen, es aufzugeben?

Er ging langsamer und schob die Gedanken an Serena beiseite. Ihm war, als hätte er in den Schatten bei Rubys Haus eine Bewegung gesehen. Er ging weiter. Wenn sich dort jemand versteckte, wollte er denjenigen nicht auf sich aufmerksam machen.

Raschel! Plopp! Etwas Kleines fiel aus einem Baum. Die Äste zitterten noch. Jemand war dagegen gestoßen. Da *war* jemand.

Erik sprintete auf den Baum zu. Er sah, wie jemand hastig die Flucht ergreifen wollte. Doch er war nicht schnell genug. Erik rang die Person zu Boden. Sie. Der Körper unter ihm war eindeutig weiblich.

»Was machst du da?«

Die Stimme versetzte ihm einen Riesenschrecken. Serena. »Nein, was zum Teufel machst *du* da?«

»Ich habe meine Katzenbewegungen geübt.« Sie wand sich in dem Versuch, sich aufzusetzen.

»Deine was?« Sein Hirn hatte Probleme mitzukommen. Sein Körper nahm seine gesamte Aufmerksamkeit in Anspruch, überwältigt davon, sie zu spüren, sie zu riechen. Er stützte sich auf die Arme auf, rückte nicht von ihr ab, hielt sie aber auch nicht fest.

»Für die Werkatzenrolle.« Sie legte ihm die Hände auf die Brust und drückte. Bevor er einen Rückzieher machen konnte, legte sie die Arme um seinen Hals. Sie atmete schwer. Und er hatte gedacht, es wäre nur er. Sein Atem ging schnell und stoßweise, und das hatte nichts mit seinem Sprint zu tun.

Dann lag sein Mund auf ihrem. Hatte sie sich bewegt, oder er? Nur noch ihre feuchte Wärme zählte, als seine Zunge anfing, sie zu erforschen. Ihre Hände glitten seinen Rücken hinunter. Er wollte seine Hände benutzen. Er musste sie berühren.

Erik senkte sich auf sie hinab, bis sein Körper ganz mit ihrem verschmolz, ohne den Kuss zu unterbrechen. Er schob seine Hände unter sie, rollte sich auf den Rücken und zog sie auf sich. Er legte seine Hände um ihre Taille, dann streichelte er mit einer Hand über ihren Rücken. Er wollte sie ganz.

Aber sie waren im Freien. In der Gegend, für die er verantwortlich war.

Widerstrebend richtete Erik sich auf. Er drückte seine Lippen kurz auf ihren Hals und sagte: »Wir sollten …«

Serena ließ ihn nicht ausreden. Ein wenig benommen rappelte sie sich auf. Ihm selbst war mehr als nur ein bisschen schwindelig. »Wow«, murmelte sie.

»Ja«, stimmte er zu.

Sie versuchte, ihr Haar zu zähmen. Er wünschte, sie täte das nicht. Diese wirre Masse aus Goldrot war unglaublich. Er nahm sie an der Hand, und sie gingen schweigend zurück zum Leuchtturm. An der Haustür blieben sie stehen. Serena sah im Licht der Terrassenlampe an sich hinunter. »Ich bin dreckig.«

Er lachte. Sie sah aus, als versuchte sie, die Stirn zu runzeln, aber ihre Mundwinkel hoben sich ständig. »Du weißt, was ich meine. Erde. Vom Boden. An meinem Kleid.« Sie ließ seine Hand los und wollte den Dreck abklopfen.

Erik ergriff ihre Hand. »Lass mich das machen.« Zuerst brachte er ihren Kragen in Ordnung, wobei er seine Finger über ihren Hals gleiten ließ, dann strich er über den durchsichtigen Teil des Kleides, der über ihren Brüsten endete.

Sein Blick fing ihren auf, und er strich mit seinen Händen weiter nach unten, wobei sie kurz über ihre Brüste glitten. Er konnte das seidige schwarze Unterkleid durch den leichten Stoff des Kleides spüren. Es rief nach ihm. Er ließ die Hand unter den kurzen Rock auf das Unterkleid gleiten und erlaubte sich, die glatte Weichheit zu genießen, von der die Wärme ihrer Haut abstrahlte.

Erik wollte ihre Haut, aber er zwang sich, es langsam anzugehen. Serena neigte sich zu ihm. »Was hast du darunter an?«, fragte er und erlaubte einem seiner Finger, mit dem Saum zu spielen.

»Ahm.« Sie leckte sich die Lippen. »Ah. Ich versuche zu denken. Ich kann nicht denken.«

Er küsste ihre Wange, dann wieder ihren Hals. »Ich könnte dir helfen, dich zu erinnern.«

Er ließ seine Hand unter das Unterkleid gleiten und streichelte ihren Schenkel, dann weiter, weiter, weiter oben. »Da ist nicht viel.« Er legte seine Finger an den Bund ihres Slips.

»Gute Nacht.« Serena stolperte rückwärts und stand mit dem Rücken an der Haustür, als wäre sie nicht sicher, dass sie aufrecht stehen konnte.

»Gute Nacht?«, wiederholte Erik. Was war los?

Sie nickte bestimmt. »Gute Nacht.«

»War ich zu schnell?« Er hatte gedacht, sie wäre genauso bereit wie er.

»Nein!«, rief sie aus. »Doch, ja. Aber nicht nur du. Ich auch.« Sie richtete sich auf und strich den Saum ihres Kleides glatt. »Der Anfang war so merkwürdig. Mit diesem ersten Kuss und dass du dann weggelaufen bist.«

»Ich habe es dir erklärt«, protestierte Erik.

»Ja. Und ich habe es verstanden«, versicherte sie ihm. »Aber ich fühle mich noch nicht ganz bereit dazu, mit dir … hineinzugehen.«

Er lächelte widerstrebend. »Ich glaube nicht, dass es noch viel gibt, was wir draußen tun könnten, zumindest nicht, ohne dafür verhaftet zu werden. Auch wenn ich wohl dafür sorgen könnte, dass wir mit einer Verwarnung davonkommen.«

»Also, ich rufe dich an?« Die Worte klangen ganz anders als nach ihrem Streit, der schon Jahre her zu sein schien.

»Oder ich rufe *dich* an.« Erik ging auf sie zu und gab ihr einen hastigen Kuss auf die Lippen, wobei er seinen Händen nicht erlaubte, sie zu berühren. »Schlaf gut.«

Er wusste, das würde er nicht.

Kapitel 14

Ich habe bereits entdeckt, dass Marcus über einige der Eigenschaften auf meiner Liste verfügt«, sagte Kait zu Erik. Sie saßen in ihrer gewohnten Nische im Gower Gulch Denny's. Wie erwartet hatte er in der vergangenen Nacht nicht viel Schlaf bekommen. Zu viel Kopfkino mit Serena. Aber er fühlte sich so großartig, als hätte er zehn Stunden geschlafen.

»Wie hast du das auf der kurzen Fahrt nach Hause hinbekommen?«, fragte er. Marcus hatte angeboten, Kait zu ihrer Wohnung zu fahren, damit Erik und Serena Mac nach Hause bringen konnten.

»Wir waren noch auf einen Drink im Public«, erklärte Kait. Es klang, als ginge sie dort jedes Wochenende hin, aber seines Wissens war sie noch nie vorher dort gewesen. Erik auch nicht. Er wusste nur, dass es nobel war, und nobel war nicht sein Ding. »Dass Marcus einen guten Job hat, wusste ich schon. Wir haben über eine Kampagne gesprochen, an der er arbeitet, und man merkt, dass ihm seine Arbeit Spaß macht.«

»Das ist Nummer drei, Teil A und B auf der Liste, richtig?«

Kait sah ihn mit zusammengekniffenen Augen an, vermutlich um herauszufinden, ob er sich über sie lustig machte. »Stimmt. Und mir gefällt auch, dass er eine gute Beziehung zu seiner Familie hat, obwohl er und Daniel sich gestern Abend nicht besonders gut verstanden haben.«

»Ja, das sehe ich auch so. Marcus hat ihm Stress gemacht, aber ich glaube, hauptsächlich, weil er möchte, dass Daniel in sichereren Verhältnissen lebt. Und bei dem Treffen hat man gemerkt, dass er für seine Eltern da ist.« Er freute sich, dass Kait mit jemandem ausgegangen war, den sie vielleicht sogar ein zweites Mal treffen wollte.

Susan, die Kellnerin, kam an ihren Tisch. »Das Übliche?« Sie drehte ihre Kaffeetassen um und schenkte ein.

»Ja, bitte«, sagte Kait, und Erik nickte. »Hat das Team ihres Sohnes alles für dieses Wochenende geschafft?« Susans Sohn war in einem Odyssey-of-the-Mind-Team, und Susan hatte sich Sorgen darüber gemacht, ob das Team seine Zeit richtig einteilte. Sie behauptete, sie hätten allein zwei Monate damit verschwendet, einen Namen für ihr Team auszusuchen.

»Natürlich nicht. Der Wettbewerb findet in …«, sie zählte an ihren Fingern ab, »in zwei Tagen statt. Jake behauptet, sie hätten noch reichlich Zeit.«

»Wenn sie es nicht schaffen, dann haben sie zumindest etwas über Gruppenarbeit gelernt«, meinte Erik.

Susan verdrehte die Augen. »Er wird mir die Schuld geben. Er ist in einem Alter, in dem alles meine Schuld ist. Oder die seines Vaters. Oder seiner Schwester.« Sie ging weg, um ihre Bestellung aufzugeben. Erik stieß mit der Kaffeetasse mit Kait an. »Wir haben es geschafft. Wir sind dabei, ein Teil der Gemeinde zu werden.«

»Ich hoffe, sie erweitern das Programm«, gab sie zur Antwort. »Es ist gut für die Bürger und für uns. Ich habe eine Studie gelesen, der zufolge Polizisten, die wie wir gemeindeorientierte Arbeit leisten, messbar weniger Stress haben.«

Erik grinste. »Was hält Marcus denn von psychologischen Studien?«

»Wir haben es nicht direkt diskutiert, aber Psychologie ist der Schlüssel zu seiner Arbeit, genau wie zu unserer«, antwortete Kait.

»Okay, hier ist die große Frage. Wo steht er bezüglich der Maguire-, Holland-, Garfield-Sache? Und ist er für oder gegen

Glover?« Erik nahm einen Schluck Kaffee. Interesse an Spider-Man stand nicht auf Kaits Liste für den perfekten Mann, aber Eriks Meinung nach gehörte es darauf. Charlie Imura würde eine Eins bekommen. Aber nicht einmal eine Eins in allen Kategorien konnte die Tatsache wettmachen, dass er ein verurteilter Verbrecher war.

»Nicht jedes Gespräch, das ich führe, muss sich um Spider-Man drehen«, antwortete Kait scharf.

»Das stimmt.« Obwohl er wusste, dass es sie ärgern würde, setzte er hinzu: »Ich weiß, dass zusammen Spaß zu haben nicht auf deiner Liste steht, aber hattest du Spaß?«

Kait wich der Frage aus. »Außerdem erfüllt er die Bedingungen für Attraktivität.«

»Spaß?«, insistierte Erik. Er würde nicht lockerlassen. Kait meinte vielleicht, dass Spaß nicht wichtig war, aber er war vom Gegenteil überzeugt. Er sollte nach ein paar Studien suchen, damit sie es auch verstand.

»Wir sind dann noch zum Spare Room weitergezogen. Da gibt es Spiele wie Domino und Monopoly und Schach und zwei altmodische Kegelbahnen. Da musste ich an dich denken. Sie hatten Holzböden, Parkett.«

»Schön.« Erik ließ sich nicht in ein Gespräch über das Schreinern verwickeln. »Hört sich nach einem Ort an, wo man Spaß haben kann.«

»Ja, wahrscheinlich.« Eine kleine Falte bildete sich zwischen Kaits Augenbrauen. »Wir sind hineingegangen, und ein paar Kerle haben Marcus vom anderen Ende zugewunken. Er hat zurückgegrüßt und dann gesagt, es wäre ihm zu voll und er würde lieber gehen.«

Autsch.

»Es ist ein kleines Lokal. Trotzdem hätten wir einen Platz finden können«, fuhr Kait fort. »Aber Umweltforschern zufolge

231

hat das Gefühl, sich bedrängt zu fühlen, nicht direkt damit zu tun, wie viele Menschen sich an einem Ort befinden. Zum Beispiel kann einem ein Raum mit Fremden voller vorkommen, als wenn sich dieselbe Anzahl von Freunden dort befände.«

Erik hatte den Verdacht, dass es nicht um Enge ging. Vielleicht wusste Marcus Kaits Schrulligkeit nicht zu schätzen und wollte sie seinen Freunden nicht vorstellen. Sein Problem.

»Er hat mich gefragt, ob ich nächstes Wochenende mit ihm in die Hollywood Bowl gehen möchte. Die L.A. Philharmonie spielt John Williams mit Filmausschnitten.«

Das hatte Erik nicht erwartet. Vielleicht hatte Marcus wirklich nur mehr Platz gebraucht. Ihm war etwas eingefallen, was Kait wirklich gefallen würde, was Spaß machte. Vielleicht würde sich doch etwas zwischen ihnen entwickeln.

Er fragte sich, ob Serena Lust hätte, zur Bowl zu gehen. Er musste sie fragen, wenn er sie anrief. Vielleicht war es zu früh für einen Anruf, aber er wollte keine Spielchen spielen. Sie sollte wissen, wie dringend er sie sehen musste. Vielleicht würde er sie nach dem Frühstück anrufen.

»Du lächelst«, stellte Kait fest.

Erik merkte, wie sich sein Lächeln in ein breites Grinsen verwandelte. »Ja, das stimmt.«

Mac stieß mit der Pfote die Fliegentür auf und machte sich auf den Weg ins Wohnzimmer. Er sprang auf die Sofalehne und starrte den Menschen an, der Charlie hieß. Er roch nicht glücklich. Mac fragte sich, ob Zoomies ihn zum Lachen bringen könnte. Serena hatte gelacht, als sie ihm zugesehen hatte. Warum nicht Charlie?

Aber vielleicht würden er und Bittles auch gut zusammenpassen. Bittles kuschelte gern, und Charlie sah aus, als könnte es ihm guttun, mit einem Kätzchen zu kuscheln. Mac rief sich ins Gedächtnis, dass er zuerst an die Kätzchen denken musste. Natürlich würden sie am Ende den Menschen helfen, schließlich waren sie Katzen, aber das Wichtigste war, dass die Menschen den Kätzchen ein gutes Zuhause bieten konnten.

Charlie hatte Mac vor ein paar Tagen etwas von seinem Hühnchen abgegeben. Das war die Einstellung, die Mac erwartete. Mac legte sich auf den Bauch, sodass er direkt auf Charlies Gesicht hinunterschauen konnte. Der hielt ein Schläfchen. Mac fand das gut. Schläfchen zu halten, war ein Grundbedürfnis, und ein Schläfchen mit einem Menschen zusammen konnte nett sein, besonders wenn es gerade keine guten Sonnenplätzchen gab.

Mac konnte nicht besonders viel Informationen sammeln, solange Charlie schlief. Er griff nach unten und versetzte Charlie einen sanften Pfotenschlag auf die Nase. Als Charlie nicht reagierte, tat er es noch einmal. Dann ein Pfotenschlag mit Miauen kombiniert. Da öffnete Charlie die Augen. Einen langen Moment lang sah er zu Mac hoch und sagte dann: »Chewie, mein Freund. Du bist wieder da.« Er hörte sich froh an, Mac zu sehen. So sollte es sein.

Mac sprang auf Charlies Bauch, und Charlie kraulte ihn hinter den Ohren. Richtiges Verhalten.

»Schon wieder auf dem Sofa?«, blah-blahte eine Frau, als sie ins Zimmer kam. »Wenn du nicht aufpasst, dann wächst du da noch fest. Dann musst du es mit dir herumtragen wie einen Schildkrötenpanzer.«

»Ich gehe zur Arbeit, und woandershin kann ich nun mal nicht gehen.« Charlie kraulte Mac weiter. »Außerdem, siehst du nicht, dass ich Besuch habe?«

»Was für ein Hübscher! Ich habe Leute sagen hören, dass er stiehlt, aber ich kann das nicht glauben. Er ist viel zu niedlich. Seht euch beide nur an.«

Mac konnte die Anerkennung der Frau spüren, als sie ihn ansah, und zur Antwort fing er an zu schnurren. Einzusehen, dass eine Katze wertgeschätzt werden musste, war wichtig. Es war außerdem ein Anzeichen von Intelligenz. Die beiden zusammen, dieser Mann und diese Frau, könnten einem Kätzchen ein gutes Zuhause geben.

»Du hättest aufstehen und deinem Freund einen Snack anbieten sollen.« Die Frau ging aus dem Zimmer. Als sie zurückkam, brachte sie eine Schale mit frischem Wasser und ein kleines Stück Lachs mit. Mac sprang auf den Boden, um ihre Gabe anzunehmen. O ja, hier könnte eines seiner Kätzchen definitiv glücklich werden. Er musste nur noch entscheiden, welches.

Die Frau griff nach Charlies Füßen und schob sie auf den Boden, dann setzte sie sich auf den freien Platz. »Ich habe dich jetzt lang genug Trübsal blasen lassen. Was ist los?«

»Nichts.« Der üble Geruch wurde stärker. Mac wollte herausfinden, was mit ihm los war, und es in Ordnung bringen, damit keines seiner Kätzchen das würde tun müssen.

»Charlie.«

»Nichts Neues meine ich. Hausarrest. Verurteilter Verbrecher. Ein gesellschaftlicher Außenseiter. Reicht das nicht?«

»Das war alles schon letzte Woche so und letzten Monat ebenfalls. Aber etwas hat sich verändert. Ich wiederhole, was ist los?«

»Okay, okay, keine Verhöre mehr!« Charlies Bla-bla war so laut, dass Mac sein Nach-dem-Essen-Putzen unterbrach und seine Pfote sinken ließ. »Ich bin mir ziemlich sicher, dass Shelby mir aus dem Weg geht. Sie antwortet mir kaum noch, wenn ich ihr eine Textnachricht schicke.«

»Ah. Meinst du, das könnte etwas damit zu tun haben, dass du vielleicht, sagen wir mal, mehr Freizeit hast?« Die Stimme der Frau klang beruhigend, und Mac kehrte zu seinem Zungenbad zurück. Er musste sich im Augenblick nicht einmischen.

»Erinnerst du dich, dass sie anfangs fast jeden Abend nach der Arbeit vorbeigekommen ist?«

»Sie wusste, dass du sie brauchst. Aber so häufig zu Besuch zu kommen, fällt jedem schwer. Ich bin mir sicher, sie hat zu tun. Besorgungen, Essen einkaufen …«

»Warum verteidigst du sie? Du hast sie doch nie gemocht.« Charlies Bla-blas wurden wieder laut. Mac sprang auf seinen Schoß, und der Mensch fing sofort an, ihn zu streicheln.

»Charlie, ich kenne sie kaum. Vor der Verhandlung habe ich sie einmal getroffen. Und bei ihren Besuchen hier, nun … sie war nicht gerade gut drauf. Und du auch nicht.«

»Aber du magst sie nicht.«

»Ich habe mich für sie nicht so schnell erwärmen können wie andere Leute.«

Charlie stieß ein Lachen aus, das beinahe klang wie Hundegebell.

»Was in der Sprache meiner Tante Grace bedeutet, dass du sie überhaupt nicht leiden kannst.«

»Sie ist wohl einfach nicht die Art Frau, von der ich erwartet hätte, dass du mit ihr zusammen bist.«

»Nun, mach dir keine Sorgen. Wenn sie mich erst einmal fallen lässt, bin ich mir sicher, dass alle möglichen qualitativ hochwertigeren Frauen angerannt kommen. Alle mögen sie den bösen Jungen. Ich muss mir nur eine Lederjacke zulegen. Ist das noch der richtige Stil für böse Jungen? Ich sollte das mal googeln.«

»Ganz egal, wie du dich anziehst, niemand, der dich kennenlernt, wird dich für einen bösen Jungen halten. Ich fürchte, da musst du einen anderen Weg finden, um Frauen zu beeindrucken.«

Mac gähnte. Seine Kätzchenpflichten hatten ihm nicht erlaubt, seine gewohnten sechzehn Stunden zu schlafen. Und so

wie Charlie ihn streichelte … Er gähnte wieder und schloss
dann die Augen. Er fühlte sich willkommen. Er würde ganz
sicher einem seiner Kätzchen erlauben, hier zu wohnen.

»Das Snow White Café? Das scheint mir passend, wo sich mein
Leben derzeit fast wie ein Märchen anfühlt.« Serena betrachtete die unauffällige kleine Kneipe, deren Name in Weiß auf einer
schlichten braunen Markise stand.

»Das ist eines meiner Lieblingslokale hier«, antwortete Erik.
Dann runzelte er die Stirn.

»Was ist?«, fragte Serena.

»Ich hätte wohl einen ausgefalleneren Ort aussuchen sollen, um zu feiern, dass du eine zweite Audition bekommen
hast.«

»Eine zweite Audition praktisch ohne Vorbereitungszeit.
Wie schon gesagt, ich habe den Anruf heute Morgen bekommen und musste um elf dort sein«, erzählte ihm Serena. »Ich
will nichts Elegantes. Ich will mich nur entspannen.«

Sie hätte fast hinzugefügt, dass jeder Ort, an dem sie mit ihm
zusammen sein konnte, perfekt war, wollte aber nicht so über-
schwänglich klingen. Ihre Begegnung gestern Nacht war so leidenschaftlich gewesen, dass sie fast die Kontrolle verloren hätte,
aber Serena hatte ihre Gründe gehabt, es abzubrechen. Sie hatte
nicht vergessen, wie Erik sie in Wechselbäder der Gefühle geworfen hatte. Er hatte es ihr erklärt – aber das bedeutete nicht
unbedingt, dass er es nicht wieder tun würde. Sie brauchte mehr
Zeit.

»Bist du dir sicher? Wir sind in der Nähe des Roosevelt Ho-
tel. Dort gibt es …«

»Ich habe es bei Kimmel gesehen. Kennst du die Hostel-La-
Vista-Serie?«

»Wo die Kids, die in Jugendherbergen wohnen, einen Wettbewerb austragen, und der Gewinner darf den Rest seines Aufenthalts im Roosevelt wohnen.«

»Genau. Das Roosevelt sieht toll aus«, sagte Serena. »Aber nicht heute Abend. Ich will es gemütlich, nicht elegant.«

»Dann wird es gemütlich.« Erik öffnete die Tür für sie. Serena trat ein und mochte die Stimmung sofort. Alle hier wirkten entspannt und gut gelaunt.

»Die Wandbilder sind von Künstlern, die beim Film gearbeitet haben«, erklärte ihr Erik und ging zu einem leeren Tisch. »Es gibt Gerüchte, dass Disney den Laden schließen will, weil er nicht ganz zum Image passt. Falls du es noch nicht bemerkt hast, die meisten Stühle sind etwas abgenutzt.«

»Ich hoffe, das wird nicht passieren. Damit würden sie ein Stück Geschichte zerstören«, meinte Serena.

Erik nahm den Salzstreuer in die Hand und spielte damit, dann fragte er: »Wie ist die Audition gelaufen?«

Es kam Serena vor, als müsste er sich ein wenig zwingen zu fragen. Aber er hatte gefragt. Darauf kam es an. Er versuchte, den Scherbenhaufen seiner Beziehung mit Tulip hinter sich zu lassen. Sonst säße er nicht hier.

»Es war total verrückt. Ich bekam den Anruf, und sie wollten mich zwei Stunden später sehen. Ich sollte völlig unvorbereitet eine Szene lesen. Nun, nicht völlig unvorbereitet, Emily, eine Schauspielerin, die ich das letzte Mal vor dem Vorsprechen kennengelernt hatte, und ich bekamen die Gelegenheit, die Sätze ein paarmal einzusprechen.«

»Ist das normal? Dass man der Konkurrenz hilft?«, fragte Erik. »Tu…« Er hielt abrupt inne.

»Es ist in Ordnung, wenn du von Tulip sprichst.« Serena berührte sanft seinen Arm.

Er nickte. »Ich spreche kaum von ihr. Also, nicht mehr. Nachdem wir Schluss gemacht hatten, habe ich eine Zeit lang von nichts anderem geredet. Ich kann von Glück sagen, dass ich noch ein paar Freunde habe.«

»Das kenne ich«, gab Serena zu. Sie hatte nichts dagegen, dass er von Tulip sprach, aber sie wollte keine lange Unterhaltung über Ex-Partner anfangen. Zumindest nicht heute Abend. Heute war zu kurz nach gestern, als sie für Erik entflammt war. Als sie gegenseitig füreinander entflammt waren.

»Und wegen der Sache mit der Konkurrenz – das kommt auf die Leute an. Emily und ich haben uns angefreundet. Und die Zeilen zusammen durchzugehen, hat uns beiden geholfen.«

Der Kellner kam, um ihre Bestellung aufzunehmen. Er schlug Erik auf die Schulter. »Schön, dich zu sehen. Das Übliche?«

»Hast du jemals Pint The Way IPA probiert?«, fragte Erik Serena.

»Nein, aber wenn du das sonst immer nimmst, schließe ich mich an«, antwortete sie.

»Zwei Mal«, sagte er zum Kellner. »Das gehört zu den Dingen, die mir hier gefallen«, sagte Erik, als der Kellner sich entfernte. »Ich komme hier vielleicht einmal im Monat her und esse einen Burger, und sie erinnern sich daran, was ich mag.«

»Das ist in Atlanta genauso. Eine große Stadt, aber mit Plätzen, an denen sie sich klein anfühlt.« Ein Teil von ihr plauderte, aber nur ein Teil. Der Rest nahm alles an Erik wahr, die kleinen dunkelgrünen Flecken in seinen braunen Augen; die Muskeln an seinem Unterarm; das kleine Stück, das an einem seiner Vorderzähne fehlte; sein Geruch nach Seife, Sägespänen und Haut.

»Da war ich noch nie. Eigentlich bin ich noch kaum irgendwo gewesen«, sagte Erik. »In meinem Urlaub bastele ich immer viel herum. Und meine Nichte überredet mich meistens zu einem Ausflug nach Disneyland. Das ist nicht aufwendig. Ich kaufe einfach jedes Jahr ein Saisonticket.« Er schüttelte den Kopf. »Langweilig, oder?«

»Im Urlaub soll man Spaß haben. Als ich mal eine Zeit lang freihatte, bin ich dreimal am Tag ins Kino gegangen, habe auf meiner Terrasse in der Sonne gesessen und bin mit meinen Freunden essen gegangen. Nicht unbedingt Material für *Travel*. Aber es war schön.«

»Disney und Heimwerken war auch ziemlich schön.«

»Ich glaube, ich weiß, was dieser Mann will«, sagte der Kellner, als er mit zwei großen Gläsern Bier wiederkam. »Und was ist mit dir?«, fragte er Serena.

»Ich brauche noch ein bisschen Zeit«, antwortete sie. Aber eigentlich stimmte das nicht. »Es war ein langer Tag. Ich glaube, ich möchte, dass wir unser Bier trinken und dann nach Hause gehen«, sagte sie zu Erik, als der Kellner gegangen war.

»Oh, okay. Ja, du musst müde sein.«

Er kapierte nicht. Nun, sie hatte sich auch nicht klar ausgedrückt. »Und zwar zusammen. Ich möchte, dass du mit zu mir kommst. In mein Bett«, fügte sie hinzu, um keinen Raum für Missverständnisse zu lassen.

»Ja, warum nicht.« Als er sie anlächelte, spürte sie es bis in die Zehen. Sie nahm einen großen Schluck Bier. Er trank sein Glas in einem Zug zur Hälfte leer. Sie lachten beide. »Bist du bereit?«, fragte er.

Sie hatte gedacht, sie brauchte mehr Zeit, aber irgendwie waren ihre Zweifel wie weggeblasen gewesen, nachdem sie mit ihm ein paar Minuten hier gesessen hatte. Vielleicht weil er mit ihr über die Audition gesprochen hatte. Vielleicht weil all ihre Instinkte ihr sagten, dass er ein guter Mensch war.

Atme es ein, sagte sie sich und laut: »Ich bin voll und ganz bereit.«

Kapitel 15

Ich hätte gedacht, dass wir Beschwerden wegen der Unmenge an Weihnachtsdekoration an Rubys Haus bekommen, zumal es ja nicht mal Ende September ist«, sagte Kait, als sie zu ihrem Streifengang aufbrachen.

»Rubys Lichtdekoration ist Tradition im Storybook Court. Genauso wie die tolle Weihnachtsfeier, die sie jedes Jahr für die gesamte Nachbarschaft ausrichtet. Sogar mir hat es Spaß gemacht, und du weißt ja, dass ich nicht gerade ein Partylöwe bin.« Er konnte nicht anders, als dem Baum zuzulächeln, an dem er Serena neulich zu Boden gerungen hatte.

»Niedliche Elfen«, bemerkte Kait.

Elfen? Er sah noch einmal hin. Ja, da waren Elfen auf dem Baum. Und jetzt, wo er daran zurückdachte, erinnerte er sich auch, dass neulich Abend eine davon auf den Boden gefallen war, weshalb er überhaupt erst gemerkt hatte, dass da jemand stand. Bestimmt hätten er und Serena bald ihren Streit ad acta gelegt, schließlich waren sie beide ziemlich vernünftige Menschen, aber der Kuss da drüben hatte sie beide alles vergessen lassen.

»Es gibt eine Studie im *Journal of Environmental Psychology*, die Menschen, die ihren Weihnachtsschmuck früh aufhängen, mit Menschen vergleichen, die in ihrer Vergangenheit enttäuschende Feiertage erlebt haben.«

»Na, was für ein fröhlicher Gedanke! Danke, Kait. Ein Tipp noch: Wenn du dieses Jahr zur Weihnachtsfeier eingeladen wirst, fang das Gespräch nicht mit diesem Satz an.«

»Ich sehe das nicht als etwas Schlechtes«, protestierte Kait. »Eigentlich ist das doch optimistisch. Die fraglichen Personen ergreifen die Initiative. Sie tun alles, was in ihrer Macht steht, damit die nächsten Feiertage besser werden.«

Vielleicht ging es bei ihrer Liste auch darum. Die Initiative zu ergreifen, zu versuchen, ihr Leben zu verbessern. Vielleicht tat sie, was sie konnte, um zu verhindern, dass sie so endete wie ihre Eltern, die zu viele Jahre zusammengeblieben waren und deren Ehe in eine lange, hässliche Scheidung mündete. Erik konnte mit Kait über fast alles sprechen, aber diese Theorie konnte er ihr nicht darlegen, obwohl ihre Liste sie möglicherweise daran hinderte, jemand Großartigem eine Chance zu geben.

»In meiner Familie haben meine Eltern den Baum geschmückt, wenn wir schon im Bett waren. Wenn wir morgens aufgestanden sind, stand er über und über geschmückt im Wohnzimmer. Es war magisch«, erzählte ihr Erik. »Macht das meine Eltern in deiner Theorie zu Pessimisten?«

»Es ist nicht meine Theorie. Und ich finde, deine Eltern sind wunderbar«, gab Kait zur Antwort.

»Es war ganz schön cool. Später, als wir älter waren, haben wir alle zusammen den Baum geschmückt. Ich dachte immer, dass ich das später mit meinen Kindern auch machen werde.«

»Deine Kinder!« Kait zeigte auf ihn. »Siehst du, du willst welche.«

»Ich habe nie das Gegenteil behauptet.«

Sie schnaubte. »Nun, so wie du eine Frau nach der anderen fallen lässt, wird das kaum passieren.«

»Mit Serena bin ich übrigens«, er zählte es bedeutsam an den Fingern ab, »drei Mal ausgegangen. Vier Mal, wenn du den Abend mitzählen willst, an dem wir in ihrem Garten darauf gewartet haben, dass das Kätzchen vom Baum kommt.« Fünf Mal, wenn man mitzählte, wie sie hinter Rubys Baum beinahe Sex gehabt hatten, fügte er in Gedanken hinzu.

Kait nickte anerkennend. »Vier Mal. Schön. In Wirklichkeit wollte ich nämlich nur nicht, dass du mit ihr ausgehst, weil ich Angst hatte, du würdest sie nach ein paar Dates fallen lassen wie die anderen. Ich glaube, du bist keine vier Mal mehr mit ein und derselben Frau ausgegangen seit …«

»Seit Tulip«, beendete er den Satz für sie. »Vielleicht ist es gut, dass Serena das Leuchtturmstipendium gewonnen hat. Das hat mich gezwungen, mich dem ganzen Mist zu stellen. Wir haben sogar kurz darüber gesprochen. Sie ist übrigens völlig anders als Tulip. Sie hat sehr realistische Vorstellungen davon, was sie erreichen kann oder auch nicht.«

»Es war vielleicht keine so gute Idee, eine ganze Hypothese auf dem Verhalten einer einzigen Frau aufzubauen. Du bist schließlich nicht mit genügend Künstlerinnen ausgegangen, um eine repräsentative Stichprobe vorzunehmen. Oh, Marcus hat mir gestern Abend geschrieben.«

Erik lachte. »Wolltest du mir das etwa vorenthalten?«

»Nein. Ich wollte es dir sagen. Ich wollte es nur nichts beschreien.«

»Beschreien?«, wiederholte er. »Was ist mit meiner Partnerin geschehen, der am wenigsten abergläubischen Person auf diesem Planeten?«

Sie brummte. »Ich kann es selbst nicht glauben, dass ich das gesagt habe! Es muss sich wohl um eine Art Selbstschutz handeln. Denn ich habe eine skeptische Einstellung und rechne immer damit, dass auf etwas Gutes etwas Schlechtes folgt.«

»Vielleicht solltest du weniger psychologische Zeitschriften lesen. Und mehr Comics. Manchmal tut es nicht gut, zu viel zu denken.« Er lächelte sie an. »Aber ich habe nicht eine einzige Studie, die das bestätigt.«

»Seine Nachrichten haben mir gezeigt, dass Marcus über noch eine weitere Eigenschaft aus meiner Liste verfügt.« Kait blieb stehen und hob ein Kaugummipapier vom Gehsteig auf. Wahrscheinlich hatte derjenige, der es fallen gelassen hatte, es nicht einmal gemerkt. Die Leute, die im Court wohnten, hatten eine Menge Bürgerstolz. »Er ist ein guter Zuhörer. Also, er hat nicht direkt zugehört. Aber wir haben über seinen und meinen Job hin und her geschrieben, und er hat wirklich gute Anschlussfragen gestellt. Ich habe gemerkt, wie interessiert er war.«

»Das ist toll.« Er hoffte, dass er irgendwann, vielleicht nach der Hollywood Bowl, etwas darüber zu hören bekam, dass Marcus und Kait richtig Spaß zusammen gehabt hatten, aber es war schon gut zu hören, dass Marcus Kait Aufmerksamkeit schenkte.

»Keine Panik. Verurteilter Verbrecher kommt von hinten. Ich bin auf dem Nachhauseweg von der Bushaltestelle.« Erik ging langsamer, bis Charlie sie eingeholt hatte. Kait hätte wahrscheinlich gewollt, dass Erik seine Schritte beschleunigte, aber auf Streife zu gehen hieß, für jeden, der im Revier lebte, da zu sein, die Menschen eingeschlossen, die bereits Probleme mit dem Gesetz hatten.

»Wie geht's?«, fragte Erik. Ihm fiel keine bessere Frage ein.

»Haben Sie sich bei Ihrer Bewährungshelferin gemeldet?«, fragte Kait. Die Frage war sehr unsensibel. Es war, als würde Kait ihm einfach nicht verzeihen, dass er den Eindruck erweckt hatte, er sei ein cooler Typ, der Comics liebte, bis sie herausgefunden hatte, dass er mit Drogen gedealt hatte.

»Ja, und ich tue es gern. Mrs Ayala ist eine Frau, der ich trauen kann«, antwortete Charlie. »Hey, da ist ja Chewie.« Er blieb stehen, hockte sich hin und schnalzte mit der Zunge. Einen Augenblick später kam Mac angetrabt und rieb sich an Charlies Schienbein.

Kait sah Mac an. »Das bedeutet Zuneigung.«

»Ich wusste ja, dass du Expertin für menschliches Verhalten bist«, bemerkte Erik. »Aber studierst du jetzt auch Tiere?«

»Man kann von Tieren viel über Menschen lernen.« Sie hob den Blick von Mac und sah Charlie mit gerunzelter Stirn an.

Mac ging zu Erik hinüber und rieb seinen Kopf an dessen Bein. Erik bückte sich und kraulte ihn unter dem Kinn.

»Haben Sie ihn Chewie genannt?«

»Er sieht aus wie …«

»Die Katze von Captain Marvel«, beendete Kait den Satz. »Aber im Film …«

»… hieß er Goose«, fuhr Charlie fort. »Ich nehme an, das bezog sich auf *Top Gun* und ist ein cooler Name für eine Katze. Aber warum den Namen Chewie ändern? Es gibt doch keinen besseren Namen für einen Kumpel.« Seine Stimme klang jetzt, als er über Mac und Superhelden sprach, sanfter.

»Ich …« Kait holte erschreckt Luft, als Mac sich um ihre Knöchel wand, und ihr Körper verspannte sich.

»Dich mag Mac auch, Kait«, sagte Erik. Er sah zu Charlie hinüber. »Das ist sein Name. Mac. Mac für MacGyver.« Kait beugte sich hinunter und streichelte Mac übervorsichtig den Kopf. Sie mochte über Tiere gelesen haben, aber im wirklichen Leben hatte sie nicht viel Erfahrung mit ihnen. Er meinte sich zu erinnern, dass sie einmal gesagt hätte, ihre Mutter sei allergisch.

Sie gingen weiter, und Mac trabte neben ihnen her. »Ich warte darauf, dass ihr eins von euren Gesprächen über Comics anfangt, denen ich, wenn überhaupt, nur sehr bedingt folgen kann«, sagte Erik.

»Ich überlege gerade, welcher Superheld die gestörteste Beziehung hatte.« Erik fand, dass Charlies Gesichtsausdruck für ein Thema, das Comicfans doch lieben müssten, viel zu ernst geworden war.

»Harley Quinn und der Joker«, gab Kait zurück.

»Ganz sicher ganz oben auf der Liste«, stimmte Charlie zu. »Aber was ist mit Nummer zwei? Jedes Paar ist irgendwie verkorkst.«

»Das ist lächerlich. Lois und Superman. Damit ist alles gesagt.«

»Aber klar doch. Superman hat Aquaman, sprich einen Kraken, auf Lois losgelassen, um ihr eine Lektion zu erteilen. Er ist als Anwalt der Anklage aufgetreten, als Lois des Mordes beschuldigt wurde«, widersprach Charlie. »Der Anklage! Dabei hätte Superman nur den Joker sterben lassen müssen, um Lois zu retten. Und er hat Däumchen gedreht. Er musste sich zwischen Lois und dem Joker entscheiden, und er hat sich für den Joker entschieden.«

»Er hatte keine Wahl, er musste sich zwischen Richtig und Falsch entscheiden«, erwiderte Kait. »Ich gebe ja zu, dass ihre Beziehung nicht hundert Prozent perfekt ist, aber verkorkst ist sie auch nicht. Superman ist ein Superheld, und es ist offensichtlich, dass er Lois bewundert. Und Lois liebt ihn voll und ganz, so wie er ist, nicht nur Superman, sondern Superman *und* Clark. Und sie sind nicht das einzige Paar, das sich gut versteht. Es gibt noch Hulking und Wiccan, Bigby Wolf und Snow White, Reed und Sue, Alicia und …«

»Ich gebe auf!«, rief Charlie. »Es gibt ein paar funktionierende Beziehungen, aber noch viel mehr, die völlig daneben sind.« Erik hatte das Gefühl, dass er inzwischen nicht mehr über Comics sprach, oder zumindest nicht mehr ausschließlich.

»Das stimmt«, antwortete Kait.

Als sie vor Charlies Haus standen, sagte er: »Bin sogar ein paar Minuten zu früh dran.« Charlie öffnete das Gartentor, und Mac folgte ihm. »Ich nehme an, Chewie-Mac wird mir noch eine Weile Gesellschaft leisten.« Er winkte ihnen und ging zum Haus.

»Ich weiß immer noch nicht«, sagte Kait, »was es ist, aber etwas stimmt mit dem Kerl nicht.«

»Du kommst schon noch drauf. Versuch nicht, darüber nachzudenken, lass es geschehen. So funktioniert das doch gewöhnlich bei dir.«

Sie antwortete mit einem verärgerten Schnaufen. »Wir sollten uns auf unser eigentliches Problem konzentrieren«, sagte sie, als sie weitergingen. »Wer steckt hinter den Diebstählen? Jedes Mal, wenn das Funkgerät piept, denke ich, es ist wieder ein Diebstahl.«

»Daniel scheint mir immer noch der wahrscheinlichste Kandidat. Aber wir haben keine Beweise, die ihn belasten könnten. Wir haben überhaupt keine Beweise.« Sie machten zwar gute Fortschritte und bauten Beziehungen in ihrem Revier auf, aber wie sollten die Menschen ihnen vertrauen, wenn sie die Diebstähle nicht aufklärten?

»Erik!«

Serenas Stimme riss ihn aus seinen Gedanken. Er drehte sich um und sah, wie sie auf ihn zulief. Sie warf sich in seine Arme. Er musste einen Schritt zurückmachen, damit sie nicht beide umfielen.

»Dir auch einen guten Tag!«, sagte er, und sie lachte. Er liebte dieses Lachen, das tief aus ihrem Innern zu kommen schien und dann explodierte.

»Weißt du was?« Sie wartete seine Antwort nicht ab. »Ich habe einen Rückruf wegen der Werkatzenrolle bekommen. Ich werde mit Jackson Evans vorsprechen. Er hat seine Rolle bereits. Sie wollen herausfinden, ob die Chemie zwischen uns stimmt, ob es zwischen uns knistert.«

Sie hatte immer noch die Arme um ihn gelegt und brachte ihre Lippen nah an sein Ohr. »So wie es zwischen uns knistert.«

246

Dann ließ sie ihn los und trat einen Schritt zurück. »Hallo, Kait.« Sie strich sich das gewellte rotblonde Haar aus der Stirn. »Tut mir leid, ich war ein bisschen … Weißt du was? Es tut mir nicht leid! Ich freue mich so über dieses Vorsprechen!« Sie trat noch ein paar Schritte zurück. »Aber ihr zwei seid im Dienst. Wir sehen uns, wenn du Feierabend hast.«

Dann machte sie auf dem Absatz kehrt und ging, wobei sie beinahe hüpfte.

Es war ein bezaubernder Anblick, aber Erik fühlte plötzlich eine Schwere in seinem Körper, als ahnte er, dass Unheil drohte.

»Du siehst aus, als müsstest du gleich kotzen«, stellte Kait fest.

»Es geht mir gut.« Erik eilte weiter, und Kait musste ihre Schritte beschleunigen, um ihn einzuholen.

»Sie ist nicht Tulip«, sagte Kait.

Aber Erik hatte gespürt, wie die Hoffnung in Serena pulsierte. Sie wollte diese Rolle mit Leib und Seele. Wenn sie sie nicht bekam … Er weigerte sich, daran zu denken. »Sie ist nicht Tulip«, sagte er zustimmend.

»Ich kann's noch gar nicht fassen, dass ich den Star eines Norberto-Foster-Films als Schauspiellehrerin habe. Ich kann's auch nicht fassen, dass du noch nie einen von denen hier getrunken hast.« Daniel gab Serena einen Horchata-Latte. »Es ist, als würde man Zimtplätzchen mit viel Butter trinken.«

Serena probierte einen kleinen Schluck und lächelte. »Wonne in flüssiger Form. Wie geht es mit dem Theaterstück voran?«

»Mehr Drama hinter den Kulissen als davor«, antwortete Daniel. »Der Regisseur hat gestern gekündigt.«

»Und was passiert jetzt? Suchen die Produzenten jemand anderen?«

»Das ist das zweite Mal, dass er gekündigt hat.« Daniel

kam hinter der Theke hervor, und sie nahmen ihre gewohnten Plätze auf dem Sofa ein. »Jemand, nicht ich glücklicherweise, wird ihn anrufen und sich entschuldigen müssen, wofür, weiß ich allerdings nicht, und ihm dann sagen, dass er ein Genie ist und dass wir ohne ihn unmöglich weitermachen können. Und einen Tag später wird er dann zurückkommen.«

»Ich habe einmal mit so jemandem gearbeitet. Das einzig Gute war, dass sein verrücktes Verhalten den Rest der Schauspieler und das Team zusammengeschweißt hat. Ich bin immer noch mit mehreren von ihnen befreundet. Es ist, als hätten wir zusammen einen Krieg erlebt«, erzählte Serena. »Warte. Das hätte ich nicht sagen sollen. Niemand hat jemanden getötet oder ist gestorben. Es ist, als hätten wir alle zusammen eine sehr unangenehme Erfahrung bei der Arbeit gemacht.«

»Das passiert bei uns auch.« Daniel legte die Füße auf ein Sitzkissen. »Ich bin froh, wenn wir das Stück endlich aufführen. Auch wenn er möglicherweise der Typ ist, der zu allen Vorstellungen kommt und hinterher alle eine Stunde lang zusammenstaucht, bevor wir nach Hause dürfen.«

»So einen hatte ich auch mal.« Serena nahm noch einen Schluck von ihrem Kaffee und gab ein genüssliches *Mmmm* von sich.

»Hast du jemals daran gedacht, ein Theaterstück zu inszenieren?«, fragte Daniel. »Ich wette, du könntest das gut.«

»Bisher habe ich, wenn überhaupt, nur Szenen mit Schülern dirigiert, und das gefiel mir immer sehr.«

»Da wir gerade davon sprechen …« Daniel zog ein paar gefaltete Blätter aus seiner Hosentasche. »Es ist gerade eine neue Szene hinzugekommen.«

Serena streckte die Hand aus, und Daniel gab ihr die Blätter.

Sie überflog sie. »Ah, das gefürchtete krampfhafte Lachen. Das fällt den meisten von uns schwer. Kannst du dich an eine

Gelegenheit erinnern, bei der du so lachen musstest, dass es dir schwerfiel aufzuhören?«

Daniel rieb sich die Stirn, als hätte er mit Kopfschmerzen zu kämpfen. »Ehrlich gesagt habe ich in letzter Zeit überhaupt nicht viel gelacht. Meine Familie hat mich immer mehr unter Druck gesetzt, damit ich … ah … wie soll ich das sagen … akzeptiere, dass manche Träume eben nicht wahr werden. Vielleicht weil mein fünfunddreißigster Geburtstag schon ein paar Monaten her ist. Marcus ist kaum dreißig, und er …«

Serena hielt die Hand hoch. »Stopp. Das hilft dir nicht. Übrigens kann ich mich gut an eine Gelegenheit erinnern, bei der du vor gar nicht langer Zeit so richtig gelacht hast. An dem Tag, an dem wir uns kennengelernt und darüber gesprochen haben, was man zum Vorsprechen anziehen sollte.«

»Oh, ja.« Er lächelte. »Wie man eine Rolle nicht bekommt, weil man vergessen hat, Deo zu benutzen.«

»Schade, dass wir das nicht aufgenommen haben. Manchmal hilft es, sich genau zu erinnern, wie das eigene natürliche Lachen klingt.« Serena dachte einen Moment lang nach. »Hast du mal Lach-Yoga ausprobiert?«

»Ich dachte eigentlich, dass ich als Angelino alle möglichen Yoga-Arten kennen müsste. Aber nein«, sagte Daniel.

»Es basiert darauf, dass Lachen im Grunde ein physischer Prozess ist. Es kommt nicht darauf an, wie du dich fühlst. Tatsächlich kann das Glücksgefühl auch erst durch den physischen Prozess entstehen.«

»Ah. Hmmm. Nein. Verstehe ich nicht.«

»Nicht einmal nach meiner superklaren Erklärung?« Serena schüttelte den Kopf. »Ich habe einmal eine Stunde mitgemacht. Alles, was wir getan haben, war, durchs Zimmer zu gehen, einander in die Augen zu sehen und ›Ha, ha, ha‹ zu sagen. Ziemlich bald haben alle wirklich gelacht. Für mich war das eine schwierige Zeit. Kurz bevor ich mich entschlossen habe, Unterricht zu geben. Mir war wirklich nicht nach Lachen zumute, aber eine Freundin hat mich mitgenommen, und nach vielleicht einer Minute künstlichem Lachen habe ich richtig angefangen zu lachen. Und es hat sich so gut angefühlt.«

»Ich habe aber keine Minute Zeit, wenn ich auf der Bühne stehe.«

»Die Idee ist, deinen Körper so zu trainieren, dass er lacht, wann immer du es möchtest. Genauso, wie du ihn darauf trainieren kannst, was weiß ich, eine Kniebeuge zu machen«, erklärte Serena. »Wir sollten es ausprobieren. Wir machen nichts, außer einander anzusehen und ›Ha, ha, ha‹ zu sagen.«

Daniel blickte Serena gehorsam in die Augen und sagte flach und emotionlos »Ha, ha, ha«. Serena tat es ihm nach. Sie mussten beide lachen. Als das Lachen abflaute, gingen sie zu einem energischeren »Ha, ha, ha« über und lachten bald wieder richtig.

Sie brauchten beide einen Moment, um zu merken, dass Mrs Trask vor ihnen stand. »Daniel, es tut mir leid, dich zu unterbrechen, aber ich muss deine Stunden kürzen«, sagte sie hastig mit zu Boden gerichtetem Blick.

»Das ist …« Daniel stieß einen letzten Lacher aus. »Das ist okay. Ich verstehe das. Schließlich merke ich ja auch, wie schlecht das Geschäft läuft.« So schlecht, dass sie gerade die Einzigen im Laden waren, sonst hätte Serena nicht vorgeschlagen, das mit dem Lach-Yoga auszuprobieren.

»Sobald ich kann, teile ich dich wieder für Vollzeit ein. Aber im Moment übernehme ich ein paar deiner Schichten. Wie der General sagte ›Tu all das, was du von denen verlangst, die du kommandierst.‹«

Serena fiel auf, dass die türkise Haarsträhne von Mrs Trask allmählich ausbleichte. Sie sah müde aus und hatte geschwollene Augen. *Arme Frau. Ich bin so oft hier gewesen und habe nie auf sie geachtet*, dachte Serena mit plötzlichem Schuldgefühl.

»Ich muss noch ein paar Bestellungen durchsehen. Bleib heute Abend noch, und bevor du gehst, machen wir einen neuen Plan für nächste Woche.«

Als Mrs Trask davonging, hörte Serena sie murmeln: »Es gibt drei Wege, auf denen Menschen erreichen können, was sie wollen: planen, arbeiten und beten.«

Daniel zwang sich zu einem Lächeln. »Ha, ha, ha.«

Die Kätzchen lagen auf einem Haufen und schliefen fest. Zoomies hatte den gesamten Wurf zu einem Wettrennen durch den Schuppen animiert, wobei sie über, unter und um alle Hindernisse herum geklettert waren. Dann waren sie alle gleichzeitig zu einem Schläfchen umgefallen, auch wenn Zoomies' Pfötchen ein wenig zitterten, als zoomte er in seinem Traum noch immer. Mac blinzelte langsam, als er sie ansah, obwohl keines wach war und das Ich-hab-dich-lieb-Signal mitkriegte. Er würde die Kätzchen vermissen, wenn sie erst ihr eigenes Zuhause hatten, auch wenn er Heime ausgesucht hatte, die alle in der Nähe lagen. Aber er konnte sie ja nicht mit nach Hause nehmen. Zu seinem Spielzeug. Und seinen Leckerchen. Und seinem Fressen. Und seinen Leuten.

Es würde allerdings Spaß machen zu sehen, wie Diogee mit dem Rudel zurechtkäme. Mac konnte sich vorstellen, wie Zoomies Diogees Rücken hinunterlief, Lox in Diogees Schwanz biss, Sassy ihm mit der Pfote auf die Nase haute, und Bittles … Bittles würde sich wahrscheinlich zwischen Diogees Pfoten zusammenrollen, und es wäre ihm egal, wenn auf ihn gesabbert wurde.

Einen Moment lang hatte er vergessen, dass er ja kein Zuhause mehr hatte. Wenn er Diogee jemals wiedersah, dann nur von ferne. Sobald die Kätzchen ihr eigenes Zuhause hatten, war er allein. Kein Rudel. Aber Katzen waren nicht wie Hunde oder Menschen. Sie brauchten kein Rudel. Mac wusste, wie man an Futter kam. Er wusste, wo es warme Schlafplätze gab. Er brauchte niemanden, der ihn versorgte.

Mac erlaubte sich noch kurz, die schlafenden Kätzchen zu betrachten, dann ging er nach draußen. Er hatte immer noch nicht entschieden, welches Kätzchen wohin gehörte. Es gab noch einen Ort, den er sich genauer ansehen wollte.

Auf dem Weg dorthin kam er an dem Platz vorbei, an dem er die Kätzchen gefunden hatte. Ein schwacher Hauch ihres Geruchs war noch immer da. Aber ein anderer, viel stärkerer Geruch fiel Mac auf. Er wusste, er kam von Daniel und dass Daniel sehr mitgenommen war. Er folgte der Geruchsspur des Menschen, die ihn zu einer verschlossenen Tür führte. Mac öffnete sie mit einem festen Kopfstoß. Ein paar Glänzerchen klingelten, als er hineinging. Sie sahen aus, als würde es Spaß machen, damit zu spielen, aber Mac hatte keine Zeit dafür.

Er sah Daniel auf dem Sofa in dem großen Zimmer liegen. Er war noch nicht bei dem Menschen angekommen, als er das Klingeln wieder hörte. Er sah über seine Schulter und fauchte genervt – Sassy war ihm gefolgt!

Mac würde sich jetzt keine Zeit für das freche Kätzchen nehmen, erst musste er nach Daniel sehen. Sassy war sicher. Er ging weiter auf den Menschen zu, aber bevor er Daniel erreicht hatte, hörte er ein weiteres Klingeln. Er hoffte, dass die anderen Kätzchen ihm nicht auch gefolgt waren. Es war schon schwierig genug, Sassy im Auge zu behalten, während er tat, was er tun musste.

Es war kein Kätzchen, das durch die Tür kam, sondern zwei Menschenfrauen. »Ist sie nicht das Süßeste, was du jemals gesehen hast?«, blah-blahte eine von ihnen laut.

Daniel sprang vom Sofa auf. »Herzlich willkommen. Was kann ich heute Abend für die Damen tun?«

»Wir sind eigentlich nur hier, um das Kätzchen zu besuchen«, blah-blahte eines der Weibchen. Sie kniete sich hin und wackelte mit den Fingern vor Sassy. Sassy machte einen Luftsprung und ließ ein Knurren hören. »Ooooh! Diese Babyzähnchen sind scharf. Aber sie ist so niedlich, dass man ihr nicht böse sein kann.«

»Da wir schon einmal hier sind, nehme ich einen geeisten Vanilla Chai Latte«, blah-blahte die andere Frau. Dann hockte sie sich auch hin und lud Sassy ein, sie zu beißen. Menschen. Wie konnten sie nicht verstehen, dass man einfach alles, was wackelte, anspringen musste?

Die beiden Frauen und Daniel blah-blahten weiter. Als sie endlich gingen, setzte sich Daniel auf den Boden zu Sassy. Er streckte seine Finger nicht aus. Zumindest schien er fähig, durch Beobachtung zu lernen. Mac schlenderte hinüber.

»Ich weiß, dass diese Kleine hier nicht von dir sein kann, Mac. Sicher hat Jamie schon vor langer Zeit dafür gesorgt, dass das unmöglich ist. Aber sie sieht dir sehr ähnlich«, blah-blahte Daniel. »Ihr beiden solltet eigentlich gar nicht hier sein. Aber da ihr nun schon mal da seid, wie wäre es mit einem kleinen Leckerchen, bis ich weiß, was ich mit euch machen soll?«

Mac gab ein Ja-bitte-Miau von sich. »Leckerchen« war eines der Worte, die er kannte. Wahrscheinlich konnte er noch mehr lernen, wenn er das wollte, aber er kannte alle wichtigen – »Thunfisch«, »Mäuslein«, »Sardine«, »Fresschen«, »Abendessen«, »Frühstück«, »Snack«, »Lachs«, »Truthahn«. Ohne es eigentlich zu wollen, hatte er ein paar andere Bla-blas aufgeschnappt, wie die Leute einander nannten, »böse Katze« und »nein«.

»Ich habe hinten ein Sandwich. Davon kann ich ein bisschen Huhn wegnehmen. Und ich bin mir ziemlich sicher, gehört zu haben, dass Milch nicht wirklich gut ist für Katzen, sonst würde ich euch welche geben.« Daniel ging weg, und Mac wandte seine Aufmerksamkeit Sassy zu. Sie wusch sich gerade mit den Pfoten das Gesicht, als wäre sie nicht eben noch ein böses Kätzchen gewesen.

Sassy war das schlaueste Kätzchen. Vielleicht hatte sie bereits herausgefunden, dass es Spaß machte, ein böses Kätzchen zu sein. Aber es wäre besser gewesen, sie hätte es erst herausgefunden, wenn sie schon ein eigenes Zuhause hatte und es nicht mehr sein Problem war.

Daniel kam zurück. Er gab Mac einen Bissen Huhn, dann fütterte er Sassy. Er verstand genau, dass es sich nicht gehörte, wenn ein kleines Kätzchen vor ihm zu essen bekam. Er würde ein guter Mensch für eines der Kätzchen sein, aber Mac musste erst noch dafür sorgen, dass er besser roch.

»Wenn das nicht gegen das Gesetz verstieße, würde ich dich direkt ins Schaufenster stellen. Dann kämen die Leute«, blahblahte Daniel.

Mac miaute, und Daniel gab ihm noch ein Stück Huhn. Sassy miaute, und Daniel gab ihr ein zweites Stück. Sassy lernte schnell. Und Daniel auch.

Kapitel 16

Auf welches Verbrechen wird die Rangordnungsregel angewandt?«, fragte Jandro. »Das wäre beim Examen eine Multiple-Choice-Frage, aber wenn man es weiß, dann braucht man die möglichen Antworten nicht.«

»Ich bin dabei, in ein Kohlenhydratkoma zu fallen«, beschwerte sich Angie. »Wessen Idee war es, die sizilianische Pizza zu bestellen?«

»Deine«, erinnerte sie Erik. »Und sie war gut.« Er warf einen verstohlenen Blick auf sein Handy. Sie würden wahrscheinlich gegen zehn hier herauskommen, also würde er wohl in ungefähr eineinhalb Stunden mit Serena nackt im Bett liegen.

Angie gähnte. »Ernsthaft. Mein Hirn hat gerade heruntergeschaltet. Ich will im Moment nur noch verdauen.«

»Du musst dir dieses Jahr sowieso keine Sorgen um die Prüfung machen«, sagte Jandro zu Angie. »Nun, die Rangordnungsregel wird nicht angewandt bei ...«

»... Brandstiftung, Mord, Autodiebstahl und Totschlag aus Notwehr«, antwortete Erik. Wenn er die Fragen schnell genug beantwortete, konnte er vielleicht die Zeit bis zur nackten Serena noch um ein paar Minuten verkürzen.

»Alle drei richtig«, sagte Jandro. »Gut. Das waren alle meine Fragen. Wer ist dran?«

Erik fühlte sich plötzlich wie ein Schüler, der seine Hausaufgaben vergessen hatte. »Ah. Tut mir leid. Ich habe vergessen, dass wir Fragen mitbringen sollten. Nächstes Mal bringe ich doppelt so viele mit.«

»Es gibt kein nächstes Mal«, erinnerte ihn Jandro. »Wir

schreiben die Prüfung in zwei Tagen, und Angie und ich arbeiten morgen Abend.«

»Ich bin mir sicher, dass Kait noch mehr Fragen auf Lager hat.« Erik sah zu ihr hinüber. Sie starrte auf ihr Tablet und hatte kaum etwas von ihrer Pizza gegessen. »Kait!«

Sie hob den Kopf. »Hah?«

»Du bist mit deinen Fragen dran.« Erik erwähnte nicht, dass er keine mitgebracht hatte.

»Was machst du eigentlich da?«, fragte Angie. »Du hast nicht einmal versucht, die letzte Frage zu beantworten. Normalerweise lässt du doch keinen von uns zu Wort kommen.«

»Hat einer von euch schon einmal von Brie-und-Molly-Partys gehört?«, fragte Kait.

»Das machen gelangweilte Fußballmamas, richtig?«, antwortete Jandro.

»Ja, ich habe von einer Frau gehört, die die Teilnehmer ihres Lesezirkels zu distanziert fand. Ein bisschen Ecstasy würde sie einander näherbringen, meinte sie. Und Brie mögen alle«, fügte Angie hinzu.

»Bin ich der Einzige, der noch nicht wusste, dass es so etwas gibt?« Erik sah sich am Tisch um. »Oder nehmt ihr mich auf den Arm?«

»Du hängst hinterher, *Buey*«, sagte Jandro.

»Im Moment brauchen wir Fragen.« Erik wollte sich nicht ablenken lassen. Wenn das so weiterging, würde es ewig dauern bis zur nackten Serena. »Kait, stell uns ein paar.«

Kait ignorierte ihn. »Ich sehe mir gerade Shelby Wilcox' Instagram an.«

»Wer ist das?«, fragte Jandro.

»Charlie Imuras Freundin. Ex offenbar, nach dem zu urteilen, was ich da sehe«, antwortete Kait.

»Wer ist das?«, fragte Jandro.

Sie würden nie hier wegkommen. »Charlie Imura wohnt im Court. Er steht wegen Drogenhandels unter Hausarrest«, gab Erik zur Antwort.

»Und auf dem Instagram-Account seiner Ex-Freundin fragen ein paar ihrer Freundinnen, wann sie noch eine Brie-Nacht veranstaltet. Mit Molly.« Sie schnaubte. »Sie reden die ganze Zeit darüber, dass Molly der Ehrengast sein soll und wie sie Leben in jede Party bringt. Sehr subtil.«

Das erregte Eriks Aufmerksamkeit. »Du meinst, deshalb hatte Charlie so eine große Menge Ecstasy dabei, weil er es für eine Party seiner Freundin gekauft hat?«

»Wenn er es gekauft hat, hat er es gekauft. Warum, interessiert keinen Richter«, sagte Jandro.

Kait sah mit gerunzelter Stirn auf das Tablet und scrollte weiter hinunter. »Ich glaube, heute Abend wird das nichts mehr«, sagte Erik zu Jandro und Angie. »Ihr wisst ja, wie sie ist, wenn sie sich auf etwas fixiert. Sie hat mir die ganze Zeit gesagt, dass mit Charlie irgendetwas nicht stimmt, und jetzt gräbt sie.«

»Dann machen wir Schluss.« Jandro nahm seinen Rucksack und stopfte seine Notizen hinein. »Schön, mal nach Hause zu kommen, wenn meine Frau noch wach ist.«

Erik war bereits aufgestanden. »Dagegen habe ich nichts einzuwenden.«

Serena wollte die Wendeltreppe des Leuchtturms mit zwei Stufen auf einmal nehmen, aber sie hatte Angst, das Frühstückstablett fallen zu lassen.

»Aufwachen! Ich habe Frühstück fürs Hirn!«, rief sie, als sie ins Schlafzimmer trat.

Erik rollte sich auf die Seite und lächelte sein faules Lächeln, bei dem sie am liebsten das Tablet zu Boden geworfen und sich auf ihn gestürzt hätte. Sie hielt sich zurück. »Ich habe Eier, ein bisschen Obst, einen Vollkornpfannkuchen mit Nüssen und eine Vitamintablette. Ich möchte, dass du für deine Prüfung voll konzentriert bist.«

»Nur einen Pfannkuchen? Ich bin ein Junge im Wachstum«, protestierte Erik, wobei er beide Arme um sie legte und sein Gesicht in ihren Haaren vergrub.

»Das merke ich«, witzelte Serena und stieß ihn mit dem Ellbogen an. »Aber man soll keine riesengroße Mahlzeit essen, bevor man ernsthaft denken muss.« Sie griff hinüber und riss ein großes Stück von dem Pfannkuchen ab. »Ich allerdings kann essen, so viel ich will. Ich muss heute nur so tun, als fühlte ich mich unglaublich von Jackson Evans angezogen. Kinderleicht.«

Erik griff nach ihrem Stück Pfannkuchen und steckte es sich in den Mund. »Oh, da habe ich wohl was falsch gemacht. Dabei habe ich so schön für dich gekocht.« Sie erwähnte nicht, dass der Pfannkuchen aus der Tiefkühltruhe von Whole Foods stammte. »Das wirst du mir büßen.« Sie zog die Augenbrauen hoch. »Ach, da fällt mir ein, ich weiß ja noch gar nicht, ob du kitzlig bist.«

»Nein. Ich bin ein Bulle, erinnerst du dich?«

»Das spielt keine Rolle. Und außerdem siehst du aus wie jemand, der kitzlig ist.« Serena kitzelte ihn, und schon bettelte er, dass sie aufhören sollte.

»Sag, dass du dich schlecht benommen hast. Rücksichtslos und schlecht.«

»Ich habe mich schlecht und rücksichtslos benommen.« Erik brauchte ein paar Anläufe, um die Worte herauszubringen, da Serena ihre Kitzelattacke weiterführte.

»Ich … gebe … dir … dein … Geschenk … nicht, … wenn … du … nicht … aufhörst«, sagte er atemlos.

Serena hörte sofort zu kitzeln auf, verharrte aber mit der Hand über seiner nackten Brust. »Du hast ein Geschenk für mich?«

Er nahm einen tiefen Atemzug. »Ein Geschenk, das Glück bringt. Bei deiner kinderleichten Audition.«

Wow, dass er ein Geschenk für sie hatte, war besser als das Geschenk an sich. Sie wusste, dass es ihm schwerfiel, sie bei ihrer Schauspielerei zu unterstützen, obwohl sie sich alle Mühe gegeben hatte, ihn davon zu überzeugen, dass sie nicht verzweifeln würde, wenn sie es hier in Hollywood nicht schaffte.

Sie krümmte die Finger und versuchte, bedrohlich auszusehen. »Nun, lass es mich sehen.«

Er beugte sich aus dem Bett und zog etwas aus der Tasche der Jacke, die er am Vorabend auf den Boden hatte fallen lassen, wobei es den Anschein gehabt hatte, als würden sie versuchen, den Weltrekord zu brechen, wie schnell sich zwei Menschen ausziehen konnten. Nicht dass sie sich darüber beklagt hätte.

»Ich habe es nicht eingepackt.« Er legte ihr etwas in die Hand. Sobald sie merkte, worum es sich handelte, schrie sie entzückt auf. »Du hast mir Polly gekauft!« Sie gab ihm einen schmatzenden Kuss auf die Wange. »Das ist das beste Geschenk, das ich jemals bekommen habe!«

»Ist es die richtige? Es gab völlig verschiedene Compacts bei ebay«, sagte Erik zu ihr.

»Es ist genau die richtige. Danke schön. Was für eine liebe Geste.« Serena gab ihm noch einen Kuss, diesmal auf den Mund. Der Pfannkuchen war längst kalt geworden, als sie sich voneinander lösten, um noch einen Bissen zu essen.

Am Empfang war kein einziger Schauspieler, als Serena am Nachmittag dort hinkam. Ihr Magen machte einen kleinen Salto, teils vor Nervosität, teils vor Aufregung. Sie war nah dran. Sie wusste nicht, wie viele Frauen eingeladen worden waren, um das Knisterding zu spielen, aber es waren eindeutig viel weniger als beim letzten Mal. Sie umfasste ihre Handtasche fester, spürte den Polly Pocket Compact darin und lächelte.

Sie war früh dran, also beschloss sie, auf die Toilette zu gehen, zum letzten Mal ihre Haare und ihr Make-up zu überprüfen, ein paarmal Wonder Woman zu machen und vielleicht ein Pfefferminzbonbon zu lutschen. Schlechter Atem war ein Chemiekiller.

»Du!«, rief Emily aus, als Serena eintrat.

»Du!«, rief Serena zurück und umarmte Emily.

»Mein Agent hat mir gesagt, dass für die Rolle der Werkatze nur noch zwei übrig sind. Ich hatte gehofft, dass du die andere wärst«, sagte Emily. »Obwohl … ich hätte lieber hoffen sollen, dass es die am wenigsten talentierte Frau in der ganzen Stadt ist. Bist du nervös, weil wir mit Jackson Evans vorsprechen? Ich bin ganz furchtbar nervös. Ich hatte ein Poster von ihm von der CW-Show an meiner Schlafzimmerwand. Ich fühle mich, als müsste ich kreischen, wenn ich ihn sehe. Nicht wirklich, aber innen drin. Nur für den Fall, dass du es noch nicht gemerkt hast, ich drehe gleich durch.«

»Atme erst mal«, wies Serena sie an. Emily sog gehorsam die Luft ein. »Ich finde es großartig, dass du für ihn geschwärmt hast. Offensichtlich findest du ihn anziehend …«

»Nun, ja.« Emily sah sie an, als wollte sie fragen, ob das nicht auf alle Frauen zuträfe. Er war nicht unbedingt Serenas Typ, aber sie musste zugeben, dass er objektiv gesehen außergewöhnlich gut aussah.

»Das ist ein Teil der Chemie. Den anderen anziehend zu finden. Und das kannst du schon und musst es nicht mal versuchen.«

»In der Schule habe ich einmal fast auf den Jungen gekotzt, der mir gefiel«, beichtete Emily. »Nicht weil ich getrunken hätte oder so etwas, einfach weil ich so nervös war. Wenn ich Jackson Evans ankotze, dann war's das. Dann bin ich weg vom Fenster.« Sie legte sich die Hände auf den Magen. »Ich glaube, mir wird jetzt schon schlecht.«

»Du wirst dich nicht übergeben, weder jetzt noch da drin.« Das konnte Serena eigentlich gar nicht wissen, aber Aufregung würde Emilys Übelkeit nur noch verstärken. »Lass mich das Offensichtliche aussprechen: Du probst mit Jackson, weil sie wirklich an dir interessiert sind. Du hast alles richtig gemacht. Soweit wir wissen, könntest du die nächste Emma Stone werden. Geh hinein, als wärst du es bereits.«

Emily schüttelte den Kopf. »Es ist so unfair, dass Männer das nicht durchmachen müssen.«

»Männer müssen auch Chemietests mit Schauspielerinnen machen, die berühmter sind als sie«, sagte Serena. Eine Sekunde lang erinnerte sich Serena daran, wie Erik sie gefragt hatte, ob es eine gute Idee wäre, der Konkurrenz zu helfen. Sie wusste nur, dass es sich richtig anfühlte. Beim ersten Mal, als sie sich getroffen hatten, hatte sie zu Emily gesagt, dass es letztendlich darauf ankomme, wie gut jede in das Puzzle des Films passe.

»Aber es ist nicht dasselbe. Kann es nicht sein. So ist die Welt nicht. Frauen werden ständig als Objekte benutzt. Es …«

Das brachte nichts. »Ich würde wirklich gern mit dir über Gender-Politik diskutieren, aber nicht jetzt. Fühlst du dich wohl mit der Szene?«

Emily nickte. »Ich habe meine Hausaufgaben gemacht.«

»Dann hast du alles richtig gemacht. Geh einfach rein und zeig es ihnen.«

»Meinst du, ich soll ihnen meine Brüste zeigen oder …«, sagte Emily in einer atemlosen Marilyn-Monroe-Stimme. Serena lachte. Emily zog einen übertriebenen Flunsch und musste auch lachen.

»Ich muss hinein.« Serena warf einen Blick in den Spiegel. Sie trug dasselbe durchsichtige Kleid wie beim ersten Vorsprechen. Darin fühlte sie sich wie Remy, die Werkatze, und es war immer besser, beim Recall nicht das Aussehen zu wechseln. Vielleicht war ja etwas an dem Kleid, das sie ansprach. Ein Lächeln spielte um ihre Lippen. Erik hatte es angesprochen.

»Wir sehen uns hinterher, Serena.«

»Wir gehen einen Kaffee – oder besser etwas Alkoholisches – trinken, wenn das hier alles vorbei ist«, versprach Serena. Als sie zum Empfangsraum zurückging, schwang sie locker die Hüften. Ihr Gang sollte an eine anschmiegsame Katze erinnern.

Die Frau hinter dem Schreibtisch lächelte und winkte sie hinein. Diesmal waren ungefähr zehn Leute im Raum, mehr als doppelt so viele wie bei den anderen Malen. Sie sagte freundlich Hallo, wobei sie dieselbe Energie zu verbreiten versuchte wie bei ihrem Unterricht. Sie war ein Profi, aber sie war auch hier, um zu spielen und herauszufinden, was Jackson aus der Figur der Remy herauskitzeln konnte.

Sie bekam ein Lächeln und ein Nicken von ein paar Leuten, aber Jackson, Norberto Foster und noch ein Mann erwiderten ihre Begrüßung nicht und setzten ihr Gespräch fort. Gegen ihren Willen war sie sehr enttäuscht von Norberto. Nur weil sie seine Filme mochte, bedeutete das nicht, dass er ein netter Kerl war.

Erst jetzt merkte Serena, dass sie über Schwimmbecken sprachen. Der eine wollte seines renovieren. Sie hatte keine Meinung zu Fliesen oder Naturstein, also setzte sie sich auf den leeren Stuhl und wartete, wobei sie die Finger auf ihrer Handtasche ließ, damit sie ihren Glücksbringer spüren konnte. Sie war nicht abergläubisch, aber sie fand es so schön, dass Erik ihn ihr geschenkt hatte.

Minuten vergingen, und sie wurde allmählich ärgerlich.

Auch wenn sie ein Niemand war, bedeutete das nicht, dass sie sie so unhöflich behandeln durften. Allerdings hatten sie natürlich die Wahl. Sie krümmte ihre Zehen und entspannte sie dann wieder, um etwas von der Anspannung loszuwerden. Sie würde nicht offen zeigen, dass sie sich über ihr Verhalten ärgerte.

Eigentlich konnte sie dieses Gefühl ja auch benutzen. In der Szene unterschätzte Jacksons Figur ihre ziemlich. Er hielt Remy für einen Niemand. Sie wusste, dass sie leichtes Spiel mit ihm haben würde. Redet ihr nur, solange ihr wollt, dachte Serena. Je länger sie sie ignorierten, umso mehr Energie hätte sie, wenn es endlich losging.

Jetzt unterhielten sie sich über die Vor- und Nachteile von offenen Feuerstellen und Feuerschalen. Jackson drehte sich um und nahm eine Wasserflasche von einem leeren Stuhl, dabei fiel sein Blick auf ihr Gesicht, und dann musterte er sie. Als er wieder in ihr Gesicht sah, zog sie eine Augenbraue hoch. »Soll ich aufstehen und mich einmal herumdrehen?«, fragte sie spöttisch.

Er hatte es vielleicht noch nicht gemerkt, aber sie hatte mit dem Vorsprechen begonnen. Gut möglich, dass Jackson eine Herausforderung zu schätzen wusste. Frauen lagen ihm wahrscheinlich zu Füßen, wo er stand und ging. Nun, mit ihr würde er es nicht so leicht haben.

Er überraschte sie damit, dass er auflachte. »Ja, würdest du?«, fragte er, aber sein Ton war spielerisch und neckend. Was nicht hieß, dass er nicht doch ein Arschloch war. Serena stand auf und drehte sich einmal um sich selbst. »Lass uns anfangen«, sagte Jackson zu Norberto.

Serena nahm ihren Platz ein, musterte Jackson abschätzend und machte sich nicht die Mühe, es zu verheimlichen. Wahrscheinlich war er genauso wie Erik. Sie in diesem Kleid zu sehen, machte ihn verrückt. Er wollte sie, und weil er eben nicht

263

Erik war, hatte sie alle Macht über ihn, weil er ihr vollkommen gleichgültig war. Es könnte ganz unterhaltsam werden, aber sie würde vergnügt allein nach Hause gehen.

Sie ließ ihn einen Augenblick lang warten, dann sprach sie ihren ersten Satz. Und am Ende der Szene, als er sie berührte, stellte sie sich Eriks Hände vor und erschauerte unfreiwillig. Jackson meinte, es sei seine Berührung gewesen, und zog sie näher an sich. Serena ließ ihre Lippen beinahe über seine streifen, als sie ihren letzten Satz sagte, dann befreite sie sich und lachte.

»Schön«, sagte Norberto zu ihr. »Sehr schön. Ich möchte das noch einmal sehen. Jackson, wehr dich ein bisschen mehr. Du willst sie, aber du willst, dass sie bettelt. Und Serena, es hat mir gefallen, wie du das gemacht hast. Aber treibe es noch ein bisschen weiter. Du wirst niemals betteln. Du kannst deine Macht über ihn spüren.«

Sie nickte. Sie würde es richtig machen.

»Ich glaube wirklich, ich habe es hinbekommen«, blah-blahte Erik. Mac folgte ihm und dem anderen Menschen namens Kait, als sie am Brunnen vorbeigingen. Er nahm eine Duftspur von einem Hund an einer Palme wahr und hielt inne, um sich daran zu reiben. Das war sein Platz hier, und der würde nicht nach Hundepipi riechen. Als er die Leute wieder eingeholt hatte, blah-blahten sie noch immer. Es überraschte ihn nicht. Sie schienen zu meinen, man sollte das so häufig tun wie Schläfchen halten.

»In den Lernstunden haben wir so ziemlich alles durchgenommen. Keine Überraschungen.« Kait warf ein paar ihrer geflochtenen Zöpfe über die Schulter. Bei der Bewegung wäre Mac am liebsten hochgesprungen, aber er nahm sich zusammen. Er hatte zu tun. Keine Spielzeit für ihn, bis er alle, Kätzchen und Menschen, unter einem Hut hatte.

264

Er war sich beinahe sicher, dass Charlie und das Menschenweibchen in seinem Haus Bittles bekamen. Sie würden dem kleinsten Kätzchen all die Aufmerksamkeit schenken, die es verdiente. Aber Charlie roch jetzt schon seit Tagen so unglücklich. Seit er in Macs Gegend gezogen war, war da immer ein Hauch von Traurigkeit gewesen, aber jetzt war der Geruch so stark, dass Macs Schnurrhaare zitterten.

Mac hatte bemerkt, dass sein Geruch sich veränderte, wenn er in Kaits Nähe war. Und Kait roch anders, wenn sie in seiner war. Kait verlor etwas von dem einsamen Geruch, der ihn an Jamie erinnerte, bevor er für sie ein Rudelmitglied gefunden hatte, und Charlie roch weniger traurig.

Natürlich hatten die Menschen nur Fleischklumpen anstelle von Nasen. Menschen konnten einander nicht riechen, wie konnten sie also wissen, was die anderen fühlten? Könnten sie das, wären sie ja viel glücklicher.

»Willst du nicht einfach mal bei Serena vorbeigehen?«, blahblahte Kait. »Ich kann eine Weile allein auf Streife gehen.«

»Wenn du meinst.« Erik lief eilig in Richtung der Kätzchen. Aber Mac wusste, dass es nicht die Kätzchen waren, die er sehen wollte. Es war Serena. Er hatte angefangen, ein wenig wie eine Katze zu denken. Er wusste, wo er am glücklichsten war, und dort ging er hin.

Kait benahm sich noch immer wie ein Mensch. Sie hatte eindeutig noch nicht einmal erkannt, was sie besser riechen ließ. Konnten Menschen sich selbst riechen? Ihre Nasen mussten doch zumindest dafür gut genug sein, oder?

Vielleicht nicht. Kait lief immer wieder von dort weg, wo Charlie sich aufhielt. Mac kehrte mit aufgestelltem Schwanz um und machte ein paar Schritte auf Charlies Haus zu. Er gab ein Miauen von sich, das Jamie kannte und das »Komm mit« bedeutete. Kait drehte sich nicht einmal um.

Macs Miauen steigerte sich zu einem Jaulen, und das weckte ihre Aufmerksamkeit. Er jaulte noch einmal und fing an zu rennen. Er hörte, wie sie ihm nachlief. Gutes Menschlein. Mac sprintete zu Charlies Haus hinüber, kletterte über den Zaun und rannte weiter.

Aber Kait blieb stehen. Er wusste, dass sie das Tor öffnen konnte. Warum kam sie nicht mit? Er holte Luft und ließ sein höchstes, lautestes Jaulen ertönen, von dem David immer blah-blahte, es würde die Toten aufwecken.

Kait folgte ihm nicht in den Garten, aber Charlie kam aus dem Haus. »Hat er sich verletzt?«, blah-blahte er.

»Ich weiß nicht.« Kait legte die Hand auf das Tor. »Er ist hierhergerannt, hat aber nicht gehumpelt oder so. Vielleicht ist er von einer Biene gestochen worden? Ich weiß nicht, warum er sich so verrückt benimmt.«

Charlie lief zu Mac und ließ seine Hände sanft über Macs Körper gleiten. »Ihm scheint nichts wehzutun.«

»Nun, er jault nicht mehr …«

»Ich werde ihm etwas Wasser holen. Möchten Sie hereinkommen?«

Mac fing an zu schnurren, als Kait das Tor öffnete und in den Garten trat. »Es gibt da übrigens etwas, worüber ich mit Ihnen sprechen möchte.«

»Wenn Sie mich davon überzeugen wollen, dass die Droid-Eltern einer der fünf schlechtesten Spidey-Geschichten waren, höre ich zwar zu, aber ich kann Ihnen sagen, dass Sie es nicht schaffen werden.«

»Es hat nichts mit Comics zu tun.«

»Geht es um meine Bewährungshelferin? Ich bin zu jedem Termin gegangen.« Charlie hob Mac hoch und streichelte seinen Kopf. Mac schnurrte lauter. Das war der Mensch für Bittles. Bittles kuschelte so gern mit ihren Geschwistern.

»Es geht um Ihre Freundin«, blah-blahte Kait.

Charlies Griff um Mac wurde fester. Mac versuchte nicht, sich ihm zu entwinden. Er nahm auf einmal an Charlie einen Geruch von Angst wahr. Er brauchte Mac. »Ich habe keine Freundin.«

»Ihre Ex. Shelby Wilcox. Ihr Instagram-Account lässt tief blicken. Es sieht aus, als würde sie wieder mal eine Party mit ihrer guten Freundin Molly vorbereiten. Und mit etwas Brie.« Mac konnte spüren, wie Charlies Herzschlag schneller wurde. »Was ich wissen will, ist, wie sie an Molly kommt, wenn Sie doch unter Hausarrest stehen.«

»Ich weiß nicht, wovon Sie sprechen.«

»Ich spreche davon, dass Sie verurteilt wurden, weil Sie eine große Menge Ecstasy bei sich hatten. Genug für eine Party, wie ihre Freundin sie gern schmeißt.«

»Shelby war total schockiert, als sie davon erfahren hat. Wir haben uns getrennt. Sie konnte es mir nicht verzeihen«, blah-blahte Charlie.

»Wenn Sie mich anlügen, gibt es für mich keinen Grund, länger hierzubleiben.« Kait drehte sich um und ging weg.

Mac lief ihr nach. Süße Sardinchen! Was sollte er denn noch tun, damit sie sich endlich benahm? Sie an die Leine legen und Charlie das andere Ende in die Hand drücken?

Kapitel 17

Ich werde noch dahinsiechen«, sagte Erik, als er wieder sprechen konnte. »Ich habe seit drei Tagen nicht mehr zu Mittag gegessen.«

»Wir können deine Mittagspause auch zum Essen nutzen, falls du das möchtest«, antwortete Serena. Sie saß noch immer auf ihm, und die Mittagssonne, die durch die Fenster ganz oben im Leuchtturm schien, ließ ihre Haut golden und ihr Haar wie helles Feuer leuchten. Wenn man es poetisch ausdrücken wollte. Er konnte nicht anders, ihr Anblick machte ihn zum Dichter.

»Nein, das könnte ich nicht. Ich werde mich weiterhin opfern. Vielleicht brauchst du ja noch mehr inspirierendes Material, falls du dich wieder zu einem großen Filmstar hingezogen fühlen musst.« Es törnte ihn immer noch an, dass sie an ihn gedacht hatte, als Jackson Evans sie berührt hatte. Jackson Evans, verdammt!

»Ich werde ein paar Kekse unter meinem Kissen bunkern«, versprach Serena. »Du musst ja bei Kräften bleiben.«

Erik lachte. »Du willst sagen, dass du mich nicht für …«

Er wurde von Serenas Handy unterbrochen, das *Show me the money!* spielte. »Mein Agent«, erklärte sie. »Ich sollte drangehen.« Sie glitt von ihm herunter und nahm das Handy, das auf dem Nachttisch lag. »Hallo, Micah.«

Eriks Magen zog sich zusammen, als er sah, wie ihr Lächeln verschwand und sie ihre Lippen zusammenpresste, damit sie nicht zitterten. Sie nickte, nickte noch einmal, schien dann erst zu merken, dass sie nichts gesagt hatte. »Ich verstehe. Es geht darum, wer am besten in den Film passt.« Sie wischte mit der Hand die Tränen weg.

Sein Magen fühlte sich jetzt an wie ein Felsbrocken. Sie hatte die Rolle nicht bekommen. Er nahm sein Handy und sah auf die Uhr. Er musste los. Das Team der Streifenpolizisten hatte eine Besprechung. »Ich schulde dir eine Kiste Big Hunks, weil ich durch dich da reingekommen bin«, sagte Serena. Ihr Gesicht war zerknautscht, aber ihre Stimme klang ruhig. Nein, sogar fröhlich. »Ein Vorsprechen mit Norberto Foster und Jackson Evans? Das allein gibt mir schon das Gefühl, einen großen Wurf gelandet zu haben.« Sie hörte zu, wobei sie die Decke mit beiden Händen zerknüllte.

Erik streckte den Fuß aus und schaffte es, seine Boxershorts zu angeln. Er zog sie gerade an, als Serena sagte: »Bis später dann.« Einen Augenblick nachdem sie die Worte ausgesprochen hatte, schluchzte sie auf und schlug die Hände vors Gesicht. Ihre Schultern bebten.

Geh zu ihr, ermahnte sich Erik. *Tröste sie.* Er stand auf, zog den Reißverschluss hoch und knöpfte seine Hose zu, dann zwang er sich, sich wieder aufs Bett zu setzen und sie in die Arme zu nehmen. Sie drückte ihr Gesicht an seine Schulter und schmierte warme Tränen auf seine Haut. »Ich wollte es so sehr.«

»Ich weiß.« Erik erhaschte einen Blick auf ihr Telefon. Er musste wirklich los. »Ich weiß«, wiederholte er.

»Und ich war außerdem toll bei dem Vorsprechen.« Sie löste sich von ihm und sah ihn an. »Norberto hat mich und Evans eine Szene sechs oder sieben Mal spielen lassen. Obwohl sie sich beide anfangs total arrogant verhalten haben, als ich hereinkam, haben sie sich dann richtig Mühe gegeben. Und ich mir auch. Ich konnte ihnen zeigen, wie ich improvisiere, wie ich die Führung übernehme. Ich schwöre dir, ich stand in Flammen!«

»Ich weiß.« Sein Hirn weigerte sich, mehr Worte zu finden. »Ich weiß.« Natürlich wusste er das. Sie hatte ihm jedes Detail berichtet, als sie sich am Abend nach ihrem Vorsprechen und seiner Prüfung getroffen hatten. Und seitdem hatte sie ihm noch ein paarmal alles in jeder Einzelheit erzählt. Sie war so fröhlich und aufgedreht gewesen.

Und dann fiel man tief. Sie hatte ihm gesagt, dass sie wusste, wie die Chancen standen. Sie hatte ihm gesagt, dass es schon ein Erfolg war, nur in dem Werbespot aufzutreten. Sie hatte ihm gesagt, dass Glück genauso viel damit zu tun hatte wie Talent, ob man eine Rolle bekam, weil es darum ging, was sie suchten, und nicht nur darum, wie talentiert man war.

Erik umarmte sie und küsste sie auf den Kopf. »Ich muss los, es tut mir leid. Ich hab eine Besprechung.« Er stand auf. »Ich darf nicht zu spät kommen, und gar nicht hinzugehen, daran darf ich nicht mal denken«, fügte er hinzu, während er sich weiter anzog.

Serena wickelte die Decke um ihren nackten Körper. »Ja. Natürlich. Geh.«

»Ich rufe dich an.« Erik eilte die Treppe hinunter und nahm immer zwei Stufen auf einmal. Er brauchte Luft. Es fühlte sich an, als gäbe es keine Luft mehr im Leuchtturm.

Auf seinem Weg zur Station ließ er die Fenster offen und parkte am anderen Ende des Parkplatzes, damit er ein Stück zu Fuß gehen konnte. Es half nicht. Er hatte das Gefühl, als gäbe es nirgends genug Luft.

Erik sah wieder auf die Uhr und beschloss, auf die Toilette zu gehen. Er wollte nicht zu früh bei der Besprechung auftauchen. Kait würde auf einen Blick erkennen, dass etwas nicht stimmte, und er wollte nicht darüber sprechen. Nicht mit ihr und auch sonst mit niemandem.

Als es nur noch eine Minute bis zur Besprechung war, verließ Erik die Toilette und ging durch den Korridor zum provisorischen Besprechungsraum. Er hatte es perfekt getimt. Hernandez, ihr Vorgesetzter, ging gerade hinein. Erik folgte ihm und nahm seinen gewohnten Platz neben Kait ein. Sein Telefon vibrierte. Er sah nach.

Serena: *Wann glaubst du, kannst du wieder herkommen?*

Ernsthaft? Er war noch keine Stunde weg, und sie wusste, dass er bei einer Besprechung war. Hernandez zog einen Stuhl vorne in den überfüllten Raum. »Bevor wir anfangen, möchte ich eine Ansage machen. Alle drei Mitglieder unseres Teams, die die Detective-Prüfung abgelegt haben, haben bestanden.«

»*Menos mal!*« Jandro tat, als würde er sich Schweiß von der Stirn wischen. »Jeden Tag ist mir eine andere Frage eingefallen, die ich dachte, falsch beantwortet zu haben.«

Kait stieß Erik mit dem Ellbogen an. »Ich habe dir doch gesagt, dass du durchkommst.«

Der Felsbrocken in seinem Magen hatte sich in einen ausgewachsenen Felsen verwandelt. Natürlich. Das Ding mit Serena änderte bereits alles. Er konnte sich nicht einmal über etwas Tolles freuen, weil er wusste, wie unglücklich sie war. »Ich hab nie daran gezweifelt, dass du bestehst«, antwortete er und schaffte es, Kait anzulächeln.

»Nächstes Jahr, wenn ich zur Prüfung antrete, werde ich eure Noten alle übertreffen«, verkündete Sean.

»Du weißt aber schon, dass es keine Fragen dazu geben wird, wann deine Fürze am schlimmsten stinken, bei Lammshawarma, Corned Beef oder Kohl«, sagte Tom und alle, sogar Hernandez, lachten.

»Denken Sie dran, eine bestandene Prüfung befördert Sie nicht automatisch zum Detective. Sie müssen noch die mündliche Prüfung absolvieren«, sagte Hernandez. »Lassen Sie uns weitermachen. Ich habe Ihre Berichte gelesen, und es scheint, als hätten Sie alle Fortschritte in Ihrem Revier gemacht. Wie läuft es denn da draußen?«

Erik hatte keine Lust zu reden. Er würde es Kait überlassen, so etwas fiel ihr leicht. Sie war gut darin, ordentliche, detaillierte Antworten zu geben. Und ja, sie sprach bereits, war die Erste, die sich zu Wort gemeldet hatte. Er hörte nur mit halbem Ohr zu. Er wusste sowieso, was sie sagen würde.

Ein paar Minuten später vibrierte sein Handy wieder. Er hoffte, es wäre nicht wieder Serena.

Kait: *Was ist los mit dir?*

Erik: *Nichts.*

Kait: *Unsinn. Was?*

Erik: *Serena hat die Rolle nicht bekommen.*

Vielleicht würde das Kait zum Schweigen bringen. Sie versetzte ihm einen leichten Tritt, um auf ihre Art zu sagen: »Das ist echt ätzend.« Gut. Er konnte im Moment keine weiteren Fragen gebrauchen.

Erik hatte während der Besprechung ungefähr eineinhalb Stunden seine Ruhe, und dann musste er noch ein paar Glückwünsche wegen der Prüfung entgegennehmen. Aber sobald sie draußen standen, fiel Kait über ihn her. »Wie hat Serena es aufgenommen?«, fragte sie, als sie zum Parkplatz gingen.

»Schlecht.« Er hoffte, sie würde nicht nach Einzelheiten fragen.

»Du hast gesagt, sie dachte, die letzte Audition wäre richtig gut gelaufen.«

»Ja. Und deshalb ist sie jetzt am Boden zerstört.« Das auch nur zu sagen, fühlte sich an, als würde etwas in Erik zerbrechen, und plötzlich konnte er nicht mehr aufhören zu reden: »Und ich wusste, dass das passieren würde. Ich wusste, dass sie sich selbst was vormacht. Es ist …« Er zensierte sich wegen Kait. »Es ist ein verdammter Norberto-Foster-Film. Sie hätte ein Star werden können. Aber sie hat die Rolle nicht bekommen. Und als ich gegangen bin, hat sie sich die Seele aus dem Leib geweint. Es ist genau wie mit Tulip. Ganz genauso. Warum habe ich mich nur mit …«, er hielt wieder inne, riss sich zusammen, »… mit noch einer verdammten Möchtegernkünstlerin eingelassen?«

»Serena und Tulip sind sich nicht im Geringsten ähnlich«, sagte Kait, als sie an ihrem Streifenwagen ankamen.

»Vielleicht nicht in allem, aber sie sind beide Künstlerinnen, und sie sind beide hergekommen und haben von Berühmtheit und Reichtum geträumt, genau wie alle anderen, die in L.A. landen. Serena hat mich davon überzeugt, dass sie praktischer veranlagt ist und mit beiden Füßen im Leben steht. Aber dann bekam sie den Anruf. Sie kann damit nicht umgehen, Kait. Und ich mache so etwas nicht noch einmal durch. Schließlich habe ich noch gar keine richtige Beziehung mit Serena. Ich sollte nicht einmal versuchen, es wieder in Ordnung zu bringen. Das funktioniert sowieso nicht.«

»Serena ist nicht eines von deinen Drei-Dates-und-dann-bist-du-weg-Mädchen. Du kannst auch nicht so mit ihr umspringen.« Kait fummelte an ihrem Schlüsselanhänger, schloss aber das Auto nicht auf.

»So viel häufiger bin ich nicht mit ihr ausgegangen.«

Zur Antwort sah Kait ihn nur an. Natürlich war das völliger Unsinn. Er und Serena hatten vielleicht nicht viele Dates gehabt, aber seit sie ihn in ihr Bett gelassen hatte, verbrachten sie beinahe jeden freien Moment miteinander. Deshalb konnte er sich nicht einreden, dass es eine beiläufige Affäre war. Aber das bedeutete nicht, dass er das mit ihr durchstehen musste. Er musste auch an sich denken.

»Willst du zu ihr? Ich kann hier solange Streife gehen.« Sie waren heute Morgen im Storybook Court gewesen und wollten heute Nachmittag bei der Seniorenwohnanlage vorbeischauen.

»Wir gehen zu The Gardens. Ich will sie nicht sehen, Kait.« Er hoffte, dass er es schaffte, ihr aus dem Weg zu gehen, wenn sie im Court Streife gingen. Wahrscheinlich würde sie sowieso nicht viel länger hierbleiben und gleich einen Flug buchen.

Kait gab ein ungeduldiges Schnaufen von sich. »Du musst sie zumindest noch einmal sehen, um mit ihr Schluss zu machen.«

Mit ihr Schluss zu machen? Es war mehr als eine beiläufige Affäre gewesen, aber musste er deshalb ausdrücklich Schluss mit ihr machen?

»Du musst mit ihr sprechen, Erik«, drängte Kait, als er nicht antwortete.

»Ich schreibe ihr.«

Kait wartete, bis er ihren Blick auffing, und sagte dann: »Das reicht nicht.«

Das sollte es aber sein. Er konnte ihr nicht in die Augen sehen. Sie hatte sich bestimmt noch nicht erholt. Wahrscheinlich weinte sie immer noch. Er holte sein Handy hervor.

»Erik, nein«, widersprach Kait.

»Das ist das Beste, was ich tun kann. Willst du immer noch fahren?«

Kait schloss den Wagen auf und stieg wortlos ein. Erik setzte sich auf den Beifahrersitz. Als Kait den Wagen anließ, tippte Erik auf Serenas Namen. Er wollte es hinter sich bringen. Aber er starrte nur auf die vielen Nachrichten, die sie sich geschrieben hatten. Lustig, verspielt, sexy. Er hatte keine Ahnung, was er schreiben sollte. Die Worte waren gleichgültig. Es gab sowieso keine gute Art, es zu sagen.

Ich kann nicht wieder zu dir kommen. Das funktioniert für mich nicht mehr. Viel Glück mit allem.

Mac versuchte, den Kätzchen zu zeigen, wie viel Spaß man mit einem Pappkarton haben konnte. Er hatte einen, der im Schuppen stand, ausgeleert und umgedreht. Sassy war sofort hineingestiegen, aber die anderen Kätzchen waren nicht interessiert. Lox suchte auf dem Fressteller nach Krümeln, Zoomies zoomte, und Bittles saß nah bei Mac.

Er fing einen Hauch von Traurigkeit bei Serena auf. Er roch es schon seit Stunden. Mac stieß ein frustriertes Schnauben aus. Wie sollte er sich darauf konzentrieren, die Kätzchen zu trainieren, wenn er das ständig riechen musste?

Aber er wusste, was zu tun war. Er musste nur erst noch ein mögliches Zuhause für die Kätzchen besuchen. Sie wuchsen so schnell, es war an der Zeit, dass sie umzogen. Mac leckte Bittles einmal über den Kopf, dann nahm er den Tunnel in den Garten. Er lief schnell zwei Blocks weiter zu dem Gebäude, wo der wohnte, der Marcus hieß. Er schlüpfte hinein, als ein anderer Mensch, der eine Tüte mit Essen trug – Tacos, dachte Mac – die Tür aufmachte.

Er mochte Tacos und vertraute darauf, dass er den Menschen davon überzeugen konnte, ihm etwas abzugeben, aber er hatte keine Zeit. Er hatte zu viel zu tun. Er trabte die Treppe hinauf zur Tür, die zu Marcus' Wohnung führte. Er konnte riechen, dass Marcus drinnen war, also stieß er ein lautes Miauen aus.

Marcus machte die Tür nicht auf. Mac miaute noch ein paar Mal. Marcus kam nicht. Das war nicht gut. Ein Mensch sollte immer beim ersten Miauen reagieren. Aber Marcus konnte trainiert werden, wenn er sich in anderer Hinsicht als brauchbar erwies. Er hatte Mac letztes Mal etwas von seiner Erdnussbutter gegeben.

Mac stellte sich auf die Hinterbeine und legte seine Pfoten um den Türknauf. Der drehte sich ein bisschen, bevor seine Pfoten abrutschten. Er musste es noch zweimal versuchen, dann war er drinnen. Es gefiel ihm noch immer, wie viel Platz es hier gab. Zoomies würde es hier gut gefallen, mit so viel Platz zum Zoomen.

Jetzt musste er Marcus beobachten. Vielleicht konnte er sogar ein bisschen Miau-Training mit ihm absolvieren, damit Zoomies das nicht tun musste – falls Mac sich schließlich dazu entschied, dass Zoomies hier einziehen würde. Er fand Marcus auf einer Matratze auf dem Boden liegend. Er hatte die Rollläden heruntergezogen, obwohl doch jedermann wusste, dass man ein Nachmittagsschläfchen am besten auf einem Platz in der Sonne hielt. Ein Teller mit Keksen und Erdnussbutter stand neben ihm. Mac ignorierte ihn und rollte sich dicht neben Marcus zusammen. Er musste herausfinden, ob er ein guter Kamerad für ein Mittagsschläfchen war. Jamie war perfekt dafür geeignet, aber David bewegte sich zu viel. Einmal war er beinahe auf Mac gerollt!

Warum dachte er an Jamie und David? Es war nicht wichtig, wie sie ihr Mittagsschläfchen hielten, nicht mehr.

Mac hielt ein kurzes Schläfchen mit Marcus und genoss es. Er beschloss, den Menschen nicht aufzuwecken. Er hatte die Informationen, die er brauchte. Marcus roch sorgenvoll. Er brauchte ganz eindeutig ein Kätzchen. Er hatte viel Platz zum Spielen, er gab gern etwas ab und unterbrach das Schläfchen einer Katze auf seinem Bett nicht. Er brauchte nicht nur ein Kätzchen, er verdiente sogar eines.

Auf seinem Weg nach draußen sah Mac etwas Glitzerndes. Genau, was er brauchte. Serena brauchte etwas Glitzerndes, zumindest bis Erik zurückkam. Erik würde dafür sorgen, dass sie sich besser fühlte, aber das Glitzernde würde auch helfen.

Mac lief direkt zu Serenas Tür und legte das Glitzernde ab, sodass er miauen konnte, damit man ihn einließ. Vielleicht hätte er dieses Schläfchen nicht halten sollen. Serena roch schlimmer als vorhin. Aber er hatte sich erst ein Bild von Marcus machen müssen. Er war schließlich nur eine einzelne Katze und konnte nur drei oder vier Dinge gleichzeitig tun.

Serena öffnete die Tür. Guter Mensch. Er streckte die Pfote aus und schob ihr sanft das Glitzernde hin. Sie schnappte nach Luft. Es gefiel ihr! Er hatte es gewusst.

Aber jetzt musste er zurück zu seinem Kätzchentraining. Seine Arbeit nahm kein Ende.

Serena rief die Polizei an. Sie hatte keine Wahl, obwohl sie wusste, was geschehen würde. Sie würden Erik und Kait hinüberschicken. Sie musste Erik sehen, während sie noch von seiner Nachricht erschüttert war. Diese Nachricht! Sie hatte gedacht, er würde direkt nach der Arbeit kommen und sie aufheitern, sie vielleicht zum Essen ausführen oder so etwas. Stattdessen – diese Nachricht!

Sie wusste, wie sehr er von Tulip verletzt worden war. Sie verstand es. Aber was sollte das? Serena und Erik kannten sich zwar noch nicht lange, aber er kannte sie gut genug, um zu wissen, dass sie nicht wie Tulip war. Sie wünschte sich, sie hätte ihn niemals kennengelernt. Sie wünschte sich, er hätte sie niemals zum Abendessen eingeladen, ihr den Polly Pocket Compact gekauft oder sie zum Lachen gebracht. Sie wünschte, sie hätte ihn niemals in ihr Bett gelassen! Es tat so furchtbar weh. Zur Hölle mit ihm!

Er würde bald hier sein. Sie würde die Tür nicht aufmachen, solange sie wie ein Wrack aussah. Serena lief nach oben und zog sich ihr grünes fließendes Kleid an, dann ging sie schnell ins Bad. Als sie ihr verquollenes Gesicht und die geröteten Augen sah, stöhnte sie auf. Sie tat, was sie konnte – ein paar Spritzer Wasser, Augentropfen, ein wenig Abdeckstift, Puder.

Die Türklingel schellte. Serena nahm sich noch einen Moment, um etwas getönten Lippenbalsam aufzutragen, und ging zurück nach unten. Sie war Schauspielerin. Sie konnte das. Sie würde nicht schreien oder weinen. Sie würde sich nicht die Blöße geben und ihm zeigen, dass er auf ihrem Herzen herumgetrampelt war. Serena wollte nicht den Eindruck erwecken, er könnte sie verletzen.

»Danke, dass ihr so schnell gekommen seid«, sagte sie, als sie die Tür aufmachte, wobei sie mit Absicht beide ansah, Erik und Kait. »Ich konnte es nicht fassen, als Mac mit den traurigen Häschen hier aufgetaucht ist. Ich bin mir sicher, dass es die traurigen Häschen sind.«

»Können wir sie sehen?«, fragte Kait.

Serena bemerkte, dass sie den Eingang blockierte. »Natürlich.« Sie trat zurück, und sie kamen herein. Als Erik an ihr vorbeiging, fing sie seinen Geruch auf. Er roch noch immer nach *ihnen*. Von seiner Mittagspause. Zwar nur schwach, aber Serena fühlte sich, als hätte er ihr eine Ohrfeige verpasst.

»Ich habe sie in die Küche gelegt. Ich habe nur die Ränder angefasst. Ich wollte sie nicht auf der Schwelle liegen lassen.« Serena schaffte es, dass ihr Ton sachlich klang. Sie führte sie zum Küchentisch.

»Wo ist Mac jetzt?«, fragte Erik, während Kait die Figur in einen Beweismittelbeutel steckte.

»Das weiß ich nicht. Er hat an der Tür miaut. Ich bin hingegangen. Die traurigen Häschen lagen auf dem Fußabtreter.« Sie zwang sich, ihn anzusehen, während sie sprach. Seine haselnussfarbenen Augen schienen ihre Haut zu verbrennen, als er ihren Blick erwiderte. »Ich habe sofort die Polizei angerufen.«

»Dann hast du also nicht gesehen, dass der Kater die Figur getragen hat?«, fragte Erik.

»Nein. Aber sie war noch ein bisschen feucht. Ich nehme an, weil er sie im Maul hatte«, antwortete sie. »Das ist auch schon alles, was ich weiß.« Sie wollte ihn aus dem Haus haben.

»Wir melden uns, wenn wir noch Fragen haben«, sagte Kait. »Es tut mir so leid, dass du die Rolle, für die du vorgesprochen hast, nicht bekommen hast.«

»Danke«, sagte Serena. »Ich gebe zu, als ich es gehört habe, habe ich erst einmal geheult wie ein Schlosshund. Aber Zurückweisung gehört zum Schauspielerdasein.« Sie beeindruckte sich selbst. Sie gab die Antwort in einer beiläufigen, freundlichen Weise, obwohl das der Grund war, warum Erik mit ihr Schluss gemacht hatte. Was? Durfte sie nicht mal zwei Sekunden lang traurig sein? Sie war immer noch traurig. Sie hatte diese Rolle wirklich haben wollen. Durfte sie etwa keine menschlichen Regungen haben? Keine Gefühle?

»Kann ich euch vielleicht noch was zu trinken anbieten?« *Bonuspunkte für mich,* dachte Serena.

»Wir müssen einen Bericht schreiben«, erklärte Kait und ging zur Tür. Erik und Serena folgten ihr. Serena blieb ein wenig zurück, weil sie seinen Geruch nicht wieder einatmen wollte. Als sie die Tür hinter ihnen geschlossen hatte, glitt sie mit dem Rücken an der Tür zu Boden und schlang die Arme um die Knie. Sie brauchte einen Augenblick, um sich zu erholen.

Atme es ein, sagte sie sich. *Du kannst es gebrauchen.* Aber sie wollte dieses Gefühl nicht für eine zukünftige Rolle aufbewahren, sie wollte vergessen, dass sie sich jemals so gefühlt hatte. Sie wollte vergessen, was geschehen war, dass sie sich so fühlte.

Sie wollte Erik vergessen.

Kapitel 18

Mir kam sie nicht am Boden zerstört vor«, bemerkte Kait, als sie und Erik vom Leuchtturm weggingen.

»Du hast sie nicht gesehen. Sie hat geweint, als hätte sie alles verloren, nicht etwas, sondern alles«, gab Erik zurück.

»Und du willst sie wirklich nie wiedersehen?«

»Nicht, wenn ich es vermeiden kann«, antwortete Erik. »Können wir über was anderes …«

»Da ist der Kater! Mac hat was im Maul!«, rief Kait aus. Sie rannte los, und Erik folgte ihr. Der Kater lief nicht weit, nur über die Straße zu Charlies Haus. Als er am Tor ankam, legte er etwas auf den Boden und miaute.

»Ich komme!«, rief Charlie von seinem gewohnten Platz im Garten.

Erik hockte sich hin, um zu sehen, was Mac hierhergetragen hatte. Es war eines der Kätzchen. Es fing an, auf Erik zuzulaufen, aber Mac hielt es sanft am Nackenfell zurück. Als Charlie das Tor öffnete, legte Mac ihm das Kätzchen zu Füßen. Er rieb seine Wange an dem Kleinen, sodass es beinahe umfiel, dann drehte er sich um und lief davon.

»Ooh!« Charlie ging ebenfalls in die Hocke und kraulte das Kätzchen unter dem Kinn. Es war das Winzigste des Wurfs, stellte Erik fest. »Was ist passiert?«

»Ich glaube, Sie haben gerade ein Kätzchen adoptiert«, antwortete Kait und streichelte dem Kätzchen den Kopf, wobei ihre Finger Charlies streiften.

»Mac kümmert sich um einen Wurf Kätzchen. Anscheinend hat er entschieden, dass Sie dieses hier bekommen sollen. Aber ich glaube nicht, dass Katzen so weit denken, oder?«, meinte Erik.

»Ob sie das können oder nicht, der kleine Kerl hier braucht ein Zuhause.« Kaits und Charlies Blicke trafen sich. »Werden Sie ihn behalten?«

»Finden Sie, ich sollte?«

»›Mit großer Kraft‹ …«

»… ›muss auch … große Verantwortung einhergehen.‹«

Kait lächelte. »Richtig. Ich hätte es wissen müssen.«

Erik stand auf und überließ Kait und Charlie ihrem Gespräch. Er hatte keine Lust, mit irgendjemandem zu sprechen. Er konnte es nicht erwarten, nach Hause zu gehen, vielleicht weiter seine Lampeninstallation zu patinieren.

Er wollte sein altes Leben zurück.

»Ich würde nicht behaupten, ich hätte große Kraft.« Charlie tippte auf seine Fußfessel.

»Für eine Katze, glaube ich schon. Wenn man Futter beschaffen kann, dann hat man große Kraft«, antwortete Kait.

»Ich darf nicht mal zum Supermarkt gehen. Aber meine Tante, und ich wette, sie würde sich in die hier verlieben.« Er stand auf und drückte das Kätzchen an seine Brust. »Sie hatte vor Jahren mal eine Katze, brachte es aber nicht über sich, sich eine neue anzuschaffen, nachdem sie gestorben war. Ich glaube, wenn sie die Geschichte von diesem Kätzchen hört, kann sie nicht widerstehen.«

Kait stand wieder auf. »Sie haben nur noch drei Monate Hausarrest.«

Charlie sah Erik an. »Macht sie das immer? Als hätte sie meine Akte im Kopf.«

»Sie ist immer gründlich«, antwortete Erik. »Aber ich glaube, in Ihrem Fall hat sie sich noch etwas gründlicher damit beschäftigt.«

Kaits Ohrläppchen wurden rot. Das passierte nicht nur, wenn sie wütend, sondern auch, wenn ihr etwas peinlich war, was nicht häufig vorkam. Es wäre ihr wohl lieber gewesen, wenn er den Mund gehalten hätte, aber das war Erik egal. Sie war an Charlie interessiert, ob sie es nun zugab oder nicht, und warum sollte der das nicht erfahren. Erik sah kurz zu Serenas Haus hinüber. Sein Nacken kribbelte, als würde sie ihn an einem der Fenster beobachten, aber er sah sie nicht. *Du machst dir was vor*, dachte er. *Sie will dich wahrscheinlich nie wiedersehen.* Und das wollte er auch so. Sein Magen verkrampfte sich. Er hatte sich unmöglich verhalten. Wahrscheinlich hatte Kait recht, dass man nicht per Textnachricht Schluss machen konnte. Aber er und Serena kannten sich doch erst ein paar Wochen.

Er richtete seine Aufmerksamkeit wieder auf das Gespräch zwischen Charlie und Kait. Er musste sich ablenken.

»Haben Sie was Interessantes herausgefunden?«, fragte Charlie gerade.

»Nicht direkt über Sie. Aber ich habe herausgefunden, dass Ihre Freundin …«

»Ex-Freundin«, berichtigte er sie.

Kait nickte langsam. »Ex-Freundin. Ich habe herausgefunden, dass sie eine alte Jugendakte hat. Wussten Sie, dass, wenn jemand mit einer Jugendakte im späteren Leben eines Verbrechens für schuldig befunden wird, die Akte bei der Verurteilung wieder geöffnet werden kann?«

Charlie antwortete nicht und betrachtete stattdessen das Kätzchen.

Interessant. Kait hatte Erik gesagt, dass etwas mit Charlie nicht stimmte. Es sah aus, als hätte sie herausgefunden, was.

»Ich bin mir fast sicher, dass Ihre Ex-Freundin das wusste. Und ich bin mir auch fast sicher, dass Sie es wussten, bevor Sie sich schuldig bekannt haben«, fuhr Kait fort.

Charlie sah endlich auf. »Und warum spekulieren Sie? Der Fall ist abgeschlossen.«

»Ich fand es interessant«, sagte Kait zu ihm.

»Es ist irgendwie romantisch, für jemand anderen die Schuld auf sich zu nehmen. Nicht dass irgendjemand behaupten würde, es wäre so gewesen«, setzte Erik schnell hinzu, als Charlie ihm einen scharfen Blick zuwarf. »Romantisch ist eine der Eigenschaften des perfekten Mannes auf deiner Liste, Kait, oder?«

Es war beinahe unmöglich zu erkennen, aber Erik meinte, dass ihre Ohren noch etwas röter wurden. Jetzt war sie wahrscheinlich sowohl wütend als auch beschämt.

»Sie haben eine Liste mit Eigenschaften des perfekten Mannes?«, fragte Charlie Kait.

»Romantisch steht ganz unten. Es ist nicht so wichtig«, murmelte sie. Dann wandte sie sich an Erik. »Wir sollten das Beweismaterial, das wir gesammelt haben, zur Station bringen.«

»Bis später«, sagte Erik zu Charlie. »Kait und ich werden noch öfter hier vorbeikommen.«

»Wenn wir auf Streife sind«, setzte Kait hinzu.

»Das meinte ich. Sie wird häufig hier Streife gehen.« Erik bemerkte, dass Charlie Kait einen interessierten Blick zuwarf.

»Du weißt, dass ich wieder mit Marcus verabredet bin«, zischte Kait ihm zu, als sie zurückgingen. »Ich habe meist abends mit ihm gesprochen. Er ist wirklich an mir interessiert. Und er verfügt über einen Großteil der Eigenschaften von der Liste.«

»Aber kann er mit dir über Comics reden? Lacht ihr auch mal?«

Kait antwortete nicht, aber Erik meinte, dass er sie nachdenklich gemacht hatte. Er sah noch einmal zum Leuchtturm hinüber, als sie daran vorbeigingen. *Es geht dir viel besser ohne sie*, rief er sich ins Gedächtnis.

»Er hat per Textnachricht mit dir Schluss gemacht?« Ruby runzelte die Stirn. »Wirklich?«

»Ja«, versicherte ihr Serena. Sie spürte, wie ihre Augen brannten, und blinzelte schneller, um die Tränen zurückzuhalten.

»Süße, warum hast du mich nicht gestern gleich angerufen? Du hättest nicht allein sein sollen«, sagte Ruby zu ihr.

»Ich hätte nur Rotz und Wasser geheult.« Serena nahm einen Lebkuchenmann von einem Teller, der auf dem Tisch stand, und biss ihm den Kopf ab. »Das tut gut, nicht wahr? Beiß noch einem den Kopf ab«, drängte sie Ruby. »Ich esse die Körper.«

Serena lachte erst, dann schniefte sie. »Sei nicht so lieb zu mir, oder ich fange doch noch an zu weinen.«

»Das wäre nicht das erste Mal, dass jemand an diesem Tisch weint«, sagte Ruby. »Ich glaube, Briony hat auch hier geweint. Ich habe dir von ihr erzählt, oder? Jamies Cousine, die jetzt mit dem Mann verheiratet ist, den Mac für sie gefunden hat. Sie leiten gemeinsam The Gardens, die Seniorenwohnanlage. Aber eine Weile lief es zwischen ihnen gar nicht gut.«

»Sag mir bitte nicht, dass Erik und ich wieder zusammenkommen werden, weil Mac superspezielle Kupplerfähigkeiten hat.« Serena biss noch einem Lebkuchenmann den Kopf ab. »Er hat mir nur geschrieben, dass es für ihn nicht funktioniert. Ah, und viel Glück hat er mir noch gewünscht.« Sie riss dem Lebkuchenmann einen Arm aus. Das tat gut, aber nicht so gut wie die Enthauptung.

Ruby nahm den Arm und aß ihn auf. »Das ist noch ein Grund, weshalb die Weihnachtszeit im September anfangen muss. Weihnachtsplätzchen. Und, nur, damit du's weißt, ich habe das Thema gewechselt, weil mir nichts mehr einfällt, was dich trösten kann.«

»Weil es nichts mehr gibt«, antwortete Serena. »Ich werde

mich wer weiß wie lang schlecht fühlen. Eigentlich sollte es ja schnell gehen, weil Erik und ich uns noch nicht lange kannten, aber …« Sie zuckte hilflos mit den Schultern.

»Es ist keine Entschuldigung, aber Tulip hat ihm wirklich das Herz gebrochen«, sagte Ruby. »Mir kommt es so vor, als hätte er vor ihr noch keine richtige Beziehung gehabt, so etwas hat Tulip mal erzählt.«

»Du hast recht. Es ist keine Entschuldigung.« Serena riss ein Bein vom Körper des Lebkuchenmanns und gab es Ruby. »Es ist kindisch von ihm zu glauben, alle Künstlerinnen wären gleich. Ich bin nicht wie sie. Ich war traurig, dass ich die Rolle nicht bekommen habe. Das ist völlig normal. Aber sieh mich jetzt nur an.« Sie breitete die Arme aus. »Ich sitze hier, verstümmle Lebkuchenmänner und unterhalte mich mit dir. Ich bin nicht am Boden zerstört, weil ich nicht …« Sie hielt inne und rief dann aus: »Emily!«

»Emily, deine Freundin vom Vorsprechen?«, fragte Ruby.

Serena merkte, wie sich ein Grinsen auf ihrem Gesicht ausbreitete. »Nur noch wir zwei waren übrig. Dass ich die Rolle nicht bekommen habe, bedeutet, dass Emily sie bekommen hat! Das ist mir jetzt erst eingefallen.« Sie zog ihr Handy aus der Tasche. »Ich muss ihr schreiben, das müssen wir feiern!«

»Du bist nicht nur nicht am Boden zerstört, du willst mit der Frau feiern, die dir die Rolle weggenommen hat«, sagte Ruby, während Serena die Nachricht tippte.

»Emily ist eine tolle Frau. Ich muss euch mal bekannt miteinander machen, du wirst sie wirklich mögen.«

Ruby lächelte sie an. »Du bist schon erstaunlich, weißt du das?«

»Weil ich nicht auf Emily böse bin? Das wäre doch verrückt. Vielleicht hat es zwischen ihr und Jackson Evans einfach mehr geknistert. Oder ihnen gefiel es besser, wie die beiden als Paar ausgesehen haben. Oder sie ist tatsächlich die bessere Schauspielerin. Ich halte das zumindest für *möglich*.«

»Ich will dich nicht rauswerfen …«, begann Ruby.

»… aber du musst anfangen zu arbeiten«, beendete Serena den Satz. »Danke, dass ich bei dir Dampf ablassen durfte. Ich schwöre, ich behandele dich nicht mehr wie die beste Freundin in einer romantischen Komödie.«

»Die beste Freundin hat immer viel weniger Stress«, erinnerte sie Ruby.

»Okay, aber erzähl mir wenigstens ein paar Sachen, die du an Männern magst, damit ich mich nicht so schuldig fühle.«

Ruby lachte. »Also, eine Liste habe ich nicht.« Sie dachte über die Frage nach. »Ich mag Männer mit Akzent, was albern ist, weil viele Männer mit Akzent sprechen. Das bedeutet gar nichts. Und ich mag Kreativität. Bist du jetzt zufrieden?«

»Fürs Erste, ja«, antwortete Serena. Ruby brachte sie zur Tür. Serena wollte nicht nach Hause, sondern ging ins Yo, Joe!. Sie musste noch mehr Dampf ablassen, und Daniel würde ihr zuhören.

Mrs Trask war gerade dabei, die Schaufenster zu putzen. »Erfolg ist, wie hoch du springst, nachdem du nach unten gefallen bist«, hörte Serena die Frau murmeln, während sie mit einer zerknüllten Zeitung das Glas abrieb.

»Ich bin mir nicht sicher, ob ich das heutige General-Patton-Zitat inspirierend finde«, sagte sie zu Daniel.

»Das mit dem Hochspringen, nachdem man gefallen ist?«, fragte er, und sie nickte. »Ich weiß auch nicht. Ich glaube nicht, dass wir kurz davor sind, zu fallen. Vielleicht auf dem Weg nach unten. Aber ich fühle mich ihretwegen schlechter als meinetwegen. Es gibt immer Läden, die talentierte Baristas brauchen. Und da wir gerade davon sprechen – was möchtest du haben?«

Serena lehnte sich an die Theke. »Hast du etwas, was mich darüber hinwegtröstet, dass ich die Werkatzenrolle nicht bekommen habe?«

»Wenn es das gibt, habe ich es noch nicht gefunden. Tut mir leid, Serena.«

»So etwas passiert, wir wissen beide, dass es passiert«, antwortete sie.

»Ja, und wir wissen beide, dass es zum Kotzen ist. Ich mache etwas mit viel Schlagsahne. Schlagsahne an sich ist schon fröhlich.« Daniel machte sich an die Arbeit.

»Vielleicht solltest du einfach den ganzen Becher damit füllen, das ist nämlich noch nicht alles.« Bevor Serena ihm erzählen konnte, dass Erik Schluss gemacht hatte, kam Marcus herein.

Daniel sah kurz auf die Uhr. »Ein bisschen früh für die Mittagspause.«

»Ich habe keine geregelten Arbeitszeiten. Ich kann kommen und gehen, wie es mir passt«, antwortete Marcus. »Also, ich habe Mom und Dad gesagt, ich würde herkommen und …«

»Sprich es nicht aus«, unterbrach ihn Daniel. »Besser ich sage es. ›Daniel, du musst realistisch sein. Du schaffst es nicht als Schauspieler, und du wirst allmählich zu alt, um Kaffee auszuschenken.‹ Richtig?«

»Ja. Ich habe ihnen versprochen, mit dir zu reden. Ich habe ihnen gesagt, dass es nichts ändern wird«, antwortete Marcus. »Geld ist wichtig, Daniel. Du hast keine wirklichen Ausgaben, solange du bei Mom und Dad wohnst, aber sie werden nicht immer da sein. Du …«

»Wir hatten dieses Gespräch vor weniger als einer Woche«, sagte Daniel zu ihm. »Fang nicht heute schon wieder davon an.«

»Okay«, gab Marcus zur Antwort. »Okay.«

»Willst du einen Kaffee?«, fragte Daniel.

»Klar. Warum nicht. Ich bin hier. Ich habe nichts Besseres zu tun.«

Die Türschelle klingelte. »Der Kater ist wieder da«, verkündete Mrs Trask. »Und er hat einen Freund mitgebracht.«

Mac trabte herein und direkt auf Daniel zu. Er setzte eines der Kätzchen – das mit dem runden Bäuchlein – zu Daniels Füßen ab. Dann kehrte er zur Tür zurück und miaute. Mrs Trask öffnete die Tür für ihn, und er ging wieder.

Daniel hob das Kätzchen hoch, und es fing an zu schnurren. »Einmal, als ich mich auf eine Rolle als Tierarzt vorbereitet habe, habe ich alles über Katzen gelesen. Sie schnurren nicht nur, wenn sie zufrieden sind. Sie tun es auch, um sich zu trösten, wenn sie Angst haben oder ihnen etwas wehtut.«

»Vielleicht sollte ich mich aufs Schnurren verlegen.« Serena beugte sich über die Theke. »Geht es ihr gut?«

Daniel hob sie hoch und untersuchte sie. »Ich glaube nicht, dass ihr etwas fehlt, aber wenn ich sie wäre, hätte ich ein bisschen Angst.« Er drückte vorsichtig das Kätzchen an seine Brust. »Es heißt, dass sie den Herzschlag mögen. Er erinnert sie an ihre Mutter.«

»Dieses Kätzchen hatte nicht lange eine Mutter. Ich habe sie und ihre Geschwister in meinem Schuppen gefunden. Mac hat sie anscheinend adoptiert, er hat ihnen Futter gebracht und alles Mögliche. Ich habe mitgeholfen, er hat viel Zeit mit ihnen verbracht«, sagte Serena. »Ich kann nicht fassen, dass er eines bis hierher getragen hat. Ich weiß, so weit ist es nicht, aber ...«

»Jetzt bin ich mit meinem Katzenwissen am Ende«, gab Daniel zu. »Ich wünschte mir, sie könnte die Yo-Joe!-Katze werden. Ein paar Frauen, die neulich Abend hier waren, würden dann regelmäßiger kommen.«

»Ha, interessant«, sagte Marcus.

»Sein Hirn versucht gerade, diese Informationen für seine nächste Kampagne zu verwenden«, erklärte Daniel.

»Warum richte ich ihr nicht ein Bettchen im Vorratsschrank, schließlich kann sie ja nicht hierbleiben«, schlug Mrs Trask vor. »General Patton hatte einen Kater, der Willie hieß. Vielleicht solltest du sie so nennen, Daniel.«

»Heißt das, dass ich sie behalte?«

»Kannst du dir leisten, noch jemanden zu versorgen?«, fragte Marcus und murmelte gleich eine Entschuldigung hinterher.

»Ich habe eine große Tüte Futter für Katzenbabys, die ich dir gern zur Verfügung stelle«, bot Serena an.

»Ich höre Miauen, aber es ist nicht sie«, sagte Mrs Trask. »Ich glaube, es kommt von draußen.« Sie eilte hinüber und öffnete die Tür. Mac schlich herein, mit noch einem Kätzchen im Maul. Diesmal ging er zu Marcus und setzte es vor ihm auf den Boden. Es fing sofort an, im Zickzack herumzurennen.

»Sieh dir das an!«, rief Marcus aus und brach in Gelächter aus. Serena war sich nicht sicher, ob sie Marcus schon einmal hatte lachen hören.

»Deins ist verrückter als meins.« Daniel streichelte das Kätzchen auf seinem Arm.

»Meins?«, wiederholte Marcus.

»Nun, wir wissen, dass *du* auf jeden Fall noch jemanden durchfüttern kannst«, sagte Daniel.

»Etwas Gesellschaft könnte ich brauchen.« Marcus lachte wieder, als »sein« Kätzchen um das Sofa herum und unter einem Stuhl hindurch zoomte.

Serena spürte, wie ihr Handy vibrierte. Sie hatte beinahe Angst, die Nachricht zu lesen. Was, wenn sie von Erik war? Wenn er versuchte, sein Handeln zu rechtfertigen, wollte sie nichts davon wissen. Sie warf einen vorsichtigen Blick auf das Display. Die Nachricht war von Emily.

Emily: *Ja, ich will feiern gehen! Bald! Morgen Abend!*

Serena: *Noch einmal Glückwünsche. Ich freue mich so für dich.*

Emily: *Ohne dich hätte ich es nie geschafft! Im Ernst, du hast mich vor der letzten Audition im Bad gesehen. Wenn du nicht hereingekommen wärst, stünde ich immer noch da.*

Serena: *Das ist nicht wahr.*

Emily: *Natürlich ist es wahr! Ich würde eine Rolle Klopapier als Kissen benutzen. Danke, dass du mein Coach warst. Also morgen?*

Serena: *Ja.*

Serena legte ihr Handy weg. »Das war Emily. Ich habe dir von ihr erzählt.«

»Richtig. Deine Konkurrenz bei der Werkatze«, antwortete Daniel. Er schüttelte den Kopf und sah Marcus an, der sich dem Kätzchen genähert hatte. Das versuchte gerade, sein Hosenbein hinaufzuklettern. Es war ein teurer Anzug, an dem das Kätzchen bestimmt Fäden zog, aber Marcus lachte noch immer.

»Weißt du, was merkwürdig ist?«, sagte Serena. »Ich fühle mich genauso, wie wenn einer meiner Schüler eine Rolle bekommt, ich bin einfach froh und stolz. Obwohl ich gleichzeitig enttäuscht bin, dass ich die Rolle nicht selbst bekommen habe.«

»Hast du ihr dabei geholfen?« Daniel gab ihr ein Getränk mit einer schaumigen Wolke aus Schlagsahne obendrauf.

»Ich habe ihr ein paar Ratschläge für das Vorsprechen gegeben, sonst nichts. Nichts Großes, aber sie war so dankbar.« Serena leckte ein wenig Schlagsahne. Das Kätzchen, das Daniel auf dem Arm hielt, miaute.

»Ich glaube, wir müssen diesem Mädchen hier etwas zu fressen besorgen«, sagte er. »Es überrascht mich nicht, dass Emily dankbar war. Du bist ein super Coach.«

Sie lächelte. »Ja, das stimmt.«

Mac hörte wieder, wie Jamie nach ihm rief, als er zum Schuppen zurückkehrte. Er wünschte, sie würde endlich damit aufhören. Wenn er sie hörte, zog etwas in ihm, versuchte, ihn zu diesem Menschen hinzuziehen. Aber sie war nicht mehr sein Mensch. Wie konnte sie das noch sein?

»Mac, komm, Maaack-yyy, komm nach Hause. Komm nach Hause, mein Süßer. Mein kleiner Mac-Mac.«

Er machte einen Schritt auf ihre Stimme zu. Nicht mit Absicht, aber er tat es.

Sie roch anders, hörte sich aber noch genauso an. So, wie sie klang, wenn sie seinen Namen blah-blahte. Sie hatte ihn lieb. Obwohl sie ihn in einen Käfig gesperrt hatte, hatte sie ihn lieb.

Er rief sich in Erinnerung, dass sie ein Mensch war. Menschen verstanden nicht immer, obwohl sie immer dachten, dass sie alles verstanden. Vielleicht verstand Jamie nicht, wie er sich gefühlt hatte, als sie ihn in einen Käfig sperrte. Vielleicht hatte sie gedacht, er würde es *mögen*.

Einmal hatte sie ihn an die Leine gelegt. Und sie hatte sich benommen, als sollte er sich darüber freuen. Er musste ihr zeigen, dass sie sich irrte. Er musste es ihr beibringen.

»Mac, ich möchte, dass du nach Hause kommst, Kleiner. Komm schon, Kitty, Kitty, Kitty.«

Jamie rief immer noch nach ihm, also musste sie ihn lieb haben. Er hätte von vornherein wissen müssen, dass ihr Menschenhirn einen Fehler gemacht hatte. Sie war immer noch seine Jamie. Er musste einfach im Kopf behalten, dass, sosehr er sie auch liebte, sie einfach nicht so klug war wie er. Und David auch nicht.

Er würde nach Hause gehen. Sie brauchten ihn, damit sie wussten, was sie tun sollten. Diogee brauchte ihn auch. Er war noch viel dümmer als die Menschen und kam deshalb allein nicht zurecht.

Sobald er konnte, würde er Jamies Rufen folgen. Aber zuerst musste er noch ein Zuhause für sein letztes Kätzchen finden – Sassy. Erst dann konnte er selbst nach Hause gehen.

Kapitel 19

Mac sah über die Schulter, um sich zu versichern, dass Sassy ihm nachlief. Das tat sie. Sie wusste, dass ein erhobener Schwanz bedeutete: »Folge mir.« Er hatte sie gut ausgebildet. Aber so klug sie auch war, er würde sie nicht allein über die Straße gehen lassen. An der Ecke nahm er sie am Nackenfell und trug sie hinüber, wobei er ihr leises Knurren und ihr Zappeln ignorierte.

Als sie dort ankamen, wo Erik und Kait waren, fauchte Sassy böse. Mac war das gleichgültig. Hier gehörte sie hin. Es war ihm schwergefallen, die Entscheidung zu treffen, bis er begriffen hatte, dass Sassy so frech war, dass sie beide brauchte, Erik und Kait, um sie in Schach zu halten. Und wenn sie erst einmal etwas größer war, könnte sie sich um all die Schwierigkeiten kümmern, in die die beiden gerieten.

Mac ging hinter jemandem durch die Tür, und Sassy folgte ihm, wenn sie auch nicht glücklich dabei aussah. Er folgte Eriks und Kaits Geruchsspuren, hätte sich aber auch so erinnert, wohin er musste. Hatte Sassy schon gelernt, Geruchsspuren zu folgen? Vielleicht hatte er den Kätzchen doch noch nicht alles beigebracht, was sie wissen mussten, bevor er sie hatte gehen lassen. Nun, auch wenn sie noch Babys waren, so waren sie doch in erster Linie Katzen. Sie würden es herausfinden.

Die Tür, nach der Mac suchte, war angelehnt. Er stieß sie mit dem Kopf auf, schlich hinein und sah sich nach Sassy um. Noch da.

»Ich dachte, du wärst sicher, dass der Kater es nicht getan haben kann.« Einer der Menschen lachte. Ein paar der anderen auch. Machten sie sich über »den Kater« lustig? Er hatte gerade etwas über einen Kater gesagt, und jetzt lachten die.

Kait und Erik lachten nicht. Mac bemerkte, dass Kait nicht mehr so einsam roch wie gestern Abend, als sie ihn zu Charlie hinüber verfolgt hatte. Ihm sei Dank. Aber Erik roch noch immer scheußlich. Er musste Sassy vielleicht helfen, wenn Erik es nicht schaffte, herauszufinden, was ihn glücklich machte.

»Ich weiß, warum der Kater das Zeug gestohlen hat. Er wollte sich damit einen Fer-rrr-ari kaufen«, blah-blahte eine Frau. Und diesmal lachten sie alle, sogar Kait und Erik.

Mac fand es nicht lustig. Es gab nichts Lustiges an ihm oder irgendeiner anderen Katze. Und auch deswegen hatte er Sassy ausgerechnet hierhergebracht. Ein paar Tage mit ihr, und diese Menschen würden sich nie wieder über eine Katze lustig machen.

Er leckte Sassy ein paarmal und rieb seine Wange fest an ihr. Alle, die sie riechen würden, wüssten, dass sie unter seinem Schutz stand. Dann ging er, wobei er sich umdrehte, um die Tür hinter sich zu schließen. Diesmal wollte er nicht, dass Sassy ihm folgte.

Es war an der Zeit für Mac, nach Hause zu gehen.

Sobald er wieder draußen war, rannte er los. Er wollte seinen Menschen. So lange war er noch nie von ihr getrennt gewesen. Vielleicht wäre sie ja so glücklich, ihn zu sehen, dass sie die Sardinen rausrückte!

Er ging zur Haustür und miaute. Einen Augenblick später fing der Idiot an, zu wauwauen, aber niemand sagte ihm, er solle still sein. Mac wusste, Diogee war der Einzige im Haus.

Mac drehte um und ging zu dem Baum, der vor dem Badezimmerfenster wuchs. Was war hier passiert? Mehr Veränderungen. Holz und Gitter, und das Ding, das Bong machte. Er billigte es nicht, aber im Moment würde er all die neuen Dinge einfach ignorieren. Er wollte hinein.

Er kletterte die bekannten Äste hoch und quetschte sich hinein. Das Fenster war immer einen Spalt offen. Er hörte, wie Diogee die Treppe heraufstolperte. Sein seilartiger Schwanz fing an zu wedeln, als Mac ins Schlafzimmer kam. Normalerweise hätte Mac nicht widerstehen können und sich darauf gestürzt. Es war wie das beste, größte Stück Kordel auf der Welt. Aber heute war er nicht in der richtigen Stimmung. Er wollte nur Jamie.

Er sprang aufs Bett und rollte sich auf ihrem Kissen zusammen. Es hatte den neuen Jamiegeruch, den Geruch, der nicht ganz stimmte. Besser als nichts. Mac schloss die Augen. Wenn er aufwachte, würde Jamie wahrscheinlich wieder zu Hause sein.

»Bist du dir sicher?«, fragte Ruby. »Das ist plötzlich. Du hast doch erst vor zwei Tagen erfahren, dass du die Rolle nicht bekommen hast.« Sie und Serena standen oben auf dem Witwensteg, ihrem Lieblingsplatz für den Morgenkaffee.

»Ich weiß, es ist schwer zu glauben, aber es hat wirklich nicht so viel damit zu tun, dass ich die Rolle nicht bekommen habe«, antwortete Serena. »Ich sage immer zu meinen Schülern, dass sie auf ihr Bauchgefühl hören sollen, und das tue ich. Ich mag die Schauspielerei, auch wenn mir dieser Werbespot wieder vor Augen führt, wie mühsam es ist, aber zu unterrichten, das ist es, was ich wirklich liebe. Mit Daniel zu proben und Emily Ratschläge zu geben, das finde ich befriedigend. Da war ein Mädchen bei meinem Agenten, der ich die Wonder-Woman-Pose beigebracht habe. Ich habe gemerkt, wie ihr das geholfen hat, und ich habe mich so gut dabei gefühlt.«

Ruby nickte langsam. »Ich frage mich nur, ob du der Schauspielerei eine faire Chance gegeben hast. Du bist gerade erst hergekommen.«

»Ich weiß. Aber schließlich ist es ja nicht so, dass ich erst hier mit der Schauspielerei angefangen hätte. Ich spiele seit dem College, und wenn du mein Debüt als Wolf in der Grundschule mitzählst, sogar noch länger«, erwiderte Serena. »Am Anfang war das Unterrichten nur eine Notlösung, aber dann hat es mir wirklich gefallen. Ich habe mit meinen Podcasts angefangen und gab mir einen Kick. Schließlich kam es so weit, dass ich bei einer Ausschreibung für ein Vorsprechen darüber nachdachte, wer von meinen Schülern der Richtige für die Rolle wäre, statt zu überlegen, ob ich selbst die Rolle wollte.«

Ruby trank einen Schluck Kaffee. »Okay, eins noch: Ich glaube fest an das Bauchgefühl, aber aus irgendeinem Grund hast du dich doch für das Stipendium beworben. War das nicht auch dein Bauch?«

»Das dachte ich. Aber jetzt glaube ich, dass es vielleicht mein Ego war. Das ist doch irgendwo in der Nähe des Bauches, richtig?« Sie merkte, dass Ruby noch nicht zufrieden war. »Ich habe gehört, wie zwei meiner Schüler darüber sprachen, dass sie vielleicht besser bei jemandem studieren sollten, der es geschafft hat. Sie haben gedacht, ich unterrichte, weil ich es als Schauspielerin nicht geschafft habe. Da habe ich plötzlich Panik bekommen. Ich dachte mir: Du bist neunundzwanzig. Es ist fünf vor zwölf. Wenn ich es noch mal schaffen will, dann jetzt! Ich habe von dem Leuchtturmstipendium zwei Tage vor dem Ablauf der Bewerbungsfrist erfahren. Es kam mir wie ein Wink des Schicksals vor, dass ich die Information gerade rechtzeitig bekommen habe, um meine Bewerbung noch per FedEx loszuschicken.«

»Ich glaube, da ist noch etwas«, entgegnete Ruby. »Das Stipendium ist eine tolle Gelegenheit. Es gibt wenig Vergleichbares. Warum gönnst du dir nicht dieses eine Jahr, wer weiß, was noch passiert? Der Anfang war phänomenal, du hast einen Agenten gefunden und einen Werbespot gedreht.«

Serena rieb sich mit den Händen das Gesicht. »Ich weiß. Ich habe die ganze Nacht wach gelegen und darüber nachgedacht, ob ich nicht einfach nur Angst habe, es weiter zu versuchen. Aber das ist es nicht. Warum also soll ich noch ein Jahr mit etwas verschwenden, das ich in Wirklichkeit gar nicht will? Besonders weil es so viele Frauen gibt, die dieses Jahr sehr gut nutzen würden. Ich hoffe, dass die Mulcahys sich andere Bewerbungen ansehen und jemand Neues auswählen.«

»Ich muss mit ihnen sprechen. Das ist noch nie passiert«, gab Ruby zu.

»Bitte sag ihnen, wie unglaublich dankbar ich bin. Es ist wirklich etwas Wunderbares.« Serena fühlte sich plötzlich schuldig. Bisher hatte sie sich nicht einmal Gedanken darüber gemacht, was die Mulcahys wohl darüber dachten. Aber sie wusste, dass es richtig war, das Stipendium abzugeben. Sie würde anfangen zu packen, damit sie schnell aus dem Leuchtturm ausziehen konnte.

Sie hoffte, dass bald jemand anderes einzog. Vielleicht sollte sie einen Zettel hinterlassen, um denjenigen, der nach ihr einzog, vor Erik zu warnen.

Erik bot dem Kätzchen ein winziges Stück Salami von der Pizza der Lerngruppe an. Es schnupperte misstrauisch daran, fraß es dann und miaute laut. Erik gab ihr schnell noch ein Stück.

»Sie hat dich bereits um die Pfote gewickelt«, sagte Kait zu ihm. »Und sie ist noch nicht einmal einen ganzen Tag Stationskatze.«

»Hast du gesehen, wie Sean und Tom sich darum gestritten haben, auf wessen Schoß sie sitzen darf?«, fragte Angie. »Ich habe noch nie erlebt, dass die beiden sich über irgendetwas einig gewesen wären, aber sie sind beide ganz hingerissen von dem Kätzchen.«

Erik sah auf die Katze hinunter. Er war sich sicher, dass es sich um dieselbe handelte, die auf dem Baum festgesessen hatte. Alle Kätzchen waren braun getigert, aber das Kleinste hatte bestimmt nicht auf dem Baum gesessen. Dasjenige, das immer wie verrückt herumrannte, wäre niemals imstande gewesen, so lange still zu sitzen, und das andere, das so verfressen war, hätte ohne einen Snack nicht lange dort oben ausgeharrt.

Er dachte an Serena. Er musste sich bei ihr entschuldigen. Natürlich wollte er nicht wieder mit ihr zusammenkommen, selbst wenn sie ihn zurücknehmen würde. Aber sie verdiente es nicht, so schlecht behandelt zu werden.

»Erik!« Er wollte Jandro noch ein Stück Pizza geben, dann merkte er, dass sein Freund seines noch in der Hand hielt, und setzte sich wieder. »Mir scheint, ich habe kurz mal nicht aufgepasst.«

Kait schnaubte, verkniff sich aber eine Bemerkung. »Ich habe dich gefragt, was du in dem letzten Bewerbungsgespräch gesagt hast, als sie dich nach deiner größten Schwäche gefragt haben«, sagte Jandro zu ihm. »Ich habe gehört, dass sie eine Menge ähnlicher Fragen stellen wie damals, als wir uns bei der Polizei beworben haben.«

Erik versuchte, sich zu erinnern. Im Moment konnte er allerdings nur daran denken, dass er wie ein lausiger Feigling per Textnachricht mit einer Frau Schluss gemacht hatte, damit er sie nicht weinen sehen musste. »Ah, tut mir leid, ich bin heute wohl ein bisschen müde. Es fällt mir nicht mehr ein.«

»Was sie hören wollen, ist, wie du an deiner Schwäche arbeitest«, sagte Kait. »Das musst du dir merken.«

»Die schlimmste Frage war die, wie du reagieren würdest, wenn du erfährst, dass ein Mitglied deiner Familie ein Verbrechen begangen hat.« Angie nahm einen Schluck Diät-Cola. »Ich will nicht einmal darüber nachdenken, jemanden aus meiner Familie festnehmen zu müssen.«

Jandro stand auf. »Die Fragen sind also so ziemlich dieselben wie damals, als wir bei der Polizei angefangen haben, und wir sind alle angenommen worden. Dann müssten wir eigentlich nicht für die mündliche Prüfung lernen. Worüber ich mir Sorgen gemacht habe, war sowieso die Prüfung. Ich gehe nach Hause zu meiner Frau.« Er steckte das restliche Stück Pizza in den Mund und nahm sich noch eins. »Für die Heimfahrt«, nuschelte er.

Angie warf ihre Coladose in den Müll. »Ich gehe auch. Ich kann mich noch zwei Jahre lang vorbereiten. Aber danke, dass ich mitmachen durfte.« Sie winkte ihnen zu und folgte Jandro zur Tür hinaus.

»Soll ich dir ein paar Fragen stellen, die gestellt werden könnten?«, fragte Kait.

Bei dem Gedanken allein wurde Erik schon todmüde. »Nicht heute Abend, okay? Vielleicht morgen, wenn wir auf Streife gehen.«

»Du wirst dich besser fühlen, wenn du dich bei Serena entschuldigst«, sagte Kait zu ihm. »Persönlich.«

»Ich weiß.« Es würde schwer sein, Serena in die Augen zu sehen. Sie hasste ihn bestimmt. Und er konnte es ihr nicht einmal übel nehmen.

Kapitel 20

Erik starrte den Leuchtturm an. Schon seit mindestens einer Minute. Es fiel ihm schwer, sich dazu aufzuraffen, den Weg aus zerstoßenen Muschelschalen hinaufzugehen. Es war lächerlich. Er war schließlich Polizist. Er hatte schon alle möglichen Konfrontationen gemeistert. Ja, Serena war sicherlich wütend auf ihn, aber wenigstens brauchte er sich keine Sorgen darüber zu machen, ob sie nicht vielleicht eine versteckte Waffe trug.

Er rührte sich nicht vom Fleck. Diese Situation hatte rein gar nichts mit seiner Arbeit zu tun. Denn da musste er niemandem gegenüber zugeben, dass er sich wie ein Riesenmistkerl verhalten hatte. Er fühlte sich scheußlich. Deshalb sollte es ihn doch nicht so viel Überwindung kosten, das Serena gegenüber zuzugeben. Es war die Wahrheit.

Es lag nicht daran, dass er nicht zugeben konnte, dass er etwas Falsches getan hatte. Er wollte ihr nur nicht ins Gesicht schauen und darin sehen, wie ihre Gefühle für ihn sich geändert hatten. Er liebte die Art, wie sie ihn immer angelächelt hatte. Wie sie ihm offen gezeigt hatte, wie glücklich sie war. Das würde heute anders sein.

Erik stand immer noch wie angewurzelt da, als plötzlich die Tür aufging. »Was willst du hier?«, fragte Serena. »Falls du deine Zahnbürste suchst, die habe ich weggeworfen. Und sonst hast du nichts hiergelassen.«

Ihr Anblick riss ihn aus seiner Erstarrung. Er ging auf sie zu. »Kann ich mit dir sprechen, nur ganz kurz?«

»Warum schickst du mir nicht einfach eine Textnachricht?«, gab sie zurück.

»Du hast recht«, antwortete Erik.

»Du brauchst mir nicht zu sagen, dass ich recht habe.«

Erik hielt beide Hände hoch. »Aber es stimmt. Und ich muss dir wirklich nicht sagen, dass du recht hast«, fügte er schnell hinzu.

Serena stand einfach da, hereinbitten würde sie ihn sicher nicht. Sie sah nicht aus, als wäre sie am Boden zerstört, weil sie eine große Rolle nicht bekommen hatte und via Textnachricht abserviert worden war. Sie sah schön aus, ihre braunen Augen glänzten, ihr Haar war zu einem lockigen Pferdeschwanz gebunden. Sie trug Jeans und ein abgetragenes Actor's-Express-T-Shirt. Von irgendwo oben dröhnte Nicki Minaj. Ihm fiel ein, dass sie nie über Musik gesprochen hatten. Weil sie sich wirklich noch nicht lange kannten.

»Ich warte darauf, dass du etwas sagst«, erinnerte ihn Serena, und er merkte, dass er nur dagestanden und sie angesehen hatte, was zwar ein Fortschritt war, da er ja erst nur den Leuchtturm angestarrt hatte, aber kein sonderlich großer.

»Es tut mir leid wegen der Textnachricht. So etwas macht nur ein Mistkerl.«

»Ja. Stimmt.«

Serena würde es ihm nicht leicht machen. Aber warum sollte sie auch? »Ich habe keine gute Erklärung dafür«, fuhr Erik fort, »es gibt keine. Ich habe dich behandelt, als würden wir uns kaum kennen.«

»Als würdest du ein Date in einer Bar mit einer deiner Frauen absagen, die du mit einer Handbewegung vom Display wischst.«

Erik nickte. »Das hast du nicht verdient. Du …« Über ihre Schulter hinweg fiel sein Blick auf zwei Pappkartons. Er sah genauer hin. Umzugskartons. Und neben einem lag ein Stapel zusammengefalteter Wäsche.

302

Er machte einen Schritt zurück. »Ich darf mich bei dir entschuldigen, obwohl du genau das tust, wovon ich die ganze Zeit gesprochen habe?«

»Und was ist das?«, fuhr Serena ihn an.

»Weglaufen. Du hast mir einen ellenlangen Vortrag darüber gehalten, wie professionell du wärst und was für realistische Erwartungen du hättest, aber dann bekommst du eine Rolle nicht und – *wumm!* Weg bist du.« Eriks Herz hämmerte gegen seine Rippen, Wut stieg in ihm hoch. »Wann genau hast du das beschlossen? Ich wette, du hast deinen Flug weniger als eine halbe Stunde, nachdem dein Agent dir die Neuigkeit verkündet hat, gebucht. Hättest du es mir überhaupt gesagt? Wo war *meine* SMS?«

»Es hat keinen Sinn, mit dir darüber zu sprechen«, erwiderte Serena. »Du weißt ja immer schon alles im Voraus.« Sie schlug ihm die Tür vor der Nase zu.

Er hatte die ganze Zeit recht gehabt und sich nie auf sie einlassen dürfen. Wenigstens hatte er sich nicht gefühlsmäßig zu tief darin verstrickt, und jetzt war es vorbei.

Mac kuschelte sich dichter an den warmen, pelzigen Körper. Was? Warte. Er öffnete die Augen. Er lag auf Diogees Kissen, neben Diogee! Langsam erinnerte er sich. Er war auf Jamies Kissen aufgewacht. Sie war nicht nach Hause gekommen. David auch nicht. Mac hatte sich so einsam gefühlt, dass er sich neben den Idioten gelegt hatte und wieder eingeschlafen war.

Er sprang auf. Diogee schnarchte weiter. Wenigstens würde der Hund nie erfahren, wie weit es mit Mac gekommen war. Er brauchte ein Bad. Jetzt. Er fing an, seine Vorderpfoten zu lecken. Er war gerade bei der zweiten Pfote angekommen, als er das Klicken hörte, als die Haustür geöffnet wurde.

Jamie war zurück! Er sprang auf. Diogee tat es ihm gleich. Der Hirnverbrannte stieß ein lang gezogenes Heulen aus und galoppierte die Treppe hinunter, Mac gleich hinter ihm.

»Mac! Du bist wieder da!«, blah-blahte David. Er kniete sich hin und streichelte Macs Kopf mit einer Hand, während er Diogee mit der anderen tätschelte. Diogee sabberte ganz schrecklich und schaffte es sogar, Mac einmal abzulecken. Abscheulich.

Mac nahm einen tiefen Atemzug. War Jamie draußen? Würde sie gleich hereinkommen? Er konnte sie nicht riechen. Wo war sie?

»Jam wird sich so freuen, dich zu sehen. Sie hat sich solche Sorgen gemacht. Hast du denn nicht gehört, wie sie dich gerufen hat?«, blah-blahte David. »Ich habe dich auch gerufen. Ich habe nach dir gesucht.« Er nahm Mac auf den Arm und stand auf. Diogee sprang wieder und wieder an ihm hoch, so als wollte er, dass David auch ihn auf den Arm nahm. Wusste er denn nicht, wie riesig er war?

David öffnete die Tür zum Gefängnis. Mac wehrte sich nicht, als David ihn hineinsetzte. Er konnte später einen Weg nach draußen finden, aber im Moment wollte er nicht. Alles, was er wollte, war, hier zu warten, bis Jamie nach Hause kam. Er setzte sich auf sein Bett. Ein Schläfchen wäre schön, aber Mac wollte nicht einmal blinzeln, bis er sie sah.

Er bewegte sich nicht einmal, als David ihm Wasser und einen Teller mit Sardinen ins Gefängnis stellte. Er würde fressen und trinken, wenn sein Mensch wieder da war.

Die Türklingel schellte. Serenas Herz machte einen Satz. Wenn es nur nicht wieder Erik war. Sie legte das Paketklebeband weg, mit dem sie gerade einen Karton zugeklebt hatte, und ging zur Tür. Sie riss sie auf – und sah, dass Ruby draußen stand.

»Ich hatte Angst, du wärst Erik«, gestand sie. »Er war vor einer Weile hier.«

»Ich hoffe, um sich zu entschuldigen«, sagte Ruby und trat ein.

»Damit hat er angefangen, aber dann hat er das gesehen …« Serena zeigte auf die Kartons. »Und dann ging es los. Er hat sofort angenommen, dass ich mit eingezogenem Schwanz nach Hause zurückrenne, weil ich die Rolle nicht bekommen habe. Ich habe ihm gesagt, dass ich nicht so bin wie Tulip, aber offensichtlich hat er mir das nie geglaubt.«

Ruby blickte einen Moment lang zu den Kartons hinüber. »Ich möchte ja nicht illoyal und immer noch deine beste Freundin wie in einer romantischen Komödie sein, aber ich kann verstehen, dass er so denkt. Woher soll er denn wissen, dass du dich entschieden hast, lieber zu unterrichten?«

Serena merkte, wie etwas von ihrem Ärger verflog, und ihr wurde kalt, als hätte ihre Wut tatsächlich Wärme erzeugt. »Er hätte nachfragen sollen. Sogar wenn er überzeugt davon war, zu wissen, was los ist, hätte er mit mir sprechen sollen, um ein Missverständnis auszuschließen. Allerdings war ich auch nicht besonders freundlich zu ihm.«

»Nach der Textnachricht hatte er schon Glück, dass du ihn nicht behandelt hast wie ein Lebkuchenmännchen und ihm gleich den Kopf abgebissen hast.« Ruby lächelte. »Siehst du, ich bin auf deiner Seite.«

»Danke, dass du gekommen bist, um nach mir zu sehen«, sagte Serena. »Du bist eine tolle Freundin.«

»Eigentlich bin ich aus einem bestimmten Grund hier, obwohl ich sicher auch sonst bei dir vorbeigeschaut hätte.« Ihre dunklen Augen blitzten.

»Einem bestimmten Grund?«

»Setzen wir uns doch. Das hier ist eine offizielle geschäft-

liche Angelegenheit mit offiziellen Geschäftspapieren.« Ruby
hielt einen Ordner hoch und setzte sich an den Küchentisch.
Serena liebte den hellgrünen Tisch. Und ihren blauen Kühlschrank. Und die Patchworkdecke auf ihrem Bett. Es würde ihr
alles sehr fehlen.

»Möchtest du einen Tee oder sonst etwas?«, fragte Serena.

»Vielleicht hinterher. Aber ich kann es nicht erwarten, dir
zu erzählen, weswegen ich hier bin«, sagte Ruby. »Setz dich,
setz dich.« Serena setzte sich. »In diesem Ordner habe ich einen
neuen Vertrag zwischen dir und dem Leuchtturmverein.«

Serena hatte damit gerechnet, dass sie etwas unterschrei-
ben musste, um zu versichern, dass sie das Stipendium nicht
mehr wollte, aber sie wusste nicht, warum Ruby sich so freute. »Wie bald soll ich ausziehen? Ich habe schon angefangen
zu packen, ich könnte morgen oder vielleicht übermorgen
abreisen, damit so bald wie möglich jemand Neues einziehen
kann.«

»Tut mir leid. Das wird nicht passieren. Weil du nämlich
hierbleibst!« Serena machte den Mund auf, brachte aber kein
Wort heraus. »Das Stipendium ist dafür gedacht, einer Frau
Gelegenheit zu geben, eine Künstlerkarriere zu verfolgen«, erklärte Ruby. »Und Mr und Mrs Mulcahy betrachten es auch als
Kunst, Schauspielerei zu unterrichten. Und ich ebenfalls. Du
kannst das Stipendium behalten, solange du nachweisen kannst,
dass du Arbeit als Schauspiellehrerin hast oder zumindest versuchst, welche zu bekommen.«

»Das ist … wow. Mein Kopf ist …« Serena wedelte mit den
Händen.

»Ist das nicht großartig?«

»Es ist absolut großartig.« Aber Serena war immer noch kalt.
Es fiel ihr wohl nur schwer, alles zu verarbeiten. Das musste es
sein.

306

»Weißt du was? Ich habe dich nie das gefragt, was ich Menschen immer frage, wenn ich sie kennenlerne. Wenn dein Leben ein Film wäre, was wäre der Titel?«

»Tiefgründig«, witzelte Serena. Dann dachte sie darüber nach. »Ich glaube, im Moment gibt es noch keinen Titel. Ich bin noch zu sehr im Werden, um das zu wissen.«

Ruby nickte. »In Ordnung, dann am Ende des Jahres.«

Serena fragte sich, ob sie bis dahin eine Antwort parat haben würde. Auch wenn sie nun das Stipendium doch noch hatte, fühlte sich der Boden unter ihren Füßen etwas wackelig an.

Kapitel 21

Das Kätzchen – es war schon seit zwei Tagen hier, aber sie konnten sich nicht auf einen Namen einigen – kroch über den Tisch, das Bäuchlein am Boden, und fixierte Kaits Wasserflasche.

»Gleich springt sie!«, warnte Tom.

Zu spät. Die Flasche wurde überwältigt. Brutal. Dann drehte sich das Kätzchen um, biss Erik in den Finger und rannte davon.

»Sie ist so verdammt niedlich«, sagte Sean.

»Ein geiler Bock und ein Kavalier verlieben sich in ein Kätzchen«, murmelte Angie mit einem Lächeln.

»Sie ist so frech.« Jandro lächelte auch.

»Sassy wäre ein guter Name für sie«, sagte Angie. »Sie sieht aus wie ein richtiger Frechdachs.«

»Nicht nur frech. Sie ist außerdem herrisch und anstrengend«, sagte Erik. Das Kätzchen sprang auf Jandros Schoß, rollte sich zusammen und schlief ein. »Und kuschelig.«

Erik war neidisch darauf, wie sie das machte, plopp und weg. Nicht wie er, der sich in den letzten Nächten schlaflos herumgewälzt hatte.

»Ich finde, Sassy ist ein passender Name«, stimmte Kait zu. »Wir sollten darüber abstimmen.« Zum ersten Mal, seit sie einen Namen für das Kätzchen suchten, bekam sie ein einstimmiges Ja.

Tom verkündete: »Ich kaufe ihr ein Näpfchen mit ihrem Namen.«

»Sag mir, welche Farbe. Ich kaufe ihr einen dazu passenden Kratzbaum«, bot sein Partner an.

»Wir können zusammen gehen, wenn unsere Schicht zu Ende ist«, gab Tom zur Antwort.

Kait und Erik wechselten einen Blick. Außer beim Sommerpicknick des Dezernats verbrachten die beiden nie Zeit miteinander außerhalb der Arbeit.

Erik spürte, wie sein Handy vibrierte. Er zog es aus der Tasche. Kait tat es ihm nach. Und auch Jandro versuchte, seines hervorzuziehen, ohne Sassy zu stören.

»Zeit für die mündliche Prüfung«, sagte Kait.

Erik musste es ihnen jetzt sagen. Es würde nur schwieriger werden, wenn er noch wartete. »Ich habe beschlossen auszuscheiden. Ich will jetzt nicht Detective werden.« Das war eines der Dinge, das ihm schlaflose Nächte beschert hatte. Das andere war Serena. Er hätte sich nie mit ihr einlassen dürfen. Erik hatte gewusst, was ihn erwartete, und war offenen Auges in sein Verderben gerannt.

»Das ist doch völlig verrückt!«, rief Kait aus. »Bei der Prüfung ist es doch toll gelaufen! Machst du dir Sorgen wegen der mündlichen Prüfung? Ich habe dir doch gesagt, wir könnten zur Vorbereitung die Fragen durchgehen, auch wenn es nicht nötig wäre. Wie wir neulich Abend alle gesagt haben, viele der Fragen sind dieselben, die wir bereits beantworten mussten und die dir keine Probleme bereitet haben.«

»Es geht nicht um die mündliche Prüfung.« Erik wusste, sie würden es nicht verstehen, aber er musste versuchen, es ihnen zu erklären. »Ich bin einfach nicht für die Schreibtischarbeit geschaffen. Wenn ich mehr als ein paar Stunden in einem Raum verbringe, werde ich hibbelig. Ich mag es, auf Streife zu gehen. Ich mag es, die Gemeinde zu treffen, dazuzugehören, jemand zu sein, von dem die Leute wissen, dass sie ihm vertrauen können.«

»So wie die Leute im Storybook Court dir vertrauen? Du

hast nicht einmal einen Kater fangen können«, witzelte Tom. Niemand lachte.

»Warum hast du nie mit mir darüber gesprochen?«, fragte Kait so leise, dass nur er es hören konnte.

»Ich kann nicht fassen, dass du an all den Abenden, an denen wir zusammen gelernt haben, nichts davon erwähnt hast«, sagte Jandro. »Wann hast du das beschlossen?«

»Es hat wohl schon eine Weile unter der Oberfläche gebrodelt. Und dann ist mir plötzlich aufgegangen, dass ich es gar nicht muss. Ich muss nicht Detective werden, nur weil ich fünf Jahre investiert habe. Und da wusste ich, dass ich es nicht will.«

»Dann wirst du einer von denen, die ewig in Uniform herumlaufen? Einer von den Verlierern?«, fragte Angie. »Entschuldigung. Das wollte ich nicht laut sagen.«

»Ich finde nicht, dass Erik ein Verlierer ist, wenn er Streifenpolizist bleibt.« Kait stieß ihn mit dem Fuß an. »Wenn man kann, warum soll man nicht tun, was einem Spaß macht?«

»Geld«, erwähnte Jandro.

Erik dachte, dass Kait noch mehr zu sagen hatte, aber als er sie ansah, war sie auf ihren Laptop konzentriert. »Herrgott noch mal«, sagte sie atemlos. »Herrgott noch mal« war reserviert für ganz besondere Gelegenheiten.

»Sie haben Fingerabdrücke auf den traurigen Häschen gefunden«, sagte sie zu ihm. »Sie sind von Marcus Quevas.«

»Marcus?«, wiederholte Erik. »Ich würde verstehen, wenn es Daniel wäre. Er braucht Geld. Aber Marcus hat doch einen guten Job.«

Kait klappte den Laptop zu und faltete die Hände. »Wir sollten Mr und Mrs Quevas, der ganzen Familie, diese Neuigkeit mitteilen.«

»Du willst ihn vor der gesamten Familie mit den Vorwürfen konfrontieren?«

Sie schüttelte den Kopf. »Nur damit wir ihn festnehmen und herbringen können, ohne viel Aufhebens davon zu machen. Seine Nachbarn werden es nicht mitbekommen.«

»Du hast recht. Also, los.«

Ein paar Stunden später saßen er und Kait am Esstisch der Quevas. Lynne nestelte nervös am Tischtuch. »Sind Sie sicher, dass Sie nichts trinken möchten?«

Erik geriet in Versuchung, Ja zu sagen, weil sie es unbedingt wollte. Aber sie mussten es hinter sich bringen. »Wir haben die Figur zurückbekommen, die den Kocoras-Schwestern gestohlen wurde«, begann er.

»Sollten sie dann nicht auch hier sein?«, fragte Mr Quevas.

»Wir werden sie ebenfalls benachrichtigen«, antwortete Kait. Erik fragte sich, wie sie sich wohl fühlte, an einem Tisch mit Marcus. Es wirkte, als hätte er nur mit ihr Kontakt aufgenommen und wäre neulich nur mit ihr ausgegangen, um über den Fall auf dem Laufenden zu bleiben. Zum Glück waren sich die beiden nicht sehr nahegekommen. Nicht wie er und Serena.

Mist. Wie lang würde es dauern, bis er nicht mehr die ganze Zeit an sie denken musste? Bei Tulip hatte es ewig gedauert, aber es war nicht dasselbe. Er hatte es noch im Kein erstickt.

Erik zwang sich, wieder zuzuhören. »Wir haben Fingerabdrücke nehmen können«, sagte Kait. Er bemerkte, wie sich Marcus' Unterkiefer kaum merklich anspannte.

Kait sah Marcus an. »Die Fingerabdrücke waren von Ihnen, Marcus.«

»Marcus hat sie bestimmt drüben bei Helen und Nessie angefasst«, warf Lynne mit zitternder Stimme ein.

»Marcus ist sehr erfolgreich«, sagte Carson. »Er hat keinen Grund, irgendetwas zu stehlen.«

Kait und Erik waren auf so eine Reaktion vorbereitet. »Wir haben mit Helen und Nessie gesprochen, Marcus ist noch nie bei ihnen gewesen«, sagte Erik.

»Und wir haben bei Marcus' Firma angerufen. Er ist schon seit fast einem Jahr nicht mehr bei Ballista angestellt«, setzte Kait hinzu.

»Unmöglich …«, sagte Carson.

»Das muss ein Irrtum sein«, sagte Lynne gleichzeitig.

Daniel sagte gar nichts und starrte seinen Bruder nur an.

»Es stimmt«, gab Marcus zu. »Ich konnte eine Weile von meinen Ersparnissen leben, aber meine Wohnung ist teuer. Ich habe den Großteil meiner Möbel verkauft. Ich habe viele meiner Anzüge verkauft. Aber dann hatte ich einfach keine andere Möglichkeit mehr.«

»Oh, Marcus. Warum bist du nicht zu uns gekommen?«, fragte seine Mutter sanft.

»Ich habe die Kette nur genommen, weil ich wusste, dass du sie verabscheust, Mom, und weil ich wusste, dass ihr die Versicherungssumme bekommen würdet. Dann hat Marie den Ring erwähnt, und ich habe die Schwestern sagen hören, dass sie sich wünschten, jemand würde die traurigen Häschen stehlen. Es schien, als würden alle nur davon profitieren.«

»Allerdings ist das Ganze leider illegal.« Erik stand auf.

»Marcus, Sie werden mit uns aufs Revier kommen.« Kait begann, ihm seine Rechte vorzulesen.

»Und dann hat Kait Marcus seine Rechte vorgelesen«, erzählte Daniel Serena. »Marcus hat gesagt, er hätte sich bei ein paar Jobs beworben. Dass er das Geld zurückzahlen würde, sobald er kann. Ich nehme an, er hat das Zeug über einen Hehler verkauft, der keine Fragen gestellt hat. Die Figur hatte er dem Kerl einfach noch nicht gegeben.«

Serena runzelte die Stirn. »Ich verstehe immer noch nicht, wie Mac sie in die Pfoten bekommen hat.«

»Ich lerne gerade, dass Katzen merkwürdige und rätselhafte Wesen sind. Meine läuft gern morgens um zwei über mein Gesicht. Es ist unerklärlich.« Daniel lachte, dann wurde seine Miene wieder ernst.

»Was passiert jetzt? Kaution oder …?«

»Ich glaube, er wird auf Kaution freikommen. Mein Vater versucht, eine Lösung zu finden. Meine Mutter ist gleich auf ihr Zimmer gegangen, nachdem sie Marcus festgenommen haben. Sie wollte mit niemandem sprechen, also bin ich hierhergekommen.«

»Darüber bin ich froh. Es war schön, dass ich dir zur Abwechslung mal Kaffee machen konnte. Ich hoffe, du magst ihn mit Milch und Zucker.«

Daniel nahm noch einen Schluck. »Perfekt.« Er stellte den Becher ab. »Nachdem sie gegangen sind, habe ich mich gefragt, ob Marcus vielleicht Hausarrest bekommen kann so wie Charlie, der neben uns bei seiner Tante wohnt. Laut Vereinbarung kann man bei einem Verwandten wohnen. Meine Eltern würden Marcus bestimmt aufnehmen.«

Er seufzte. »Ich muss wirklich einen neuen Job finden. Ich werde die Schauspielerei nicht aufgeben, aber ich muss mehr verdienen. Ich komme damit zurecht, solange ich bei meinen Eltern lebe. Aber wenn Marcus zu uns zieht? Niemals. Und ich möchte, dass er Hausarrest bekommt. Ich möchte nur nicht im Zimmer nebenan wohnen.«

»Das verstehe ich. Ich habe auch einen Bruder.« Serena streckte die Hände aus. »Darf ich sie mal einen Augenblick halten? Ich vermisse meine Kätzchen.«

»Sicher.« Daniel gab ihr das kugelrunde Kätzchen. »Ich habe beschlossen, sie Macchiato zu nennen. Ihre Streifen erinnern

313

mich an die Karamellstreusel auf der Schlagsahne eines Karamellmacchiato. Und es ist auch Mac zu Ehren, da er mir die kleine Mac gebracht hat.«

»Das gefällt mir.« Serena schmuste mit der schläfrigen kleinen Mac.

»Wie kann man nur herumsitzen und über Katzennamen sprechen, während der eigene Bruder im Gefängnis sitzt?«, fragte Daniel plötzlich. »Ich komme mir vor wie ein Soziopath.«

»Nein, das bist du nicht. Du kannst im Augenblick nichts für ihn tun«, versicherte ihm Serena. »Die Idee mit dem Hausarrest ist gut. Und du kannst dich darum kümmern. Ich meine, du kannst doch mit Kait oder Erik sprechen? Ich bin mir nicht sicher, was der richtige Weg ist, aber wenn sie das nicht entscheiden können, sagen sie dir bestimmt, an wen du dich wenden musst.«

»Kommt Erik zurück, wenn er mit Marcus … fertig ist? Vielleicht könnte ich ihn dann fragen«, sagte Daniel.

»Auf Streife, meinst du?« Die kleine Mac fing an, ihr Bein zu kneten. Serena konnte die kleinen Krallen sogar durch ihre Jeans spüren, aber sie ließ sie gewähren. Sie war einfach zu niedlich.

»Nein. Um dich zu sehen.«

Serena schloss die Augen. »Ich hatte noch keine Gelegenheit, es dir zu sagen«, stöhnte sie.

»Nun, dann musst du es jetzt tun.« Daniel streichelte dem Kätzchen den Kopf.

»Wir haben Schluss gemacht. Oder wie auch immer man das nennt, wenn man einander nie wiedersehen will, aber nur ein paar Wochen zusammen war. Ich habe das Unverzeihliche getan. Habe vor ihm geweint, als ich die Werkatzenrolle nicht bekommen habe.« Sie konnte die Verbitterung in ihrer Stimme hören.

»Natürlich. Das wäre mir genauso gegangen«, sagte Daniel.

»Ich habe dir auch noch nicht erzählt, dass ich nicht mehr nach Schauspieljobs suchen möchte.«

»Warum denn das?! Nur weil du diese eine Rolle nicht bekommen hast? Das passiert mir ständig. Du hast schon einen Agenten. Andere Leute würden dafür morden, schon einen Agenten zu haben. Und du hast schon …«

»Stopp!«, unterbrach ihn Serena. »Bitte«, fügte sie hinzu. »Alles, was du sagst, stimmt. Das weiß ich. Ich weiß, wie unglaublich viel Glück ich hatte.«

»Nun, ein bisschen Talent hast du auch.«

Sie lachte. »Danke. Aber die Sache ist die, ich habe gemerkt, dass mir die Schauspielerei zwar gefällt, mir aber das Unterrichten sehr viel mehr Spaß macht. Das war mir bisher nicht klar. Ich will es nicht aufgeben.«

Daniel hob die Augenbrauen. »Nun, ich finde es wichtig, dass Menschen ihre Träume verwirklichen. Aber wie geht es mit dem allen hier weiter?«

»Ich dachte, ich müsste ausziehen, aber das Paar, das das Leuchtturmstipendium vergibt, hat beschlossen, dass es mich dabei unterstützen will, Schauspiel zu unterrichten. Also, ich bleibe dieses Jahr. Ich muss nur beweisen, dass ich Arbeit als Schauspiellehrerin suche.«

»Ich habe eine Menge Freunde, die dich bestimmt als Coach haben möchten«, sagte Daniel. »Manche haben sogar Geld. Manche sind außerdem außergewöhnlich attraktiv. Und ein paar sind sogar hetero. Wir kriegen dein gebrochenes Herz schon wieder hin.«

»Es ist nicht gebrochen«, beharrte sie, obwohl es eindeutig einen Sprung bekommen hatte. »Aber ich bin noch nicht bereit für romantische Wiedergutmachung.« Sie zeigte auf ihn. »Versprich mir, dass du nichts anleierst.«

»Erst wenn du mir die Erlaubnis erteilst«, sagte Daniel.

Serena glaubte nicht, dass das in voraussehbarer Zukunft geschehen würde. Von Erik würde sie sich erst einmal erholen müssen. Lange.

 Mac roch sie, bevor die Tür aufging. Jamie! Sie roch immer noch ein bisschen komisch, aber es war ganz klar seine Jamie. Er hatte so lange auf sie gewartet. David war ein paarmal gekommen, um ihn und Diogee zu füttern, aber Jamie nicht. Jetzt war sie wieder da.

David kam zuerst herein. Allein. Er lief die Treppe hoch, ohne auch nur mit Mac zu sprechen. »Okay, er ist weg!«, blah-blahte er laut. Mac hörte, wie er wieder herunterkam, obwohl er es fast nicht ausmachen konnte, weil der Schwachkopf so heulte.

Endlich betrat Jamie die Küche, gefolgt von David. Mac konnte nicht anders, als zur Begrüßung wieder und wieder zu miauen. Er zeigte nicht immer, wie sehr er sich freute, sie zu sehen. Es war immer besser, die Menschlein auf Trab zu halten. Aber heute konnte er einfach nicht an sich halten.

Sie händigte David etwas aus und ging langsam zur Gefängnistür, wobei sie die Hand auf ihren Bauch legte. »Es tut mir immer noch ein bisschen weh«, blah-blahte sie, wobei sie sich hinunterbeugte, um ihn zu befreien. Mac wand sich um ihre Knöchel und stellte damit sicher, dass sie mit seinem Geruch markiert waren.

»Ich bin so froh, dass du wieder zu Hause bist. Ich habe mir solche Sorgen um dich gemacht, böses Kätzchen«, blah-blahte Jamie. Wie gewöhnlich klang es nicht, als meinte sie wirklich, dass er böse war, wenn sie »böses Kätzchen« blah-blahte.

Sie setzte sich langsam auf den Boden und kuschelte mit Mac. Er schnurrte, so laut er nur konnte. »Mac, guck mal, wer hier ist. Das ist deine kleine Schwester.«

»Unsere Tochter ist nicht die Schwester eines Katers«, blah-blahte David. Er roch glücklicher denn je. Obwohl Jamie noch nicht wieder ganz normal roch, konnte er riechen, dass auch sie glücklicher war als je zuvor. »Vielleicht könnte er ihr Onkel sein. Onkel MacGyver.«

»Onkel Mac«, blah-blahte Jamie in Macs Ohr, als David sich neben die beiden kniete und Mac zeigte, was er in den Armen hielt. Mac hatte so etwas schon früher gesehen. Es handelte sich um ein Menschenjunges.

Ein Menschenjunges zog in Macs Zuhause ein! Er entwand sich Jamie und rannte die Treppe hinauf. Bevor jemand ihn einfangen konnte, war er schon zum Badezimmerfenster hinaus.

»Mac!«, hörte er Jamie blah-blahen. Sie stand in der Haustür, als er den Baum hinunterkletterte. Sobald seine Pfoten den Boden berührten, rannte er los. Und rannte und rannte.

Kapitel 22

Serena hielt inne, als sie über den Hof ging. Erik und Kait standen auf dem Brunnenrand, vermutlich hielten sie wieder einen Sicherheitsvortrag. Oder vielleicht sprachen sie auch über die Fortschritte bei den Diebstahlermittlungen, obwohl es eine Woche her war, dass Marcus festgenommen worden war.

Sie dachte daran, umzudrehen und einen Bogen zum Eingang auf der anderen Seite des Courts zu machen. Aber sie trug zwei Einkaufstüten in einer Hand und drei in der anderen, und sie schnitten bereits in ihre Finger. Außerdem war Erik immer noch der hiesige Streifenpolizist. Sie konnte ihm nicht ständig aus dem Weg gehen wie in den letzten Wochen. Serena hatte sich nicht imstande gefühlt, auch nur ein paar Worte mit ihm zu wechseln oder ihm ins Gesicht zu sehen.

Geh einfach, sagte sie sich. Schließlich würde er ja wohl kaum vom Brunnenrand herunterspringen und ihr nachlaufen. Warum auch? Er ging ihr wahrscheinlich genauso aus dem Weg.

Sie holte tief Luft und setzte sich in Bewegung.

»Ich habe eine Ansage zu machen, die sowohl schön als auch traurig ist«, sagte Erik gerade zu der Gruppe, die vor dem Brunnen versammelt war. »Meine Partnerin Kait ist zum Detective befördert worden. Deshalb wird sie nicht mehr als Polizistin in Ihrer Gegend arbeiten. Ich dagegen schon.« Er lächelte sie an. »Und ich bekomme bald einen neuen Partner.«

Er konnte sich keine bessere Partnerin vorstellen als Kait. Es würde eine große Umstellung bedeuten, mit jemand Neuem zusammenzuarbeiten. Aber er hatte sich so erleichtert gefühlt, nachdem er verkündet hatte, dass er sich nicht um eine Position als Detective bewerben würde, und wusste, dass es die richtige Entscheidung war. Und was auch immer geschah, Kait würde immer ein Teil seines Lebens bleiben.

»Was ist passiert? Sind Sie bei der Prüfung durchgefallen?«, rief ein Mann in mittleren Jahren, der eine Badehose trug und sich ein Handtuch um die Schulter gelegt hatte. Erik brauchte einen Augenblick, um ihn zu erkennen, weil er so leicht bekleidet war. Mr Todd aus der Red Ridinghood Lane. Es war gemein, so etwas zu fragen, aber es entsprach seiner Auffassung von Humor. Je länger Erik hier arbeitete, umso vertrauter wurden ihm die Eigenheiten der Leute in seinem Viertel.

»Nein, Mr Todd, ich habe nur zwei Fragen falsch beantwortet«, antwortete Erik. »Aber mir ist klar geworden, dass ich Sie alle zu sehr vermissen würde, wenn ich Detective würde.« Er breitete die Arme aus und bekam ein paar Lacher, aber auch anerkennendes Lächeln und etwas Applaus.

»Ich werde Sie auch vermissen«, fügte Kait hinzu. »Aber Sie sollten wissen, dass ich als Detective genauso um Ihre Sicherheit besorgt bin. Über Ihre Sicherheit, darüber möchten Erik und ich mit Ihnen sprechen. Nur weil die Diebstähle im Storybook Court aufgeklärt sind, bedeutet das *nicht*, dass es ungefährlich ist, Türen und Fenster unverschlossen zu lassen.«

Vor weniger als einem Monat hatten sie auf dem Brunnenrand gestanden und sich als die neuen Streifenpolizisten vorgestellt. Vor weniger als einem Monat hatte er Serena zum ersten Mal gesehen. Seine Gedanken kehrten immer wieder zu ihr zurück. Aber es war eine kurze Zeit. Die Erinnerungen würden verblassen, vor allem weil sie weit weg in Atlanta war und er sie nicht …

Auf einmal sah er aus dem Augenwinkel etwas aufblitzen –

rotblonde Haare! Serena! Es war Serena. Was zum Teufel hatte sie hier noch zu suchen?

»Ich brauche einen Freiwilligen!« Er hatte nicht vorgehabt, das zu sagen. Es war, als spräche jemand anderes mit seiner Stimme. Serena erstarrte für einen Moment, dann begann sie, schneller zu gehen. »Sie! Serena Perry! Sie haben das letzte Mal so hervorragende Arbeit geleistet. Kommen Sie doch noch mal hier hoch!«

Kait warf ihm einen fragenden Blick zu. Er konnte es ihr nicht verübeln. Es kam ihm vor, als hätte er den Verstand verloren. Was tat er? Es hatte ihn überrascht, sie zu sehen, das war alles, sagte er sich. Er wollte sie nicht gehen lassen, ohne herauszufinden, warum sie noch hier war.

Serena stellte sich auf den Brunnenrand, ohne Eriks helfende Hand zu ergreifen. »Was würden Sie tun, wenn ich an Ihrer Haustür auftauche?«, fragte er sie. Dann tat er so, als würde er klopfen.

Sie tat, als würde sie die Tür einen Spaltbreit öffnen, und funkelte ihn böse an. »Haben Sie mein Hausieren-verboten-Schild nicht gesehen?«

Gut. Sie kam auf Touren, und sie gab außerdem gute Tipps. Ein Hausieren-verboten-Schild war eine großartige Idee.

»Ich habe es gesehen, aber ich wollte Ihnen von einer tollen Gelegenheit erzählen. Ich bin sicher, die wollen Sie sich nicht entgehen lassen«, begann er.

»Ich kaufe nichts. Ich kenne Sie überhaupt nicht.« Serena tat, als würde sie die Tür schließen. Erik klopfte wieder in der Luft, aber Serena war bereits vom Brunnenrand gesprungen und ging davon.

»Zum Dank werde ich unserer Freiwilligen ihre Einkäufe nach Hause tragen.« Erik sah zu Kait. »Kannst du die Fragen beantworten?«

»Natürlich. Wer hat Fragen? Oder würde uns jemand gern eine Geschichte erzählen, wie jemand an Ihre Tür kam, dem Sie nicht trauten?«, fragte Kait.

Erik lief hinter Serena her. »Warum bist du noch hier?«, fragte er sie, als er sie eingeholt hatte. »Warte. Antworte nicht. Das war die falsche Frage. Was ich meinte, war, dass ich überrascht bin, dich hier zu sehen.«

»Ich wohne hier«, sagte Serena ohne eine weitere Erklärung.

»Aber du hast gesagt, du würdest ausziehen.«

»Also eigentlich habe ich das nicht gesagt. Du hast Kartons gesehen und daraus geschlossen, dass ich mir den ganzen Weg nach Atlanta zurück die Augen ausheulen würde, weil ich die Rolle nicht bekommen habe«, sagte sie, ohne ihn anzusehen.

»Oh.« Er dachte darüber nach, versuchte, sich an die Einzelheiten zu erinnern. Er hatte die Kartons gesehen und sich nicht zurückhalten können. Weil sie genau das tat, wovor er Angst hatte. Sie hatte genau das getan, was Tulip getan hatte. »Ich glaube … ich glaube, du hast recht. Ich habe es vermutet.«

»Es ist wirklich gut, dass du nicht Detective wirst«, meinte Serena. »Die sollen sich nicht von Mutmaßungen leiten lassen, richtig?«

»Ich glaube, ich muss dir eine Entschuldigung anbieten, oder besser eineinhalb Entschuldigungen. Ich habe sie beim letzten Mal nicht zu Ende bringen können.« Sie ging schneller und sah ihn immer noch nicht an. »Können wir mal kurz stehen bleiben? Ich möchte mich wirklich bei dir entschuldigen, und wenn ich das tue, möchte ich dir gern in die Augen sehen.«

Serena blieb ruckartig stehen und drehte sich zu ihm. »Gut. Fang an.«

Sie gab sich völlig unbeteiligt. Sie hatte vor einem Mann, dem sie vertraute, geweint, als sie etwas, das sie wirklich hatte haben wollen, nicht bekommen hatte. Das war alles. Sie war traurig gewesen und hatte sich verletzlich gezeigt.

»Ich habe dich unverzeihlich schlecht behandelt. Aber ich hoffe, dass du mir trotzdem verzeihen kannst. Als du nach dem Anruf deines Agenten so traurig warst, hat mir das einen Heidenschrecken eingejagt. Das ist die Wahrheit. Es war, als würde sich die schlimmste Zeit meines Lebens wiederholen, und ich konnte damit nicht umgehen.«

»Das war aber nicht, was geschehen ist. Ich hatte Gefühle. Das war alles. Ich bin ein Mensch«, sagte Serena.

»Das verstehe ich. Aber damals dachte ich, ich würde das nicht aushalten. Ich dachte ... ich dachte, dass Tulip und ich uns geliebt hätten. Ich weiß, dass ich sie geliebt habe. Ich habe sie wahnsinnig geliebt. Ich hätte alles für sie getan. Sie wollte aus L.A. wegziehen. Gut. Ich wäre mitgegangen. Aber irgendwie war ich zu etwas geworden, das sie an ihr Scheitern erinnerte, nehme ich an. Sie hat mir nie versucht zu erklären, warum sie nicht wollte, dass ich mitkam. Sie hat nur Nein gesagt. Und dann war sie weg. So schnell.«

Serena streckte die Hand aus und strich ihm leicht über den Arm. »Was dir passiert ist, tut mir leid. Aber genau das hast du auch mit mir getan. Es war nicht so herzzerreißend. Wir hatten nicht so eine Beziehung wie du und Tulip. Wir haben uns nicht geliebt. Wir kannten uns nicht einmal besonders gut. Aber ich hatte mich dir nah gefühlt.«

»Ich auch«, gab Erik zu.

»Und dann kam es mir vor, als wärst du plötzlich jemand anders geworden«, sagte Serena zu ihm.

»Ich weiß. Es tut mir leid.«

Sie nickte. »Okay. Lass uns weitergehen. Diese Tüten amputieren mir noch die Finger.«

Er nahm sie ihr schnell ab. »Warum dann neulich die Umzugskartons in deiner Wohnung? Wenn ich fragen darf«, fügte er schnell hinzu.

»Ich hatte beschlossen, nicht mehr zu versuchen, als Schauspielerin zu arbeiten. Nicht, weil ich die Rolle nicht bekommen habe. Ich habe nur gemerkt, wie sehr ich es liebe zu unterrichten. Ich dachte, ich könnte nicht länger im Leuchtturm wohnen, weil das Stipendium ja für angehende Schauspieler gedacht ist. Aber die Mulcahys haben entschieden, dass Schauspielerei zu unterrichten auch ein künstlerisches Unterfangen ist und ich das Stipendium behalten kann, solange ich versuche, als Schauspiellehrerin Arbeit zu finden.«

Sie bogen in den Pfad ein, der zu ihrem Haus führte. »Ich weiß, das klingt verrückt. Ich habe ja wirklich etwas erreicht und noch dazu so schnell. Es gibt Schauspieler, die morden würden für das, was ich bereits erreicht habe. Den Werbespot. Den Agenten.«

»Ich kann das verstehen. Manche erklären mich für verrückt, weil ich weiter in Uniform bleiben will. Aber ich würde es nicht ertragen, so viel Zeit im Büro zu verbringen. Und ich möchte die Zurück-auf-Streife-Mission unterstützen, präsent in diesem Viertel sein, die Leute sollen mir vertrauen, glauben, dass ich jemand bin, der ihnen helfen kann – für mich gibt es keinen besseren Job. Es gäbe zwar ein besseres Gehalt, mehr Ansehen, aber keinen besseren Job.«

Sie hatten ihre Haustür erreicht. »Ich bitte dich nicht herein«, sagte sie. »Aber hast du vielleicht Lust, ins Snow White Café zu gehen und ein Bier zu trinken? Über unsere Liebe zu Jobs zu sprechen, die uns niemals Berühmtheit und Ansehen verschaffen werden?«

Erik spürte, wie eine Leichtigkeit seinen Körper erfüllte, als hätte jemand seine Füße von einem Zementblock befreit. »Ja, das würde ich gern.«

»Lass mich nur schnell die Einkäufe wegräumen«, sagte Serena. »Ich bin gleich wieder da.«

»Ich warte hier.«

Mac rannte. Rannte und rannte. Seine Beine brannten. Er war außer Atem. Er stolperte, aber er zwang sich weiterzurennen.

Er erreichte seinen Baum und kletterte schnurstracks nach oben, obwohl er so müde war. Er schob mit dem Kopf das Fenster auf und sprang auf den Badezimmerboden hinunter. Er konnte das Menschenjunge riechen. Sein Geruch vermischt mit Jamies.

Er ging zu ihnen. Er musste zweimal Anlauf nehmen, um es auf das Bett zu schaffen. Als er oben war, legte er sein Geschenk neben die winzige Person.

»Mac«, blah-blahte Jamie. »Hast du das für das Baby mitgebracht?« Sie rieb seinen Kopf, und er hob das Kinn, sodass sie weiterkraulte. Das tat sie. Er hatte sie gut trainiert. »David, komm und sieh, was unser Kater getan hat.«

David kam eilig ins Zimmer, Diogee gleich hinter ihm, mit wedelndem Schwanz und Hinterteil. »Schau, was dieses liebe, liebe Kätzchen getan hat. Mac hat das hier für das Baby mitgebracht.« Jamie streichelte das Geschenk, das Mac nach Hause geschleppt hatte. Er hatte es nicht ein einziges Mal fallen lassen, obwohl es beinahe so viel wog wie er selbst.

»Ein Plüschelefant?« David hob das Geschenk auf, und Diogee fing an zu jaulen. Es war nicht für ihn! Wenn er versuchte, danach zu schnappen, würde Mac ihn hauen. Vielleicht mit eingezogenen Krallen – beim ersten Mal.

»Ich sollte ihn nicht als lieb bezeichnen. Er ist eindeutig ein böses, böses Kätzchen. Er hat es ganz sicher gestohlen«, blahblahte Jamie. Sie sagte »böses Kätzchen« auf diese »Liebes Kätzchen«-Weise, wie immer. Außer wenn er die Butter fraß.

Hatte sie denn noch nicht gemerkt, wie sehr er Butter mochte? Wenn sie einfach etwas davon in seinen Napf tun würde, müsste er sie nicht auf der Anrichte fressen. Seufz. Sie musste noch viel lernen.

Und das neue kleine Menschlein. Das würde eine Riesenmenge Training benötigen. Es wusste gar nichts über Katzen. Über Jahre würde Mac wohl nicht mehr als zwei oder drei Schläfchen am Tag bekommen. Aber er war für dieses neue Baby verantwortlich, und Mac nahm Verantwortung ernst. Einer musste es ja tun.

Epilog

Zehn Monate später

Kommt rein«, rief Daniel, als Erik und Serena den gewundenen Pfad hinaufgingen, der zu dem baumhausartigen Zuhause der Quevas führte.

»Wir freuen uns so auf die Show!« Serena umarmte ihn.

»Meine Rolle kennst du ja schon. Da du ja diejenige warst, die mir geholfen hat, meinen Stil als Gastgeber zu verfeinern.« Daniel blickte zu Erik hinüber. »Sie ist eine wirklich begnadete Lehrerin.«

»Und jetzt ist sie eine wirklich begnadete Lehrerin mit eigenen Räumlichkeiten«, erwiderte Erik.

»Ich habe heute Nachmittag den Vertrag unterschrieben! Ich freue mich so. Am liebsten würde ich einen Freudentanz aufführen, aber ich glaube nicht, dass dafür Platz ist.« Sie sah sich im Wohnzimmer um, Al und Marie waren da und Kait, Helen und Nessie, Marcus, seine und Daniels Eltern, Charlie und seine Tante, Ruby, Riley und Rileys Mutter, Mrs Trask, Jamie und David und das Baby, Emily …

»Emily!«, rief Serena und winkte. »Ich muss Hallo sagen«, sagte sie zu Erik und ließ ihn bei Daniel stehen. Sie hatten ihre gemeinsame Liebe für Garagenflohmärkte entdeckt, und jetzt verbrachte Daniel beinahe so viel Zeit mit Erik wie mit ihr.

Schon nach ein paar Schritten stieß Serena mit Ruby zusammen. Es war so voll hier.

»Dein Jahr ist beinahe vorbei. Ich werde dich vermissen«, sagte Ruby.

»Oh, mach dir keine Sorgen. So leicht wirst du mich nicht los. Ich bin bereit, deine beste Freundin aus der romantischen Komödie zu werden«, gab Serena zur Antwort.

»Ich habe niemanden, mit dem ich eine romantische Komödie aufführen könnte«, erinnerte sie Ruby.

»Die Dinge ändern sich. Ich gehe nur kurz hinüber und begrüße Emily. Ich möchte, dass du sie kennenlernst.«

»Später. Ich muss zur Toilette, bevor die Show anfängt. Aber ich habe dir gesagt, dass ich die eine Frage noch mal stellen würde, kurz bevor deine Zeit im Leuchtturm zu Ende ist.« Sie lächelte. »Wenn dein Leben ein Film wäre, was wäre der Titel?«

»Hm. Serena wandte leicht den Kopf und dachte nach. »Wie wäre es mit *Storybook Romance?* Da mein Leben sich tatsächlich in eine romantische Komödie verwandelt hat, während ich im Storybook Court gewohnt habe, komplett mit allen verrückten Auf und Abs. Und mit heißem Sex.«

»Fantastisch!«, rief Ruby aus. »Und jetzt muss ich die Toilette finden.«

Serena schaute sich nach Emily um und sah, wie sie sich einen Weg durch die Menge bahnte. Sie umarmte Serena. »Ich habe auf dem Sunset die Plakatwand für *Die Werkatze* gesehen. Du siehst toll aus in Überlebensgröße«, sagte Serena zu ihrer Freundin.

»Das Ganze kommt mir vollkommen unwirklich vor«, gestand Emily. »Du musst mit mir zur Premiere kommen. Erik kann auch mitkommen, aber du musst neben mir sitzen. Und du musst bis zum Abspann bleiben.«

»Natürlich. Das tue ich immer. Gibt es eine von diesen Bonusszenen nach dem Abspann?«, fragte Serena.

Emily grinste, als sie den Kopf schüttelte. »Meine Schauspiellehrerin ist im Abspann aufgeführt.«

Serena kreischte. Sie konnte nicht anders. Sie hatte nur noch zwei Monate Zeit im Leuchtturm, aber selbst wenn sie morgen hätte gehen müssen, wäre es in Ordnung gewesen. Dieses Jahr hatte ihr Leben völlig verändert. Sie würde tatsächlich ihre eigene Schauspielschule haben, auf einem ganzen Stockwerk statt eines Raums im Community College zu Hause in Atlanta.

»Danke, Emily. Und danke für alles, was du getan hast, um das Café und die Aufführung in die Wege zu leiten.«

»Hey, ich bin ein Katzenmensch. Im wahrsten Sinne des Wortes. Ich könnte meine Art nicht im Stich lassen. Daniel hat mir gesagt, dass obwohl Yo, Kitty! erst seit einer Woche geöffnet hat, bereits acht Katzen adoptiert worden sind.«

»Und nach heute Abend wette ich, dass die Leute Schlange stehen werden, um hereinzukommen«, gab Serena zur Antwort.

»Alle mal ruhig sein!«, rief Marcus von seinem Platz neben dem großen Bildschirm. Er trug einen guten Anzug, aber Serena bemerkte, dass er an beiden Hosenbeinen viele gezogene Fäden hatte, und sah die leichte Ausbeulung an seinem Knöchel. Es war die Fußfessel, aber die Leute würden es wohl nicht bemerken, dass er unter Hausarrest stand. »Gleich geht es los. Alle unter fünfzig bitte auf den Boden setzen.«

Emily und Serena setzten sich gehorsam hin, und Erik kam herüber und hockte sich auch hin. Daniel schob sich durch die Menge und stellte sich neben seinen Bruder.

»Wir haben noch zwei Minuten!«, rief er. »Ich werde für den Emmy üben, den ich ganz sicher für meine Dankesrede kriegen werde. Zuallererst aber muss ich diesem Kerl hier danken« – er legte den Arm um seinen Bruder – »für die brillante Idee, das Yo, Joe! in ein Katzencafé zu verwandeln.«

»Nimm deine Herausforderungen an, um die Heiterkeit des Sieges erleben zu können«, rief Mrs Trask und reckte die Faust.

Ihr Haar war jetzt komplett türkis gefärbt, und es sah überwältigend aus.

»Du warst es, der gesagt hat, mit kleinen Katzen könnten wir Dutzende von Kunden gewinnen«, erinnerte Marcus Daniel.

»Okay, dann meinen Dank an die Kätzchen, jetzt Teenagerkatzen, für die Inspiration. Und dafür, dass sie regelmäßige Kunden der Yo-Kitty!-Reality-Show sind. Das ist übrigens Little Mac da drüben, die gerade ein Canapé frisst.«

»Nein!«, rief Marie. »Gib das her.« Little Mac gehorchte, dann zog sie ab, wahrscheinlich, um woanders etwas zu fressen zu finden.

»Das ist meiner, der da gerade die Gardinen hochklettert: Deoxys, benannt nach dem schnellsten Pokemon«, fügte Marcus hinzu.

Marie klatschte in die Hände. »Du kommst sofort da runter!« Deoxys sprang auf den Boden und jagte Little Mac, wobei er versuchte, sie am Schwanz zu packen.

»Wo ist Chewie zwei?«, fragte Daniel.

»Hier ist er.« Charlie winkte von seinem Platz neben Kait. Seine Katze, eine wirklich riesige Katze, lag um seine Schultern gewickelt. »Kannst du dir vorstellen, dass er der Mickrigste des Wurfs war?«

»Meinst du, jetzt, wo Charlie seine Strafe abgesessen hat, holt Kait ihn aus der Kumpelzone?«, flüsterte Serena Erik zu.

»Möglich wäre es. Du hast mich ja schließlich auch herausgeholt.« Erik drückte ihre Hand. »Und sie wird niemals jemanden finden, der sich in einer Spider-Man-Debatte so gut gegen sie behaupten kann.«

»Und zu guter Letzt ist hier Sassy, die offizielle Polizeistationskatze von Nordhollywood.« Kait versuchte, sie hochzuheben, aber Sassy haute mit der Pfote nach ihr. »Wenn Yo, Kitty!

so viel Erfolg hat, wie wir hoffen, dann müssen wir ein Spin-off gründen. Sassy, die Sondereinsatz-Katze.«

»Sie ist nicht wirklich beim Sondereinsatzkommando«, widersprach Kait.

Daniel winkte mit einem Lächeln ab. »Details, Details. Versuch nicht, mich auszuspielen, ich habe noch ein paar mehr Danksagungen. Emily Lee, bald ein großer Filmstar, danke ich dafür, dass sie ihr Studio davon überzeugt hat, dass es eine tolle Werbung für *Die Werkatze* wäre, unsere Show zu sponsern. Und Erik Ross, unseren Lieblingspolizisten, für seine Vorschläge, das Café so zu renovieren, dass es katzenfreundlich ist.«

»Daniel, sei jetzt still. Es fängt in einer Minute an.«

»Sei du still, Marcus«, gab Daniel zurück, grinste aber seinen Bruder dabei an.

Jamie stand auf, Peaches, ihr Baby, auf der Hüfte. Der richtige Name des kleinen Mädchens war Genevieve, ein schöner Name, wie Serena fand. Aber sie nannten sie Peaches, weil das anscheinend Davids zweitliebste Marmelade war. Als ob das irgendeinen Sinn ergab. »Hat irgendwer Mac gesehen?«, rief Jamie. »Wir haben ihn mitgebracht.«

»Das heißt gar nichts. Er könnte überall sein«, antwortete Erik. »Ich gehe mal und sehe mich in der Gegend um. Ich kenne viele seiner Lieblingsplätze. Ich werde auch drüben in The Gardens anrufen. Dort hat er eine Menge Freunde. Briony oder Nate haben nichts dagegen, wenn ich nachfrage.« Bevor Erik aufstehen konnte, kam Mac in den Raum hereinstolziert, im Maul einen Plüschaffen, der mindestens so groß war wie er selbst. Seine Schnurrhaare zitterten vor Stolz.

»Kait, Erik, ihr seid nicht im Einsatz, vergesst das nicht!«, rief Jamie. »Deshalb dürft ihr mein böses, böses Kätzchen nicht festnehmen.«

»Tatsächlich, sogar, wenn wir nicht …« begann Kait, verstummte dann aber, als ein Mann Mitte fünfzig den Raum betrat.

»Es tut mir leid«, sagte er. »Ich habe angeklopft, aber es war zu laut, als dass mich jemand gehört hätte.« Er hatte einen leichten osteuropäischen Akzent, den Serena nicht genau zuordnen konnte. »Die Tür war offen, also bin ich hereingekommen.«

»Was können wir für Sie tun?«, fragte Daniel.

»Ich dachte, ich hätte eine braun getigerte Katze hier hereinlaufen gesehen. Er trug …«

»Einen Plüschaffen?«, fragte David. Er nahm ihn Mac weg, der protestierend schnaufte.

»Ja. Ich mache die selbst. Und auch andere Tiere. Ich habe einen Tisch beim Bauernmarkt drüben in Fairfax. Die Katze hat es geschafft, mir alle paar Wochen eines zu stehlen.«

»Deshalb ist also das Zimmer meiner Tochter voll damit. Er bringt sie alle zu uns«, sagte Jamie zu ihm. Sie sah Mac an. »Fairfax ist viel zu weit weg. Ungezogenes Kätzchen«, schimpfte sie. *Sie könnte wirklich etwas Schauspielcoaching gebrauchen*, dachte Serena und versuchte, nicht zu kichern.

»Wir bezahlen sie gern«, bot David an. »Wir wussten nicht, woher er sie hatte.«

»Jetzt fängt es an«, verkündete Marcus.

Erik stand auf. »Ich bin Polizist. Das hier ist mein Revier. Lassen Sie uns in die Küche gehen, und ich nehme Ihre Aussage auf.«

»Ich komme auch mit.« David und der Mann folgten Erik aus dem Zimmer.

Ein Chor von Miaus begann, und auf dem Bildschirm öffnete David die Tür zu Yo, Kitty!

»Sind Sie zufrieden hiermit, Sebastian?«, fragte Erik.

»Zufrieden und irgendwie auch geschmeichelt«, antwortete Sebastian. »Ich glaube, als Nächstes mache ich eine Katze, die aussieht wie Mac.«

»Die kaufe ich dann auch«, sagte David. »Meine Frau wird hingerissen sein.«

»Die schenke ich Ihnen. Da Sie ja bereits sechzehn meiner Kreationen gekauft haben.«

»Seid ihr fertig oder störe ich?«, fragte Ruby, die den Kopf zur Küchentür hineinsteckte.

»Ich bin mir sicher, dass niemand Ihre Gegenwart als etwas anderes als ein Vergnügen empfinden könnte«, sagte Sebastian zu ihr. Es war wie in früheren Zeiten, Eriks Großmutter hätte ihn einen Kavalier genannt.

Ruby schien es zu gefallen. »Herzlichen Dank. Und ich möchte gern mit Ihnen über Ihre Kreationen sprechen. Ich baue Filmkulissen, und ich finde die Plüschtiere toll, die Mac meiner Patentochter gebracht hat. Sie sind so drollig, aber mit Pfiff.«

Sebastian deutete eine Verbeugung an.

»Vielleicht könnten Sie etwas speziell für einen Film machen. Wir könnten uns über die Figur unterhalten, der es gehören würde, und Sie fertigen ein paar Zeichnungen an.«

»Ich liebe das Kino, es wäre mir eine Ehre«, antwortete Sebastian.

»Ich gebe Ihnen meine Karte.« Er zog eine Visitenkarte aus seiner Westentasche und trat zu ihr. Mac kam herein und umstrich Ruby und Sebastian, wobei er seine Wange an ihren Beinen rieb.

Erik und David wechselten einen Blick. Sie hatten sich beide bei Rubys Weihnachtsfeier etwas betrunken und eine ausschweifende Unterhaltung darüber geführt, wie Mac es genau schaffte, so viele Paare zusammenzubringen. Nate war irgendwann herübergekommen und hatte sich beteiligt. Ihre Lieblingstheorie war, dass es sich bei ihm um Cupido handelte, der den anderen Göttern so auf die Nerven gegangen war, dass sie ihn in einen Kater verwandelt hatten.

»Er fängt schon wieder damit an«, sagte David ganz leise, und Erik nickte. Er entschuldigte sich und ging zurück ins Wohnzimmer, konnte aber Serena nicht finden.

»Sie ist für eine Minute in den Garten gegangen, um Luft zu schnappen«, sagte Emily.

Erik fand sie, wie sie über die Straße hinweg auf den Leuchtturm starrte. Die Kuppel war erleuchtet und erweckte den Eindruck, dass er über die Nachbarschaft wachte. »Ich werde diesen Ort vermissen«, sagte Serena. Er legte die Arme um sie, und sie lehnte sich an ihn.

»Ich wollte mit dir darüber sprechen.« Sein Magen zog sich zusammen, aber nicht aus Angst, sondern aus Vorfreude, als er sie herumdrehte, sodass sie ihn ansah. »Was würdest du davon halten, bei mir einzuziehen?«

»Hmmm. Würdest du mir einen abgefahrenen Schaukasten für meine merkwürdigen Dinge bauen?«, fragte sie.

»So groß, wie du ihn haben willst.«

»Wirst du mich zwingen, für dich zu kochen?«

Er lachte. »Als ob ich dich jemals zu irgendetwas zwingen könnte. Nein. Aber eine Bedingung für deinen Einzug ist, dass du nie etwas kochst, was man nicht in die Mikrowelle stecken kann.«

Sie beugte sich näher zu ihm, bis ihre Lippen sich fast berührten.

»Wirst du mich für immer lieben?«

»Und noch länger.«

Sie küsste ihn. »Das bedeutet Ja, aber ich habe noch eine Frage.«

Erik hielt sie fester. Er konnte sich nicht vorstellen, dass sie irgendetwas wollen könnte, das er ihr nicht zu geben bereit wäre.

»Können wir eine Katze adoptieren?«

»Unser Zuhause wäre nicht komplett ohne Katze.«

Ruby und der Menschenmann rochen gut zusammen. Sie hatten auch allein zufrieden gerochen, aber ihre guten Gerüche wurden mehr als doppelt so stark, wenn sie zusammen waren. Mac war zufrieden mit sich und ging in das Zimmer zurück, das voll mit seinen Menschen und seinen Kätzchen war. Sie waren inzwischen beinahe so groß wie er, aber für ihn würden sie immer Kätzchen bleiben.

Mac sprang auf Jamies Schoß und kuschelte sich neben Peaches. Sie tätschelte seinen Kopf, und er spürte, wie sie etwas Klebriges in sein Fell schmierte. Nun, dafür waren Zungen da, auch wenn Menschen das niemals begreifen würden.

Endlich einmal roch niemand traurig. Niemand roch verängstigt. Seine Kätzchen wurden alle gut von den Menschen versorgt, die er für sie ausgesucht hatte. Mac gähnte und schloss die Augen. Er verdiente ein Nickerchen. Wahrscheinlich nur ein kurzes, wenn man bedachte, wie schlecht es Menschen schafften, auf sich aufzupassen. Sie waren nicht sonderlich intelligent.

Aber liebenswert.